HEIDI PERKS
Die Tote

Autorin

Heidi Perks arbeitete als Marketingchefin eines Finanzunternehmens, bevor sie sich entschloss, Vollzeit-Mutter und -Autorin zu werden. Sie ist ein unersättlicher Fan von Kriminalromanen und Thrillern und will immer herausfinden, wie die Menschen ticken. Heidi Perks lebt mit ihrer Familie in Bournemouth an der Südküste Englands.

Von Heidi Perks bereits erschienen

Die Freundin

Besuchen Sie uns auch auf www.facebook.com/blanvalet
und www.instagram.com/blanvalet.verlag

HEIDI PERKS

DIE TOTE

PSYCHOTHRILLER

Deutsch von
Sabine Schilasky

blanvalet

Die Originalausgabe erschien 2019 unter dem Titel
»Come Back For Me« bei Century, London.

Sollte diese Publikation Links auf Webseiten Dritter enthalten,
so übernehmen wir für deren Inhalte keine Haftung,
da wir uns diese nicht zu eigen machen, sondern lediglich auf
deren Stand zum Zeitpunkt der Erstveröffentlichung verweisen.

Penguin Random House Verlagsgruppe FSC® N001967

1. Auflage
Copyright der Originalausgabe © 2019 by Heidi Perks Books Ltd.
Copyright der deutschsprachigen Ausgabe © 2021 bei Blanvalet,
einem Unternehmen der Penguin Random House Verlagsgruppe
GmbH, Neumarkter Str. 28, 81673 München
Redaktion: Ulrike Nikel
Umschlaggestaltung: FAVORITBUERO, München
Umschlagmotiv: © Yolande de Kort/Trevillion Images; Shutterstock.com
(solarseven; daniilphotos; Quality Stock Arts)
LA · Herstellung: sam
Satz: Uhl + Massopust, Aalen
Druck und Bindung: GGP Media GmbH, Pößneck
Printed in Germany
ISBN 978-3-7341-0711-5
www.blanvalet.de

*Für meinen Mann John,
weil er an mich glaubt.*

*Und für Bethany und Joseph,
an die ich glaube.*

EVERGREEN ISLAND

9. September 1993

Wir brachen in einem Unwetter auf. Auf dem Meer bauten sich bedrohliche Wellenberge auf, und der Regen prasselte einem Kugelhagel gleich auf meine Füße. Dad müsste eigentlich wissen, dass wir in diesem Wetter nicht zum Festland übersetzen sollten, dennoch stand er in seiner kleinen Fähre und fuchtelte wild mit einer Hand, damit eine von uns sie ergriff und sich hineinhelfen ließ. Der Wind hatte ihm die Kapuze seiner roten Regenjacke vom Kopf geblasen, und das Wasser klatschte ihm das Haar an den Schädel. Er brüllte uns zu, dass wir einsteigen sollten, doch wir standen am Ende des Landestegs und rührten uns nicht.

Das Boot schaukelte wild und zerrte an dem Tau, das es an der Anlegestelle hielt, und ich bemerkte, dass Dad das Geländer des Anlegers umklammerte. »Steig ein, Stella!«, rief er.

Donner krachte über uns, und unheimliche, furiose Lichtlinien zerrissen den Himmel. Hinter mir erhellte ein Blitz unser Haus, ließ es gespenstisch zwischen den Silhouetten der hohen Kiefern leuchten, es wirkte fast wie aus einem Horrorfilm. Ich vergrub die Hände tiefer in meinem Regenmantel und drückte Grey Bear fest an meine Brust.

Ich wollte nicht das einzige Zuhause verlassen, das ich kannte, aber so entschlossen hatte ich meinen Dad noch nie erlebt. Und dass er verärgert mit zusammengebissenen Zähnen schimpfte, das passte gar nicht zu ihm, sodass ich angesichts seiner Hartnäckigkeit und Unnachgiebigkeit regelrecht zurückschrak.

»Ich fahre nirgends hin«, schrie Bonnie neben mir. »Wir sterben da draußen.« Obwohl meine Schwester ihre Kapuze festhielt, konnte ich im fahlen Mondlicht sehen, wie blass sie war. Seit Jahren sehnte sie sich danach, von der Insel zu kommen, nur ganz sicher nicht so.

»Wir sterben nicht, und wir müssen weg«, schrie Dad sie an, bevor er sich wieder zu mir wandte und einen sanfteren Ton anschlug. »Ich verspreche dir, dass alles gut wird. Uns passiert nichts.«

Meinem Vater gehörte die kleine Fähre, auf die wir steigen sollten, und die letzten sechzehn Jahre hatte er mit ihr täglich problemlos die halbstündige Überfahrt zwischen Evergreen und Poole Harbour gemacht. Wenn jemand uns sicher aufs Festland bringen konnte, dann er. Allerdings hatten wir nie zuvor gewagt, bei solchem Wetter überzusetzen. Mum würde uns nicht mal aus dem Haus lassen, wenn es so schlimm war.

»Können wir nicht bis morgen früh warten?«, bettelte Bonnie.

Ich blickte zum Meer, das wie die unheimlichen Wasserspeier weiße Gischt spie. »Herrgott, steigt ihr jetzt beide endlich ein?« Dad streckte erneut seine Hand aus, während er über meine Schulter zu Mum sah, die soeben den Anleger betrat. Den Kopf gesenkt, die Arme in einem Plastikponcho, zog sie einen Koffer hinter sich her.

»Wo ist Danny?«, rief Dad, als ein weiterer greller Blitz, der Bonnie und mich zusammenzucken ließ, über den Himmel fuhr. Keine Minute später donnerte es direkt über uns los, das Gewitter hatte uns eindeutig erreicht.

Jetzt entdeckten wir meinen Bruder. Er verkroch sich hinter meiner Mutter und war in einen schwarzen Mantel gehüllt, der bis zum Boden reichte und viel zu groß war.

Erneut fing Bonnie an zu rufen und deutete zum Meer, wo die Wogen sich immer höher auftürmten und immer tiefer fielen, als ich es je gesehen hatte. Ein wildes Toben erfüllte die Luft, und ich schrie laut auf vor Schreck, als der Sturm den riesigen Ast einer unserer Kiefern direkt neben mir auf den Anleger schleuderte. Entsetzt sprang ich zur Seite.

Für einen kurzen Moment verstummte Dad und starrte den Ast an, während sich meine Tränen mit dem Regen, der mir ins Gesicht peitschte, vermischten und mein Herz sich wieder verkrampfte, weil ich meine geliebte Insel verlassen sollte. Ich wünschte mir sehnlich, dass Dad es erkannte: Was immer wir taten, es war es nicht wert.

»Ich finde, wir sollten warten, David.« Mums Stimme klang schrill, und sie schaute angstvoll hinaus aufs Wasser. »Es wäre schließlich nicht schlimm, noch eine Nacht zu bleiben und gleich morgen früh los...«

Wir alle hielten den Atem an, als Dad seinen Blick voller Empörung auf sie richtete, als wäre sie an allem schuld. »Nein, Maria, Schluss damit. Wir verschwinden auf der Stelle.«

»Ich verstehe das nicht«, jammerte ich. Eigentlich war Dad der Nachgiebigere von beiden. Er war es beispielsweise, der uns erlaubte, noch eine halbe Stunde länger zu spielen oder einen Schokokeks zu essen, nachdem wir schon die Zähne geputzt hatten.

»Mum«, wandte ich mich bittend an meine Mutter. Warum tat sie nicht mehr, um ihn aufzuhalten? Sie wusste besser als jeder andere, wie sehr diese Insel ein Teil von mir war und dass ich ohne sie nicht leben könnte. Und sie liebte Evergreen genauso sehr wie ich.

Als sie mich ansah, war die Furcht, die ich eben noch in ihrem Gesicht gesehen hatte, vollkommener Ausdruckslosigkeit gewichen. »Mum...« Meine Stimme zitterte, während ich auf ihre Anordnung wartete, wir sollten alle zum Haus zurückkehren. Stattdessen legte sie eine Hand auf meinen Rücken und schob mich auf das Boot zu. Ich zögerte, aber sie schob mich fester, bis mir keine andere Wahl blieb, als auf die Fähre zu steigen. Ich ignorierte Dads ausgestreckte Hand und huschte eigenständig zu einer der wenigen überdachten Bänke.

Danny folgte stumm, setzte sich hinter mich und drehte sich zur Seite, um aus dem Fenster zu starren. Er sah keinen von uns an.

»Ich will nicht weg«, schluchzte ich und sah alle nacheinander an. Einzig Bonnie erwiderte meinen Blick und setzte sich neben mich. Ihr Bein zitterte an meinem, und ich konnte mich nicht erinnern, wann wir uns je so nahe gewesen waren.

Langsam zog ich meine Kapuze ab und blickte durch das zerkratzte Glas, gegen das der Regen sprühte, zurück zur Insel. Durch mein Herz lief ein ähnlicher Riss wie über die zersprungene Fensterscheibe. Tränen rannen mir über die Wangen, als der Wind das Boot bedenklich auf eine Seite drückte und Bonnie aufschrie. Ich streckte beide Arme aus, um mich abzufangen, und ließ Grey Bear los. Vielleicht hatte Bonnie recht, und wir würden es nicht zum Festland schaffen, was Dad fest zu glauben schien. Anders als meine Schwester wurde ich ganz apathisch. Mit einem Mal schien es mir nicht mehr so wichtig, ob das Meer mich verschlang oder nicht.

Mit elf Jahren war ich nämlich nicht bereit zu akzeptieren, warum meine Eltern die Insel übereilt verließen. Ich konnte nicht glauben, dass es zu unserem Besten sein sollte, und erst recht verstand ich nicht, warum sie uns mitten in einem Unwetter wegzerrten.

»Kommen wir bald wieder zurück?«, flüsterte ich meiner Schwester zu.

Bonnies zitternde Hand griff nach meiner. »Nein«, antwortete sie. »Ich glaube nicht, dass wir je wieder herkommen.«

HEUTE

Kapitel eins

Meine Klienten sitzen mir auf dem Sofa gegenüber. Ihre Arme sind vor ihrer Brust verschränkt; der Mann neigt sich vor, die Hände zwischen den breit gespreizten Beinen gefaltet. In den Spalt zwischen diesem Paar würde ich locker passen, und mit jeder unserer Sitzungen bewegen sie sich weiter auseinander.

Ihre Gesichtszüge sind so angespannt, dass ich beinahe den Puls am Hals der Frau sehe, wenn sie mich anstarrt. Mich wundert, dass sie heute noch nicht geweint hat – das hat sie bisher immer getan. Ihr Mann sieht oft zu ihr hin, sie indes nie zu ihm. Jedes Mal, wenn er sie anschaut, zucken seine Augenbrauen, als würde er sich fragen, warum alles so schiefging und was er tun könnte.

»Ich weiß wirklich nicht, was ich noch sagen soll«, murmelt er, und sie lacht geringschätzig, bevor sie irgendwas so leise von sich gibt, dass ich sie nicht verstehe. »Es tut mir leid«, fügt er hinzu.

»O Gott!«, ruft sie aus und sieht zur Decke. Es ist offensichtlich, dass sie ihre Tränen um jeden Preis zurückhalten will.

Ich hasse diesen Moment der Sitzungen, und es ist bereits nach sechs. Tanya wird warten, dass ich gehe, damit sie zuschließen kann. Zuständig für den Empfang, ist sie regelmäßig die Letzte, die aus der Tür geht.

»Ich fürchte ...«, beginne ich, aber meine Klientin unterbricht mich, indem sie von der Couch aufsteht und nach der Strickjacke greift, die schlaff über ihrem Arm hängt.

»Ich weiß, unsere Zeit ist um«, sagt sie.

»Tut mir leid.« Ich würde beide ja mit in den Pub nehmen und weiterreden lassen, wäre das nicht total unprofessionell. Deshalb schiebe ich noch eine Frage nach: »Bevor Sie gehen, wollten Sie noch irgendwas anderes erwähnen?«

»Ich denke, er hat heute genug gesagt, meinen Sie nicht?«

Ihr Mann nagt an seinem Mundwinkel und sieht nicht auf, als er sich erhebt und nach seinem Jackett greift.

»Wünschen Sie sich jemals, gar nicht erst danach gefragt zu haben?«, sagt seine Frau leise, als sie mir nach draußen folgt.

»Tun Sie es?«, erwidere ich.

Sie bewegt den Kopf kaum, sodass ich nicht erkenne, ob es ein Nicken ist. »Das kann ich wohl kaum mehr sagen, oder?«

Ich schüttle den Kopf. Nein, sie muss mit der Tatsache leben, dass ihr Mann mit einer anderen geschlafen hat. Gerne hätte ich ihr gesagt, dass sie mal allein zu mir kommen soll, aber sie unterhält sich gerade mit Tanya und macht einen Termin für die nächste Woche aus.

Sobald sie weg sind, schließe ich mein Zimmer ab und gehe hinüber zum Empfang, wo Tanya ihre Brille mit den dicken Gläsern höher auf ihren Nasenrücken schiebt und wild auf ihre Tastatur einhackt. Sie sieht nicht mal auf, bis ich mich fast über sie beuge. »Ich gehe dann mal«, sage ich. »Tut mir leid, dass es wieder ein bisschen länger gedauert hat.«

Das Telefon klingelt, und sie sieht erst nach der Anruferkennung, bevor sie abnimmt. »Praxis von Stella Harvey.«

Nach wie vor beschert es mir ein wohliges Kribbeln, das zu hören. Während sie erklärt, was meine Sitzungen in der Familienberatung kosten, überlege ich nicht zum ersten Mal, wie viel ich sparen könnte, müsste ich nicht einen Anteil von Tanyas Gehalt bezahlen. Mir blieb wenig anderes übrig, als ich den Praxisraum hier im Gebäude mietete. Neben mir gibt es eine Physiotherapeutin und weiter hinten im Flur eine Fußpflegerin und eine Reiki-Heilerin. Keiner von uns arbeitet Vollzeit, und ich glaube nicht, dass wir wirklich eine Empfangssekretärin brauchen.

Tanya legt auf und wendet sich wieder ihrer Tastatur zu, um ihren Computer herunterzufahren. »Es haben neue Klienten angefragt«, sagt sie. »Ein junges Paar, das Probleme mit der Tochter hat. Sie rufen nächste Woche wieder an.«

»Danke. Und hast du am Wochenende etwas Nettes vor?«

»Mike und ich besuchen seine Eltern. Und du?«

»Ich bin morgen Mittag bei meiner Schwester eingeladen.«

»Wie geht es Bonnie?« Tanya zieht die Augenbrauen hoch.

Ich lache. »Gut. Ihr Mann ist über das Wochenende weg.« Ich weiß nicht, warum ich das erwähne, denn ich bin nicht mal sicher, ob es bedeutet, dass Bonnie glücklicher oder genervter ist.

Meine Sekretärin nickt mit geschürzten Lippen, und ich glaube, sie denkt an das einzige Mal, dass sie meiner Schwester begegnet ist. Sie war nicht besonders angetan, aber ich habe längst aufgehört, Bonnie zu verteidigen. Irgendwann interessierte mich nicht mehr, was andere dachten, und ich fand es unnötig zu erklären, dass ich einfach an dem bisschen Familie festhalte, das ich noch habe.

Überhaupt hat bislang nie jemand unsere Beziehung verstanden, und nicht einmal ich kann das komplexe Geflecht erklären, dass uns miteinander verbindet. In den meisten Punkten sind wir vollkommen gegensätzlich. Ich habe lediglich vor achtzehn Jahren ein Versprechen abgegeben, kurz nachdem Danny uns verließ, dass ich immer für meine Schwester da sein werde. Damals begann ich mich zu fragen, ob nicht allein Bonnie die Schuld trägt, dass sie so geworden ist, wie sie ist.

Manchmal hat mir meine Mum nachts etwas zugeflüstert. Wenn sie dachte, dass ich schlief, kam sie in mein Zimmer geschlichen und richtete meine abgestrampelte Bettdecke. Ich mochte es, wenn sie neben meinem Bett kniete, ich ihren warmen Atem auf meinem Gesicht spürte und ihr Chanel-Duft noch eine ganze Weile blieb, nachdem sie das Zimmer verlassen hatte.

»Stella, mein Ein und Alles«, flüsterte sie, während sie sanft über mein Haar strich. »Du bist alles, was ich jemals an Babys gebraucht habe.«

Vielleicht blieb deshalb wenig Raum für Bonnie.

Tanya und ich verlassen gemeinsam das Büro. Sie biegt nach links ein, und ich überquere die Straße in Richtung Park, was auf meinem zwanzigminütigen Heimweg eine Abkürzung ist, vorbei an der Kathedrale und zu meiner Wohnung am Rand von Winchester.

Ich gehe gern zu Fuß, selbst im Januar, wenn das einzige Licht von den Straßenlaternen kommt und die kalte Luft auf meiner Haut prickelt und zwickt. Dann habe ich die Gelegenheit, über meine Klientenliste für die nächste Woche nachzudenken und mir, wie jeden Freitag, zu schwören, mehr Zeit in den Ausbau meiner Praxis zu investieren.

Die Entscheidung, mich als Familienberaterin selbstständig zu machen, habe ich nicht aus einer Laune heraus getroffen. Ich war nie eines dieser Kinder, die schon sehr früh wussten, was sie später werden wollten. Nicht einmal nach dem Schulabschluss hatte ich eine Ahnung, und es brauchte zwölf unglückliche Jahre in einer Personalagentur und eine hübsche Abfindung, bis ich so weit war.

Vor vier Jahren begann ich mit der Ausbildung und der obligatorischen Therapie, die ich selbst machen musste, bevor ich andere therapieren durfte. Meine Supervisorin hatte die Bedeutung von Letzterem frühzeitig hervorgehoben und mir erklärt, dass Wunden aus der Kindheit oder ungelöste Konflikte aus vorherigen Beziehungen mich voreingenommen machen könnten.

Ich hatte abzulehnen versucht, doch mir wurde klar, dass ich mich nicht drücken und zu sehr sträuben durfte, wenn die anderen nicht misstrauisch werden sollten, was die Dynamik in meiner eigenen Familie anging. Den Großteil meiner Vergangenheit habe ich ordentlich in kleine Kisten sortiert und sehr tief vergraben. Darin waren wir als Familie sehr gut. Ich hatte von den Besten gelernt, auch wenn es gegen alles ging, was ich von meinen Klienten erwartete.

Also, warum interessierst du dich für Familienberatung?, lautete die erste Frage, die mir in meiner ersten Probesitzung gestellt wurde.

Ich erzählte der Therapeutin, wie glücklich ich als Kind

war. Dass ich sehr liebevolle Eltern hatte und mit ihnen eine idyllische Kindheit auf der Insel Evergreen verlebte. Ferner sagte ich, dass ich mich für familiäre Beziehungen interessiere und seit jeher recht gut zuhören und helfen könne. Bis zu einem gewissen Punkt war ich ehrlich zu ihr. Bis zu dem Moment, als wir die Insel verließen. Oder vielleicht bis unmittelbar davor.

Meine Therapeutin wollte mehr über Evergreen hören, wie die meisten Leute. »Und da leben nicht mehr als hundert Menschen?«, fragte sie mich verblüfft.

»Etwas über hundert«, nickte ich. »Ich kannte sie alle, und alle kannten mich.« Dann erzählte ich ihr, wie wunderbar es war, dort zu leben. »Ich habe es ehrlich geliebt, einige Leute fanden es erdrückend und langweilig, ich dagegen wollte nirgends sonst auf der Welt sein.«

»Und dir war das nicht zu abgeschieden?«, kam es meist als beliebte Gegenfrage. Zwar brauchte man mit der Fähre bloß dreißig Minuten zum Festland, aber man konnte Evergreen von der Küste Dorsets aus nicht einmal sehen.

»Nein, mir nicht«, antwortete ich. Anders meine Schwester: Sie hasste, dass die Fähre unseres Vaters in den Wintermonaten gerade ein einziges Mal am Tag verkehrte. Allerdings hasste sie alles an Evergreen – ausnahmslos alles, was es für mich so liebenswert machte.

»Du hast gesagt, dass du elf warst, als ihr die Insel verlassen habt«, fuhr die Therapeutin fort. »Wie alt waren deine Geschwister?«

»Ich war die Jüngste. Danny war fünfzehn und Bonnie siebzehn.«

Die Psychologin nickte, wobei ich nicht wusste, was sie mit dieser Information anfing. Also lächelte ich die ganze

Zeit weiter und bemühte mich, keine Risse zum Vorschein kommen zu lassen. Zumal ich wusste, dass sie bald genauer nachfragen würde, was am Ende unseres letzten Sommers auf der Insel geschah und was die Jahre danach passierte. Sie würde wissen wollen, was den Zusammenbruch meiner Familie auslöste, und ich konnte es ihr nicht sagen. Jeder von uns hatte Geheimnisse, die wir zu gut hüteten, und weil wir nie über sie sprachen, rissen sie uns letztlich auseinander.

Nicht zuletzt aus diesem Grund wollte ich anderen Familien helfen zu reden, denn im Nichtreden hatte unser Fehler bestanden, was ich der Therapeutin jedoch nicht erzählte. Stattdessen hakte ich die Zeit nach der Insel rasch ab und beschränkte mich auf reine Fakten.

Nach den vielen Jahren versuche ich, die Erinnerungen an die Sitzungen zu verdrängen. Regentropfen, die mir auf den Kopf platschen, holen mich in die Gegenwart zurück. Bald werde ich mich in den nächsten Laden flüchten müssen, wenn ich nicht durchnässt werden will. Meinen Schirm habe ich wohl in meiner Praxis vergessen. Ich steuere ein Geschäft mit Weinregalen an und entscheide mich, eine Flasche Sauvignon Blanc für sieben Pfund zu erstehen.

Zu Hause schenke ich mir ein Glas ein und setze mich ans Küchenfenster, um zuzusehen, wie der Regen rhythmisch auf die Scheiben trommelt. Da dieses Wochenende nichts anliegt und ich keine feste Fünftagewoche habe, lasse ich es gechillt angehen, so wie ich es öfters mache. Nach diesem Glas werde ich mir ein Curry zubereiten und anschließend nach oben zu Marco gehen, um ein weiteres Glas Wein zu trinken, wobei ich seine Bitten ignorieren muss, mit ihm durch die Clubs zu ziehen.

Erst kurz vor zehn bin ich wieder in meiner Wohnung, aber noch nicht bereit, ins Bett zu gehen. Lieber mache ich es mir mit einer Wolldecke auf dem Sofa gemütlich, schalte den Fernseher ein und blättere in einer Zeitschrift vom Couchtisch.

Die Nachrichten fangen gerade an. Eine Reporterin steht vor einem Haus, hält einen großen Regenschirm, und der Wind peitscht ihren Pferdeschwanz hin und her. Mein Blick wandert zu der Laufzeile unten und zurück zu ihr. Zuerst erkenne ich keine der Details und will wieder in die Zeitschrift schauen, als mir etwas auffällt.

Oben in der Bildecke ist ein rundes Fenster mit verdunkeltem Glas zu sehen. Ich rücke auf dem Sofa nach vorne, greife zur Fernbedienung und stelle den Ton lauter, damit ich die Reporterin trotz des heftigen Pochens in meinen Ohren verstehe.

Komisch, dass ich es nicht sofort erkannt habe, wo jedes Detail in meine Erinnerung eingraviert ist, die ich lediglich aufrufen muss, um ein Bild in tausend Pixeln zu malen. Allerdings sieht es nicht mehr ganz so aus wie früher.

Die Fenstersimse sind in einem dunklen Blaugrün gestrichen, die Dachsimse im Kolonialstil im typischen Weiß, und nach vorn ist ein Wintergarten angebaut. Es sieht nicht mehr wie mein Zuhause aus. Trotzdem ist es das. Der weiße Lattenzaun auf der linken Seite ist noch da. Dad hatte ihn gebaut, um unseren Garten von dem Weg daneben abzugrenzen. Rechts stehen noch die hohen Kiefern über die gesamte Länge unseres Grundstücks.

Ich fühle, wie mein Puls schneller wird, als ich der Reporterin weiter zuhöre. »Natürlich steht die ganze Insel unter Schock«, sagt sie gerade.

Angestrengt blicke ich zu der Laufzeile mit den neuesten Nachrichten. Die Worte *Insel gefunden* rollen nach links weg, und es folgt eine neue Schlagzeile über Syrien.

»Und die Polizei vermag nach wie vor nichts Genaueres zu sagen?« Diese Frage kommt von einer Frau im Studio, während Haus und Garten weiter im Bild bleiben. Die Kamera fährt zurück und fängt ein weißes Polizeizelt ein, vor dem Officer sich unterhalten. Es steht hinten rechts zwischen dem Haus und dem Wald.

»Bisher nicht, dabei hat die Spurensicherung den ganzen Tag hier gearbeitet«, sagt die Reporterin.

Ich sehe erneut auf den Text. *Leiche auf Evergreen Island gefunden*, steht da. Ich drücke meine Hände fest zusammen, damit sich das taube Gefühl in ihnen nicht bis in meine Arme ausbreitet.

Auf der Insel wurde eine Leiche gefunden. Noch hat es keiner direkt gesagt, dennoch ist klar, dass sie im Garten unseres alten Hauses vergraben war.

Kapitel zwei

Mit morbider Neugier verfolge ich, wie die Nachrichten in scharfkantigen Bruchstücken hervortreten: Die gegenwärtigen Besitzer unseres Hauses planten einen seitlichen Anbau, für den die Ausschachtung, die ziemlich tief und breit sein muss, schon begonnen hatte. Gestern Abend dann bemerkte einer der Bauarbeiter einen Knochen, der sich als Hand entpuppte und an dem Leichenteile hingen.

Die Reporterin berichtet, dass es für den Bauarbeiter ebenso wie für die Hausbesitzer ein schrecklicher Schock war. Hinter dem weißen Zelt zeigt sie auf die exakte Stelle, an der die Leiche entdeckt wurde. Mit großen Augen nehme ich jede Einzelheit in mich auf, meine Hände in den Stoff meines Pullis gekrallt. Für jeden, der die Insel nicht kennt, sieht es aus, als befände die Stelle sich noch in unserem Garten, aber bei genauem Hinsehen erkenne ich, dass sie sich genau dort befindet, wo der Garten endet und der Wald beginnt.

Auf Evergreen haben die wenigsten Grundstücke Zäune, die den Privatgrund abgrenzen. Bei uns wurde lediglich eine Strecke eingezäunt, die direkt am Weg liegt. Alle anderen Seiten, der Zugang zum Wasser ausgenommen, sind von Bäumen gesäumt, sodass der Übergang zum Wald verschwimmt. Was wiederum bedeutet, dass es durchaus ein Irrtum sein könnte zu glauben, die Leiche sei in unserem Garten ausgegraben worden, wie es leider dargestellt wird.

Ich kann meinen Blick nicht vom Fernseher lösen, denn dies, wird mir bewusst, ist das erste Mal, dass ich unser Haus seit jener Nacht sehe. Seit der Nacht, in der wir fortgingen.

Blind greife ich nach meinem Handy. Meine Finger zittern, als ich Bonnies Nummer eintippe und das Telefon an mein Ohr halte. Sie meldet sich, kurz bevor die Mailbox anspringt.

»Hast du die Nachrichten gesehen?«, überfalle ich sie.

»Nein. Ich will gerade ins Bett. Luke geht es nicht gut, und...«

»Schalte sie ein«, unterbreche ich sie. »BBC.«

»Okay, okay, Sekunde«, seufzt Bonnie, und ich stelle mir vor, wie sie in die Küche geht und den kleinen Flachbildfernseher an der Wand über dem Tresen einschaltet.

»O Gott«, sagt sie plötzlich. »Ist das etwa unser altes Haus?«

»Ist es«, bestätige ich. »Sie haben eine Leiche gefunden. Direkt an der Grenze zu unserem Garten.«

Einen Moment lang schweigt Bonnie. »Könnte auch noch innerhalb sein«, sagt sie schließlich.

»Nein, man sieht, dass es das nicht ist. Schau hin, es ist direkt am Waldrand.«

»Verdammt! Wer ist die Leiche?«

»Haben sie nicht gesagt. Es gibt bislang kaum Einzelheiten.«

Ich höre, wie Bonnie durch ihre Zahnlücke vorn Luft einsaugt.

»Sie haben nicht mal verraten, ob es ein Mann oder eine Frau ist. Das müssten sie eigentlich erkennen. Heißt es nicht, dass die Forensiker alles untersuchen?«

»Tja, jemand auf der Insel will das womöglich verhindern, weil er weiß, wer es ist«, sagt Bonnie. »Ach du Schreck«, ergänzt sie mit einem kurzen Lachen. »Kannst du dir die Leute vorstellen? Sie werden wie die Geier sein.«

»Es muss furchtbar für die Betroffenen sein, Bonnie.«

»Weiß ich, doch mal im Ernst. Man kann da gar nichts machen, ohne dass es alle anderen wissen. Ich bekam meine Periode, und die Jungs hatten es innerhalb von vierundzwanzig Stunden raus.«

Notgedrungen gestehe ich ein, dass sie recht hat. Auf der Insel macht alles sofort die Runde. Ich konnte früher keinen Fuß über den Klippenrand strecken, ohne dass meine Mutter es erfuhr, bevor ich wieder zu Hause war. Danny konnte nicht von dem Baum fallen, in dem er sich versteckte, ohne dass binnen Stunden auf der ganzen Insel darüber getuschelt wurde, zumal sich sowieso immer alle für Danny interessierten.

»Einer von denen muss es gewesen sein«, meint Bonnie plötzlich, als wäre dies hier gar nicht real, sondern schlicht ein Drama, das wir uns ansehen.

»Woher sollen wir das wissen?«

»Ach, komm. Wer sonst würde eine Leiche auf der Insel vergraben?«

Vielleicht hat sie recht, wenngleich ich nicht daran denken mag. »Glaubst du, wir kennen den oder die?«, hake ich trotzdem nach. »Die Leiche, meine ich.«

»Wahrscheinlich nicht. Es ist so viele Jahre her, seit wir weggegangen sind.« Ich nicke stumm. »Oder«, fährt sie dramatisch fort, »sie war bereits da, als wir in dem Haus gewohnt haben. Dann wären wir über sie rübergelaufen, ohne was zu ahnen. Keiner hat mir geglaubt, dass da was nicht stimmte.«

»Weil es Unsinn war.«

»Wahrscheinlich buddeln sie gerade eine ganze Ladung Leichen aus.«

»Bonnie!«

»Ach, reg dich ab, Stella. Wir wohnen seit fünfundzwanzig Jahren nicht mehr auf der Insel.«

»Weiß ich…«, murmle ich, ohne den Satz zu beenden, und schweige, bis Bonnie wieder spricht.

»Ich finde es schön, was sie mit dem Haus gemacht haben.«

Prompt verkrampfe ich mich. »Was meinst du?«

»Sie haben es gestrichen. Sieht gut aus, finde ich.«

»Haben sie?«, erwidere ich. »Ist mir nicht aufgefallen.« Sie muss wissen, dass ich lüge. Wie könnte ich das Blaugrün übersehen, das es so modern macht, so anders als unser Haus?

Bonnie schnaubt verächtlich, bevor sie fragt: »Willst du Dad anrufen?«

»Muss ich wohl.« Allerdings behagt mir der Gedanke nicht, denn ich rede nicht mehr mit Dad über die Insel.

»Hast du in letzter Zeit mit ihm gesprochen?«, fragt sie.

»Nein.« Die üblichen Schuldgefühle regen sich. »Ich muss ihn mal wieder besuchen. Vielleicht mache ich das demnächst.«

»Wenn die Hexe nicht da ist.«

»Anscheinend arbeitet Olivia im Moment sehr viel. Es kann also gut sein, dass sie weg ist, wenn ich unter der Woche hinfahre. Würdest du mitkommen?«, frage ich, obwohl ich die Antwort kenne.

»Nein«, erklärt Bonnie knapp.

Ich seufze. »Nun gut, dann rufe ich ihn morgen an.«

Bei diesen Worten stellt sich gleich das vertraute Engegefühl ein, das mir das Atmen erschwert und selbst das Reden mit ihm. Er ist nicht mehr derselbe Dad, den ich auf Evergreen hatte. Immerhin gibt es Augenblicke, in denen ich meinen Vater von einst vorübergehend zurückbekomme, und ich kann mich nicht entscheiden, was ich schlimmer finde.

»Die Sache bringt einen ganz schön ins Grübeln, oder?«, holt Bonnie mich in die Gegenwart zurück.

»Inwiefern?«

»Ob wir den kennen, der die ganze Zeit dort vergraben war.«

Nachdem ich aufgelegt habe, sehe ich weiter die Nachrichten, wechsle zwischen den Kanälen hin und her, jage der Story nach, bis es keine neuen Meldungen mehr gibt und ich irgendwann auf dem Sofa einschlafe. Erneut träume ich von der Insel, wie so häufig in letzter Zeit. Ich jage meine Freunde durch den Wald. Wir alle lachen, dann verschwinden sie, und jemand jagt mich. Als ich aufwache, flattert mein Puls, und mein Nacken ist in einem unangenehmen Winkel zwischen den Kissen gefangen.

Einige Jahre nach unserem Fortgang von Evergreen habe ich aufgehört, von der Insel zu träumen, dafür fing es direkt nach den Sitzungen während meiner Ausbildung wieder an. Inzwischen weiß ich nicht, wie ich die Träume verscheuchen soll. Jedes Mal, wenn ich aus einem erwache, höre ich die Stimme meiner Therapeutin.

Siehst du, deshalb ist es wichtig, die Dämonen an die Oberfläche zu spülen.

Dabei gab es nie Dämonen auf Evergreen. Könnte ich alle meine glücklichen Erinnerungen an meine elf Jahre dort aufeinanderstapeln, sie würden bis zum Himmel reichen. In einer Sitzung hatte ich die Scheidung meiner Eltern gestreift und kategorisch behauptet, ihre Probleme hätten erst viel später angefangen, erst nachdem wir die Insel verlassen hatten und nach Winchester gezogen waren und als mein Dad seine Seele an ein klimatisiertes Büro mit getönten Fenstern in der Innenstadt verlor. Von da an waren wir nicht mehr glücklich. Ich erzählte es ihr mehrmals, war indes nicht sicher, ob ich es selbst glaubte. Aber diese Kiste mit Erinnerungen an meine Vergangenheit wollte ich nicht aufmachen.

Es ist nicht mal drei Uhr morgens, und ich sollte weiterschlafen, stattdessen schaue ich zu meinem iPad. In den letzten Jahren gab es nämlich Momente, in denen ich unser Haus online suchen wollte. Nach meinen ersten Therapiesitzungen, wenn wir detaillierter über Evergreen gesprochen hatten, als mir lieb war, kehrte ich in meine Wohnung zurück und ging zu *Rightmove*, wo ich die Adresse von unserem Quay House, einem kleinen Haus direkt am Wasser, wie sie in früheren Zeiten für den Hafenmeister gebaut wurden, ins Suchfenster eingab und wieder löschte. Ich war nicht bereit gewesen, es womöglich verändert zu sehen.

Zum Ersatz habe ich Nachforschungen nach einigen der Inselbewohner getrieben, darunter nach meiner einst besten Freundin Jill, die ich bisher leider nicht finden konnte. Ich probierte auch andere Namen aus wie Tess Carlton und Annie Webb, die Frau, die ich Tante nannte, jedoch keine Verwandte war. Mittlerweile musste Annie in den Achtzigern sein oder nicht mehr leben, jedenfalls habe ich sie auf Facebook nicht mehr gefunden.

Das führt dazu, dass ich, anstatt noch einmal im Internet zu suchen, nach meinem Sammelalbum aus Kindertagen greife, das in dem Zeitungsständer neben dem Sofa versteckt ist. Es ist ein wahrer Trost, eine Erinnerung an glückliche Zeiten, und sehr schnell spüre ich, wie mein Puls ruhiger wird.

Das Album öffnet sich an der Stelle, an der ich zuletzt hineingesehen habe. Dort haftet eine Feder mit einem braunen, ausgeblichenen Klebestreifen, der sich an den Enden nach oben kräuselt. Irgendwann muss ich die Seiten sorgfältig reparieren und die Sachen neu einkleben, ehe alles endgültig auseinanderfällt.

Ich kenne alle Seiten auswendig und weiß nicht mal mehr, ob sie tatsächlich Erinnerungen an die Insel wachrufen oder ich mir das einbilde, weil ich die Fotos und Andenken so oft angeschaut habe. Als ich umblättere, flattert ein Foto heraus.

Mum hat es von mir und meiner Freundin Jill in jenem letzten Sommer aufgenommen. Wir sitzen im Sand, die Köpfe so dicht zusammengesteckt, dass sich unsere Haare vermischen – meine von der Sonne goldblond geblichenen Strähnen und Jills hellbraune Locken wehen im Wind, ein bezaubernder Schnappschuss.

Ich streiche mit dem Finger über Jills Gesicht. Wenn ich meine Augen schließe, meine ich sie lachen zu hören, dabei hatte sie gerade etwas geflüstert, das meine Mutter nicht hören sollte. Ihr lag daran, dass wir endlich »Cheese« sagten und grinsten.

Unversehens fällt mir ein, um was das Geflüster bei dieser Aufnahme gegangen war. Ich hatte mein Versprechen, es keinem zu erzählen, den ganzen Sommer über gehalten, bis ich am Ende schwach wurde und es nicht mehr geheim hielt. Vielleicht war es ein Fehler gewesen, und es war müßig, jetzt darüber nachzudenken.

Kapitel drei

Am nächsten Tag frage ich mich, wie das Mittagessen mit Bonnie ausfallen wird, denn unsere Gespräche über Evergreen sind grundsätzlich anstrengend, was ich auf den Umstand schiebe, dass wir unsere Kindheit vollkommen gegensätzlich wahrnehmen. Manchmal wundert es mich, wie man aus derselben Familie stammen und wichtige Jahre so unterschiedlich betrachten kann.

Bonnie öffnet die Tür und tritt zur Seite, um mich rasch hineinzulassen, da es seit gestern Abend nicht aufgehört hat zu regnen. »Luke ist immer noch krank, deshalb ist er nicht weggefahren«, sagt sie, als sie an mir vorbei in die Küche im hinteren Teil des Hauses geht.

»Was hat er denn?«

»Eine Erkältung.« Sie seufzt laut. »Er liegt im Bett und jammert. Weil ich ihm gesagt habe, er soll nicht aufstehen, solange er noch ansteckend ist.«

»Du hättest auch zu mir kommen können, statt deinen Mann ins Schlafzimmer zu verbannen.«

Sie wirkt entsetzt. »Ich habe schließlich schon das Mittagessen gemacht.«

Mal wieder staune ich über ihr mangelndes Mitgefühl, als ich meine Jacke ausziehe und an einen Haken an der Hintertür hänge.

»Was willst du trinken, Tee oder Kaffee?«

»Tee, bitte.«

»Ich hatte mich so darauf gefreut, Luke dieses Wochenende aus dem Weg zu haben. Er treibt mich nämlich in den Wahnsinn.«

»Das tut er anscheinend immer«, sage ich spitz und denke an meinen armen Schwager oben, der wohl trotz Erkältung bald nach unten kommen und Hallo sagen wird.

»Na ja, jetzt ist er noch unmöglicher als sonst. Er hat die Jungs zum Boxen angemeldet, glaubt man das? Wie kommt er darauf, dass ich die beiden boxen lassen will?« Sie bricht ab, als ihr Ältester, Ben, in die Küche kommt.

»Ich will boxen, Mum«, erklärt er kategorisch. »Und du hast gesagt, ich darf.«

»Ja, weiß ich.« Sie betrachtet ihren Zwölfjährigen einen Moment und wendet sich dann ab.

Ben zuckt mit den Schultern, und ich breite die Arme aus, um ihn zu drücken. »Deine Mutter sorgt sich nur um euch, weiter nichts«, murmle ich ihm zu. »Sie will nicht, dass ihr verletzt werdet.«

»Und es ist teuer«, wirft Bonnie nicht gerade diplomatisch ein, »das kommt hinzu.«

Ich verdrehe die Augen, und Ben grinst. »Ich möchte schwören, dass du wieder gewachsen bist, seit ich dich zuletzt gesehen habe. Du bist ja fast so groß wie ich.«

»Ja, ich finde bloß, du bist klein, Tante Stella.«

»Hey!« Ich lache. »Einsachtundfünfzig ist nicht gerade klein.« Er macht dauernd Witze über meine Größe, weshalb ich mir neben Bonnie, die fast fünfzehn Zentimeter größer ist, wirklich winzig vorkomme.

»Kannst du mich zu Charlie fahren, Mum?«, fragt Ben. »Es regnet.«

»Nein, denk nicht dran. Dafür hast du ein Fahrrad gekriegt. Er wohnt schließlich gleich um die Ecke, und außerdem ist deine Tante zu Besuch hier.«

»Mir macht es nichts...«, beginne ich.

»O nein. Er ist mobil und hat Beine.«

»Na gut. Bis später, Tante Stella.« Ben winkt mir zu und ist weg.

»Was für ein hübscher Junge er ist«, sage ich, als die Haustür hinter ihm ins Schloss fällt. »Sind sie beide.«

»Ich weiß.« Bonnie hält inne und blickt in den Flur, bevor sie sich wieder umdreht und Teebeutel und Becher aus den Schränken holt. »Mir graut vor dem Tag, an dem sie Freundinnen mit nach Hause bringen.«

Als meine Schwester den Tee aufgegossen hat, ziehe ich mir einen Stuhl unterm Tisch vor. »Es gibt noch keine Neuigkeiten zu der Leiche«, sage ich.

Für einen Moment reagiert sie nicht, und ich rechne damit, dass sie wie immer das Thema wechselt. »Hast du Dad angerufen?«, fragt sie prompt.

Ich schüttle den Kopf. »Noch nicht. Willst du ihn gar nicht mehr sehen, Bon? Fehlt er dir kein bisschen?«

Sie verzieht das Gesicht und sieht zur Seite. »Ich bin ihm nie so nahe gewesen wie du.«

»Das meine ich nicht, und ihr wart euch sehr wohl nahe.«

»Keiner von ihnen hatte viel Zeit für mich.« Sie wischt mit den flachen Händen über die Tischplatte.

»Das zu sagen, ist albern, und früher hast du selbst das Gegenteil behauptet«, erinnere ich sie an die wenigen Male, die sie sich geöffnet hat.

»Nur in den ersten Jahren, als sie mich immer zu ändern versucht haben«, erwidert sie. »Irgendwann haben sie es aufgegeben. Wahrscheinlich, als du kamst. War ein Witz!« Sie sieht mich über ihren Becherrand hinweg an. »Jedenfalls mochten sie dich am liebsten, was für jeden offensichtlich war.«

»Bonnie, das stimmt nicht.«

»Doch, tut es.« Abrupt schiebt sie ihren Stuhl zurück. »Und mir ist es längst egal. Ich mache mal das Mittagessen. Es gibt eine Suppe, mehr nicht.«

»Klingt super«, sage ich und frage mich, warum sie das Treffen nicht verlegen konnte, wenn sie ohnedies gar nichts Aufwendiges geplant hat. »Wo ist Harry?«

»Der ist wie Ben bei einem Freund. Echt, die verbringen mehr Zeit bei anderen Leuten als hier. Ich sehe sie kaum noch.« Bonnie senkt den Kopf. Es ist unschwer zu erkennen, dass sie ihre Söhne vermisst, auch wenn sie es nicht zugibt. »Ich schätze, so läuft es eben, wenn man auf eine normale Schule in einer normalen Stadt geht – das Gegenteil von dem, was wir hatten. Ich mag mir gar nicht vorstellen, wie es wäre, müssten sie so leben wie wir früher. So eingeengt.«

»Gab es für dich gar nichts Schönes an Evergreen?«

Sie wendet sich zu mir. »Nein, nichts. Ich hatte kein Leben, keine Freunde...«

»Hattest du«, unterbreche ich sie. »Da war Iona...«

»Eine, und die gerade mal einen Sommer lang.« Sie dreht sich zum Herd zurück. »Übrigens habe ich neulich an Danny gedacht.« Für sie ist dies eine unerwartete Veränderung, denn sie hat unseren Bruder bislang aus Kopf und Herz verdrängt. »Ich weiß nicht, wie ich auf ihn gekommen bin«, fährt sie fort, »es ist eine Woche her.«

Da ich nicht weiß, was ich sagen soll, warte ich, dass sie fortfährt.

»Nein, jetzt lüge ich«, sagt sie. »Ich weiß genau, wie ich auf ihn gekommen bin. Es war, als ich dieses schräge ältere Kind beim Rugbyspiel der Jungs gesehen habe. Es stand an der Seitenlinie und starrte die anderen an. Das hat mich an Danny erinnert.«

Ich zupfe eine kleine Ecke von meiner Papierserviette ab und rolle sie zwischen den Fingern.

»Unser Bruder hat jedem Angst gemacht, dafür habe ich ihn gehasst...« Ihre Stimme verliert sich, als würde sie allein mit sich selbst reden. Gedankenverloren schöpft sie Suppe in zwei Schälchen und bringt sie zum Tisch, holt noch einen Brotlaib und ein Messer.

»Du hast ihn nicht gehasst«, sage ich leise, als sie sich wieder hinsetzt.

Sie sieht mich mit großen Augen an. »Und ob! Von dem Moment an, in dem er geboren wurde. Ehrlich, da hat sich alles verändert. Da fing Mum an, mich zu diesen blöden Spielsitzungen aufs Festland zu schleppen, zu der Frau, die mich immer zum Reden bringen wollte.« Bevor ich nach den Sitzungen fragen kann, redet Bonnie bereits weiter. »Ich habe nie kapiert, warum *du* ihn nicht gehasst hast. Und ich habe nie gewusst, worüber ihr beide geredet habt, wenn ihr in dem Baumhaus hocktet. In dem Ding habt ihr Stunden verbracht.«

Haben wir, wobei wir eigentlich nie geredet haben. Jeder von uns machte sein Ding, wie es kleine Kinder tun, bevor sie richtig zu spielen lernen. Danny malte, während ich gelesen oder mit meinen Barbiepuppen gespielt habe.

»Erinnerst du dich, wie er von dem Baum gefallen ist und ich dachte, er sei tot?«, fragt Bonnie. »Er hat sich nicht gerührt, sondern lag einfach da.« Sie lässt einen Arm schlaff herunterhängen und streckt die Zunge seitlich aus ihrem Mund. Es sieht so komisch aus, dass ich Mühe habe, nicht zu grinsen. »Er hatte Iona und mich heimlich beobachtet, und da war der Ast unter seinem Gewicht abgebrochen, sodass er runterfiel und direkt vor unseren Füßen landete.«

»Daran erinnere ich mich höchstens vage.« War es das eine Mal, dass sie Mum seinetwegen in der Küche angeschrien hatte?

»Einen Moment lang habe ich mir gewünscht, dass er sich nie wieder rührt, und ich wollte ihn umbringen, als er es tat. Er hat uns immerzu beobachtet, und das war mir so sagenhaft peinlich. Keiner hat den Jungen verstanden.«

»Keiner hat es versucht.«

»Solange ich mich erinnere, hat er immer alleine gespielt, seine Spielzeugautos im Sand ständig im Kreis fahren lassen. Damals habe ich mich gefragt, warum sie so viel Mühe verschwendeten, mich zu verstehen, wenn jeder erkennen konnte, dass es Danny war, der Hilfe brauchte.«

»Wann haben diese Sitzungen eigentlich aufgehört? Die, zu denen Mum dich gebracht hat?«

»Die Spielsitzungen?« Bonnie zuckt mit den Schultern und nimmt einen Löffel Suppe. »Als ich ungefähr sieben war, glaube ich. Jedenfalls hat Mum mich eines Tages dort abgeholt und gesagt, mehr müsse sie nicht wissen.«

»Mehr worüber?«, frage ich, wenngleich ich ahne, dass Bonnie nicht mehr sagen wird. Sie würde mir nur kurz erklären, dass sie es nicht mehr weiß, dabei bin ich nicht sicher, ob es die Wahrheit ist oder ob sie sich ihr nicht stellen will.

»Er ist immer schlimmer geworden, je größer er wurde«, lenkt sie meine Aufmerksamkeit auf Danny zurück. »In dem letzten Sommer war er ein Albtraum. Du erinnerst dich sicher noch an die Übernachtung am Strand?«

»Ja, natürlich. Du meinst, als man Danny vorwarf, eines der Mädchen unsittlich angefasst zu haben.«

»Und denk dran, wie er mit Iona umging«, sagt Bonnie

leise. »Das hat es für mich unangenehm gemacht. Ich war erstaunt, dass sie überhaupt noch so oft gekommen ist, wenn Danny da war.«

»Er hat sie gemocht, weil sie nett zu ihm war.«

Als meine Schwester den Kopf wendet, huscht ein leichter Schatten über ihr Gesicht. »Ich war neulich bei Mums Grab. Hast du die Blumen hingestellt?«

Ich lehne mich auf meinem Stuhl zurück. Bonnies Themenwechsel sollten mich nicht wundern, erwischen mich allerdings jedes Mal aufs Neue eiskalt. Und ihre Frage ist ohnehin unsinnig, denn sie weiß genau, dass ich jede Woche hingehe und frische Blumen mitnehme.

»Mum hätte gehasst, was passiert ist, oder?«

Ich nicke. In gewisser Weise bin ich froh, dass sie es nicht mehr miterlebt.

»Möchtest du einen Kaffee?«, fragt Bonnie nach dem Mittagessen.

»Gerne«, antworte ich und helfe ihr beim Abräumen.

»Ach, in Momenten wie diesen könnte ich morden für ein Glas Wein«, sagt sie und sieht mich an, um meine Reaktion nicht zu verpassen.

»Ich weiß nicht, was du von mir erwartest, Bonnie.«

»Na hör mal, du bist Therapeutin. Wenn dir nichts einfällt, dann niemandem.«

»Ich berate Familien mit Beziehungsproblemen, keine trockenen Alkoholiker.«

»Hängt das nicht alles zusammen?«, fragt sie, wobei sie mich aufmerksam beobachtet, und fügt hinzu, als ich nicht antworte: »Es ist ja nicht so, als würde ich mich betrinken wollen. Ich finde einfach Kaffee und Tee auf die Dauer langweilig.« Angewidert blickt sie zu dem Wasserkessel. »Was macht überhaupt deine Arbeit?«

»Die läuft gut. Ich mag sie sehr.«

»Hast du interessante Klienten?«

Ich lache. »Du weißt, dass ich dir nichts erzähle.«

»Ach, komm schon. Bringt es mir absolut gar nichts, deine Schwester zu sein? Ein bisschen was, mehr nicht, du musst ja keine Namen nennen.«

»Nein, dabei bleibt es!«

»Du bist langweilig. Das könnte ich dir sofort bescheinigen.«

»Zweifellos«, sage ich lächelnd.

»Und sind bei denen irgendwelche Männer, die du ganz passabel findest?«

»Bonnie!«

»Im Ernst, wie willst du sonst jemanden kennenlernen? Einige von denen sind bestimmt in der idealen Lage, unglücklich in ihren Ehen zu sein. Du müsstest ihnen einfach einen Stups in die richtige Richtung geben.«

»Wenn du so fragst, es sind keine dabei, die ich mag.«

»Vielleicht bist du als Single besser dran.« Sie schenkt heißen Kaffee in zwei Becher, und wir schweigen, bis sie sagt: »Denkst du jemals daran, nach Danny zu suchen?«

»Natürlich, wenn ich wüsste, wo ich anfangen soll…«

»Glaubst du, Mum hat gewusst, wo er ist?«

»Kann ich mir nicht vorstellen«, antworte ich und nehme meinen Becher. Ich habe meiner Mutter stets vorgeworfen, dass sie ihn gehen ließ. Mit zweiundzwanzig war Danny noch nicht alt genug, um richtig für sich selbst zu sorgen, und ich habe nie verstanden, warum sie es ihm erlaubt hat.

Das ist achtzehn Jahre her, und damals wollte ich das

ganze Land nach ihm absuchen. Ich sah Bilder vor mir, dass wir ihn frierend in irgendeiner dunklen Gasse fanden, ihn ins Auto luden und mit nach Hause nahmen, wo er hingehörte. Aber Mum schüttelte den Kopf: »Ich habe ihn schon vor langer Zeit verloren.«

Was stimmte. Jeder konnte verfolgen, wie Danny sich nach unserem Fortgang von der Insel in sich zurückgezogen und seine Stifte und seinen Zeichenblock nicht mehr aufgenommen hatte.

»Vielleicht hat Mum ja zu ihm Kontakt gehalten und es uns aus irgendeinem Grund nicht verraten«, sage ich.

»Warum sollte sie das tun?«

»Weiß ich nicht. Vielleicht hat er sie ja darum gebeten.«

»Aus welchem Grund?«

Genervt fahre ich sie an: »Hör auf, mir Fragen zu stellen, auf die ich keine Antwort weiß. Das Problem ist, dass wir es nie wissen werden.«

Bonnie nickt. »Denkst du, er ist noch am Leben?«

Sie bietet mir einen Keks an und nimmt sich selbst einen, während sie mich erwartungsvoll anschaut.

»O Gott, Bonnie, wie kannst du denken, dass er es nicht mehr ist?«

Sie zuckt mit den Schultern und beobachtet mich kauend weiter. »Wahrscheinlich hat unsere Mutter gewusst, wo er steckt«, sagt sie schließlich sehr leise. »Ich kann mir nicht vorstellen, dass sie nie nach ihm gesucht hat.«

Als am Abend in den Nachrichten immer noch magere Schlagzeilen gesendet werden, nehme ich mein iPad und gehe die zahlreichen Fotos der Websites auf der Suche nach vertrauten Gesichtern durch.

Ich habe mich die ganze Zeit über gefragt, was aus den Leuten geworden ist, mit denen ich aufgewachsen bin und die noch auf der Insel sein könnten. Jetzt zoome ich das Bild einer Menge nahe dem Polizeizelt und suche nach bekannten Zügen, leider wird alles körniger, je näher ich rangehe. Plötzlich entdecke ich in der Menge wider Erwarten doch noch eine Frau, die ich wiedererkenne.

Ich klicke das Bild an und öffne ein anderes. Eindeutig sehe ich Jills Mutter, Ruth Taylor. Sie steht allein neben dem Café auf einem Foto, das den Presseuntertitel *Das örtliche Dorf* trägt. Ich mustere ihr rundes Gesicht und ihren leicht geöffneten Mund, als sie auf etwas starrt, das nicht im Bild ist. Natürlich sieht sie erheblich älter aus, und ihr Haar ist mittlerweile vollständig grau geworden. Also hat die Familie nie die Insel verlassen, dabei habe ich aus vielerlei Gründen gehofft, Jill würde es tun.

Zur Vergewisserung rufe ich die erste Aufnahme erneut auf und lehne mich zurück. Jeder dieser Menschen wird in den nächsten Tagen Fragen beantworten müssen, und ich bin sicher, dass die Polizei inzwischen weiß, wessen Leiche es ist, oder es sehr bald wissen wird.

Keiner kann einen Fuß auf die Insel setzen oder von ihr weggehen, ohne dass es jeder weiß. Und niemand könnte dort vergraben worden sein, ohne dass nicht mindestens einer von der Insel eingeweiht worden war.

Kapitel vier

Früher hatte ich meine Mutter angefleht, mich zurück nach Evergreen zu bringen. Das hatte ich getan seit der Nacht, in der wir die Insel verlassen haben, bis zu dem Moment, als Danny seine Sachen zu packen begann. Ein Jahr zuvor hatte Dad sich von der Familie getrennt.

»Wir können noch zurück«, sagte ich damals beim Frühstück. »Dad hat uns gezwungen wegzugehen, und er ist nicht mehr hier.« Wir begriffen die Gründe nicht, die sie uns genannt hatten, oder glaubten nicht daran. Klar war dagegen, dass *er* entschieden hatte, uns auf die Fähre zu zerren.

»Ich denke nicht, dass wir zurückkönnen, Stella«, widersprach Mum.

»Ich verstehe nicht, wieso. Uns ging es dort gut, und…«

»Es ist nicht der richtige Zeitpunkt, darüber zu reden«, fiel sie mir ins Wort und blickte zu Danny, der sich Cornflakes in den Mund schaufelte.

»Danny ist dort glücklich gewesen«, beharrte ich und war verärgert, weil sie nicht darüber nachdenken wollte. »Stimmt es nicht, Danny?«

Mein Bruder schaute auf, ohne zu antworten, schob stumm seinen Stuhl zurück, brachte seine Schale zur Spüle und verließ hastig die Küche. Eigentlich müsste meine Mutter sehen, wie elend ihn das Leben in der Stadt machte.

»Du weißt, dass er auf der Insel glücklicher wäre«, insistierte ich. »Versprich wenigstens, dass du es dir überlegst.«

Sie murmelte zwar, dass sie es tun werde, aber keine zwei Wochen später ging Danny weg. Eines Tages hievte er sich einen schweren Rucksack auf den Rücken und sagte mir, dass er fortgehen werde. Mum stand am Gartentor, blass und ängstlich. Sie hatte denselben Gesichtsausdruck wie bei einem Anruf im Krankenhaus, als Bonnie eingeliefert worden war: Sie sah aus, als wäre ihre Welt aus den Fugen geraten.

Beim Abschied streckte sie einen Arm nach oben, als wollte sie ihn noch erreichen. Ein Irrtum, meines Wissens hat sie nicht wirklich versucht, ihn aufzuhalten. Später fragte ich mich, wie Mum einen Teil der Familie gehen lassen konnte. In meiner Kindheit war sie es gewesen, die uns alle zusammenhielt, und von daher fühlte ich uns immer weiter auseinanderbrechen, sobald einer ging.

Nach Danny gab ich es auf, Evergreen anzusprechen. Ich war nicht mehr mit dem Herzen dabei, und als Mum starb, schien der Gedanke an die Insel ohne sie sowieso unmöglich. Erst diese neuen Nachrichten riefen Erinnerungen und Gefühle wach, die ich fast vergessen hatte, und ich beneide Bonnie um ihre Fähigkeit, all das mit Lässigkeit und Gleichmut zu überspielen.

Inzwischen sind über vierundzwanzig Stunden vergangen. Am Sonntagmorgen rufe ich meine Schwester an, während ich ein Gespräch mit Dad nach wie vor hinausschiebe. »Sie sagen, die Leiche sei eine Frau«, erzähle ich ihr. »Warum wurde sie nie vermisst gemeldet?, frage ich mich. Ihr Verschwinden muss schließlich jemandem aufgefallen sein.« Nachdenklich stocke ich. »Wir haben jeden auf der Insel gekannt, und ich komme nicht umhin zu glauben, dass wir sie ebenfalls gekannt haben müssen.«

»Und wer soll sie gewesen sein? Tess Carlton vielleicht?«, greift Bonnie aus dem Nichts nach einem Namen. »Oder eine von den Smyth-Zwillingen? Denkst du, die eine hat die andere umgebracht?«

»Bonnie, sag bitte nicht so was Furchtbares witzig daher!«

»In Ordnung, wir werden es früh genug erfahren«, setzt meine Schwester einen Schlusspunkt hinter das Thema.

Da sie offenbar das Interesse an dem, was ich bereden möchte, verloren hat, schaue ich zum Fernseher. Polizei und Untersuchungsbeamte sind wieder im Garten, und wenn die Kameras zurückschwenken, sieht man den dunklen Wald dahinter, in dem die Bäume dicht beieinanderstehen und die Sonne höchstens die Kronen erreicht. Aus diesem Winkel wirken sie gespenstisch. Als Kinder hat uns das nicht gestört. Wir sind immer in die Dunkelheit gelaufen, ohne uns irgendwelche Sorgen zu machen – keiner hat an etwas Böses gedacht.

Den Kameras gelingt es hingegen, dem Wald eine bedrohliche Note abzuringen, und für einen Moment erkenne ich, was jeder andere sehen wird: einen Spukwald.

Vor dem Fernseher denke ich an die Mädchen, die ich damals gekannt habe. Altersmäßig rangierten sie zwischen Bonnie und mir: Tess Carlton, die Tochter von Mums bester Freundin; Emma Grey; Bonnies Freundin Iona und natürlich Jill. Sie ist die Einzige, bei der die Erinnerungen für mich nicht schemenhaft geworden sind.

Meine Freundin sah ich das letzte Mal, nachdem Mum mir hastig zu erklären versucht hatte, dass wir die Insel verlassen würden. Mich interessierte weder das Haus in Winchester noch das zusätzliche Einkommen durch Dads neuen Job. Deshalb war ich zu Jill gerannt, und sie schlug vor, dass wir zu unserem Geheimplatz auf der Lichtung gehen sollten.

Wir hatten nicht damit gerechnet, dass ihr Vater uns folgen würde, deshalb bemühte sie sich zu flüstern, als sie sagte, sie könne es nicht ertragen, dass ich wegziehe.

Wir weinten beide, als ihr Dad näher kam, um Jill mit nach Hause zu nehmen. Ich hätte ihn gerne gefragt, warum er uns nicht noch ein wenig Zeit lassen konnte, andererseits überraschte mich bei Bob Taylor letztlich gar nichts mehr.

Ich klammerte mich an Jills Arm und sah ihr in die Augen. »Hab keine Angst«, sagte ich zu meiner zitternden Freundin und hoffte, dass er mich nicht hörte. Verstohlen linste ich in seine Richtung. Wie sehr wünschte ich, er würde weggehen, damit ich richtig mit Jill reden konnte. Er tat es nicht. »Wir schreiben uns«, fuhr ich fort. »Ich dir zuerst, damit du meine neue Adresse hast. Versprichst du, dass du mir antwortest?«

Jill nickte. Tränen glänzten in ihren Augen, die sie wegblinzelte. »Versprochen. Wir werden immer beste Freundinnen sein.«

»Es ist ein Versprechen zwischen Blutsschwestern«, antwortete ich, und wir pressten unsere Finger zusammen, bis ihr Dad nach ihr rief und sie mich losließ. »Ich werde dich vermissen«, rief ich mit einer Stimme, die vor Schmerz brach.

»Ich dich auch«, rief sie zurück.

Selbstverständlich hielt ich mein Versprechen und schrieb Jill eine Woche nach unserem Einzug in das Haus in Winchester. Jedes Mal, wenn der Briefschlitz klapperte, rannte ich zur Tür. Eine Woche später schrieb ich ihr, flehte sie an, mir zu antworten, und schrieb meine Adresse auf den Umschlag, falls sie die verloren hatte. Ich habe nie wieder von ihr gehört.

Am Nachmittag läutet es an der Tür, gefolgt von einem lauten Klopfen.

»Ist ja gut«, rufe ich und stelle meinen Becher so schnell auf dem Couchtisch ab, dass etwas Tee überschwappt. Als ich öffne, stehen draußen zwei Männer, einer groß mit kurz geschorenem Haar, der andere mindestens einen Kopf kleiner.

»Miss Stella Harvey?«, fragt der Größere. »Ich bin PC Walton, und dies ist mein Kollege, PC Killner. Es besteht kein Grund zur Sorge. Wir möchten uns mit Ihnen über einen Vorfall unterhalten, von dem Sie vielleicht in den Nachrichten gehört haben. Dürfen wir reinkommen und Ihnen einige Fragen stellen?«

»Ich verstehe das nicht«, sage ich kopfschüttelnd, als ich zur Seite trete, um die beiden in meinen engen Flur zu lassen.

»Wir sprechen mit jedem, der auf Evergreen gelebt hat, müssen Sie wissen, absolute Routine«, versichert er mir, als ich die beiden bitte, mir ins Wohnzimmer zu folgen. Steif setze ich mich auf die Kante von Mums altem Schaukelstuhl, bevor ich Auskunft gebe. »Ich habe vor langer Zeit dort gelebt«, sage ich. »1993 sind wir weggezogen.«

PC Killner nickt, zückt einen Notizblock und klickt mit seinem Kugelschreiber. Mit einem Finger geht er seine Notizen durch, bevor er zu mir hinsieht. »Und können Sie bestätigen, wann Sie dorthin gezogen sind, Miss Harvey?«

»Ich wurde dort geboren, 1982. Meine Eltern kamen auf die Insel...« Ich überlege. »Das muss 1976 oder 1977 gewesen sein. Meine Schwester war damals noch ein Baby.« Als der Officer nickt, hake ich nach. »Warum?«, frage ich und rutsche vor, bis ich beinahe von der Stuhlkante falle. »Ich meine, das ist so lange her, dass ich nicht weiß, wie es Ihnen helfen kann.«

Walton lächelte. »Reine Routine.«

»Obwohl es ewig her ist?«, versuche ich zu ergründen, was dieser Besuch bedeutet. Denken die Beamten, die Leiche habe seit Jahren dort gelegen? Oder wollen sie mit mir reden, weil ich vielleicht noch auf der Insel lebte, als sie vergraben wurde?

»Ich weiß«, räumt er noch immer lächelnd ein. »Uns ist klar, dass Sie noch sehr jung waren, als Sie wegzogen, Miss Harvey, dennoch hätten wir gern einige Informationen, dann sind wir wieder weg. Ich habe nicht vor, viel von Ihrer Zeit in Anspruch zu nehmen.«

Ich schürze die Lippen und rücke auf dem Schaukelstuhl nach hinten, bis ich das kleine Kissen unten an meinem Rücken fühle. Trotz meiner Nervosität finde ich Waltons Lächeln freundlich, und ich sage mir, dass ich sowieso nichts über die Leiche weiß.

Er bittet mich noch, zu bestätigen, wo ich mit wem gewohnt habe, und ich erzähle ihm, dass außer mir meine Eltern, Bonnie und Danny in dem Haus am Uferkai wohnten. Kurz werde ich panisch, als mir einfällt, dass sie vor mir schon mit Bonnie gesprochen haben könnten, wobei es im Grunde nichts gibt, was sie hinzufügen könnte. Ihre Informationen wären dieselben wie meine.

Wie auch immer, es beunruhigt mich, zwei Polizisten in meinem Wohnzimmer zu haben, und ich bemühe mich, meine Schultern und mein Kinn zu entspannen für den Fall, dass die beiden genauso auf mein Verhalten achten, wie ich es bei meinen Klienten tue. Außer es interessieren sie allein nüchterne Fakten.

»Wer waren Ihre nächsten Nachbarn?«, will Walton beispielsweise jetzt wissen.

»Eigentlich hatten wir keine«, antworte ich und erkläre, dass unser Fährhaus am Ende des Anlegers und weitab von irgendwelchen anderen Häusern lag. Killner blättert in seinem Notizbuch und schaut sich etwas an, das wie eine Karte der Insel aussieht. Neugierig recke ich den Hals, um mehr zu erkennen.

»Nach links war der Pines-Pub, richtig?« Er blickt zu mir auf.

»Ja, da hat meine Freundin Jill Taylor mit ihren Eltern gewohnt. Ruth und Bob«, ergänze ich, als sie beide zu warten scheinen. »Ich weiß nicht, ob sie noch in dem Haus leben.«

Killner lächelt verhalten, und mir wird bewusst, dass irrelevant ist, was ich weiß, da sie mir inzwischen weit voraus sind. »Und zur anderen Seite befindet sich das Dorf. Vielleicht wissen Sie noch, wer in den Reihenhäusern gewohnt hat.«

Ich rufe mir die Reihe kleiner Häuser hinter den Läden ins Gedächtnis. Die Siedlung ein Dorf zu nennen, ist übertrieben, immerhin liegt sie zentral und war zumindest damals der Ort, an dem sich die Erwachsenen trafen und einkauften. »Der Arzt wohnte immer ganz am Ende«, überlege ich. »Früher waren es wechselnde Ärzte, die auf die Insel kamen.«

Er bittet mich, genau nachzudenken, und ich zähle die Ärzte auf, an die ich mich erinnere, wobei meine zeitliche Einordnung vage ist. Während Killner sich Notizen macht, ertappe ich Walton dabei, wie er ein Foto auf dem Eckregal betrachtet. »Das ist meine Mutter. Sie ist vor zehn Jahren bei einem Autounfall ums Leben gekommen.«

»Tut mir leid, das zu hören, Miss Harvey.«

Ich beobachte, wie er zu den vielen anderen Fotos auf dem Kaminsims sieht. Außer einem sind es alles Aufnahmen aus früheren Jahren, als wir noch Kinder waren und auf der Insel lebten. Ich bemerke den Anflug eines Stirnrunzelns. Was mag der Officer davon halten, dass hier so viele Bilder stehen, die so nahe bei seinem Tatort aufgenommen wurden?

»Reden Sie noch mit den anderen aus meiner Familie?«, frage ich.

»Werden wir«, sagt er und nimmt ein gerahmtes Foto auf, schaut es genauer an.

»Ist das Ihre Schwester?«

»Ja.« Ich rücke wieder auf die Stuhlkante.

Er tippt mit dem Finger auf dem Rahmen und wendet sich an mich. »Dieses Armband, das sie trägt«, sagt er, »erinnern Sie sich daran?«

»Ja, das habe ich geflochten.« Ruckartig sieht er zu mir auf. »Es ist ein Freundschaftsarmband. In unserem letzten Sommer habe ich einige davon hergestellt und sie verkauft.«

»Wissen Sie noch, an wen?«

»O Gott, nein! Genau kann ich das nicht mehr sagen. Eben an einige der Mädchen.«

»Könnten Sie mir eine Liste von denen machen, an die Sie sich erinnern?«, drängt er.

»Ja, ich denke, das schaffe ich.«

Diesmal lächelt er etwas reservierter, als würde meine Nähe zu dem Armband mich verdächtig machen, was in Anbetracht meines Alters völlig verrückt wäre. »Danke für Ihre Zeit«, sagt Walton, reicht mir eine Karte und bittet darum, mich zu melden, sobald die Liste fertig ist.

Als sie gegangen sind, beobachte ich von meinem Wohnzimmerfenster aus, wie sie sich bei ihrem Wagen unterhalten. PC Walton lacht über eine Äußerung seines Kollegen. Mit zittrigen Händen rufe ich Bonnie an. Gleichzeitig überlege ich, ob ein winziger Teil von mir es nicht genießt, in diese Geschichte reingezogen zu werden, weil es mich wieder mit der Insel verbindet.

Der Hoffnungsschimmer vergeht, als Walton zu meinem Fenster aufschaut und mich plötzlich die Furcht packt, dass eines meiner Armbänder mit dem Fall zu tun haben könnte.

»Kannst du mich hören?«, frage ich, als Bonnie sich meldet, ihre Stimme aber von einem Rauschen überlagert ist. »Wo bist du?«

»Bei Tesco. Ich habe kaum Empfang. Bleib dran.« Ich warte einen Moment, dann höre ich sie sagen: »So besser?«

»Ein bisschen. Die Polizei ist eben bei mir gewesen.«

»Auch bei uns, hat Luke gesagt. Was wollen die?«

Ich berichte ihr von den Fragen, während sie weiter Sachen in ihren Einkaufswagen wirft. »Dann wollen sie sichergehen, dass keiner lügt«, sagt sie lapidar. »Warum klingst du so besorgt?«

»Inwiefern lügen?«, frage ich.

»Sie überprüfen, wer auf der Insel war und wer nicht und wer von denen nicht die Wahrheit sagt, schätze ich.«

Endlich höre ich die Polizisten wegfahren und ziehe mich vom Fenster zurück. »Mir gefällt das alles nicht«, gestehe ich. »Bon, ich weiß nicht, warum ich das Gefühl habe, wir könnten dort gewesen sein, als es passiert ist.«

»Sie stellen einfach ein paar Fragen«, wiegelt sie ab. »Wahrscheinlich reden sie mit jedem, der jemals auf der Insel war. Warum bist du so panisch?«

»Sie haben sich für das Freundschaftsarmband interessiert, das ich damals gemacht habe. Auf einem Foto hast du es um. Und ich soll ihnen eine Liste von allen geben, die eines hatten. Wenn ich es recht überlege, entsinne ich mich nicht einmal, dass du es jemals getragen hast, auf dem Foto jedenfalls trägst du es am Handgelenk. Hast du mich gehört?«, dränge ich, als Bonnie schweigt.

»Ja, habe ich. Warum wollen sie das wissen?«

»Weiß nicht, was es bedeutet. Womöglich denken sie, wir könnten von daher einen Verdacht haben, wer die Leiche ist. Oder eine Person kennen, der wir zutrauen, jemanden umgebracht zu haben.«

»Unsinn, es bedeutet gar nichts. Sie müssen eben allen Hinweisen nachgehen«, weist Bonnie mich gelangweilt zurecht.

»Mich stört, dass ich keine Ahnung habe, was los ist. Es fühlt sich...« Ich stocke, suche nach den richtigen Worten. »Es fühlt sich für mich an, als sollte ich lieber dort sein.«

»Hör auf, dich verrückt zu machen und über nichts anderes zu reden als die verfluchte Insel. Ich will nicht über sie sprechen, nicht mal an sie denken.«

Ihre Reaktion überrascht mich nicht, sie hasst die Insel, hat sie immer gehasst. Im Gegensatz zu ihr haben mich die Nachrichten völlig aus dem Gleichgewicht gebracht, vielleicht weil es mir anders als Bonnie nicht gelingt, die Erinnerungen zu verdrängen. Ich kann nicht aufhören, mich gedanklich sogar an Orte zu begeben, die ich eher gemieden habe, und jetzt kommt alles wieder hoch, selbst Dinge, die ich sorgfältig in mir vergraben habe. Es gab bereits früher viele Fragen, auf die ich Antworten wollte, denen ich jedoch nie ernsthaft nachzugehen wagte.

»Bon«, sage ich vorsichtig, »so wie wir weggegangen sind und die letzten Tage dort...« Erneut breche ich ab, weiß nicht, wie ich den Satz beenden soll – und ob ich es will.

»Was?«

»Erinnerst du dich an irgendwas, das ich nicht mehr weiß, würde ich gerne wissen.«

»Selbstverständlich nicht. Was sollte ich überhaupt wissen?«

Eine Menge mehr als ich, denke ich. Sie ist immerhin sechs Jahre älter, hat also mehr mitbekommen. Statt eine Antwort zu geben, stelle ich eine Gegenfrage. »Wieso haben wir eigentlich nie über irgendwas geredet?«

»Weil es nichts gibt«, sagt sie genervt. »Und jetzt fang nicht wieder davon an, warum wir damals so überstürzt weg sind. Sie haben uns gesagt, sie würden dringend das Geld brauchen, das Dads neuer Job einbringen würde. Offensichtlich haben sie mit der Fähre so gut wie nichts verdient. Ich verstehe nicht, warum du das nicht akzeptierst.«

Und ich glaube nicht, dass sie es wirklich kann. Bonnie rattert die Fakten wie auswendig gelernt herunter, was darauf hindeutet, dass sie mir etwas verheimlicht. Das weiß ich, weil ich es selbst tue.

Nachdem ich aufgelegt habe, sehe ich mir erneut das Foto an, für das sich der Officer interessiert hat. Es ist eines von fünfen, die wir aus jenem letzten Sommer haben. Ich schaue mir ein anderes an, auf dem Mum und Dad lächeln. Er hat den Arm um sie gelegt, und sie hält seine Hand.

Was ist mit uns allen geschehen?

So dringend ich dieses Gespräch mit Bonnie führen muss, sträubt sich ein großer Teil in mir dagegen. Ich möchte nicht zugeben müssen, dass ich gelogen habe, um nicht preiszugeben, was vor unserem Verschwinden passierte. Schließlich tat ich es, da ich fest daran glaubte, uns alle zusammenhalten zu können.

Kapitel fünf

Am Abend ist der Leichenfund auf Evergreen zwar nicht mehr in den Nachrichten, aber mein persönliches Interesse ist noch größer geworden. Wie besessen suche ich im Internet nach Fotos, Namen und nach allem, was sich im Zusammenhang mit der Insel auftreiben lässt. Je mehr ich finde, desto mehr will ich herausbekommen. Es ist zu einer Sucht geworden. Wie ich es geschafft habe, mich all die Jahre von der Insel fernzuhalten, weiß ich selbst nicht mehr.

Ein paar Wochen nach Beginn meiner Therapie wurde ich gefragt: »Wie oft denkst du an deine alte Insel?« Die Therapeutin sprach »deine alte Insel« aus, als würde es sich um ein fiktives Land handeln und nicht um den einzigen Ort, den ich je mein Zuhause genannt habe.

»Nicht oft«, antwortete ich und neigte den Kopf dabei genauso zur Seite wie sie. Wir waren scheinbar beide gleich neugierig, was im Kopf der anderen vorging. Ich legte es darauf an zu wissen, worauf sie hinauswollte und warum sie immer wieder auf Evergreen zurückkam. Etwas in unserer ersten Sitzung muss ihre Wissbegier ausgelöst haben.

Als sie mein Schweigen nicht mehr ertrug, fuhr sie mit ihrer analytischen Befragung fort: »Du wünschst dir eindeutig, deine Eltern wären nie mit dir fortgegangen. Glaubst du, dass du dir eine Chance gegeben hast, woanders heimisch zu werden?«

Es war eine gute Frage, über die ich nie richtig nachgedacht hatte. »Weiß ich nicht. Ich denke schon.«

»Du bist zweiunddreißig und wechselst den Beruf. Du lebst in einer Mietwohnung, widmest deine Zeit der Aufgabe, anderen zu helfen, und bemühst dich sehr um deine Schwester, von der du nach wie vor keine zehn Minuten entfernt wohnst.« Sie sagte das, als wäre es nicht in Ordnung.

Ich merkte, wie mir Röte den Hals hinaufkroch. »Bei dir klingt es, als wäre ich gescheitert«, platzte ich vorwurfsvoll heraus.

»Nein.« Sie schüttelte den Kopf. »Ganz und gar nicht. Tut mir leid, wenn es sich so anhört. Ich finde deine berufliche Neuorientierung lobenswert. Nur habe ich den Eindruck, dass du außergewöhnlich viel Zeit mit der Sorge um Bonnie verbringst und…« Sie stockte. »Und dass du ein bisschen zu viel in der Vergangenheit lebst. Es ist nicht ungewöhnlich, dass man sie sich schönredet, doch in deiner gegenwärtigen Lebenslage könnte es nicht besonders gesund sein. Besser ist es, die Zukunft zu planen…«

»Ich dachte, das tue ich gerade und orientiere mich neu«, fiel ich ihr ins Wort und blinzelte, als mir die Tränen kamen. »Trotzdem sorge ich mich um Bonnie. Sie ist alles, was ich noch an Familie habe.«

»Ja«, sagte sie, als käme gleich mehr. Vielleicht zu dem Thema, warum ich ständig meine Gefühle abtue, was den Verlust aller anderen Familienmitglieder betrifft.

»Und um deine Frage zu beantworten«, fuhr ich fort, ehe sie etwas sagen konnte, »ich denke sehr selten an die Insel.«

Natürlich war das gelogen, und sie wusste es. Ich verbarg es so, wie Bonnie früher die Beweise für ihren Alkoholkonsum versteckte. Mein Sammelalbum war zwischen Zeitschriften verborgen, und Kartons voll mit Mums alten Fotos lagerten auf dem untersten Fach ganz hinten in meinem Kleiderschrank.

Jahrelang habe ich gegen die Sehnsucht gekämpft, auf die Insel zurückzukehren, und zwischenzeitlich geglaubt, sie überwunden zu haben. Seit Freitagabend nun habe ich das Gefühl, den Kampf zu verlieren. Und seit die Polizei hier war, denke ich nicht mehr, dass ich Evergreen weiter fernbleiben kann. Ich sollte hinfahren und herauszufinden versuchen, warum jemand am Rande unseres Gartens eine Leiche vergraben hat und was meine Armbänder damit zu tun haben. Mit anderen Worten: Ich sollte zurückkehren zu den Menschen, die ich geliebt habe, weil ich es schwer ertrage, nicht bei ihnen zu sein. Und ich sollte zurückkehren, weil ich wissen will, warum wir fortgegangen sind, wenngleich es so offensichtlich war, dass wir nirgendwo anders glücklicher sein würden.

Sorgsam stelle ich eine Liste der Mädchen zusammen, die eines meiner Armbänder bekamen, und sehe sie noch einmal durch, ehe ich sie per E-Mail an die Polizei schicke. Mein Blick verharrt auf dem Namen ganz oben, und mir ist klar, dass ich keine Antworten bekomme, wenn ich in meiner Wohnung hocke.

Am Montagmorgen muss ich mich in meiner Praxis auf eine neue Familie konzentrieren, ein Paar mit einem vierzehnjährigen Sohn, der, nach den Worten seiner Mutter, Schwierigkeiten hat, die Schule ernst zu nehmen.

Sie spricht schnell, zählt ihre Sorgen auf, als würde sie eine Einkaufsliste abhaken, und ist sichtlich nervös. Bei jeder Situation, die sie beschreibt, erinnert sie daran, dass sie mit dem Verhalten ihres Sohnes nicht einverstanden ist. Allerdings habe ich nicht den Eindruck, dass sie ihn niedermachen will; vielmehr kommt es mir vor, als bräuchte sie die Bestätigung, dass sie eine gute Mutter ist, die sich sehr bemüht.

Irgendwie tut sie mir leid. Anscheinend wirft sie sich vor, dass sie zu lange tatenlos zugesehen hat und es dadurch erst so weit gekommen ist, dass ihr Sohn kaum noch in die Schule geht und sie alle eine Beratung brauchen. Vermutlich fühlt sie sich ähnlich wie ich mich gestern mit den Polizisten in meinem Wohnzimmer.

Beim Zuhören nicke ich und wende meine Aufmerksamkeit immer mal wieder ihrem Mann und dem Sohn zu. Der Junge nestelt an seiner zusammengeknüllten Jacke, die er auf seinem Schoß hält, und wirkt, als wollte er irgendwo anders sein, nur nicht hier. Er hat rote Flecken im Gesicht, und seine Gesten werden hektischer. Offenbar reicht es ihm. Sobald seine Mutter eine Atempause einlegt, bitte ich ihn zur Ablenkung, er soll mir erzählen, wie ein guter Tag für ihn aussieht.

Achselzuckend brummt er irgendwas, aber zum ersten Mal sieht er mich direkt an. Am Ende der Sitzung ist mir endgültig klar, dass die Eltern ihre Prioritäten falsch setzen. Außerdem habe ich das Gefühl, dass es noch mehr Probleme zu finden gibt, und schlage vor, zu Beginn der nächsten Sitzung eine halbe Stunde allein mit dem Sohn zu sprechen.

Als sie gehen, schweifen meine Gedanken zu Bonnie und der Frau auf dem Festland ab, zu der meine Eltern sie wegen einer Spieltherapie gebracht hatten. Nicht zum ersten Mal wünsche ich mir, Mum wäre hier, damit ich sie fragen kann. Oft, wenn Klienten gegangen sind, denke ich daran, dass ich alles tun würde, um meine Eltern vor mir zu haben und mit ihnen reden zu können.

Meine Mutter würde ich fragen, wie sie Danny gehen lassen konnte, und Dad, wonach er gesucht hat, als er Olivia kennenlernte, und ob er es jemals gefunden hat. Und ob er erkannte, dass Mum das exakte Gegenteil von ihr war und es ihm gerade darum gegangen war.

Jetzt wohnt er in einem Haus, das so öde ist wie seine Beziehung, in der es kein Drama, keine Widerworte, keine rechthaberischen Stimmen gibt. Kein Lachen, kein Händchenhalten oder heimliche Küsse, wenn niemand hinsieht. Die waren es, was er immer mit Mum getan hat.

Insgeheim fand ich gemeinerweise, er habe Olivia verdient, als sie damals zusammenzogen. Nachdem Danny gegangen war, begann ich mich zu fragen, ob irgendwas von alledem Mums Schuld war. Was Bonnie definitiv nicht so sah und sieht.

Am Empfang spiele ich die Idee, den Schauplatz des Verbrechens zu besuchen, probeweise mit Tanya durch. Sie schiebt erst einmal ihre Brille auf der Nase nach oben, was eine Angewohnheit von ihr ist, und als ich auf ihre Antwort warte, wird mir klar, was ich von ihr hören will: dass es eine gute Idee sei.

»Man nennt das FOMO«, sagt sie. »*Fear of missing out*, also die Angst, etwas zu verpassen.«

»Dann bin ich deiner Meinung nach eine Voyeurin?«, frage ich. »Sag einfach, wenn du es für eine furchtbare Idee hältst.«

»Ja, ich halte es für eine schreckliche Idee. Ich würde nicht mal in die Nähe von so einem Ort wollen, wobei ich mich zugegeben nicht mal dem Nest nähern möchte, in dem ich aufgewachsen bin.« Sie schüttelt sich. »Was sagt Bonnie?«

»Meine Schwester würde mich energisch davon abhalten wollen.«

»Sie weiß nichts?«

»Nein, und überhaupt ist es bloß ein Gedanke«, winke ich mit einer Lüge ab und bin froh, als mein Paar von letzter Woche kommt und ich sie in mein Zimmer dirigieren kann.

»Hör mal«, flüstert Tanya mir noch schnell zu. »Falls du Privatdetektivin spielen willst, musst du vorsichtig sein. Die Polizei ist sicher nicht erfreut, wenn du deine Nase in ihre Ermittlungen steckst.«

»Das will ich ja gar nicht. Ich will in erster Linie einige meiner alten Freunde wiedersehen.« Und ich will Jill finden, füge ich in Gedanken hinzu, und sie fragen, warum sie mir nie geschrieben hat. Noch nie habe ich jemandem gestanden, wie sehr es mich zerrissen hat, nach Hinweisen für das anscheinend Unerklärliche zu suchen. Stattdessen habe ich mich verzweifelt an den Fortbestand unserer Freundschaft geklammert, trotz des Schmerzes, vergessen und beiseitegeworfen zu werden. Solange meine Familie dabei war, alle Risse zu kitten und so etwas wie ein normales Leben in einer neuen Stadt aufzubauen, habe ich es nie gezeigt.

Genau das ist eine der vielen Kisten, deren Deckel jetzt aufgehen. In meinem Kopf melden sich Stimmen, auf die ich seit Jahren nicht gehört habe und die ich nicht mehr zum Verstummen bringen kann.

»Hast du mit deinem Vater darüber gesprochen?«, fragt Tanya mich.

Ich schrecke aus meinen Gedanken auf. »Noch nicht«, antworte ich. Leider ist es eine Tatsache, dass ich mit ihm nicht über die Insel reden will. Selbst wenn er der Einzige sein mag, der in der Lage wäre, mir zu verraten, warum er uns von Evergreen weggezerrt hat. Ich vertraue ihm nicht, deshalb habe ich ihn nie gefragt.

Kaum habe ich meine Klienten gefragt, wie es ihnen geht, macht die Frau ihrem Herzen Luft. »Ich glaube nicht, dass ich ihm jemals verzeihen kann. Alles, was ich in Gedanken vor mir sehe, sind seine Nächte mit ihr.«

Die Worte bleiben in ihrer Kehle stecken, und sie blickt in die Zimmerecke, damit sie ihr Gesicht vor ihrem Mann verbirgt. Der sitzt ohnehin da und betrachtet seine auf dem Schoß gefalteten Hände.

»Ich finde, er hätte es mir nicht erzählen sollen«, fährt sie fort. »Das hat er getan, um sein Gewissen zu erleichtern. Er dachte, dass er sich danach besser fühlt.«

»Das stimmt nicht«, murmelt er, und ich frage ihn, ob er erklären kann, was er damit meint. Hauptsache, er sagt mal was. »Entschuldigung, ich verstehe Ihre Frage nicht«, schiebt er schützend vor.

»Sie meint, warum du es mir erzählt hast«, faucht seine Frau.

»Weil du immer wieder gefragt hast«, verteidigt er sich. »Du hast mich angebettelt, es dir zu erzählen. Ich habe gedacht, du wolltest das.«

»Ich wollte das?«, schreit sie. »Was ich wollte, war, dass du nicht mit einer anderen schläfst!«

Ihm weicht sämtliche Farbe aus dem Gesicht, und erneut lässt er den Kopf hängen. Es gibt weniges, was er sagen kann, um es wiedergutzumachen, trotzdem muss ich ihn dazu bringen, dass er genau das versucht. In der Zwischenzeit redet sie weiter und kommt stets auf denselben Punkt zurück: dass sie es lieber nicht gewusst hätte.

»Würden Sie es rückblickend anders machen, falls Sie die Chance dazu hätten?«, frage ich sie.

»Was?« Sie sieht mich entgeistert an.

»Ich meine, wenn Sie in Gedanken zurückgehen an den Punkt, an dem Sie Ihren Mann gebeten haben, Ihnen die Wahrheit zu sagen – würden Sie es heute ignorieren und nichts wissen wollen?«

Sie sieht mich an, und mir ist bewusst, dass es eine komplizierte, verzwickte Frage ist, deren Beantwortung mich immens interessiert. Ich neige mich auf meinem Stuhl nach vorn und ignoriere die Stimme, die mich warnt, dass ich meine Klienten nicht für meine eigenen Zwecke missbrauchen darf.

»Ich ...« Sie schüttelt den Kopf und wirkt so verwirrt, dass ich meine Hand flach auf den Schreibtisch zwischen uns lege und ihr sage, dass es nicht so wichtig ist und dass ich sie zu nichts zwingen will.

»Es gibt keine richtige oder falsche Antwort«, sage ich. Mein kleiner Ausrutscher erfordert schließlich, dass ich zurückrudern muss, damit sie sich wieder besser fühlt.

Am Ende der Sitzung, als ihr Mann bereits aus dem Zimmer ist, bleibt sie stehen und erklärt: »Ich denke, ich hätte ihn in jedem Fall gefragt.«

Da sie traurig aussieht, berühre ich tröstend ihren Arm. »Ich glaube, jeder von uns würde dasselbe tun«, versichere ich ihr. »Egal, wie es ausgeht, wir würden immer Ehrlichkeit wollen.«

Es ist wirklich ehrlich gemeint. Ich habe begriffen, dass die quälende Sorge schlimmer ist als die oft unangenehme Wahrheit. Im Kopf habe ich zu viele Szenarien durchgespielt und meine eigenen Fragen zu verdrängen versucht, weil mir sonst der Schädel zersprungen wäre. In meiner Ausbildung habe ich schließlich gelernt, dass wir besser gerüstet sind, wenn wir wissen, womit wir es aufnehmen.

Ich begleite das Paar noch nach draußen, und sobald sie am Ende der Straße verschwunden sind, blicke ich hinauf zum grauen Himmel, eine Hand um mein Handgelenk geschlungen, wo sich früher einmal mein Freundschaftsband befand.

In jenem Sommer gab es Geheimnisse ohne Ende. Wir alle hatten welche, und ich verstehe nicht, wie wir sie so entsetzlich schiefgehen lassen konnten. Und je mehr ich mich bemühe, alle voneinander zu trennen, desto mehr vermischen sie sich, bis ich es mit einem großen Durcheinander zu tun habe und es nicht wage, ein Element herauszulösen, aus Angst, der ganze Rest könnte sich entwirren.

Die Leiche, unser Umzug, Jills Schweigen – was ist, wenn das alles irgendwie zusammenhängt? Dieser Gedanke durchfährt mich, während sich die Wolken ebenso verdichten wie meine unheimliche Ahnung, dass es so sein könnte. Um es herauszufinden, muss ich schonungslos nachdenken, ohne mir Ausreden und Entschuldigungen zu gestatten.

Ich gehe zurück zur Rezeption und warte, bis Tanya ein Telefonat beendet. Als sie auflegt, sage ich ihr, dass ich meine Klententermine für die nächsten Tage verschieben muss und sie in der nächsten Woche unterbringe. Sie sieht über ihren Brillenrand zu mir und durchschaut mich.

»Ich kann nicht hinfahren«, verteidige ich mich, bevor sie ein Wort gesagt hat.

Kapitel sechs

Am nächsten Tag um halb zwölf stehe ich am Hafen in einer Schlange anderer Passagiere, die einst auf die kleine Fähre meines Vaters gewartet hätten. Jetzt reihen sich hier Doppeldeckerboote wie Enten auf, und ein Kiosk verkauft Karten für Inselrundfahrten. Nur eines hat sich nicht geändert – im Winter gibt es nach wie vor nicht mehr als eine Überfahrt, und die startet in einer Viertelstunde.

Meine Eltern hätten es gehasst, dass eine große Reederei den Fährverkehr übernommen hat, ich hingegen bin froh, dass alles so anders ist. Ich weiß nicht, wie es mir gegangen wäre, hätte ich unsere Fähre mit einem anderen Kapitän gesehen.

In meiner linken Hand halte ich mein Ticket und reibe nervös daran herum. Jemand hat mir mal gesagt, dass zwischen Furcht und Vorfreude lediglich fünf Zentimeter liegen. Was ich damals für eine gedankenlose Bemerkung gehalten habe, fühlt sich nun wahrer denn je an. Alles, wovor ich mich fürchte, wenn ich Evergreen wieder betrete, macht mich zugleich ganz aufgeregt vor Vorfreude, und beides vermengt sich, bis ich die Gefühle nicht mehr auseinanderhalten kann.

Vom Festland aus kann ich Evergreen nicht sehen. Der Blick wird von anderen Inseln versperrt, die außer Brownsea zumeist unbewohnt sind. Dort werden die meisten Passagiere von Bord gehen, weil die Insel auf Touristen eingestellt ist. Ganz wenige wagen sich bis nach Evergreen.

Gestern Abend habe ich eine Frau namens Rachel angerufen, die in ihrem Haus Zimmer vermietet. Eine Art Bed & Breakfast, obwohl sie es nicht so nennt. Derzeit dürfte sie kaum Gäste haben. Abgesehen von Personen, die wegen der jüngsten Ereignisse herkommen, lockt der Januar kaum Besucher an. Weshalb sie mich dennoch abwimmeln wollte, habe ich nicht verstanden.

»Es ist für gerade mal drei Nächte«, sagte ich.

Sie holte hörbar Luft. »Ich weiß nicht, warum Sie ausgerechnet jetzt herkommen. Bestimmt sind Sie nicht von der Polizei, oder?«

»Nein«, antwortete ich. »Meine Familie hat vor langer Zeit auf der Insel gelebt, und ich möchte alte Freunde besuchen.«

»Wen zum Beispiel?«, fragte sie argwöhnisch.

»Annie Webb«, sagte ich, weil ich davon ausgehe, dass sie höchstwahrscheinlich noch dort ist.

»Ich weiß nicht...«

»Bitte, Sie werden gar nicht merken, dass ich da bin.«

»Drei Nächte?«

»Ja, nicht mehr.«

»Na schön«, willigte sie ein. »Dann bis morgen«, verabschiedete sie sich und legte auf.

Ich fragte mich, wie viele zahlende Gäste sie überhaupt hatte. Die meisten Leute kamen zu meiner Zeit nach Evergreen, weil die Insel einen Hauch von Abenteuer vermittelte, doch dafür reichte ein Tag, und das war heute sicher nicht anders.

Oft erzählte Dad nach der Arbeit, was er von seinen Passagieren gehört hatte. Bemerkungen wie *Was für ein idyllisches Leben* oder: *Warum will sich jemand vor dem Rest der Welt verstecken?*

Mir gefiel damals nicht, dass die Besucher über die Insel redeten, als wäre hier Heimlichtuerei im Spiel. »Warum sagen die das?«, fragte ich Mum.

Sie lachte bloß. »Die sind neidisch, denn wer würde nicht hier leben wollen?«

»Und warum glauben sie, dass wir uns verstecken?«, beharrte ich und malte mir aus, dass wir Insulaner uns alle hinter die Bäume duckten, wenn jemand von Dads Fähre stieg, weil wir nicht gesehen werden wollten.

Mum erklärte mir, wie es sich wirklich verhielt. »Manche Leute erkennen einfach nicht, wie schön es hier ist«, sagte sie, wobei ich inzwischen fand, dass die Idee, wir seien hier versteckt, durchaus etwas Magisches und Mysteriöses hatte.

Momentan stehe ich hingegen gerade auf der Seite der Suchenden und weiß nicht, wer sich vor mir versteckt.

»Kommen Sie an Bord?«

Erschrocken blicke ich hoch zu dem Mann auf der Fähre und dann zur Gangway.

»Wir müssen los, meine Gute. Warten Sie auf jemanden?«

»Nein, ich...«

»Brauchen Sie Hilfe?«

Ich schüttle den Kopf und atme tief die Seeluft ein, um den Ziegelstein in meiner Kehle aufzulösen. »Ich komme sofort«, sage ich, und er tritt zur Seite, um mich vorbeizulassen. Trotz der Kälte steige ich auf das Oberdeck und wähle einen Platz auf der rechten Seite, weil ich von hier aus den besten Blick auf Evergreen haben werde.

Als wir ablegen, rebelliert mein Magen, und ich schließe die Augen, um das Gefühl zu dämpfen und mich auf anderes zu konzentrieren. Seit Ewigkeiten habe ich mir diesen Augenblick vorgestellt, jetzt kommt er mir surreal vor. Fragen wirbeln mir durch den Kopf: Sieht es noch so aus wie früher? Was ist, wenn ich niemanden sehe, den ich kenne? Wie wird Jill erklären, dass sie den Kontakt abgebrochen hat? Wie wird es sein, wieder vor meinem alten Haus zu stehen? Prompt reiße ich die Augen auf und begreife, dass dies mir die größte Angst macht.

Wir erreichen Brownsea, wo fast alle Passagiere von Bord gehen. Allein auf dem Oberdeck sitzend, schaue ich zum Himmel, wo dunkle Wolken Regen ankündigen. In wenigen Minuten werde ich Evergreen sehen. Und um einen klaren Blick zu haben, bleibe ich trotz Regen draußen.

Tränen brennen in meinen Augen, als wir Brownsea umrunden und ich Stück für Stück von Evergreen erblicke. Ein schmaler Sandstreifen. Die Silhouetten der Kiefern. Die Stellen, an denen die Lücken zwischen den Bäumen verraten, wo das Wasserreservoir ist. Die Anlegestelle, an der keine Boote liegen.

Ein Schrei entfährt mir, und ich halte eine Hand vor den Mund. Mein Herz rast, und mein Blick wandert hin und her, weil ich alles gleichzeitig in mich aufzunehmen versuche. Davon habe ich geträumt, seit wir die Insel verlassen haben. Und jetzt sehe ich es wieder, kehre endlich heim.

EVERGREEN ISLAND

1. Juli 1993

Wenn Maria an den Sommeranfang zurückdachte, fragte sie sich, ob sie geahnt hatte, was kommen würde. Hatte sich irgendetwas falsch angefühlt, oder war der Wind anders gewesen, der über die Insel blies? Jedes Mal gelangte sie zu demselben Schluss: Sie konnte unmöglich gewusst haben, wie sehr sich alles verändern sollte, und deshalb hätte sie nichts anders machen können. Trotzdem verfolgte sie der Gedanke, dass sie womöglich nicht gut genug aufgepasst hatte.

Es fing an einem sehr heißen Tag Anfang Juli an. Sie erinnerte sich deutlich daran, und falls es eine Weiche gegeben hätte, um ihr Leben auf ein anderes Gleis zu lenken, würde Maria sie in diesem Moment umgestellt haben.

Von Dannys Zimmer aus hatte sie einen freien Blick auf den Anleger. Vor allem an klaren Tagen wie an diesem Morgen, wenn der Himmel perfekt blassblau war und die Sonne auf dem Wasser glitzerte, sodass es wie von winzigen Kristallen bedeckt wirkte.

Bald würde Davids Fähre unten am Dock anlegen. Maria beobachtete ihre Tochter Stella, die am Kai stand und aufgeregt winkte. Wahrscheinlich sah sie ihren Vater schon kommen. Es war die erste Überfahrt des Tages, und David würde mehr oder minder direkt wieder ablegen. Da der Wetterbericht einen warmen Sommertag ankündigte, rechneten sie mit einem florierenden Geschäft, das ihnen half, einen Notgroschen für den kommenden Winter zurückzulegen.

Es war kurz nach zehn, David verspätete sich wohl einige Minuten. Maria überlegte, ob sie unten auf die Fähre warten sollte. Acht Leute würden ankommen, eine fünfköpfige Familie, der neue Arzt und seine Freundin sowie ein junges Mädchen, eine Geografiestudentin, die die Insel erforschen wollte. Maria war zwiegespalten. Einerseits war sie neugierig, was für Leute die Neuankömmlinge waren, andererseits wollte sie nicht aufdringlich wirken.

Bald darauf war die Fähre zu sehen. Noch fünf Minuten, dann kamen die Passagiere von Bord. Maria hatte sich entschlossen, ihnen nicht aus dem Weg zu gehen. Sie holte tief Luft, verließ das Haus und ging langsam bis zur Treppe des Anlegers. Gewöhnlich war der Beginn der Sommerferien für sie die schönste Zeit des Jahres. Er versprach lange, faule Tage mit den Kindern und Abendessen im Freien, sobald David Feierabend gemacht hatte.

Ihr war der Gedanke gekommen, dass es nicht mehr viele solcher Sommer geben würde, wenn auch das jüngste ihrer Kinder groß wurde. Sie spürte, dass Stella sich zunehmend von ihr entfernte, mehr als in den vorherigen Jahren. Sie hatte gedacht, dass man nach zwei älteren Kindern daran gewöhnt sei, aber bei ihrer Jüngsten war es anders, zumal sie die am dringendsten bei sich behalten wollte.

Kurz vor der Anlegestelle begegnete ihr Bonnie mit gesenktem Kopf und vorgebeugten Schultern. »Willst du mitkommen und die Neuankömmlinge ansehen?«, fragte Maria. »Ich hätte dich gern dabei.«

Bonnie blickte sie verständnislos an. »Warum das denn?«

»Es kommt ein Mädchen, das nicht viel älter ist als du, Iona. Sie ist neunzehn, glaube ich. Jedenfalls ist sie sicher froh, hier jemanden ungefähr in ihrem Alter kennenzulernen, und ...«

»Ich bin nicht fünf«, unterbrach Bonnie sie schroff, »und kann mir selbst Freundinnen suchen.«

»Das weiß ich«, sagte Maria geduldig, während ihre Tochter davonstürmte.

Bonnie marschierte verärgert zum Haus. Sie hasste es, dass ihre Mutter ständig versuchte, ihr vorzuschreiben, wie sie zu leben hatte. Das taten ihre Eltern, seit sie denken konnte, wobei ihre Mum ohne Frage schlimmer war als ihr Dad. Angefangen hatte es mit pädagogischen Treffen, zu denen sie Bonnie schleppten – zu einer Frau, die ihr beim Spielen mit blöden Sachen zuguckte. Hinterher musste sie rausgehen zu jemand anderem, während die Erwachsenen über sie redeten. Danny dagegen durfte immer bleiben, hockte auf dem Schoß ihrer Mutter und nuckelte an seinem Schnuller, den er ständig im Mund hatte.

Bonnie wusste, dass sie nach irgendwas an ihr suchten, das sie nicht in Ordnung fanden; was es war, sagte ihr keiner. Sie selbst erkannte zumindest, dass die Spielsachen sie zum Reden bringen sollten.

Zum einen interessierte die Frau sich besonders dafür, dass Bonnie sie nie ansah, wenn sie redete, also starrte sie sie das nächste Mal direkt an. Insgesamt kapierte sie, was die anderen hören wollten, wenn sie aufmerksam genug auf ihre

Fragen achtete. Sie erinnerte sich ebenfalls, Gespräche ihrer Eltern gehört zu haben, wenn sie abends im Bett lag, und einen Satz ihrer Mutter hatte sie nie vergessen: »Manchmal kommt nichts Gutes dabei raus, ehrlich zu sein.«

Zuerst fand sie es aufregend, so etwas ausgerechnet von ihrer Mum zu hören, doch das Gefühl verging schnell, und danach war sie schlicht beunruhigt. Darüber, dass sie wieder in die alten Muster verfiel und unbedingt wollte, dass ihre Tochter sich mit wildfremden Leuten anfreundete. Bonnie verstand das nicht und beschloss deswegen, sich zu weigern, einen Kontakt mit dieser Iona einzugehen.

Maria blieb vor dem Anleger unter den Bäumen stehen und zögerte. Noch war sie vom Dock aus nicht zu sehen. Grundsätzlich war sie misstrauisch gegenüber Neuankömmlingen. Sie ging davon aus, dass es nur eine Frage von Tagen war, bis die Leute anfingen, über die Inselbewohner zu reden und ihre Schlüsse zu ziehen. Jeder hatte schließlich einen Grund herzukommen.

Am Boot hatte Stella die Arme um ihren Dad geschlungen. Er drückte sie an sich und küsste sie auf den Kopf. Maria liebte es, Davids Zuneigung zu seinen Kindern zu sehen, selbst wenn sie ihre Zweifel hatte, ob er sie gerecht verteilte. Das war so eine Sache, die sie sich gern schönredete, dabei hätte sie aufmerksamer sein müssen. Als sie sah, dass er sich suchend umschaute, trat sie aus dem Schatten der Bäume hervor. Sie wusste, dass er auf ihr Erscheinen wartete.

Eine Frau kam die Stufen von der Fähre herunter und sah gehetzt aus. Sie hatte ihr dunkles Haar zu einem straffen Pferdeschwanz gebunden und rief über die Schulter:

»Komm jetzt, Freddie. Freya, nimm ihn an die Hand und bring ihn her.«

Das war eindeutig die Familie Little. Maria lächelte der Mutter zu, als sie mit zwei Koffern in den Händen über den Anleger eilte. »Ich bin Maria, willkommen auf Evergreen«, sagte sie im Vorbeigehen, genau wie Annie Webb es getan hatte, als sie mit Mann und Kind vor all den Jahren von Bord der Fähre gekommen waren.

Die Frau blieb stehen und drehte sich um. »Ich komme mir vor wie in einer Fernsehserie, Sie wissen schon, in der Schiffbrüchige auf einer verlassenen Insel überleben müssen.«

»Sicher wird es Ihnen gefallen«, antwortete Maria nicht wirklich überzeugt. Gleich im ersten Moment hatte sie das Gefühl, dass die Littles nicht für Evergreen geschaffen waren. »Falls Sie irgendwas brauchen, ich wohne gleich dort hinten im ehemaligen Haus des Hafenmeisters, dem Quay House.«

Als die Familie weg war, begrüßte Maria den neuen Arzt. Seine Freundin blickte kaum auf, sie wirkte wie ein verängstigtes Reh im Scheinwerferlicht. Das machte den Gegensatz zu Iona, die nun von der Fähre kam, umso auffälliger.

»Mrs. Harvey?«, fragte die Studentin und reichte ihr die Hand. Sie hatte lange Wimpern und kurzes braunes Haar, im angesagten Pixie-Stil geschnitten. Es passte perfekt zu ihrem kleinen Gesicht, außer dass die Haarfarbe eine Nuance zu dunkel für ihre blasse Haut zu sein schien. Als sie ihre Sonnenbrille auf den Kopf schob, entdeckte Maria strahlend grüne Augen, wie man sie selten sah. »Ich bin Iona und über mein Sandwichjahr hier.«

»Sandwichjahr?«, fragte Maria und schüttelte dem jungen Mädchen lächelnd die Hand.

»Ja, ein Sabbatjahr, eine Auszeit, um Praxis für meinen Abschluss zu bekommen«, erklärte Iona. »Ich studiere Geografie, und deshalb...« Sie schwenkte den Arm. »Ihre Insel sieht sehr schön aus.«

»Vielen Dank, das ist sie.«

Maria schaute ihr nach, als sie ins Dorf ging, und bemerkte Annie Webb erst, als das Mädchen außer Sichtweite war.

»Sind das dann alle?«, fragte Annie.

Maria nickte und atmete auf. »Scheint so.«

»Und wie geht es dir, Stella?«, wandte Annie sich dem Kind zu, das auf Davids Armen Unsinn machte. »Du bist zu groß, um dich von deinem Vater tragen zu lassen. Mit elf Jahren solltest du gar nicht mehr auf den Arm. Elf«, wiederholte sie kopfschüttelnd. »Ich erinnere mich noch genau an den Tag deiner Geburt.«

»Du bist die Erste gewesen, die mein Gesicht gesehen hat, stimmt's?«, sagte Stella grinsend.

»Ja, war ich, und deine Mutter hatte Glück, dass ich da war. So musstest du nicht bis aufs Festland, anders als dein Bruder, der nicht rauskommen wollte.«

»Danny hat was ganz Cooles für das Baumhaus gemacht«, warf Stella ein, als ihr Bruder erwähnt wurde. »Eine Holztruhe! In die kann ich meine Hefte und meine Stifte packen, dann muss ich sie nicht immer nach oben tragen.«

»Papa hat geholfen«, sagte sie und winkte David zu, der ihnen zurief, er werde vor der nächsten Fahrt noch zu ihnen kommen.

Maria wusste, dass sie sich beeilen sollten, denn David mochte es aus unerklärlichen Gründen nicht, dass Annie und sie die Neuankömmlinge so interessiert beäugten. Allerdings irrte er sich, wenn er meinte, dass es Annie war, die keine Veränderungen mochte. Sie war sogar diejenige, die es Maria leichter machte, Neuerungen zu akzeptieren.

Seine Frau erstaunte es immer wieder, wie wenig er ihre Beziehung zu Annie verstand. Sicher hätte keiner, der nicht die ganze Geschichte kannte, begriffen, warum Maria so abhängig von Annie war. Immerhin war sie die Einzige, die wusste, warum sie nach Evergreen gekommen waren. Nun ja, nicht ganz die Einzige, an die anderen wollte Maria bloß nicht denken.

Im Laufe der Jahre war David zusehends gereizter geworden, was die Freundschaft der beiden Frauen betraf. Maria kam es vor, als wäre er eifersüchtig, weil sie sich öfter um Rat an die ältere Frau wandte als an ihn.

»Du weißt, dass er da oben ist, oder?«, fragte Annie.

»Wer?«

»Danny.« Annie wies zu einem Baum, wo Maria die Sandalenfüße ihres Sohnes zwischen den Ästen entdeckte. Mittlerweile waren seine Füße größer als ihre, mehr die eines Mannes, was ihr falsch vorkam. Im Frühjahr hatte er einen Wachstumsschub gehabt und war gerade mal fünf Zentimeter kleiner als David. Er sah wie ein Mann aus, dabei war er im Grunde immer noch ein Kind, und Maria vermochte sich nicht vorzustellen, dass irgendwann die Zeit für ihn kommen könnte, sein Zuhause zu verlassen.

Seufzend schüttelte sie den Kopf. Ihr war klar, was Annie dachte, aber was erwartete sie? Sollte sie Danny etwa verbieten, nicht dauernd in den Bäumen zu hocken, obwohl das der einzige Ort zu sein schien, an dem er glücklich war?

Maria hatte nicht geahnt, wie sehr dieser Sommer sie alle verändern würde. An seinem Ende würde die Insel, die sie einst geliebt hatte, ihre Zuflucht, zu einem Ort werden, an den keiner aus ihrer Familie jemals zurückkehren durfte.

Danny wusste, dass sie ihn entdeckt hatten, es war ihm egal, denn im Grunde versteckte er sich ja nicht. Er wollte einfach sehen, was die ganze Aufregung sollte. Seine Eltern hatten die letzten Abende von den Neuankömmlingen geredet, und er wusste, dass seine Mum deswegen nervös war, was er nicht verstand. Normalerweise war sie nett zu jedem, da ergab es keinen Sinn, dass sie sich nicht freute, neue Leute kennenzulernen.

Danny hingegen tat das, ihm machte es absolut nichts aus, wenn Fremde auf die Insel kamen. Er fand es interessant, neue Leute beobachten zu können. Es wurde bloß langweilig, wenn dieselben Leute immerzu dieselben Sachen machten. Kaum einer der Touristen verhielt sich je anders als gewohnt. Danny hoffte, diese Truppe möge interessanter sein, damit der Sommer schneller verging. Ihm gefiel es deshalb, wenn Stella bei ihm im Baumhaus saß, hingegen mochte er es nicht, wenn sie ständig mit Jill unterwegs war.

Dazu war Stella zu wichtig für ihn. Jeder außer ihr dachte, er würde nicht gerne reden, und manchmal bedeutete das, dass ganze Mahlzeiten vergingen, ohne dass man ihn beachtete, bei denen er komplett ignoriert wurde. Zudem war Stella die Einzige in der Familie, die ihn weder hasste wie Bonnie noch ihn hartnäckig verteidigte wie seine Mum. Mit seinem Dad war er grundsätzlich zufrieden, vielleicht weil er ihn kaum sah. Schließlich war er im Sommer ständig mit der Fähre beschäftigt. Danny holte sein Zeichenheft hervor und blätterte zu der Seite, auf der er die drei Mädchen, die neu auf der Insel waren und deren Namen er nicht kannte, einfach gezeichnet hatte. Anschließend klemmte er sich das Skizzenheft unter den Arm und stieg vom Baum.

HEUTE

Kapitel sieben

Einen Moment lang bleibe ich nach Verlassen der Fähre am Ende des Anlegestegs stehen, bin unfähig, mich zu bewegen. Meine tauben, geballten Fäuste stecken mit eingeknickten Fingern in meinen Jackentaschen, während ich mich umschaue. Kleinigkeiten haben sich verändert, was mich daran erinnert, wie viele Jahre vergangen sind, seit ich zuletzt daheim gewesen bin. Es handelt sich um die weiß getünchten Holzplanken unter meinen Füßen und die neuen Stahlpfosten mit dem Tau dazwischen, die als Geländer dienen. Es mag hübsch aussehen, doch ich würde sie gern rausreißen, damit es wieder wie früher ist.

Im Geiste höre ich Mums Stimme:

Viel zu kommerziell. Sieh dir an, wie alles auf Touristen ausgerichtet ist. Mich erstaunt, dass Annie das erlaubt hat.

Falls sie noch hier ist, denke ich. Vielleicht ist sie es nicht mehr. Rachel von der Frühstückspension hat nichts gesagt.

Sie ist noch hier, höre ich im Kopf die Stimme meiner Mutter, als mir eine kalte Windböe ins Gesicht peitscht und mich ins Schwanken bringt. Wäre sie ein bisschen stärker gewesen, hätte sie mich ins Meer stoßen können. Vorsichtshalber gehe ich ein Stück vom Rand des Landungsstegs weg.

Meine Beine fühlen sich wie Pudding an. Die wenigen anderen Passagiere sind verschwunden, und die Fähre macht sich schon zum Ablegen bereit. Ich greife nach den Riemen meiner schweren Tasche, hänge sie mir über die Schulter und gehe auf den Weg am Ende des Anlegers. Bei dem vertrauten Geruchsmix aus Heide und Kiefern wird mir die Brust eng. Jeden Augenblick müsste ich zwischen den Bäumen unser Haus sehen können. Nicht lange und die Umrisse tauchen auf, Puzzleteile aus Backstein, Glas und Dachschindeln. Ich schaffe es nicht, den Blick abzuwenden von meinem kostbaren Zuhause. Wir hätten es nie verlassen dürfen.

Vor dem Haus gabelt sich der Weg, führt in zwei Richtungen. Nach links geht es hinauf zum Pinecliff Walk, dem Hauptweg zur Bucht am anderen Inselende. Nach rechts windet sich ein Pfad ins Innere der Insel zum Dorf und weiter zu den Seen. Erinnerungen überfluten meinen Kopf, als ich zu den geschlossenen und von Vorhängen verhüllten Fenstern blicke. Keiner kann hineinschauen. Und höchstwahrscheinlich will auch niemand nach draußen sehen. Ich fixiere mein altes Fenster, es ist das ganz rechts, neben dem von Danny, und ich stelle mir die mit Herzchen gemusterten Vorhänge zu beiden Seiten vor. Und ich meine den Duft von Mums Eintöpfen und Braten zu riechen, der durchs Haus wabert, und höre ihre Stimme, die uns zum Essen ruft. Ich muss mich fester an den Baumstamm klammern, an den ich mich gelehnt habe, um nicht zur Haustür zu rennen.

Es dauert eine Weile, bis ich das Polizeizelt bemerke, das eigentlich nicht zu übersehen ist, so leuchtend weiß, wie es direkt vor den grünen Bäumen aufragt. Sofort wandert mein Blick zu dem geschäftigen Treiben dort. Ein Mann in einem schwarzen Mantel harkt vorgebeugt einen Flecken Erde, er ruft jemanden zu sich und zeigt auf etwas, das er gefunden hat.

Ich dagegen schaue lieber zum Haus. Trotz all der Jahre, die vergangen sind, ist es mir vertraut. So sehr, dass ich mich gern wie früher zwischen den Bäumen verstecken möchte, um meine Mutter zu erschrecken. Komisch, wie die Zeit bisweilen unwiederbringlich in den Äther abzudriften scheint, aber in Wahrheit immer präsent und abrufbar bleibt. Ich kann mir nicht mal vorstellen, dass ich ein Leben irgendwo anders als auf Evergreen hatte, wenngleich es fünfundzwanzig Jahre lang nicht stattfand.

Früher bin ich zwischen diesen Kiefern hindurch zu dem einzigen Baum gelaufen, der für mich wichtig war, weil er mein Baumhaus beherbergte. Bereits von hier aus erkenne ich, dass jemand ihn meines Rückzugsorts beraubt und ihm damit einen Teil seines Lebens genommen hat.

Ich kehre wieder in die Realität zurück, als ich merke, dass ich vom Zelt aus beobachtet werde. Einer der Beamten blickt in meine Richtung. Prompt wird mir bewusst, dass ich an einem Tatort spioniere.

Das hindert mich nicht, erneut an das verschwundene Baumhaus zu denken. Dad hat es uns gebaut, Danny und mir. Jahrelang musste ich betteln, bis er endlich genug Holz beisammenhatte und einen Monat lang hämmerte und sägte, um es wie ein Nest zwischen den Ästen einzupassen.

In jenem Jahr wurde ich zehn, und mir waren anschließend gerade mal zwei Sommer darin vergönnt, ehe ich es nie mehr wiedersah. Dennoch vergaß ich nie, wie ich jeden Tag die Leiter hinaufgestiegen war, oft eine Decke mitnahm und eine Tupperdose mit Sandwiches. Dann saß ich stundenlang in dem Baumhaus, las, malte oder schrieb Tagebuch.

»Es ist vorprogrammiert, dass was passiert«, murmelte Bonnie bei der Einweihung ahnungsvoll.

»Es ist so schön!«, rief ich. »Daddy hat das allein für uns gebaut.«

»Uns?« Sie lachte. »Mich kriegst du da nicht mal für Geld rein!«

Ich wandte mich an meinen Bruder. »Und was ist mit dir, Danny? Du magst es bestimmt, nicht wahr? Du kommst bestimmt mit mir da rauf.«

Mein Bruder hatte mit den Schultern gezuckt und die selbst gebaute Leiter hinaufgeschaut. Von da an verbrachte er so viel Zeit in dem Baumhaus wie ich und nur mit mir. Oft stieg er allein hinein, setzte sich auf den Boden ganz vorn und sah hinaus. Ich habe keine Ahnung, was er sich ansah.

Resigniert gebe ich zu, dass alles anders aussieht. Das Baumhaus ist verschwunden, die Fensterrahmen und Simse sind blaugrün gestrichen, und ein blitzblanker Wintergarten wurde an einer Seite angebaut. Und um alles zu toppen, steht ein weißes Zelt im Garten, abgeschirmt durch ein blau-weißes Absperrband der Polizei. Wenn ich nicht vorsichtig bin, wird ein Detective herüberkommen und mich fragen, was ich hier mache.

»Geht es Ihnen gut?«

Beim Klang der Stimme hinter mir zucke ich heftig zusammen und drehe mich um. Rasch wische ich mir die restlichen Tränen weg. Eine Frau ungefähr in meinem Alter sieht mich fragend an, ein amüsiertes Grinsen umspielt ihren Mund. Sie zieht ihren dunkelblauen Parka fester um sich, um ihren Hals hängt eine Kamera.

»Ja, alles gut, danke«, antworte ich.

Sie deutet auf das Zelt. »Eine schreckliche Geschichte, finde ich.«

Ich nicke unsicher und entscheide, dass es das Beste ist, so wenig wie möglich zu sagen.

»Wohnen Sie hier?«, fragt sie, und etwas an ihrem Ton legt nahe, dass sie mich nicht als Einheimische betrachtet.

Als ich stumm verneine, reicht sie mir die Hand. »Ich bin vom *Bournemouth Echo*.«

»Oh, hallo.« Ich schüttle ihre Hand. »Wissen Sie inzwischen mehr über die Leiche?«, frage ich betont beiläufig.

»Nein, ich habe nichts gehört.« Sie beobachtet mich interessiert. »Und Sie? Sie sehen nicht wie jemand aus, den reine Neugierde hertreibt.«

»Stimmt«, gebe ich zu und beginne verlegen an der vertrockneten Nagelhaut meines Daumens zu zupfen.

»Würden Sie mir Ihren Namen verraten?«

»Wozu brauchen Sie den?«

»Ich schreibe einen Artikel über die besorgte Öffentlichkeit, so das Übliche. Ehrlich gesagt, wenn ich mit leeren Händen nach Hause komme, bringt mein Boss mich um, und langsam gehen mir die Sachen aus, über die ich berichten kann.«

Nachdem ich kurzfristig mit dem Gedanken gespielt habe, mir einen Namen auszudenken, entscheide ich mich für die Wahrheit. »Stella. Stella Harvey.«

»Stella Harvey«, wiederholt sie langsam und nickt. Dann blickt sie sich zur Anlegestelle um. »Wie lange bleiben Sie hier, Stella? Wissen Sie, dass die Fähre erst morgen wieder zum Festland übersetzt?«

»Ja. Ich wohne in einem der Reihenhäuser«, antworte ich. »Für ein paar Nächte.«

»Tja, es wäre schön, noch mal mit Ihnen zu reden, Stella Harvey«, sagt sie, und bevor sie geht, fügt sie hinzu: »Wir sehen uns sicher noch.« Dann schwenkt sie ihre Kamera, lächelt und geht auf das Zelt und die Gruppe von Polizisten zu.

Um meine Tasche loszuwerden, beschließe ich, erst mal bei Rachel vorbeizugehen, und mache einen Bogen um das Polizeizelt.

Dabei fallen mir weitere Veränderungen auf. Aus der Nähe wird deutlich, dass der Zaun nicht mehr derselbe ist, den mein Vater aufgestellt hat. Dieser hier stammt eindeutig von einem Fachmann, so gerade und ebenmäßig, wie er ist. Mich überkommt der starke Drang, dagegenzutreten.

Weiter vorn spiegelt das Glasfenster des Wintergartens Bäume und Büsche, drin verhindern Rollos den Blick ins Innere. Ich wünschte, die neuen Besitzer würden mich ein wenig von ihrem Leben drinnen sehen lassen, doch die Sicht darauf ist versperrt, und ich muss mich mit dem Äußeren begnügen.

In Gedanken gehe ich die Wohnung durch und frage mich, ob die kleine Küche vergrößert oder die Trennwand eingerissen wurde, die Dad hochgezogen hatte, damit Danny und ich jeder ein eigenes Zimmer bekamen. Seufzend schaue ich ein letztes Mal hin, ehe ich mich auf den Weg mache.

Ich biege nach links auf den Pinecliff Walk ein, der anderthalb Meilen an der Küste entlang bis zum fernsten Punkt der Insel, bis Pirate's Cove, verläuft. Manchmal schlängelt er sich so dicht am Rand entlang, dass man einen freien Blick aufs Meer hat, dann wieder ist man zu weit weg und muss sich das Wasser unterhalb der Klippen hinzudenken. Überall gehen schmale Pfade ab, die nach unten zu den Stränden führen.

Es gibt sogar einen Trampelpfad, den wir selbst angelegt haben und der nicht zur Küste, sondern zu einer kleinen Lichtung im Wald führt, unserem geheimen Ort. An seiner Abzweigung halte ich inne. Seltsam, dass mir nach fünfundzwanzig Jahren noch übel wird, wenn ich nach links schaue.

Einst habe ich diesen Ort geliebt und es selbst verdorben. An meinem letzten Tag kreuzte ich vor Jills Tür auf, und zu meinem Entsetzen schlug sie mir vor, zu dieser Lichtung zu gehen. Ich hatte vergessen, ihr zu erzählen, warum ich dort nie wieder hinwollte. Keinem hatte ich gesagt, was dort zwei Tage zuvor geschehen war. Also stimmte ich widerwillig zu, sie dort zu treffen, und vergrub mein Geheimnis tief in mir. Es war die erste Kiste mit Heimlichkeiten, deren Deckel ich verschloss.

Weiter oben am Weg bleibe ich ein weiteres Mal unschlüssig stehen. Es ist die Einfahrt zu Jills Haus. Zum einen weiß ich nicht, ob meine alte Freundin noch hier wohnt, zum anderen bin ich nicht sicher, ob ich den Mut habe, an die Tür zu klopfen. Immerhin hatten wir keinen Kontakt mehr, für mich unerklärlich und damit ein gefährlicher Knackpunkt.

Die Frage, warum sie mir nicht ein einziges Mal geschrieben hat, brennt mir nach wie vor auf der Zunge. Ich weiß nicht mehr, wie viele Briefe ich ihr geschickt habe, ehe ich es aufgab. Jetzt hingegen stelle ich neue Überlegungen an. Warum mich zum Beispiel der Gedanke abschreckt, Bob

Taylor zu begegnen, aber es ist mehr als das. Ich weiß nicht, ob ich bereit bin für das, was ich herausfinden könnte.

Anders als das einsam gelegene Haus der Taylors liegt Rachels Pension inmitten einer Straßensiedlung, ist mir weniger vertraut und ruft keine schmerzhaften Erinnerungen wach. Ich klopfe laut an die Tür, und bis sie öffnet, ist mein Haar vom Regen nass, der als kräftiger Guss aus den tief hängenden Wolken gefallen ist.

Rachel, mindestens noch einen Kopf kleiner als ich, ist schätzungsweise etwas über fünfzig. Ihr braunes Haar ist grau meliert und mit einem breiten blauen Haarreifen nach hinten gehalten. Sie trägt eine Strickjacke, die ihr bis zu den Waden reicht, und bedenkt mich durch ihre großen, runden Brillengläser mit einem misstrauischen Blick, der keinen Zweifel daran lässt, wie wenig erfreut sie ist, mich in ihrem Haus zu haben. Höflich und ganz korrekt stelle ich mich vor, obwohl sie garantiert weiß, wer ich bin.

»Kommen Sie rein«, bittet sie mich in eine große, schwach beleuchtete Diele, in der sich ein dunkles Möbelstück aus Mahagoni an das nächste reiht. »Ich wollte eigentlich keine Gäste mehr zu dieser Jahreszeit«, erinnert sie mich. »Und Sie bleiben ganz bestimmt nicht länger als drei Nächte?«

Ich schüttle den Kopf. »Werde ich nicht«, versichere ich, und angesichts dieser Begrüßung finde ich bereits drei Nächte erheblich zu viel.

»Im Winter verriegle ich die Tür um neun, danach ist es ohnehin zu dunkel, sich noch draußen rumzutreiben«, belehrt sie mich. »Hier auf der Insel gibt es keine Straßenbeleuchtung, das wissen Sie sicherlich, oder? Sie haben ja gesagt, dass Sie früher hier gelebt haben.«

»Habe ich, vor langer Zeit.«

Sie nickt, geht zu einem Schreibtisch, nimmt ein Buch aus der obersten Schublade und blättert es durch, bis sie bei der letzten beschriebenen Seite ist. »Ich brauche Ihren Namen, die Adresse und die Telefonnummer.« Sie tippt mit einem Kuli auf die Schreibtischunterlage und reicht ihn mir. »Anschließend zeige ich Ihnen Ihr Zimmer. Sie können gleich in bar bezahlen oder bei der Abreise, das überlasse ich Ihnen.«

»Ich zahle sofort«, sage ich und schreibe ihr meine Daten auf.

»Um acht Uhr habe ich das Frühstück fertig. Für den Rest des Tages müssen Sie sich selbst versorgen.«

»Kein Problem.«

»Im Dorf gibt es einen Laden und ein Café. Im Winter schließen beide sehr früh.«

Sie wartet, bis ich fertig bin mit Schreiben, nimmt das Buch und liest meine Adresse. »Und wie lange sind Sie nicht mehr hier gewesen?«

»Seit rund fünfundzwanzig Jahren.«

»Und wo haben Sie damals gewohnt?«

»Im Quay House«, antworte ich, woraufhin sie die Augen weit aufreißt und den Mund leicht öffnet, als wollte sie einen Überraschungsruf ausstoßen. Zusätzlich starrt sie mich an, als würde sie nach einem Hinweis suchen, was das alles zu bedeuten hat.

»Ich war erst elf, als wir weggezogen sind«, erkläre ich achselzuckend und tue so, als hätte ich lediglich schemenhafte Erinnerungen an die Insel. Zum Glück beendet sie das Thema und führt mich in ein angenehm großes und sauberes, wenngleich recht dunkles Zimmer. Die Bäume vor dem

Fenster schlucken das wenige Licht, und die Mahagonimöbel sowie der dunkelviolette Bettüberwurf tun ein Übriges.

Rachel kramt in ihren Taschen und holt zwei Schlüssel heraus. »Die sind für Ihr Zimmer und die Haustür, doch, wie gesagt, ich verriegle die Haustür um neun.« Sie geht wieder nach draußen und bleibt stehen, ehe sie bei der Treppe ist. »Ich lasse Sie bei mir wohnen, weil Sie gesagt haben, dass es auf der Insel Freunde gibt. Wenn es den Leuten hier nicht passt, dass Sie zurückgekommen sind, dann ...«

Mehr sagt sie nicht, allerdings kann ich mir denken, dass sie mich in dem Fall hochkant rauswirft.

»Wir brauchen nämlich nicht noch mehr Aufruhr«, fährt sie fort. »Die letzten Tage haben wir genug durchgemacht und wollen nicht noch mehr aufdringliche Leute, die ihre Nase in alles stecken«, erklärt sie und sieht mich vielsagend an. Ich will gerade etwas sagen, um mich aus der Schusslinie zu nehmen, als Rachel mit einem Mal ganz leise wird. »Dies hier war ein guter Ort bis letzten Freitag, und jetzt ... Jetzt behält man seinen Kram lieber für sich.«

»Ehrlich, ich bin nicht hier, um Schwierigkeiten zu machen«, verspreche ich, was sie offensichtlich akzeptiert, denn sie nickt und geht.

Ich werfe meine Tasche aufs Bett, nehme mein Portemonnaie und mein Handy heraus und stopfe beides in meine Jackentaschen. Rachels Unterstellung, ich sei aus reiner Neugier hier, wurmt mich, und erst recht ärgert mich, dass sie denkt, sie habe mehr Recht, hier zu sein, als ich.

Nachdem ich ihre Pension verlassen habe, gehe ich in Richtung Dorf. Unter dem wolkenverhangenen Himmel ist es unheimlich still. Ich komme vorbei an einem kleinen Lebensmittelladen, in dem sich früher die Bäckerei befand, zu dem renovierten Café, vor dem Bistrotische stehen. Gerade will ich rübergehen, um etwas zu essen, als die Journalistin auftaucht.

Sie kommt auf mich zu, hat wie immer ihre Kamera umgehängt. »Also, was wollen Sie wirklich auf der Insel, Stella Harvey?«

EVERGREEN ISLAND

10. Juli 1993

Es gab diesen besonderen Tag in der ersten Woche der Sommerferien, als zwei letztlich fatale Geschehnisse zu verschmelzen begannen. Es kann sein, dass die Weichen schon falsch gestellt waren, dennoch würde Maria später überlegen, ob ihr eigenes Handeln nicht dazu beigetragen hatte, die Insel überstürzt und vorschnell zu verlassen.

Stella würde einen Ausflug mit Jill machen, die bereits mit einem schweren Rucksack am Gartentor wartete, bis ihre beste Freundin mit dem Frühstück fertig war. Maria hatte für beide Obst und Kuchen eingepackt und blickte den Mädchen lange nach, als sie den Pinecliff Walk hinaufliefen, und ertappte sich dabei, dass Jill anders wirkte als sonst, knochiger.

»Was ist?«, fragte David, der neben ihr erschien, sie auf den Kopf küsste und einen Arm um ihre Schultern legte. »Vermisst du deine Tochter bereits?«

»Ein bisschen«, gestand sie lachend und schwieg. Ihr ging es nicht um Stella, sondern um Jill, die so viel dünner geworden war. Das Trägertop und die kurzen, engen Jeans ließen sie geradezu abgemagert aussehen. Auf die Frage ihres

Mannes schüttelte Maria den Kopf und lehnte sich an ihn. Sie hatte Jill während der Schulzeit nicht so häufig gesehen, vielleicht hatte sie einfach einen Wachstumsschub gemacht.

Außerdem hatte sie keine Ahnung, was sie tun sollte, falls sich ihr Verdacht bestätigte und tatsächlich ein Problem bestand. Ruth Taylor, Jills Mutter, war für so gut wie alles blind, und der Gedanke, Bob, der einen Pub betrieb, auf etwas derart Persönliches anzusprechen – nein, das kam nicht infrage.

»Bleibst du zum Mittagessen?«, fragte sie David.

»Würde ich gerne, nur ist heute so viel los, dass ich nicht mal eine Pause machen dürfte, ich kann lediglich ganz kurz nachsehen, wie es meiner großartigen Familie geht.«

Maria lachte. »Tja, da musst du dich wohl mit mir alleine abfinden. Ich habe keine Ahnung, wo Danny steckt, Stella hast du ja mit Jill weggehen sehen, und Bonnie ist mit Iona hinten im Garten.« Sie hielt inne, damit er zu der ältesten Tochter schauen konnte. »Unsere Große sieht ganz zufrieden und gut gelaunt aus«, fuhr sie fort, »und das macht mich ebenfalls glücklich.«

»Ja, das ist gut«, sagte David, als er ins Haus ging.

»Findest du nicht«, hakte sie auf dem Weg in die Küche nach, »dass sie eine gute Freundin brauchte, und die scheint sie mit Iona endlich gefunden zu haben.«

»Maria«, bremste er sie und seufzte leise, weil sie manches falsch sah. »Du musst aufhören, dich wegen Bonnie zu sorgen. Ihr geht es gut«, behauptete er, was nicht stimmte. Eigentlich war es Bonnie nie gut gegangen, und das war ein gewaltiges Problem, über das sie sich nie einigen konnten.

»Hm, ich habe Iona für heute Abend zum Essen eingeladen«, wechselte sie das Thema, um sich nicht aufzuregen, »also komm bitte nicht zu spät.« Während sie sprach, sah sie durchs Küchenfenster zu ihrer großen Tochter mit ihrer neuen Freundin hin. Sie lachten, waren ganz in ihr Gespräch vertieft, und es war solch ein ungewöhnlicher Anblick, dass Maria beinahe wünschte, sie könnte ein Foto machen.

»Zu Hause hatte ich echt nie so eine Aussicht«, sagte Iona und streckte sich auf dem Liegestuhl aus.

Bonnie beobachtete die Studentin, die mit ihren langen Beinen durchaus eine Tänzerin sein könnte. »Ja, die Gegend ist wohl ziemlich gut«, sagte sie.

»Soll das ein Witz sein? Sie ist fantastisch!«

Bonnie schaute zum Meer und dem Gewimmel von Leuten auf dem Anleger. Es waren wie immer an Sommertagen viele, die von der Fähre ihres Vaters stiegen, um den winzigen Ort mit den Klippen und einsamen Stränden zu besichtigen. Manchmal kam sie sich wie ein seltenes Tier in einem bescheuerten Zoo vor.

»Ich fasse nicht, dass du nicht erkennst, wie wunderschön es hier ist. Würde ich hier leben...« Iona unterbrach sich, bevor sie lakonisch hinzufügte: »...dann würde ich wohl nie weggehen wollen.«

Bonnie schnaubte abfällig. »Würde dir nicht all das fehlen, was du auf dem Festland hast?«, fragte sie.

»Glaube ich nicht«, antwortete Iona achselzuckend.

Nachdenklich blickte Bonnie weg und beobachtete ihren Dad, der gerade auf sein Schiff zuging. Vielleicht sollte sie versuchen, Evergreen so zu sehen wie Iona, zweifelte allerdings, dass sie es könnte. Etwas war an dieser Insel, das sie wirklich nicht mochte.

»Es ist richtig nett von deiner Mum, mich heute Abend zum Essen einzuladen«, wechselte Iona das Thema. »Einfach ist es nicht, wenn man hier niemanden kennt.« Bonnie schaute sie kritisch an. Sie hatte nicht den Eindruck, dass es irgendetwas gab, das Iona nicht einfach fände.

Ihre Freundin senkte verschwörerisch die Stimme, dabei war niemand in der Nähe. »Ich bin nicht so gerne in dem Haus im Dorf, wo man mich untergebracht hat. Das Paar ist ein bisschen komisch.« Sie verzog das Gesicht, bevor sie grinste.

Bonnie lachte, und ein warmes Gefühl überkam sie. Sie wollte, dass Iona mehr verriet, ihr Dinge erzählte, die sie niemandem sonst anvertraute. Unvorstellbar, dass sie zunächst gar nichts mit dem Mädchen zu tun haben wollte. Umso dankbarer war Bonnie, dass Iona auf sie zugekommen war.

Plötzlich schlug ihre Stimmung um, und ihre Gedanken schweiften zu der Einladung ihrer Mutter ab, die ihr missfiel. Sie wünschte, Iona würde heute Abend nicht bei ihnen essen und mit dem Rest der Familie an einem Tisch sitzen. Warum musste ihre Mum immer alles kontrollieren, bestimmen und in ihrem eigenen Sinn regeln? Bonnie hatte das Gefühl, als würde ihre Mutter sie ständig überwachen und wie jetzt darauf warten, dass sie irgendwas tat, damit es bei Maria plötzlich Klick machte und sie endlich begriff, was mit ihrer Tochter nicht stimmte.

Bonnie lehnte sich in ihrem Gartenstuhl zurück und überlegte, wie sie Iona überreden könnte, nicht zum Essen zu kommen. Diese neue Freundschaft ganz für sich zu behalten, erschien ihr sehr viel reizvoller.

Danny war enttäuscht, als er aus dem Garten ins Haus kam und Iona am Tisch sitzen sah. Es war schlimm genug, wenn

Jill kam, an die er sich halbwegs gewöhnt hatte. Außerdem redete sie sowieso fast nur mit Stella, obwohl das Mädchen sie alle seit Jahren kannte.

Beim Abendessen waren die Stühle eng zusammengerückt. Bonnie und Iona saßen nebeneinander. Die Studentin schwätzte munter mit einer sehr hohen und aufgeregten Stimme, Bonnie kicherte kindisch. Danny, der seinen Stuhl näher an Stellas herangeschoben hatte, überlegte, dass er, würde er die Augen schließen, ihre Stimmen nicht auseinanderhalten könnte.

Seine Mum streckte die Arme über seine Schultern, als sie eine Schüssel in die Tischmitte stellte, und sagte zu Iona, sie möge hoffentlich Chili. Danny fand die Frage dumm, da Iona ja schlecht Nein sagen konnte. Manchmal überlegten die Leute nicht wirklich.

Als seine Mum ihre Arme zurückzog, stützte sie die Hände auf seine Schultern. Danny wusste, was das bedeutete. Damit zeigte sie ihm, dass sie hoffte, es gehe ihm gut.

Er hingegen hoffte, Iona würde weiter mit Bonnie schwätzen und ihn nicht ansprechen. Er wollte nicht einmal von ihr angesehen werden, da ihm noch nie ein Mädchen wie Iona begegnet war. Mit einem Mal schaute sie auf und lächelte ihm direkt zu. Danny spürte ein solches Brennen in seiner Brust, dass er fürchtete, gleich quer über den Tisch zu kotzen.

Von nun an musste er sie unbedingt meiden, selbst wenn ihm diese Vorstellung nicht gefiel.

Maria hätte früher erkennen müssen, wie unwohl sich ihr Sohn in diesem Kreis fühlte. Als sie ihn seinen Stuhl neben Stellas ziehen sah, begriff sie ihren Fehler, doch da war es zu spät. Was für das eine Kind richtig war, war es für das andere eindeutig nicht, und auf einmal kamen ihr die Tränen, weil ihre Kinder kaum unterschiedlicher sein konnten. Wie sehr wünschte sie, alle wären mehr wie Stella.

Nicht zum ersten Mal fragte sie sich, ob sie die richtigen Entscheidungen getroffen hatten und Evergreen immer noch der passende Ort für sie war. Ihr Zufluchtsort fühlte sich für sie bisweilen erdrückend an, und hin und wieder kam es Maria vor, als hätten sie sich auf der Insel selbst eingesperrt.

Am Ende des Sommers würde sie wissen, dass es ein Fehler gewesen war, überhaupt herzukommen, und dass die Wahrheit sie früher oder später überall einholen würde.

HEUTE

Kapitel acht

Die Journalistin lächelt, als ich sie anstarre. »Du erkennst mich nicht, aber das hatte ich auch nicht erwartet. Ich kannte euch ja bloß den einen Sommer lang, bis ihr alle verschwunden wart.«

Ich neige den Kopf zur Seite. Etwas an ihrem schmalen Gesicht mit den Sommersprossen und dem dunklen, zu einem Zopf gebundenen Haar kommt mir vage bekannt vor.

»Freya Little«, sagt sie. »Meine Familie kam zu Beginn jenes Sommers zum Urlaub auf die Insel, an dessen Ende ihr Evergreen sang- und klanglos verlassen habt.«

»Jetzt erinnere ich mich! Du hattest zwei Brüder. Fingen nicht all eure Namen mit F an?«

Sie grinst. »Freddie und Frankie. Wie lächerlich, wenn man es bedenkt. Wolltest du gerade da drüben etwas essen?«

Ich nicke und deute zum Café hin.

»Gehen wir erst ein Stück«, sagt sie und fängt an, in die Richtung zu schlendern, aus der ich gerade gekommen bin.

Rasch hole ich sie ein. »Unglaublich, dass du mich nach all der Zeit wiedererkannt hast. Dabei habe ich dir nicht einmal sofort meinen Namen genannt.«

»Dafür kanntest du meinen und hast dich offenbar erinnert. Und ich konnte sehen, wie wenig du dich verändert hast«, antwortet sie. »Zumindest dein Haar ist noch dasselbe«, fügt sie lachend hinzu.

Ich greife nach den Spitzen meiner Haare, die mir ein kleines Stück über die Schultern fallen. »Es ist kürzer. Als Kind habe ich es immer sehr lang getragen.«

»Hast du damals gemerkt, dass ich zu dir aufgesehen habe?«, fragt Freya.

»Warum?«

»Weil du immer so selbstsicher gewirkt hast und dir in allem auf dieser Insel so sicher warst. Als wüsstest du, dass es deine Bestimmung ist, hier zu sein. Und für mich war definitiv klar, dass wir nicht hier sein sollten.« Freya zieht die Augenbrauen hoch, als sie den Weg abkürzt und in Richtung Küste geht.

»Wie meinst du das?«, frage ich und folge ihr zu einer Bank, von der aus man nach Brownsea Island schaut.

»Mum war unglücklich am Tag unserer Ankunft hier, und wir alle haben darunter gelitten. Ich weiß, dass meine Mutter für die meisten Leute ein bisschen zu laut ist, und von denen wurden wir prompt alle geschnitten, geradezu geächtet. Alle rotteten sich zusammen und entschieden, dass wir unerwünscht seien. Sie waren eine große Clique, und wir hatten keine Chance, aufgenommen zu werden.«

Verwundert sehe ich weiterhin zum Wasser. Meine Erinnerung ist ganz anders als ihre.

»Jetzt zeigen sich allerdings Risse in der Inselgemeinschaft«, sagt sie, und als ich mich zu ihr umdrehe, stelle ich fest, dass sie mich durchdringend ansieht. »Es gibt Brüche. Einige Leute halten immer noch zusammen, aber das war meine Geschichte«, sagt sie und atmet tief ein. »Und gewiss ist sie nicht so interessant wie deine. Wie kam es, dass ihr damals in dem Sommer einfach verschwunden seid, Stella?«

Ich löse meine auf dem Schoß verschlungenen Hände und knöpfe meine Jacke ganz zu. Glaubt Freya allen Ernstes, ich könnte diese Frage ganz leicht beantworten? Sagt ihr journalistisches Gespür ihr nicht, dass sie alles andere als leicht zu beantworten ist?

»Mein Dad hatte einen neuen Job gefunden, und wir brauchten das Geld«, bete ich die beliebte Ausrede nach, als würde ich sie selbst glauben.

Die Journalistin nickt und denkt über meine Antwort nach. Mehr fragt sie nicht, ist aber ganz sicher nicht zufrieden, sondern wartet lediglich auf den richtigen Moment. »Demnach hast du dein altes Haus in den Nachrichten gesehen«, stellt sie fest. »Das muss ein gewaltiger Schock gewesen sein.«

»War es auch«, stimme ich ihr zu.

»Und deshalb bist du zurückgekommen? Hast du gedacht, dass du hier mehr Antworten findest?«

»Kann sein«, gestehe ich zögernd ein.

»Da könntest du ebenso gut weiter die Nachrichten sehen. Die Polizei wird nichts rausgeben, ehe sie keine klaren Erkenntnisse hat.«

»Glaubst du, die wissen dort schon mehr?«

Sie weicht der Frage aus. »Tatsächlich kriegt man auf Evergreen schwer Antworten. Manchmal reist man hier eher mit mehr Fragen ab. Willst du wissen, was ich denke?«, fragt sie, und ich nicke, weil es leichter ist, Theorien zu hören, als Fragen zu beantworten. »Ich glaube, mehr als eine Person auf dieser Insel weiß genau, wer die Leiche ist, doch keiner von denen rückt mit der Sprache raus.«

»Von wem redest du?«, frage ich, starre sie an und wünsche mir, ich könnte sie daran hindern, immerzu amüsiert zu wirken, wenn sie mich anschaut.

»Keine Ahnung, ich werde es auf jeden Fall herauszufinden versuchen. Zu viele dieser Leute sind wie Bücher mit sieben Siegeln; hoffentlich springen sie mit ein wenig Druck auf.«

Ich bewege mich nervös auf der Bank und sehe wieder zum Meer. Selbst wenn ich weiß, dass irgendjemand die Leiche vergraben haben muss, beunruhigt es mich, dass ich denjenigen oder diejenige kennen könnte.

»Du hattest zwei ältere Geschwister, einen Bruder und eine Schwester«, erinnert Freya sich. »Und die wollten jetzt nicht mit dir zurückkommen?«

»Nein. Bonnie hat eine Familie, um die sie sich kümmern muss.« Dass meine Schwester nichts von meiner Fahrt auf die Insel weiß, verschweige ich und werde es ihr vielleicht später erklären.

»Und Danny«, sagt Freya, als würde ihr spontan sein Name einfallen. »Er tat mir immer leid, weil er solch ein Einzelgänger war und Kinder so grausam sein können. Wie geht es ihm?«

Ich will Freya nicht erzählen, dass ich meinen Bruder seit achtzehn Jahren nicht gesehen habe. Dass ich mir wünsche, ich hätte ihn vom Fortgehen abhalten können, oder dass ich wusste, wie grausam Kinder zu ihm gewesen sind, und dass ich nie genug getan habe.

»Danny ist vor einer ganzen Weile aus Winchester weggezogen«, sage ich. »Wir halten eigentlich keinen Kontakt.«

»Und war die Polizei bereits bei dir?«

»Warum stellst du mir all diese Fragen? Bin ich für dich eine Story?«

»Nein, ganz und gar nicht! Na ja, noch nicht jedenfalls«, fügt sie hinzu und lächelt. »Entspann dich, Stella. Ich grille dich nicht für irgendeinen Artikel. Es ist offensichtlich, dass du über die Leiche nicht mehr weißt als ich. Und du bist eindeutig hergekommen, um mehr zu erfahren, genau wie ich.«

»Und warum interessierst du dich für mich?«

»Ich denke, dass du mir helfen könntest«, sagt sie und dreht sich so auf der Bank, dass sie mich direkt ansieht. Freya hatte von Anfang an die Kontrolle über dieses Gespräch, und ihre Körpersprache verrät mir, dass sie es weiß. »Ich schätze, es hängt davon ab, wie sehr du dich hier reinhängen willst«, fügt sie hinzu und schwenkt einen Arm in Richtung des Polizeizelts.

»Ich wüsste nicht, was ich tun kann.«

»Du kannst mit den Leuten reden, die nicht mit mir sprechen wollen. Da hättest du eine bessere Chance als ich.«

»Wie kommst du darauf?«

Sie lacht. »Weil du die meisten von ihnen kennst und deine Familie hier mal sehr beliebt war. Mir hingegen knallen viele der Insulaner die Tür vor der Nase zu. Ich denke, die würden eher mit dir reden. Und im Gegenzug helfe ich dir bei einigen der Dinge, die *du* wissen willst.«

»Was zum Beispiel?«, frage ich. »Du hast selbst gesagt, dass du nichts weißt.«

»Beispielsweise kann ich dir erzählen, für wen sich die Polizei am meisten interessiert und wen sie mehr als einmal besucht hat.«

Ich nicke nachdenklich.

»Du hast eine Frage, stimmt's?«

»Was weiß die Polizei deiner Meinung nach bisher? Du

hast gesagt, dass sie die Einzelheiten bekanntgibt, wenn sie so weit ist. Meinst du, dass sie weiß, wie lange die Leiche dort gelegen hat?«

»Das könnte ein Pathologe sehr schnell festgelegt haben«, antwortet sie. »Ich denke, sie wissen ebenfalls, wer die Leiche ist.«

»Oh. Und warum geben sie den Namen nicht raus? Wieso war der nicht in den Nachrichten?«

Freya zuckt mit den Schultern. »Sie müssen entschieden haben, dass es nicht im öffentlichen Interesse ist, ihn sofort zu veröffentlichen. Vielleicht wollen sie die Leute hier ein bisschen schmoren lassen.«

Mich fröstelt bei dem Gedanken, und ich taste in meinen Taschen nach meinem Handy. Plötzlich überkommt mich nämlich der Drang, Bonnie anzurufen, und meine Gedanken schweifen zu den Freundschaftsbändern ab, für die sich die Polizisten interessiert haben.

Auf meiner Liste stehen fünf Mädchen, die ein Band hatten, mich eingeschlossen. Zumindest sind es die, an die ich mich erinnere: Jill, Bonnie, Tess Carlton und Emma Grey. Was also könnte eine von uns mit der Leiche zu tun haben?

Ich hätte nie herkommen dürfen, denke ich mit einem Mal. Jetzt werde ich noch in Freyas Spiele verwickelt, was mir nicht gefällt. Dennoch überwiegt meine Neugier, und ich frage: »War die Polizei mehr als einmal bei irgendwelchen Leuten?«

Freya bejaht stumm.

»Bei wem?«

»Susan Carlton, Annie Webb und Bob Taylor. Erinnerst du dich an die Namen?«

»Ja.« Die beste Freundin meiner Mutter, unsere adoptierte Tante, Jills Vater. »Weißt du, warum sie sich auf die drei konzentrieren?«

»Nein.« Freya lacht kurz auf. »Vielleicht solltest du gerade deshalb bei ihnen anfangen.«

»Ich bin mir nicht sicher, ob ich mich einmischen will«, entgegne ich. »Und ich wüsste nicht, was ich Nützliches herausfinden könnte. Wenn die Detectives nichts bei ihnen erreichen konnten, werden sie mir wohl kaum alles erzählen.«

»Klar, aber seien wir ehrlich, Stella. Deine Fragen reichen wahrscheinlich tiefer, als du zugeben willst. Vergiss vor allem nicht, dass die Leiche in eurem Garten gefunden wurde. Sicher ist das einer der Hauptgründe, weshalb du zurückgekommen bist.«

»Außerhalb des Gartens«, korrigiere ich sie und stehe auf.

»Ganz knapp«, sagt sie und greift nach meinem Arm, als ich weggehen will. »Tut mir leid! Das war unbedacht und überflüssig. So bin ich leider. Es liegt an meinem Beruf. Bitte, es tut mir leid«, wiederholt sie und lässt mich los. »Ich habe es nicht so gemeint. Können wir vielleicht morgen weiterreden?«

Achselzuckend hole ich mein Handy hervor. »Ich muss weg«, murmle ich, »und meine Schwester anrufen.«

Freya schüttelt den Kopf. »Daraus wird nichts. Auf dieser Insel gibt es nirgends Empfang.«

Ich schaue auf mein Display, starre einen Moment hin, bevor ich das Telefon resigniert einstecke. Nie zuvor habe ich Evergreen als isoliert wahrgenommen, jetzt empfinde ich es mehr denn je so.

Kapitel neun

Im Dorf betrete ich das Café, an dessen Tür mir ein Schwall warme Luft entgegenbläst. Ein junges Mädchen am Tresen lächelt mir zu. Sie kann nicht älter als fünfzehn sein, hat das dunkelblonde Haar zu einem Pferdeschwanz gebunden und trägt eine leuchtend pinkfarbene Schürze, an der sie sich die Hände abwischt. »Sie wünschen, bitte?«, fragt sie.

»Eine heiße Schokolade und etwas zu essen.« Ich blicke zu der Tafel hinter ihr und entscheide mich für ein Hähnchen-Mayonnaise-Sandwich.

»Suchen Sie sich einen Platz. Ich bringe es Ihnen gleich rüber«, sagt sie und zeigt zu den leeren Tischen. Die einzigen anderen Gäste sind zwei junge Mädchen auf Barhockern am Fenster, die mit dem Rücken zum Raum sitzen und über irgendwas kichern.

Ich suche mir einen Tisch am Rand aus. »Es ist ruhig hier«, sage ich, als die Bedienung einen großen Löffel Belag auf eine Brotscheibe häuft.

Sie nickt. »Ist es. Sind Sie auch wegen der Leiche gekommen?«

Ihre Direktheit erschrickt mich, und ich blicke zu den beiden Mädchen, die inzwischen in ein Gespräch vertieft sind.

»Ich tippe, dass Sie entweder von der Polizei oder der Presse sind, andere Leute haben wir nicht seit Samstag.«

»Tut mir leid, ich bin weder noch«, antworte ich.

»Aha?« Sie kommt mit meinem Sandwich um den Tresen herum, stellt mir den Teller hin und mustert mich neugierig. »Was machen Sie dann hier?«

»Ich habe früher mal auf Evergreen gelebt. Vor sehr langer Zeit.«

»Cool. Dann kennen Sie vielleicht meine Mutter? Emma Fisher? Sie lebt schon seit Ewigkeiten hier. Im Grunde ihr ganzes Leben lang. Früher hieß sie Emma Grey.«

»Ja, ich habe Emma gekannt.« Sie war drei Jahre älter als ich, gleich alt wie mein Bruder Danny.

»Wir wohnen drüben in den Reihenhäusern«, sagt sie. »Nummer zwei. Sie sollten sie mal besuchen.«

»Na ja...«, stammle ich und versuche, mich zu erinnern, was ich noch von Emma weiß, außer dass ihr Name auf meiner Liste steht.

Sie war sehr still, fällt mir ein. Ihre Eltern blieben für sich. Ich wusste nie, was ich mit ihr reden sollte. »Sie hat im Dorf gewohnt«, sage ich, nachdem mir ein paar Einzelheiten eingefallen sind. »Ich weiß noch, dass Emma langes blondes Haar hatte, das ganz gerade abgeschnitten war.«

»Meine Großeltern leben nach wie vor hier, in Nummer acht. In demselben Haus wie damals.«

»Und Ihre Mum hat die Insel nie verlassen?«

»Nein. Mein Dad ist für einige Jahre hergezogen, aber sie haben sich getrennt, als ich fünf war, und er ist zurück aufs Festland. Seitdem gibt es bloß Mum und mich.« Sie lächelt und kehrt zum Tresen zurück, um meine heiße Schokolade fertig zu machen.

»Und was ist mit Ihnen?«, frage ich, als sie zurückkommt. »Gefällt es Ihnen, hier zu leben?«

»Sie klingen wie die Journalisten.«

»Verzeihung.«

Sie schüttelt den Kopf. »Okay. Mich stört es nicht so wie viele andere.« Sie stellt mir den Becher hin.

»Danke. Was meinen Sie damit?«

»Die von der Insel hassen es, wenn Fremde in ihrem Leben herumstochern. Ich weiß nicht, es ist, als würden sie sich alle schuldig fühlen. Jedenfalls sagt meine Mum das. Sie meint, es reicht bereits, wenn ein Polizist vor der Tür steht, dann denken alle, sie hätten etwas verbrochen.«

Ich nicke, da ich sehr gut weiß, was sie meint.

»Irgendwie verstehe ich das sogar«, fährt das Mädchen fort. »Jedenfalls bleiben deswegen alle in ihren Häusern.« Sie verdreht die Augen. »Uns allen ist gesagt worden, dass wir uns von der Presse fernhalten sollen, und da verstecken sich alle am liebsten. Haben Sie gerne hier gewohnt?«

»Ja, das habe ich«, antworte ich lächelnd. »Ich habe es sehr gemocht.«

»Schätzungsweise habe ich das Beste von beidem, denn ich bin manchmal bei meinem Dad auf dem Festland. Er sagt immer, dass es hier zu eng ist, beklemmend eng sogar. Und einige von meinen Freunden hassen die Insel.«

»Das kenne ich von meiner Schwester«, bestätige ich. »Sie konnte es gar nicht erwarten, von hier wegzukommen.«

»Sind Sie ihretwegen weggezogen?«

»Nein, eigentlich nicht. Mein Dad bekam einen Job in Winchester. Ich bin übrigens Stella.«

»Und ich bin Meg.« Bei ihrem Lächeln leuchtet ihr Gesicht auf. »Mir gefällt es auf der Insel, denke ich zumindest.«

Sie setzt sich auf den Stuhl mir gegenüber. »Keiner weiß, wer es ist«, flüstert sie. »Direkt nachdem sie die Leiche gefunden haben, war es schrecklich, kann ich dir sagen. Jeder hat davon geredet, und man hat gemerkt, wie alle sich so komisch angeguckt haben. Mum hat mir gesagt, dass ich keinem trauen darf, wobei ich finde, dass sie überreagiert. Ich meine, ich kenne diese Leute mein ganzes Leben lang.«

Ich nicke und nehme einen Bissen von meinem Sandwich. Was immer Emma ihrer Tochter geraten haben mag, es wird eindeutig nicht befolgt. Die Journalisten werden sich wie die Geier auf ein solches Mädchen stürzen, das bereit ist, ihnen alles zu erzählen, was sie hören wollen.

Meg beugt sich näher zu mir. »Ich mag das nicht, wenn ich ehrlich bin. Alle tratschen, wer es gewesen sein könnte. Ich hoffe, es ist niemand, der noch hier wohnt.«

»Das Klügste ist wohl, sich einfach rauszuhalten«, empfehle ich ihr mit einem schwachen Lächeln.

Meg blickt auf, als ein Mann das Café betritt, und wendet sich noch einmal mir zu, bevor sie zu dem neuen Gast geht. »Du solltest wirklich meine Mum besuchen. Sie wird sicher froh sein, mal wieder ein freundliches Gesicht zu sehen.« Ihre Züge verfinstern sich. »Sie ist irgendwie noch angespannter als sonst«, fügt sie leise hinzu.

»Vielleicht erinnert sie sich gar nicht mehr an mich.«

Meg nickt, sieht mich weiter eindringlich an. »Kann sein, gehst du bitte trotz allem mal zu ihr?«

Sie wirkt so hoffnungsvoll, dass ich zustimme. Außerdem kann es ja nicht schaden.

Ein gerader Weg, breiter als die anderen auf der Insel, führt zur anderen Seite des Dorfes und ist zu beiden Seiten von kleinen Reihenhäusern gesäumt. Es sind sechzehn, acht auf jeder Seite, vollkommen symmetrisch, und sie sehen alle gleich aus. Es ist der einzige Teil von Evergreen, der offenbar auf dem Reißbrett entstanden ist.

Als ich bei Nummer zwei an die Tür klopfe, wo Emma

wohl seit ihrer Heirat wohnt, versuche ich mir ihr Leben vorzustellen. Auf der anderen Seite der Tür bewegt sich ein Schatten, und ich trete erwartungsvoll zurück, ohne dass geöffnet wird. Als ich erneut klopfen will, wird im Fenster links von mir eine Gardine ein Stück zur Seite gezogen, und das Gesicht einer Frau erscheint.

Emma ist sofort wiederzuerkennen. Ihr blasses Gesicht wird von einem hellblonden Bob umrahmt, dessen fransiger Pony ein bisschen zu lang ist und ihr linkes Auge bedeckt. Sie ist dünner, als ich sie in Erinnerung habe. Mein Winken erwidert sie nicht, lässt immerhin die Gardine los und öffnet die Tür. Fragend und ein wenig misstrauisch schaut sie mich an.

»Emma«, sage ich und strecke ihr meine Hand hin. »Erinnerst du dich noch an mich? Vor langer Zeit habe ich hier gewohnt. Ich bin Stella Harvey.«

Sie mustert mich ausgiebig, ehe sie den Kopf kaum merklich zur Seite neigt. »Stella Harvey«, wiederholt sie leise. »Ihr seid weggezogen, als wir noch Kinder waren.«

Ich bejahe stumm und frage mich, ob sie mich hereinbitten wird. »Soeben habe ich in dem Café deine Tochter kennengelernt, Meg, und sie hat vorgeschlagen, dass ich dich mal besuche. Es ist überraschend, ich weiß, sag mir, wenn es gerade nicht passt.«

Zögerlich tritt Emma zur Seite. »Nein, ich habe zwar auf jemanden gewartet, doch komm ruhig rein.«

Als ich das Haus betrete, bedaure ich, nicht gesagt zu haben, dass ich sie nicht stören will. Es ist Emma nämlich erkennbar unangenehm, dass ich bei ihr auftauche, und mir ist ebenfalls nicht wohl dabei. Sie führt mich ins Wohnzimmer und bedeutet mir, mich in einen Sessel am Fenster zu setzen, während sie sich auf das Sofa mir gegenüber hockt und die Hände im Schoß verkrallt. Ununterbrochen wandert ihr Blick zu dem Fenster hinter mir, was ich auf Evergreen tue, danach fragt sie nicht.

»Meg ist ein nettes Mädchen«, sage ich in der Hoffnung, sie damit aus der Reserve zu locken.

»Ist sie wirklich.« Entspannt lehnt Emma sich auf dem Sofa zurück. »Sie ist erst sechzehn, dafür aber sehr klug und vernünftig.«

»Wie schön, dass du all die Jahre auf der Insel geblieben bist«, sage ich.

»Ist es das?« Sie sieht mich unergründlich an.

»Ja, ich hatte als Kind gehofft, dass ich für immer bleiben könnte.«

Emma scheint nicht meine Begeisterung zu teilen. »So toll ist es nicht mehr«, sagt sie schließlich.

»Nicht?«

»Ach so, natürlich.« Sie schlägt sich eine Hand auf den Mund. »Da habt ihr ja früher gewohnt, und es war euer Garten, wo die Leiche gefunden wurde.« Sie ist noch eine Nuance blasser geworden, sodass sie wie weiß getüncht aussieht. Mir hingegen steigt langsam vor Ärger die Röte ins Gesicht, obwohl ich mir diesmal den Hinweis spare, dass es außerhalb unseres Gartens war. Inzwischen fürchte ich, dass hier jeder so reagieren wird.

»Keiner weiß, wer es ist«, platzt sie ziemlich unerwartet heraus und sieht schlagartig richtig krank aus.

Langsam beuge ich mich in meinem Sessel vor. »Geht es dir nicht gut, Emma?«

»Nein, selbstverständlich geht es mir nicht gut!« Sie lacht nervös, als hätte ich eine selten lächerliche Frage gestellt.

»Auf unserer Insel wurde eine Leiche gefunden.« Sie spielt mit ihren Fingern, als würde sie etwas abzählen, wobei ich nicht die geringste Ahnung habe, was.

»Es muss für alle ein furchtbarer Schock sein«, sage ich. »Ich konnte es nicht glauben, als ich es in den Nachrichten gesehen habe.«

»Bist du deshalb zurückgekommen?«, fragt sie und beäugt mich aufmerksam. »An deiner Stelle wäre ich weit weg geblieben.«

Mittlerweile bin ich beinahe derselben Meinung. »Meine Schwester und ich erinnern uns beide nicht, dass hier mal jemand verschwunden ist oder vermisst wurde«, erkläre ich, um Emma zu vermitteln, dass wir auf derselben Seite stehen und sie mich nicht fürchten muss. Sie soll allerdings begreifen, dass ich ein Recht habe, hier zu sein, selbst wenn es auf der Insel offenbar jeder anders sieht. Vielleicht sollte ich ihr anvertrauen, dass die Polizei mich um Hilfe gebeten hat. Dass wir möglicherweise gemeinsam herausfinden können, welche Verbindung sie zwischen meinen Armbändern und der Leiche entdeckt haben. Vorerst halte ich mich lieber zurück. »Sicher wird die Polizei bald wissen, um wen es sich handelt. Eventuell geht es den Leuten dann wieder ein bisschen besser...« Ich verstumme, weil sie mich entgeistert anstarrt.

»Das ist nicht irgendein Fernsehkrimi! Wie kommst du darauf, dass sich irgendwer besser fühlt, wenn wir wissen, wer es ist? Dann wird es nicht weniger Fragen geben, eher mehr.«

»Tut mir leid, ich habe gedacht...«

»Du wohnst hier nicht«, unterbricht sie mich spitz. »Also tu nicht so, als würdest du es verstehen.« Wieder blickt sie über mich hinweg zum Fenster.

Innerlich brenne ich, möchte sie anschreien, dass ich es natürlich verstehe, stattdessen halte ich den Mund und drehe mich um, weil ich sehen will, was Emmas Aufmerksamkeit erregt. Draußen ist niemand, und als ich wieder zu ihr schaue, konzentriert sie sich ebenfalls auf mich.

Ich versuche ihre impertinente Gleichgültigkeit zu vergessen und denke nach. Klar, besser würde ich gehen, andererseits, wenn ich sowieso hier bin, kann ich ebenso gut weitere Fragen stellen, die mir weiterhelfen. »Kannst du mir verraten, wer sonst noch hier wohnt, an den ich mich erinnere?«

»Wahrscheinlich die meisten.« Sie spricht so leise, dass ich sie kaum verstehe. »Es gehen nicht viele weg.«

Nervös rücke ich hin und her. Mich wundert nicht, dass Meg sich um ihre Mutter sorgt, die Frau ist irgendwie von der Rolle. »Annie Webb?«

Emma verzieht den Mund zu einem spöttischen Lächeln. »Selbstverständlich ist Annie noch hier.«

»Und die Smyth-Zwillinge?«, frage ich, bemühe mich, das Gespräch unverfänglich zu halten, und suche nach Namen, wobei ich mit den harmlosen anfange. Erst später werde ich den Mut aufbringen, nach dem einzigen zu fragen, der mich wirklich interessiert.

»Nein.« Emma schüttelt den Kopf. »Die gehören zu den wenigen, die weggegangen sind. Vor Jahren bereits. Dafür lässt sich ihre Cousine, Freya Little, momentan sehen. Sie ist Journalistin, schnüffelt herum und stellt zu viele Fragen. Als wäre das alles schrecklich aufregend.«

»Ja, ich habe sie im Dorf getroffen.«

»Erzähl ihr bitte nichts«, murmelt Emma. »Man kann ihr nicht trauen.«

»Ich weiß ohnehin nichts, was ich ihr erzählen könnte«, sage ich, als sie hektisch vom Sofa aufspringt, an mir vorbei ans Fenster eilt und aufgeregt gegen die Scheibe trommelt. Als ich zum Fenster gehe, ist alles vorbei. Wer immer ihre Aufmerksamkeit erregt haben mag, ist weg.

»Ich muss los.« Sie geht zur Tür. »Draußen ist jemand, den ich dringend sprechen muss.«

Mir bleibt keine andere Wahl, als mich zu verabschieden. »Ich wollte noch nach Jill fragen«, bringe ich schnell vor, bevor sie zum Gartentor eilt. Offenbar hat sie mich nicht gehört. »Was ist mit Jill?«, rufe ich ihr nach.

Emma bleibt stehen und blickt sich zu mir um. Es scheint, als sähe sie durch mich hindurch, und ich finde es so unheimlich, dass ich eine Gänsehaut bekomme und unwillkürlich zurückweiche.

Mit einem vagen Kopfschütteln dreht sie sich um und huscht den Weg hinauf, läuft zu dem Mann, der am Ende der Straße auf sie wartet.

Ich beobachte, wie sie reden, und als Emma hinter sich zeigt, schaut der Mann zu mir hin. Etwas an ihm kommt mir bekannt vor, ohne dass ich es einzuordnen vermag. Emma redet weiter, gestikuliert hektisch, und der Mann schaut entsetzt zu mir herüber. Er sieht aus, als hätte er einen Geist gesehen.

EVERGREEN ISLAND

13. Juli 1993

Noch etwas veränderte sich in jenem Sommer. Es war das allererste Jahr, in dem Danny Interesse an der Strandübernachtung zeigte, bei der alle Kinder der Insel mit ihren Schlafsäcken ans Meer zogen und die Nacht dortblieben. Maria hatte keine Ahnung, warum er plötzlich mitmachen wollte. Sie hielt sich zurück, als sie sah, wie er Zahnbürste und ein Stück Seife einpackte, verzichtete schweren Herzens darauf, ihm zu sagen, dass er beides nicht brauchen werde, weil es am Strand kein fließendes Wasser gab.

Ihrer Meinung nach wäre es ohnehin besser, wenn er nicht mitginge, weil er für die anderen ein Außenseiter, wenn nicht gar ein Verrückter war und nicht ernst genommen wurde. Gleichzeitig hatte sie sich immer gewünscht, Danny würde sich einfügen können, und deshalb unterdrückte sie ihren Wunsch, ihn aufzuhalten. Außerdem war David dagegen.

Woher sollte sie überhaupt wissen, was das Richtige war? Sein Kind vor einer Situation zu bewahren, in der es verletzt werden konnte, oder zuzulassen, dass es sich ihr stellte, und zu hoffen, dass es am Ende stark genug war?

David behauptete oft, sie würde Danny verzärteln. »Er muss lernen, mit Sachen klarzukommen«, sagte er, wobei allerdings immer ein merkwürdiger Ausdruck in seinen Augen lag, vielleicht eine Spur von Angst, weil er seinen eigenen Worten nicht glaubte.

Der Gedanke, dass Danny mit den anderen Kindern am Strand war, beunruhigte Maria maßlos. Ganz genau vermochte sie sich vorzustellen, wie es sein würde – eine Gruppe von Kindern, dicht gedrängt an einem Lagerfeuer, wo die größeren Jungen mit ihren Gitarren angaben und ihr Sohn derweil ganz am Rand in seinem Schlafsack hockte und nicht wusste, wie er sich dazugesellen sollte, selbst wenn er das wollte.

Maria bemühte sich, solche Gedanken weit von sich zu weisen, als sie wieder zu Hause war und in den Garten ging. Sie zuckte zusammen, als plötzlich eine Gestalt erschien. Die Bäume standen so dicht, dass jeder vom Wald aus unbeobachtet auftauchen konnte. Oft hatte sie David bitten wollen, auch auf dieser Seite des Gartens einen Zaun zu ziehen, damit zu erkennen war, wo der Wald aufhörte und ihr Garten anfing. Wenn Freunde direkt vom Wald in den Garten kamen, war es ihr egal. Nicht bei einem Fremden.

Danny zog den Reißverschluss seiner Tasche zu, trat einen Schritt zurück und dachte nach. Zum ersten Mal hatte er seine Sachen für eine Übernachtung weg von zu Hause gepackt, und er war ziemlich sicher, dass er nichts vergessen hatte. Seine Mum verstand nicht, warum er in diesem Jahr auf einmal mitmachen wollte, nachdem er sich bisher immer geweigert hatte. Nur konnte er ihr seine Gründe unmöglich verraten.

Im Laufe der Jahre hatte er Geschichten über solche Treffen von Bonnie und Stella gehört, daher wusste er, was ihn erwartete und dass er es vielleicht furchtbar fand. Er würde sich schrecklich anstrengen müssen, mit den anderen zu reden, sonst würde er nicht dazugehören. Aber wahrscheinlich wurde ihm alles zu viel, und er saß am Ende allein da.

Trotzdem war er voller Erwartungen und würde auf keinen Fall kneifen. Er klopfte auf die Tasche, in der hinten sein Zeichenheft steckte, und blickte sich ein letztes Mal in seinem Zimmer um. Wie schlimm konnte es schon werden?

Bonnie stand an der Hintertür, wo sie zum einen der Unterhaltung ihrer Mum mit Bob Taylor lauschte und zum anderen nach Iona Ausschau hielt. Sie war genervt, weil sie nicht zu der blöden Strandübernachtung wollte, die sie zum Gähnen langweilig fand und wo nie irgendwas Spannendes passierte. Und zu allem Überfluss kam ihr Bruder in diesem Jahr mit, der sich garantiert peinlich benahm. Verstohlen beobachtete sie ihn, wie er an ihr vorbeischlurfte und ihrer Mum zurief, dass er weg sei.

Aus einem unerfindlichen Grund hatte Iona das Ganze spaßig gefunden und versprochen, ein Auge auf Danny zu haben, woraufhin ihre Mum vor lauter Begeisterung aufgesprungen war und sie beide umarmt hatte.

»Bist du ganz sicher, dass du da hinwillst?«, fragte Bonnie ihre neue Freundin später skeptisch. »Wir könnten genauso gut alleine was anderes machen.«

»Du musst nicht mitkommen«, erwiderte Iona lächelnd, was wie eine unfreundliche Abfuhr klang.

Bonnie nestelte an ihrem Taschenriemen und war noch genervter als vorher. »Nein, ich komme mit«, sagte sie eingeschnappt und entrang sich sofort ein Lächeln zur Wiedergutmachung.

»Ehrlich, Bonnie, wenn du nicht willst, musst du nicht«, wiederholte Iona jetzt freundlicher, um keine Missstimmung aufkommen zu lassen.

»Wieso können wir denn nichts alleine machen?«, entfuhr es Bonnie, doch sie bereute es sofort. Iona sollte nicht glauben, dass sie klammerte. »Ich finde diese Übernachtungen einfach kindisch«, ergänzte sie mit einem Lachen, das ziemlich angestrengt klang.

»Ist wirklich alles okay?«

»Ja, alles gut«, antwortete Bonnie. »Bestens.« War es nicht. Innerlich schrie sie, wollte mit dem Fuß aufstampfen, ihre Tasche auf den Boden schmettern und die Faust auf die Arbeitsplatte in der Küche knallen.

Iona hakte sich bei Bonnie ein. »Komm, wir stecken da zusammen drin«, sagte sie, und sogleich begannen sich die brodelnden Wellen bei Bonnie zu glätten.

Maria glaubte, dass Bob Taylor es absichtlich getan hatte. Es gab keinen Grund für ihn, hintenherum zum Haus zu schleichen. Geduldig hörte sie zu, wie er von Bäume stutzen und Ähnlichem schwafelte, und fühlte sich dennoch in seiner Gegenwart unwohl. Das ging seit zwölf Jahren so, als er mit Ruth und Jill auf die Insel gekommen war. Annie hatte ihr eine Woche vorher von der neuen Familie erzählt, und Maria war sogar der Gedanke gekommen, dass sie Freunde werden könnten.

Dann hatte sie ihn kennengelernt und gewusst, dass es nie passieren würde. Es war gleich nach ihrer Ankunft gewesen. David hatte er die Hand gereicht, Maria kaum wahrgenommen und mit albernem Stolz verkündet, wie froh sie seien, auf der Insel zu sein. Ruth hatte unbeteiligt hinter ihm gestanden. Alles drehte sich damals um ihn, es war eine regelrechte One-Man-Show gewesen, großspurig und voller Überschwang. Maria spürte wohl als Einzige, dass seine Worte etwas Dunkleres überspielten. Sie ahnte, dass Bob und Ruth ein Geheimnis hatten. Und genau wie sie und David waren sie nach Evergreen gekommen, um sich davor zu verstecken. Mittlerweile umschlichen die beiden Familien einander so viele Jahre, dass Maria glaubte, Bob vertrauen zu können, selbst wenn sie ihn eigentlich widerlich fand.

In dem Sommer, der jetzt vor ihnen lag, sollte dieses Vertrauen jedoch bis an seine Grenzen strapaziert werden. Und am Ende wurde Maria klar, dass die von ihr gewahrte Distanz zu Bob Taylor nicht bloß eine Notwendigkeit, sondern eine Sache von Leben und Tod geworden war.

HEUTE

Kapitel zehn

Das letzte Mal hatte ich Annie an dem Tag gesehen, bevor wir die Insel verließen und sie mit meiner Mum im Garten redete. Ich erinnere mich, dass sie ihre Arme umklammerte und den Kopf schüttelte, als könnte sie nicht fassen, dass wir weggehen wollten, oder als wäre sie nicht einverstanden.

»Pass gut auf dich auf, Stella«, sagte sie anschließend zu mir. »Pass gut auf dich auf.« Tränen in ihren Augen, die ich fast erwartet hatte, waren nicht zu sehen, als sie mich wieder losließ.

Wie überall sonst auf der Insel, ist es an den Seen totenstill und nichts los. Sogar das Wasser wirkt wie eine Eisscheibe. Langsam gehe ich daran vorbei zu Annies Haus, dem ersten von ein paar verwitterten Häusern, die dort stehen.

Annie hat mich immer behandelt, als wäre ich ihr eigenes Kind. Sie hätte gut zur Familie gehören können, und so wurde sie damals für uns alle zur Ersatztante. Folglich ist es albern, nervös zu sein. Andererseits ist nichts mehr auf der Insel so, wie es mal war.

Ich klopfe laut an die Tür, höre leise Schritte, die sich

langsam der Tür nähern, und sie öffnen. Als ich Annie gegenüberstehe, stockt mir der Atem. Ihre Haut an den Wangen ist erschlafft, was ihre Augen größer aussehen lässt. Und ihr Rücken ist so krumm, dass sie vorgebeugt läuft. Ich lächle, um mir meinen Schock, wie sehr sie gealtert ist, nicht anmerken zu lassen.

»Hallo, Annie«, sage ich.

»Stella?« Sie sieht mich ungläubig an. »Stella Harvey?« Ihre Hand am Türrahmen zittert. »Rachel hat mir erzählt, dass du kommst, und ich habe mich gefragt, ob du mich besuchst.« Sie packt mich am Arm. »Kind, es ist Quatsch, dass wir in der offenen Tür stehen und frieren. Komm lieber rein.«

Beim Betreten der großen Diele stürmen Erinnerungen auf mich ein. Die alte Standuhr steht noch in derselben Ecke wie in meiner Kindheit, und der Wandteppich hängt an genau derselben Stelle.

»Lass dich mal ansehen«, sagt sie, dreht mich zu sich und schüttelt den Kopf. »All die Jahre. Ich weiß nicht, ob ich dich wiedererkannt hätte, wäre ich nicht vorgewarnt worden.«

»Es ist schön, dich zu sehen, Annie«, sage ich, als sie mich durch ihr Wohnzimmer in die Küche bugsiert.

»Und was kann ich dir zu trinken anbieten? Früher wolltest du immer heiße Schokolade.«

»Dasselbe wie du«, antworte ich lächelnd.

»Dann trinken wir Tee«, erklärt sie und macht sich daran, Tassen zu holen. »Setz dich«, befiehlt sie, und ich ziehe mir einen Stuhl an dem kleinen runden Tisch vor, der wie früher mitten im Raum steht. Hier habe ich oft gesessen und mich von Annie mit heißer Schokolade und Keksen verwöhnen lassen. Und immer nahm ich eine Handvoll ihrer Kekse und Vanilletörtchen mit, um sie im Baumhaus zu essen. Annie war sehr stolz darauf, dass ich ihr Gebäck so gerne mochte.

»So viele Jahre«, sagt sie wehmütig.

»Fünfundzwanzig«, helfe ich nach, und sie nickt.

»Ich weiß, ich erinnere mich nämlich noch genau.« Sie dreht sich zu mir, und ich sehe, dass ihre Augen vom Alter wässrig sind. Nachdem sie zwei Becher sorgsam auf Untersetzer gestellt hat, setzt sie sich mir gegenüber. »Es hat mir so leidgetan, von deiner Mum zu hören. Wie traurig, bei so einem schrecklichen Unfall zu sterben«, murmelt sie. Ich wundere mich, dass sie davon weiß, frage aber nicht. Vermutlich hat mein Dad es ihr mitgeteilt. »Sie war eine besondere Frau«, seufzt Annie, und ihre Stimme verklingt.

»Ja, das war sie, und es war schwer für uns alle.«

»Jedenfalls ist es schön, dich wiederzusehen.« Mit diesen Worten richtet sie sich gerade auf und streckt eine Hand über den Tisch. »Du und deine Familie, ihr habt mir gefehlt, weißt du das?«

»Sicher nicht so sehr, wie mir jeder von hier gefehlt hat ... und die Insel.«

»Leider hast du dir ausgerechnet einen schlechten Zeitpunkt ausgesucht zurückzukehren.« Annie schüttelt erneut den Kopf, als wäre es ein schwerer Fehler. »Ich wünschte, du hättest es nicht getan. Es ist für dich keine gute Zeit, hier zu sein, Stella.«

»Ich war so erschrocken, als ich die Nachrichten gesehen habe«, erkläre ich ihr, »und konnte es einfach nicht glauben.«

»Und deshalb bist du hier?«

»Weiß ich nicht«, gestehe ich. »Zum Teil schon.« Ich

schaue hinaus in ihren Garten, der im Sommer immer voller Heide, Rosen und Lavendelbüschen war. Jetzt wirkt er winterlich trist und karg. »Es gibt Dinge, die ich herausfinden muss. Dinge, die mir inzwischen viel zu lange durch den Kopf gehen.«

Sie zieht ihre Hand zurück und schlingt sie um ihren Becher. Dann senkt sie den Blick und trinkt langsam einen Schluck. Vergeblich warte ich, dass sie fragt, was ich meine. »Hast du irgendjemanden gesehen, seit du hier bist?«, fragt sie stattdessen.

»Nur Emma Grey«, antworte ich und runzle die Stirn, weil es solch eine merkwürdige Begegnung war. »Oh, und Freya Little, die Journalistin.«

Mir fällt wieder ein, dass Freya erzählte, Annie gehöre zu den Personen, für die sich die Polizei besonders interessiert. Ich hasse es, dass sie von mir erwartet, Annie auszufragen. Bestimmt weiß Freya mehr als ich, doch es widerstrebt mir, ihr zu sagen, ich wolle nichts mit ihr zu tun haben.

»Es ist sehr still überall«, sage ich in dem Bestreben, das Gespräch in Gang zu halten.

»Die Leute haben Angst. Erst die Leiche, dann die vielen Fragen. Journalisten wie Freya versuchen, uns gegeneinander auszuspielen, glaub mir.«

»Das muss ja furchtbar sein.«

»Ist es.« Annie sieht zum Fenster. »Man sollte eigentlich denken, dass solche Ereignisse eine kleine Gemeinschaft enger zusammenwachsen lassen, aber...« Sie schüttelt den Kopf.

»Was meinst du, warum das nicht passiert?«

»Wegen Leuten wie dieser Freya.« Annie sieht mich eindringlich an. »Die Polizei muss Fragen stellen, diese Journalisten hingegen wollen mehr von uns. Es ist besser, für sich zu bleiben, ehe man in groteske Schlussfolgerungen verstrickt wird.«

»Geht es dir gut, Annie?«, frage ich. »Dich belästigt hoffentlich niemand, oder?« Annie war stets die Matriarchin der Insel gewesen. Die Vorstellung, dass ihr jemand wie Freya zusetzt, finde ich schlimm.

Annie zuckt mit den Schultern. »Ach, ich kann auf mich aufpassen«, sagt sie, obwohl ihre müden Augen sie Lügen strafen. »Aus irgendeinem Grund glaubt leider jeder, ich wüsste auf alles eine Antwort.« Ihr verhaltenes Lächeln zeigt mir, dass sie das ebenso bei mir vermutet. »Erzähl mir, was du jetzt so machst«, fordert sie mich auf.

»Ich bin Therapeutin und berate Familien«, sage ich und bin froh, das Thema fürs Erste gewechselt zu haben.

»Wie wunderbar! Das kann ich mir bei dir sehr gut vorstellen.« Jetzt lächelt sie richtig. »Du hast dich immer so um alle gekümmert. Und wie geht es deiner Schwester?«

Ich erzähle ihr, dass Bonnie verheiratet ist und zwei Söhne hat, die sie vergöttert. Dass ich bei jedem Besuch auf Zeichen achte, ob sie wieder zu trinken anfangen könnte, lasse ich unter den Tisch fallen. Genauso wie die Tatsache, dass ich ihr meinen Besuch auf der Insel verheimlicht habe. Unweigerlich schaue ich hinüber zu Annies Telefon auf dem Fensterbrett und frage mich gerade, ob ich sie bitten sollte, es benutzen zu dürfen, als die alte Dame in ihren Erinnerungen zu kramen beginnt. »An dem Tag, an dem deine Eltern auf der Insel angekommen sind, hat Bonnie wie verrückt geschrien, als wäre sie entschlossen, die Insel nicht zu mögen. Ich bin froh, wenn sie endlich glücklich geworden ist. Und was ist mit deinem Vater?«

»Dad ist weggezogen«, beginne ich und spiele mit dem Henkel meines Bechers.

»Das weiß ich, Liebes«, sagt Annie. »Deine Mum hat es mir damals geschrieben. Siehst du ihn oft? Und ist er noch mit der anderen Frau zusammen?«

»Mit Olivia, ja. Irgendwie sind sie noch zusammen – und nein, ich sehe ihn nicht so oft, wie ich gern möchte. Übrigens habe ich nicht gewusst, dass du noch Kontakt zu Mum hattest.«

»Hatte ich nicht wirklich. Wir haben uns höchstens geschrieben, wenn es etwas Wichtiges gab. In einem langen Brief hat sie mir eben geschrieben, dass dein Vater weg ist. Ich glaube, sie war entsetzter über die Frau, die er sich ausgesucht hat, als über die Trennung an sich.«

»Im Ernst?«

»Das war gedankenlos«, winkt Annie ab. »Und was ist mit deinem Bruder?«, will sie wissen, und ich frage mich, ob Mum ihr gegenüber Dannys Fortgehen überhaupt nicht erwähnt hat.

»Danny ist weg, wir haben nie wieder von ihm gehört. Ich denke, so wollte er es selbst.«

»Ist er nie zurückgekommen?« Die Frage klingt, als wäre sie nicht völlig unwissend, was Danny betrifft.

»Die Dinge haben sich nicht gut entwickelt«, sage ich ziemlich allgemein, und wir schweigen beide.

Schließlich murmelt Annie: »Jetzt bist du wieder hier. Und, wie gesagt, ist es kein guter Zeitpunkt, so schön es ist, dich zu sehen, Stella.« Sie sieht mich an. »Du solltest wiederkommen, wenn sich alles beruhigt hat. Wenn alle...«, sie bricht ab, sucht nach den richtigen Worten, »...wenn alles wieder normal ist.«

Ich trinke meinen Tee aus, stelle den Becher hin und schiebe ihn vorsichtig zur Seite. »Annie, Mum hat das Leben hier wirklich geliebt, oder? Ich weiß, dass sie nie woanders sein wollte«, füge ich beschwörend hinzu.

Sie wird unruhig, antwortet nach wie vor nicht.

»Was ich nicht verstehe… Warum hat sie erlaubt, dass Dad uns so plötzlich wegbringt?«

»Ich weiß nicht, was du von mir erwartest, Stella«, sagt sie ruhig und ablehnend zugleich.

»Wenn jemand weiß, was geschehen ist, dann bist du es«, beharre ich. »Du und Mum wart euch so nahe. Sie hat zu dir aufgeschaut wie zu ihrer Mutter. Vor allem als Grandma starb.« Annie schüttelt den Kopf und starrt nach unten, um mir auszuweichen. Sanft drücke ich ihren knochigen Arm. »Mum hat dir vertraut. Ich weiß, dass sie dir erzählt hätte, was sie belastet.«

Annie sieht mich an. »Was meinst du?«

»Hat sie irgendwas herausgefunden?« Ich lasse nicht los, denn ich sehe ihr an, dass sie mir etwas verschweigt. Dann warte ich. In meinem Beruf habe ich schließlich gelernt, Schweigen auszusitzen.

»Worauf willst du hinaus, Stella?«, fragt sie irgendwann mit zitternder Stimme, und ich spüre, dass sie mich hinhalten möchte. Dabei weiß sie mit Sicherheit, warum meine Mum bereit war fortzugehen.

Noch nie zuvor habe ich mit jemandem über das geredet, was ich am Tag vor unserem überstürzten Verschwinden gesehen habe. Wenn ich es jetzt täte, würde ich alles preisgeben, was ich in einer meiner Kisten vergraben habe.

»Hat sie Dads Affäre entdeckt?«, kommt es mir über die Lippen.

»Eine Affäre?« Annie sinkt gegen ihre Stuhllehne. »Wie kommst du darauf? Nein, Stella, ich halte es für ausgeschlossen, dass dein Vater eine Affäre hatte.«

Annie scheint die Vorstellung amüsant zu finden und ist seltsam erleichtert, dass ich vorübergehend die Stimme in meinem Kopf ignoriere, die sagt: *Ich habe ihn gesehen.*

»Das ist alles längst vergangen, Stella«, sagt sie leise. »Und vieles, was Vergangenheit ist, bleibt besser unangetastet.«

»Es ist *meine* Vergangenheit, und ich habe ein Recht zu erfahren, warum wir fortgegangen sind.«

»Nein, hast du nicht, wenn deine Mutter nicht wollte, dass du es erfährst.«

»Also gibt es etwas. Ich flehe dich an, sag es mir bitte.«

»Da ist nichts, was ich dir erzählen kann«, sagt Annie, »ich habe versprochen, es nicht zu tun.«

Ich fasse es nicht. Nach all den Jahren ist sie nicht bereit, etwas preiszugeben, wenn es gegen den Willen meiner Mutter ist. Frustriert lehne ich mich zurück. Nach einer Weile nicke ich, als würde ich akzeptieren, was sie sagt, und komme wieder auf die Leiche zu sprechen. »Es muss beängstigend sein, dass niemand von einer Vermissten weiß. Ihr müsst euch eigentlich alle fragen, wer die Tote sein könnte.«

»Natürlich tun wir das«, sagt sie empört und runzelt die Stirn.

»Und keiner hat eine Ahnung?«

»Du hältst mich offenbar für allwissend, Stella. Allmählich klingst du wie Freya Little.«

»Das wollte ich nicht. Ich kann bloß nicht umhin, mich zu fragen, ob wir sie kannten. Deshalb habe ich gehofft, dass ich hier einige alte Freunde und Bekannte wiedersehe.«

Annie stützt eine Hand auf den Tisch und streckt ihr

Bein aus, in dem sie wohl Schmerzen hat. »Wen?«, fragt sie.

»Zum Beispiel Jill.«

Ein Schatten huscht über Annies Züge, und sie sieht mich entsetzt an, bevor sie den Kopf schüttelt. »Ach du liebe Güte.« Sie richtet sich auf, ringt die Hände und greift zu mir herüber. »Ich dachte, deine Mutter hätte es dir erzählt. Meine Süße, Jill ist tot.«

Kapitel elf

»Jill ist gestorben? Wann? Wie? Ich meine, was ist mit ihr geschehen?« Meine Hände zittern, als Annie nach ihnen greift und sie festhält.

»Vor vielen Jahren«, antwortet sie. »Sie war neunzehn.«

»Das ist ja ewig her. Warum habe ich nie davon erfahren? Mum kann es nicht gewusst haben. Das hätte sie mir erzählt.«

Zunächst schweigt Annie, dann sagt sie: »Sie hat es gewusst. Ich habe es ihr selbst erzählt.«

»Warum hat sie mir nichts gesagt?«, stammle ich, ziehe eine Hand zurück und wische mir die Tränen ab.

»Weiß ich nicht.« Annie stützt sich auf dem Tisch auf, ohne sich zu setzen. »Wahrscheinlich wollte sie dich nicht traurig machen.«

»So ein Unsinn! Und selbst wenn, hätte sie es mir nicht verheimlichen dürfen. O Gott, das glaube ich nicht«, rufe ich aus. »Ich bin in der Hoffnung hergekommen, Jill zu sehen. Nun das. Was ist passiert?«

»Sie wurde schwer krank.« Annie lässt mich los, nimmt eine Schachtel mit Papiertüchern von der Anrichte und gibt sie mir. »Es war zu spät, noch etwas zu tun.«

»Was hatte sie denn?«, frage ich, weil ich unbedingt Näheres wissen muss.

»Sie hatte Brustschmerzen und Schwierigkeiten mit dem Atmen. Am Ende ist sie an Herzversagen gestorben. Es kam ganz unerwartet und ging sehr schnell.«

»Herzversagen?«, wiederhole ich. »In dem Alter? Und keiner hat gewusst, dass sie krank war?«

»Nein«, antwortet Annie mit einem vehementen Kopfschütteln. »Sie hatte eine ganz seltene Krankheit. Du darfst keinesfalls zu ihren Eltern gehen und sie um nähere Auskünfte bitten. Bob und Ruth sind nie über ihren Tod hinweggekommen«, sagt Annie und erbebt, als würde ein kalter Schauer sie durchfahren.

»Wir waren so eng befreundet«, flüstere ich traurig.

»Ja, ich erinnere mich. Ihr wart unzertrennlich.«

»Ob Ruth gerne mit mir reden würde?« Vor meinem geistigen Auge sehe ich ein Bild von ihr, auf dem sie am Rand einer Gruppe steht. »Ja, das würde sie sicher«, fahre ich fort. »Meine Mum hätte für ihre Tochter alle Zeit der Welt gehabt und gerne über sie gesprochen.«

»Nein, unter keinen Umständen!«, entgegnet Annie rigoros. »Ruth hat es nie verwunden. Allein dich hier zu sehen, würde ihr einen unerträglichen Schmerz bereiten. Bitte, bleib weg von den beiden. Diese ganze Geschichte... Wie gesagt, es ist keine gute Zeit, für niemanden hier, Stella.«

Mir ist das alles unbegreiflich, und ich verstehe nicht, was Annie meint. Ich habe sie immer geachtet wie alle Bewohner der Insel und verstehe einfach nicht, warum sie praktisch verlangt, dass ich wieder abreise, ohne mit Ruth zu reden. »Hätte Mum es mir nur erzählt...«

»Es gibt eine Bank«, sagt Annie nach einer Weile. »Oben auf der Klippe über der Bucht. Ihr Vater hat sie für sie dort hingestellt. Vielleicht gehst du dort mal hin.«

»Auf der Klippe?« Mein Herz schlägt schneller, als Erinnerungen meinen Kopf überfluten. All die Male, die ich ganz nah am Klippenrand entlanggelaufen bin, während Jill auf Abstand blieb und mich ängstlich zurückrief.

»Ja, das wollte Bob«, bestätigt Annie, die genauso gut wie

ich gewusst hat, welche Angst Jill vor der Klippe hatte. Und die Tatsache, dass ihr Dad ausgerechnet diesen Platz für eine Bank zu ihrem Andenken ausgesucht hat, verursacht mir Bauchschmerzen. Und dann schärft Annie mir noch ein, dass ich anschließend besser wieder nach Hause fahre.

Trauer und Wut ringen in mir, als ich Annie verlasse. Draußen bläst ein kalter Wind, und ich weiche in den Schutz der Bäume aus, anstatt den direkten Weg zur Klippe zu wählen, selbst wenn ich mir teilweise einen eigenen Pfad trampeln muss.

Die Hände tief in den Taschen vergraben, stapfe ich weiter, bis ich oben ankomme und hinüber zu der Bank gehe, die wirklich direkt am Klippenrand steht.

Auf der Rückseite ist eine Messingplakette mit Aufschrift angebracht: *Für unsere Tochter Jill. Du wirst immer in unseren Herzen sein.* Erneut rinnen mir Tränen übers Gesicht, als ich mit dem Finger über die Gravur streiche und mir vorstelle, wie Ruth nach Worten gesucht hat, um ihre Gefühle auf diesem kleinen Schild auszudrücken. Nach Mums Tod standen Bonnie und ich vor einer ähnlichen Situation, als es um die Inschrift auf dem Grabstein ging, wobei ich letztlich einem Vorschlag zustimmte, der meinen Gefühlen nicht wirklich entsprach.

Für die eigene Tochter zu schreiben, muss erheblich unerträglicher gewesen sein. Zerrissen vor Kummer um das einzige Kind, das viel zu früh starb – ich mag mir kaum ausmalen, was Bob und Ruth durchgemacht haben.

Ich setze mich auf Jills Bank, schaue aufs Meer und spreche ein stummes Gebet für meine Freundin. Ein Kloß bildet sich in meinem Hals, als mir die Bilder von uns durch den Kopf ziehen wie ein alter Schwarzweißfilm. Bilder von uns hier oben auf der Klippe, einige Schritte weiter hinten, nicht so direkt am Rand. Jill klammert sich an meine Hand, und ich zähle von zehn rückwärts. »Sechs Schritte vorwärts«, sage ich zu ihr, »mehr müssen wir heute nicht schaffen.« Sie packt meine Hand fester und beginnt zu kichern. Ich tue es gleichfalls, bis wir beide so sehr lachen, dass wir auf unsere Hinterteile plumpsen, im Gras liegen und zum Himmel blicken.

Wir wussten damals nicht, was die Zukunft für uns bereithielt. Ich ahnte nicht, dass ich am Ende des Sommers die Insel verlassen würde, und Jill ahnte nicht, dass ihr nicht mehr als sieben Jahre zu leben blieben.

In diesem Moment weiß ich trotz Annies Warnung endgültig, dass ich nicht von Evergreen abreisen kann, ohne Bob und Ruth zu sehen.

EVERGREEN ISLAND

13. Juli 1993

Es vergingen gerade mal ein paar Stunden, bis Danny von der Strandübernachtung zurückkam, die Augen gerötet, womit Marias Ängste bestätigt waren. Panisch rannte er an ihr vorbei die Treppe hinauf. Sie rief ihm etwas nach, doch er hatte bereits seine Zimmertür geschlossen.

Minuten später kam Stella atemlos in die Küche gelaufen, ließ ihre Tasche fallen und stützte die Hände auf die Knie, während sie nach Luft rang.

»Was war los?« Maria schenkte Stella ein Glas Wasser ein und zog sich einen Hocker heran, um mit ihrer Tochter zu sprechen. »Hat jemand was gesagt? Warum bist du so außer Puste?« Immer mehr Fragen kamen, während Stella einen Schluck Wasser trank und sich zu ihrer Mutter an den Tisch setzte.

»Ich bin den ganzen Weg gerannt, konnte ihn aber nicht einholen, weil er schneller ist als ich, und stehen geblieben ist er einfach nicht«, beschwerte die jüngere Schwester sich.

Bevor Maria sich ihren Sohn vornahm, musste sie erst mal wissen, was passiert war.

»Er hat von Anfang an nicht mitgemacht. Ich habe vergeblich versucht, ihn zu überreden, er hat teilnahmslos bei der Höhle in seinem Schlafsack gesessen.«

Ihre Mum nickte resigniert. Hätte sie nur auf ihr Herz gehört und nicht auf ihren Mann!

»Und mit einem Mal habe ich ihn nicht mehr gesehen«, fuhr Stella fort. »Ich habe Jill gesagt, dass ich nach ihm suchen muss, dann hat jemand Marshmallows geröstet und ...« Sie stockte und sah zur Seite.

»Stella, erzähl weiter, du hast nichts Schlimmes getan.«

»Na ja, wir haben geredet, und irgendwie habe ich nicht mehr an Danny gedacht, bis wir diesen Schrei gehört haben. Alle sind aufgesprungen, ohne dass wir wussten, wer es gewesen ist, und dann kam jemand aus der Höhle und hat geschrien, dass er sie angefasst hat.«

»Dass Danny sie angefasst hat?«

Stella nickte.

»Wen?«, fragte Maria. Im Geiste ging sie die Mädchen durch. Jill. O Gott, was würde Bob sagen, falls sie es war? Oder was würde Iona tun, wenn es um sie ginge? Und dann waren da noch die Mädchen, die wahrscheinlich etwas erfinden würden, um sich wichtigzumachen. Emma Grey?

»Wen meinst du?«, wiederholte Maria.

»Tess«, gab Stella prompt zurück, und ihrer Mutter wurde ganz flau. Sie wussten beide, dass Tess Carlton sich keine dramatischen Geschichten ausdachte. Andernfalls müsste Maria ihrer engen Freundin Susan Rede und Antwort stehen.

Danny boxte mit den Fäusten auf sein Kissen ein. »Blöd, blöd, blöd«, wiederholte er immer wieder.

Sein Herz raste, und Tränen brannten in seinen Augen.

Er hatte Stellas Rufe hinter sich gehört und war nicht stehen geblieben. Warum hatte er sich überhaupt in die Höhle gesetzt? Hätte er es nicht, würde er Tess nie gesehen haben und hätte nicht weglaufen müssen.

Die Antwort kannte er und wusste zugleich, dass sie sich für jeden anderen falsch anhören würde.

Er hatte Tess beobachtet, sie in seinem Skizzenheft verewigt. Deshalb war er überhaupt zu der Strandveranstaltung gegangen. Er hatte recht, was die Menschen betraf: Die meiste Zeit verhielten sie sich immer gleich, wobei sie gelegentlich Dinge taten, die man am wenigsten von ihnen erwartete, egal ob spannend oder beängstigend, er war eindeutig interessiert.

Danny schnappte sich seine Kladde und schob sie unter sein Bett. Sicher sah niemand sonst die Dinge so wie er, weil sie nie genau genug hinschauten.

Auch den heutigen Abend würden sie nicht so sehen wie er. Sie würden sich auf Tess' Seite schlagen, und bestimmt würde kaum jemand ihn, das komische Kind, verteidigen.

Ihm war klar, wie über ihn geredet wurde, es kümmerte ihn nicht. Er unterhielt sich eben nicht gerne, deshalb war er noch lange nicht geistig gestört. Die anderen kapierten nicht, dass sich der Körper brennend anfühlen konnte, sobald jemand auf einen herabsah und eine Frage stellte. Und dass alle Worte weg zu sein schienen, wenn man den Mund aufmachte.

Immerhin hatte er mitbekommen, wie Tess ihn in der Höhle angeguckt hatte, und die Sekunden gezählt, bis sie einen gellenden Schrei ausstieß. Selbstverständlich würde sie es anders beschreiben.

Bonnie schäumte vor Wut. Die Zähne zusammengebissen, stieg sie mit zitternden Beinen die Stufen zur Spitze der Klippe hinauf. Der ganze Abend war ein Reinfall gewesen.

Hinter ihr redete Iona mit Tess, die allem Anschein nach ziemlich schnell über den Zwischenfall in der Höhle hinweggekommen war. Abrupt hielt Bonnie auf einer Stufe inne, sodass sie versehentlich angerempelt wurde.

»Hey!«, rief Iona. »Alles in Ordnung, Bon?«

»Ja«, murmelte sie. »Ich habe gedacht, da sei was.«

»Was denn?«, rief Tess.

Bonnie schloss die Augen und biss sich auf die Unterlippe. *Was denn*, äffte sie Tess im Geiste nach. Iona hatte ihr erzählt, sie müsse Tess nach Hause bringen, womit ihr gemeinsamer Abend vorbei war. Im Grunde könnte Tess das durchaus allein bewältigen; sie wohnte schließlich gleich in dem blöden Haus am Ende des Klippenpfads. Warum musste Iona so verflucht nett sein?, dachte Bonnie und stieg weiter bergauf.

»Bon!«, rief Iona lachend. »Hast du Tess nicht gehört? Sie hat gefragt, was du gesehen hast.«

»Nein, habe ich nicht«, antwortete sie genervt. »Ich weiß nicht, Tess, vielleicht eine Blindschleiche.«

»Igitt«, quietschte das Mädchen. Bonnie verdrehte die Augen, sie war verärgert, dass Tess mit ihrem Theater ihre beste Freundin für sich beanspruchte.

»Ich gehe mit, wenn ihr Tess nach Hause bringt, und dann können wir noch was anderes machen, einverstanden?«, rief Bonnie.

»Willst du nicht lieber nach deinen Geschwistern sehen?«, fragte Iona. »Stella sollte nicht allein nach Hause laufen. Ich bleibe wahrscheinlich noch ein bisschen bei Tess.«

»Na gut, dann bis morgen«, sagte Bonnie schnippisch und

blickte sich kaum um. Ihr war schleierhaft, warum Iona unbedingt mit zu den Carltons wollte, aber die beiden sollten auf keinen Fall sehen, wie wütend und gekränkt sie war.

Maria blickte auf, als ihr Mann in die Küche kam. Sie schickte Stella weg und berichtete David, was geschehen war. Der Schmerz in seinem Gesicht spiegelte den ihres Herzens wider.

»Rede mit ihm, bevor du ein Urteil fällst«, sagte er.

Ja, das würde sie gerne, wenn sie nicht so viel Angst vor dem hätte, was er ihr erzählen würde. »Ich habe ja gleich gesagt, dass er nicht hingehen soll«, redete sie sich heraus.

David runzelte die Stirn. »Wir können ihn nicht einsperren.«

»Was haben wir falsch gemacht?«, flüsterte sie, den Tränen nahe. »War es meine Schuld? Habe ich mich zu sehr mit Bonnie beschäftigt?«

Sie hatte Danny in dem Moment geliebt, als er auf die Welt kam, und zugleich ein schlechtes Gewissen gehabt, weil ihre Älteste so viel von ihrer Aufmerksamkeit beanspruchte, während Danny ganz genügsam gewesen war.

»Selbstverständlich ist es nicht deine Schuld«, sagte David ausgesprochen matt und wenig überzeugend. Sie fühlte, wie er sich zurückzog, und sah zu ihm auf.

»Was ist?«, fragte sie mit wild klopfendem Herzen. »Du denkst vermutlich, dass ich zu viel Zeit auf sie verwendet habe. Ich weiß Bescheid und möchte deine Antwort eigentlich nicht hören.« Sie fürchtete sich vor dem, was er ihr eines Tages vorhalten würde, und war froh, dass David den Kopf schüttelte und sie lediglich aufforderte, mit ihrem Sohn zu reden.

Maria ging die Treppe hinauf und blieb vor Dannys Tür stehen. Leise klopfte sie an und öffnete. Der Junge lag im Bett und hatte die Decke komplett über sich gezogen. Sie hörte, dass er in kurzen, schnellen Zügen atmete, und setzte sich auf die Bettkante. Als sie sein Bein berührte, zuckte er zusammen, rührte sich ansonsten nicht.

»Danny«, flüsterte sie. »Du kannst mir alles erzählen.«

Sie wartete einen Moment, dann rieb sie seine Wade, war kurz davor zu gehen, da keine Reaktion kam, als sie schwache Laute unter der Decke vernahm. »Es war nicht so, wie alle denken.«

In diesem Augenblick begriff Maria, dass sie, was immer ihr Sohn gemacht hatte, alles Notwendige tun musste, um es richtigzustellen.

HEUTE

Kapitel zwölf

Als ich am nächsten Morgen aufwache, ist meine Stirn tropfnass, und mein Pyjamaoberteil klebt in feuchten Flecken an meiner Haut. Ich hatte lauter Träume von Jill, die sich miteinander vermischten und keinen Sinn ergaben, weshalb ich einen Moment brauche, ehe ich begreife, wo ich bin; und noch ein wenig länger, ehe mir die Neuigkeit über Jill wieder einfällt.

Jills Name war der erste auf der Liste gewesen, die ich an PC Walton geschickt habe. Ich frage mich, ob er bereits wusste, dass sie gestorben ist, und sie gleich beim Lesen meiner E-Mail löschte. Hat er sich daraufhin die übrigen vier Namen angesehen und mit dem Finger auf den einen getippt, der ihn am meisten interessierte?

Ich werfe die dicke lila Tagesdecke zur Seite, sehe auf meinem Handy nach der Uhrzeit und stelle fest, dass ich nach wie vor keinen Empfang habe und weder E-Mails noch Nachrichten bekommen kann.

Inzwischen ist es bereits halb neun, und ich habe das Frühstück verpasst. Bis ich geduscht und angezogen nach unten komme, ist keine Spur mehr von Rachel zu entdecken. Freundlicherweise hat sie einige Packungen Frühstücksflocken und einen Milchkrug für ein Müsli sowie Teebeutel neben einen Wasserkocher auf die Anrichte gelegt.

Ich bin ziemlich aufgeregt, weil ich heute Morgen Bob und Ruth besuchen werde. Zwar lähmt mich schon der pure Gedanke, an ihre Tür zu klopfen, doch ich will wissen, was mit Jill geschehen ist.

Gestern Abend vor dem Einschlafen habe ich an die beiden gedacht. Sie waren solch ein gegensätzliches Paar. Die wenigen Male, die ich mit Jill in ihrer Küche verbracht habe, war Ruth gleichsam mit dem Hintergrund verschmolzen, hatte stets gekocht oder geputzt, hin und wieder über irgendwas gelacht, das wir gesagt hatten, sich dabei nie in unser Gespräch eingemischt, wie Mum es regelmäßig tat. Vielmehr machte sie den Eindruck, als fühlte sie sich überflüssig, wenn ich dort war. Ihre Schüchternheit verstärkte sich noch, sobald ihr Mann in der Nähe war. Bob dominierte jeden Raum mit seiner polternden und gewöhnlich viel zu bierseligen Art.

Jill hatte mir zu erklären versucht, das liege daran, weil sie in einem Pub wohnten. Ich dachte damals, der Familie täte es gut, wenn Bob sich einen anderen Job suchte, wobei es mir schleierhaft war, was er sonst tun sollte.

Zum Glück nahm Jill ihren Vater selten in Schutz. Sie mochte ihn nicht, das wusste ich, und einzig gelegentliche Handgreiflichkeiten hielten sie davon ab, es laut auszusprechen. Zweimal habe ich bei ihr blaue Flecken an den Armen gesehen und einmal einen Bluterguss versehentlich berührt, sodass sie zusammenzuckte. »Entschuldige, tut das weh?«, hatte ich gefragt. »Woher hast du das?«

Rasch hatte sie ihren Ärmel nach unten gezogen und

wollte das Thema wechseln. »Erzähl mir, was war«, sagte ich. »Wir sind schließlich beste Freundinnen.« Dabei hatte ich meine Hand umgedreht, um die feine Linie an meinem Mittelfinger zu zeigen, mein Blutsschwesterzeichen. Wir hatten uns geritzt und die Wunden aufeinandergepresst. Die Idee stammte aus einem Film, in dem sich zwei Mädchen die Handgelenke aufschnitten, was uns zu gefährlich erschienen war.

»Beste Freundinnen«, bestätigte sie und deutete auf einen der blauen Flecken. »Er hat das nicht gewollt, manchmal packt er mich einfach zu fest an, wenn er verärgert ist. Es tut ihm leid, und er hat versprochen, dass es nicht wieder passiert. Und dann ... dann hat er geweint. Da habe ich ihm gesagt, dass es nichts macht.«

Den Gedanken, dass ein Mann wie Bob weint, fand ich verstörend und abartig zugleich. »Willst du es deiner Mum erzählen?«.

»Dad hat gesagt, ich soll es nicht tun, damit sie nicht traurig wird. Und du darfst es bitte keinem sagen. Das bleibt geheim, ja? Blutsschwesternehrenwort.«

»Blutsschwesternehrenwort«, versicherte ich, und wir zogen unsere Finger wieder zurück.

Meiner Mum nichts davon erzählen zu können, fand ich beinahe so schrecklich wie das, was Jills Dad getan hatte, und bedauerte, dass ich nichts weitersagen durfte. Ein Blutsschwesternehrenwort war eben ein heiliges Versprechen.

Für Bob offenbar nicht, was ich so gehört hatte. Deshalb knickte ich am Ende des Sommers ein und erzählte meiner Mum, was bei den Taylors vor sich ging. Ich weiß nicht, ob sie etwas unternahm, denn kurz darauf gingen wir fort.

Ich habe das Gefühl, eine Zentnerlast mit mir herumzuschleppen, als ich in den Kiesweg einbiege, der zum Pub führt. Zu beiden Seiten des Weges stehen vertrocknete Pflanzen, die im Winter entfernt werden müssten, und je näher ich dem Gebäude komme, desto deutlicher wird, wie vernachlässigt es aussieht. An den Fenstersimsen blättert die Farbe in großen Spänen ab, bei denen ein leichtes Ziehen reichen würde, um sie vollständig abzulösen.

Ich klopfe an die Seitentür, und es dauert ein wenig, bis hinter dem Milchglas ein Schemen sichtbar wird und drei Riegel zur Seite gezogen werden. In der geöffneten Tür steht Jills Mutter. Ruth Taylors Augen sind eingefallen und von dunklen Ringen gerahmt. Die Ponyfrisur, die sie nach wie vor trägt, ist fast vollständig grau und fällt bis knapp zu ihren Schultern.

»Ich rede nicht mehr mit der Presse.« Sie blickt mich an, runzelt die Stirn und macht zu meinem Erstaunen keinerlei Anstalten, die Tür zu schließen. Kann es sein, dass sie gern mit irgendjemandem reden möchte, egal mit wem? Sie mustert mich genauer, und ich glaube zu erkennen, dass sie etwas Bekanntes wahrnimmt.

»Ich bin Stella«, sage ich lächelnd.

»Ach du meine Güte!« Sie schlägt eine Hand vor ihren Mund. »Dich habe ich ja seit Jahren nicht gesehen!«

»Nein, und es tut mir leid, dass ich unangekündigt hier aufkreuze. Hoffentlich komme ich nicht ungelegen, es ist bloß ...« Ich breche ab und beobachte sie aufmerksam. »Ich habe bloß gerade erst von Jill erfahren.«

Mit düster gewordener Miene öffnet Ruth die Tür weiter und bedeutet mir mit einer einladenden Geste, hereinzukommen und ihr in den Raum hinter dem Pub zu folgen.

Viel hat sich nicht verändert. Über dem Kamin hängt ein großer Fernseher, und die Küche mit den roten Barhockern aus Kunstleder hat noch denselben Achtzigerjahrelook wie damals. Genau wie bei Annie bin ich überrascht, dass die Räume wie in der Zeit eingefroren wirken. Ruth sinkt auf einen Stuhl, und ich setze mich unaufgefordert ihr gegenüber.

»Bob ist nicht da«, sagt sie.

»Das ist gut«, antworte ich und will mich verlegen korrigieren. »Ich meine...«

Sie winkt ab, meine Reaktion scheint ihr egal zu sein.

»Das mit Jill tut mir unendlich leid. Es war ein gewaltiger Schock für mich, und ich hoffe, es macht dir nichts aus, dass ich gekommen bin.«

Ein Tränenschleier legt sich über Ruths Augen, und sie nestelt an einem cremefarbenen Häkeldeckchen unter einer Obstschale. Als sie damit aufhört, zittern ihre Finger immer noch. »Es ging alles so schnell. Sie wurde mit einem Mal schrecklich krank«, wiederholt Ruth das, was mir Annie gestern erzählt hat. »Sie bekam keine Luft mehr, hatte Schmerzen in der Brust.« Ruth ballt die Hände zu Fäusten. »Wir haben sie ins Krankenhaus auf dem Festland gebracht, um einige Untersuchungen machen zu lassen, denn der Arzt hier war mit seinem Latein am Ende. Wir bezahlten für sie sogar eine Privatbehandlung. Nichts half«, murmelt sie und sieht durch mich hindurch, während sie den Erinnerungen nachhängt. »Es war ein akuter Herztod«, fährt sie fort, als hätte sie diese Worte mittlerweile unzählige Male ausgesprochen. Alles, was sie sagt, fühlt sich wie auswendig gelernt an.

»Das tut mir entsetzlich leid. Ich kann nicht glauben, dass das jemandem in ihrem Alter passiert.«

»Sie hatte etwas sehr Seltenes«, sagt Ruth.

»Und was war das?«

»Nichts, wovon ich je gehört hatte. Hypertrophe Kardio…« Ruth bricht unvermittelt ab und dreht den Kopf weg. Tränen schimmern in ihren Augenwinkeln. Ich warte, dass sie ihren Satz beendet, was sie nicht tut. »Sie haben mir gesagt, dass man nichts hätte tun können«, erklärt sie stattdessen. »O mein Gott!« Sie wühlt in ihren Taschen, holt ein Taschentuch hervor und tupft sich die Augen. »Es hat so lange keiner mehr nach Jill gefragt.«

»Entschuldige, ich wollte dich nicht traurig machen. Vielleicht hätte ich nicht kommen sollen.«

»Doch, doch«, erwidert sie. »Es ist schön, über sie zu reden. Hier fühlt es sich an, als hätten alle sie vergessen. Bob spricht nie über sie und niemand, den wir kennen…« Erneut unterbricht sie sich und ergänzt flüsternd: »Keiner redet mit mir über sie.« Sie knüllt das Taschentuch in ihrer Hand zusammen.

»Das muss schlimm sein«, sage ich und wünsche mir, dass sie sich mir öffnet. Es ist erkennbar, dass die Frau reden muss.

»Es ist schlimm«, schluchzt sie.

»Warum tun sie das wohl?«, hake ich nach und höre meine Therapeutinnenstimme, was Ruth zum Glück nicht bemerkt.

»Weiß ich nicht«, antwortet sie leise. »Früher habe ich gedacht, das hat man ihnen empfohlen.« Ich merke, dass sie in Gedanken viele Jahre zurückkehrt. »Sie hat dich so sehr vermisst, als ihr weg wart.« Ruth lächelt traurig, bevor sie ihre Züge unter Kontrolle bringt. »Wie dem auch sei, das ist alles lange her.« Sie greift zu dem Spitzendeckchen auf dem Tisch und sieht es versonnen an, bis sie wieder unruhig wird.

»Mir hat sie ebenfalls gefehlt«, sage ich. »Ich habe ihr einige Male geschrieben, aber sie hat nie geantwortet.«

»Oh.« Ruth spielt mit dem Häkeldeckchen, zerknüllt es, lässt es los und streicht es glatt. »Ach, stimmt«, sagt sie. »Ich weiß nicht, warum sie nicht geschrieben hat.« Sie schüttelt den Kopf, ohne mich anzusehen, und mir ist sofort klar, dass sie weiß, warum Jill ihr Versprechen, mir zu schreiben, nicht gehalten hat. Mir ist ebenso klar, dass ich sie nicht drängen darf, um Näheres zu erfahren. »Wie ich gesehen habe, habt ihr eine Bank zu ihrem Andenken aufgestellt«, sage ich stattdessen. »Oben auf der Klippe.«

»Das war Bobs Idee. Er hat gesagt, dass das ihr Lieblingsplatz war. Ich habe das nicht gewusst«, sagt sie, und wieder legen sich Schatten über ihr Gesicht. »Ich sitze jeden Tag auf der Bank. Die Leute gehen weiter, wenn sie mich dort sehen. Sie denken wohl alle, sie müssten sonst mit mir über sie reden.«

»Oft wissen Menschen nicht, was sie zu einem Todesfall sagen sollen, und finden es leichter, ihn nicht zu erwähnen. Und es kann sein, dass sie denken, du möchtest dort Zeit für dich haben.«

Als Ruth nickt, verdeutliche ich das Problem.

»Viele Freunde von mir wussten zum Beispiel nicht, wie sie mit mir umgehen sollten, als Mum gestorben ist.«

»Annie hat mir von deiner Mutter erzählt.« Ich warte, dass Ruth ihr Beileid ausdrückt, es kommt nicht. Vielleicht liegt es daran, dass meine Mutter und sie nie richtig befreundet waren. Insofern wundert es mich nicht so sehr, dass Ruth gar nichts sagt.

Stattdessen schiebt sie ihren Stuhl zurück. »Ich muss noch einiges tun«, sagt sie, als es draußen auf einmal lauter wird. Vermutlich wird Bob jeden Augenblick durch die Tür kommen, dabei hätte ich noch mehr Fragen an Ruth, was in seiner Anwesenheit nicht möglich ist.

»Es ist schön, wieder hier zu sein, ich würde mir lediglich wünschen, es wäre unter erfreulicheren Umständen«, sage ich ein bisschen zu schnell.

Ruth nickt. »Ja, das Ganze ist eine schreckliche Geschichte.«

»Hat überhaupt irgendwer eine Ahnung, was genau passiert ist?«, frage ich und hoffe, dass Bob nicht jeden Moment ins Haus gepoltert kommt.

»Warum sollten wir etwas wissen?« Ruth sieht mich an, ihr Gesicht ist wie versteinert, und es scheint, als würde sie mir meine Frage übel nehmen, was ich absolut nicht begreife.

»Ich habe gehofft, dass jemand Näheres weiß, sonst nichts.«

Sie rührt sich nicht, bis die Seitentür auffliegt und Bob brüllend hereinkommt. »Dieses verfluchte Weib«, tönt er. »Nie passt sie auf, wo sie hingeht. Ist direkt in mich…« Er verstummt abrupt, als er mich an seinem Küchentisch entdeckt. »Wer sind Sie?«, fragt er, ehe er sich zu Ruth wendet. »Hab ich dir nicht gesagt, du sollst die nicht mehr reinlassen? Wir haben nichts…«

»Sie ist nicht von der Presse«, unterbricht Ruth ihn entschlossen. »Das ist Stella Harvey. Sie war Jills Freundin, als sie noch Kinder waren.«

Er blickt zu mir. »Marias und Davids Kind«, sagt er langsam und mustert mich mit kaltem Blick.

»Ich bin hier, um mein Beileid auszudrücken«, erkläre ich würdevoll und stehe auf.

Bob wird blass. »Wovon zur Hölle redest du?«

»Von Jill«, wirft Ruth erneut mit dieser aufgeregten Stimme ein, die sich fast überschlägt. »Sie ist hergekommen, um über Jill zu reden.«

Seine Züge entspannen sich ein wenig. »Oh, Jill, ja.«

Zunächst schweige ich, überlege, welche Äußerung ihres Mannes Ruth befürchtet. »Ich habe es gerade erst erfahren. Es tut mir unendlich leid.«

Bob atmet so tief ein, dass er sämtliche Luft aus dem Raum zu saugen scheint. »Gerade erst? Unsere Tochter ist vor sechzehn Jahren gestorben. Und deshalb bist du zurückgekommen?«, fragt er mit einem Anflug von Sarkasmus.

»Na ja, nein, ich habe erst hier davon gehört.«

Er lässt seine Tasche fallen, verschränkt die Arme vor der Brust und sieht mich forschend an. »Und warum bist du überhaupt hier?«

Ruth nestelt wieder an dem Häkeldeckchen und knüllt es zu einer festen Kugel. Ich muss Bob nichts erklären, möchte nur hier raus, ohne mich groß mit Bob Taylor abzugeben.

Er beugt sich vor, bis sein Gesicht direkt vor meinem ist. »Deine Familie ist vor langer Zeit weggegangen, und es ist unnötig, dass sich einer von euch noch einmal hier blicken lässt. Also, was immer du hier zu machen glaubst, du bist nicht erwünscht.« Er richtet sich auf und zeigt auf die offene Tür. »Ich will dich hier nicht noch einmal sehen«, sagt er, und ich weiß, dass er nicht allein sein Haus meint, sondern die ganze Insel.

Sobald ich außer Sichtweite vom Pub bin, bleibe ich stehen, um nachzudenken und mich zu sammeln. Obwohl ich keine herzliche Begrüßung von Bob erwartet habe, auf eine derartige Abfuhr war ich nicht vorbereitet.

Ich stehe da, balle verärgert die Fäuste und denke nach, was ich als Nächstes tun kann. Freya hatte recht. Ich bin seit vierundzwanzig Stunden hier, und anstelle irgendwelcher Antworten habe ich nichts als Fragen bekommen.

»Stella!«

Ich drehe mich zu Ruth um, die mich leise, dabei dringlich ruft. Sie eilt den Weg herunter und blickt sich zum Pub um, was bedeutet, dass Bob vermutlich nicht weiß, dass sie mir folgt.

»Danke«, sagt sie.

»Wofür?«

»Dass du über Jill geredet hast. Seit Jahren habe ich ihren Namen nicht einmal mehr gehört.«

»O Ruth, das ist ja furchtbar!« Ich will nach ihrer Hand greifen, aber sie zieht ihren Arm zurück. »Wir können noch mal über sie sprechen, wenn du möchtest. Es gibt so viele Geschichten aus unserer Kindheit, die ich dir erzählen kann.« Allerdings weiß ich nicht, wo wir uns treffen können, ohne dass Bob hereinplatzt. Ruth nagt an ihrer Unterlippe und schaut sich gehetzt um. »Bob kann nichts dagegen haben, dass du über sie sprichst«, sage ich. »Warum will er mich nicht hier haben? Das verstehe ich nicht.«

»Ich hätte nicht rauskommen sollen.« Ruth dreht sich zum Pub um und hält kurz inne. »Es war nicht meine Schuld«, sagt sie deprimiert, und ihr kommen die Tränen. »Ich ... ich wusste es nicht.«

»Natürlich konntest du es nicht wissen«, versuche ich sie zu beruhigen, erkenne indes an ihrem Blick, dass sie denkt, sie hätte es merken müssen. »Du darfst dir nicht die Schuld an ihrer Krankheit geben«, will ich sie beruhigen. »Das hattest du nicht unter Kontrolle.«

Ruth öffnet den Mund, als müsste sie sich etwas von der Seele reden. Sie tut es nicht. »Du verstehst das nicht«, sagt sie, mehr nicht.

Kapitel dreizehn

Es ist eine Wohltat, die Cafétür zu öffnen und Megs freundliches Gesicht zu sehen. Ich bestelle noch eine heiße Schokolade, diesmal mit Schlagsahne und einem kleinen Berg Marshmallows obendrauf.

»Du siehst halb erfroren aus. Ich hätte nicht gedacht, dass es heute so frostig würde«, sagt sie und beäugt meine dicke Jacke.

»Mir ist ein bisschen kalt«, antworte ich, was nicht allein auf das Wetter, sondern vor allem auf meine Begegnung mit den Taylors zurückzuführen ist, die mir eine Gänsehaut verursacht hat.

»Wenigstens sind mehr Leute da«, sagt sie. Ich blicke mich zu den anderen Gästen um, die in kleinen Gruppen zusammensitzen und sich leise unterhalten. Die Atmosphäre wirkt angespannt.

Neben meiner heißen Schokolade stellt Meg mir noch einen Teller mit einem großen Stück Victoria-Sponge-Cake hin. »Geht aufs Haus. Du siehst aus, als könntest du den vertragen.«

»Der sieht verlockend aus. Vielen Dank.« Von ihrer Aufmerksamkeit wird mir gleich wärmer. »Wie kommst du eigentlich damit klar, dass man hier keinen Handyempfang hat?«

»WLAN«, antwortet sie. »Du kannst es vom Café aus nutzen, wenn du willst.«

»O Gott, ja, das wäre großartig«, sage ich, als sie mir eine Karte gibt. Ich hole mein Handy hervor und tippe das Passwort ein.

»Mum hat erzählt, dass du gestern bei ihr warst. Wie war sie drauf?«, fragt Meg.

»Alles gut«, lüge ich. »Es war schön, sie zu sehen.«

Meg schüttelt seufzend den Kopf. »Nein, das glaube ich dir nicht. Ihr geht es nämlich alles andere als gut. Schade, ich hatte gehofft, dass du es erkennst.« Achselzuckend dreht sie sich wieder um und schnippelt weiter die Karotte, mit der sie beschäftigt war, als ich reinkam.

Kurz überlege ich, ihr zu sagen, dass ich das sonderbare Verhalten ihrer Mutter bemerkt habe, aber was sollte es Meg bringen? Als die Türglocke bimmelt und ein Gast hereinkommt, suche ich mir einen Platz in der Ecke und rufe Bonnie an.

»Wo zum Teufel steckst du?«, will sie wissen.

»Wie schön, deine Stimme zu hören«, sage ich. Offenbar denkt sie, dass ich das sarkastisch gemeint habe, ihr scheint nicht klar zu sein, wie sehr sie mir in den letzten anderthalb Tagen gefehlt hat.

»Ich habe dich anzurufen versucht und war sogar bei deiner Wohnung. Wo bist du?«

»Für ein paar Tage weg.«

Es entsteht eine kleine Pause. »Ach du Schande, nein! Du bist hoffentlich nicht dort, oder? Sag mir, dass du *da* nicht bist.«

»Ich bin auf Evergreen«, antworte ich und blicke mich um. »Für drei Nächte. Am Freitag bin ich wieder zurück.«

»Warum, Stella?«, schreit sie.

»Ich musste.«

»Konntest du nicht einfach von der Insel wegbleiben?«

»Nein, konnte ich nicht.«

»Und was genau glaubst du zu finden?«

»Ich will wissen, was passiert ist.«

»Kannst du nicht die Nachrichten verfolgen wie jeder normale Mensch?«

»Es geht mir nicht allein darum«, sage ich und senke die Stimme. »Sondern ich will auch herausfinden, warum wir weggezogen sind...«

»Erzähl mir nicht, dass du glaubst, unsere Eltern hätten die verdammte Leiche da verscharrt. Geht es etwa darum? Denkst du, wir sind weg, weil sie jemanden ermordet und im Garten vergraben haben?«

»Nein! Das sage ich ja gar nicht. Es ist einfach so, dass unser Weggang alles verändert hat, Bonnie. Mehr noch: Er hat alles kaputtgemacht.«

»Und du willst wirklich wissen, warum?«

»Du nicht?«

Ihre Frage lässt mich nachdenken. Im Grunde habe ich keinen Schimmer, ob ich es wissen will oder nicht. Fünfundzwanzig Jahre lang habe ich mir immerhin eingeredet, dass ich es nicht will. Dass ich weiß, wie meine Eltern sind, und dass mein Leben auf Evergreen exakt so war, wie ich immer gedacht habe. Zugleich habe ich immer geahnt, dass meine Eltern Geheimnisse hatten.

»Nein, will ich nicht«, sagt sie, und ihre Stimme klingt aggressiv. »Ich sehe nicht, was es bringen soll. Das ist das Problem mit euch Therapeuten. Ihr glaubt, dass man die Vergangenheit aufwühlen muss, um die Zukunft zu finden. Muss man nicht. Man macht einfach weiter.«

Ich ignoriere ihren impulsiven Angriff. »Ich habe erfahren, dass Jill gestorben ist.«

»Was?«, haucht sie entsetzt. »Wie?«

Ich erzähle Bonnie das wenige, was ich weiß.

»Wie furchtbar!«

»Ja, ist es. Mum hat es gewusst«, sage ich. »Annie hat es ihr damals erzählt. Warum hat sie mir keinen Ton davon gesagt?«

»Wundert mich nicht. Mum hat uns nie alles erzählt«, antwortet Bonnie. »Erinnerst du dich an das Kaninchen, das du gefunden hast, als du acht warst? Du wolltest es behalten, hast sie angefleht und gesagt, dass Danny ihm einen Stall baut.«

»Ja, ich erinnere mich. Es ist weggelaufen.«

»Nein, ist es nicht. Dad hat gesagt, dass es Myxomatose hatte, und Mum meinte daraufhin, dass sie es loswerden mussten. Wir haben es nie wiedergesehen.«

Ich erinnere mich, wie Mum vor mir hockte, mir in die Augen sah und mir erklärte, dass Wildkaninchen ihre Freiheit brauchten. »Das ist wohl kaum dasselbe. Leute schwindeln ihre Kinder bei solchen Sachen an, damit sie nicht traurig sind.«

»Der springende Punkt ist, dass Mum uns gegenüber ständig über irgendwelche Dinge nicht gesprochen hat, wann immer sie wollte. Sie hätte mir erzählen müssen, dass meine beste Freundin gestorben ist, anstatt von einem Wildkaninchen zu reden.«

»Ja, du hast recht«, stimmt Bonnie mir zu.

»Es fühlt sich so falsch an.« Ich atme tief ein und langsam wieder aus. »Fünfundzwanzig Jahre lang habe ich Jill nicht gesehen, und dennoch kommt es mir vor, als hätte ich eine gute Freundin verloren.«

»Sie war eine gute Freundin.«

»Die beste«, sage ich, und mir kommen die Tränen. Hastig wische ich sie weg. »Angeblich hat ihr Herz versagt, wobei mir das Ganze komisch vorkommt.«

»Was meinst du damit?«

»Sterben Leute in dem Alter plötzlich an Herzversagen?«

»Natürlich, das kann in jedem Alter passieren.«

»Ich weiß nicht. Ruth hat sich benommen, als wäre da noch mehr. Und sie hat ganz seltsam auf die Nachricht reagiert, dass Mum tot ist. Und das, wo die beiden sich immer gut verstanden haben, oder?«

»Soweit ich weiß, ja. Warum?«

»Sie hat es einfach abgetan. Und Bob Taylor hat gesagt, dass keiner von uns je wieder herkommen soll.«

»Tja, da hat er recht.«

Ich verdrehe die Augen, weil Bonnie mir nicht zustimmt. Wir schweigen beide, und ich schaue mir die Leute an, die an den Tischen sitzen. Gerade hat ein Mann das Café betreten, der mir vage bekannt vorkommt. Er trägt eine schwarze Wollmütze, die er tief in seine Stirn gezogen hat, und sein Kinn ist voller Bartstoppeln. Als er die Mütze abnimmt, erkenne ich, dass es der Typ ist, mit dem Emma gestern gesprochen hat. Als er mich bemerkt, bleibt er unvermittelt stehen.

»Stella?«, ruft Bonnie mir ins Ohr. »Hörst du mir eigentlich zu?«

»Ja«, antworte ich. Seine dunklen Augen durchbohren mich geradezu, bevor er sich umdreht und das Café verlässt. »Ich muss Schluss machen«, sage ich zu Bonnie, »und rufe dich später wieder an.« Dann lege ich auf, ohne auf ihren Widerspruch zu achten.

»Meg, wer war der Mann?«

»Welcher Mann?«

»Der eben reingekommen und gleich wieder verschwunden ist. Unrasiert, graues Haar, sehr dunkle Augen. Er kommt mir irgendwie bekannt vor, und er scheint mich zu kennen.«

Sie rümpft die Nase. »Könnte es Graham gewesen sein?«, beginnt sie neugierig. »Hört sich nach Graham Carlton an. Der wohnt oben in einem der Häuser bei der Bucht. Er ist verheiratet mit …«

»Susan Carlton«, beende ich den Satz für sie. »Sie war die beste Freundin meiner Mutter. Natürlich! Jetzt erinnere ich mich.«

»Warum fragst du nach *dem*?« Bei dem letzten Wort kräuselt sie verächtlich ihre Oberlippe.

»Nur so«, sage ich und sehe nach draußen, ob er noch in der Nähe ist. »Sie wollten in unserem letzten Sommer wegziehen«, murmle ich. »Meine Mutter war am Boden zerstört, als Susan ihr das erzählte.«

»Anscheinend haben sie es sich anders überlegt.«

Ich bin auf dem Rückweg vom Café, als Freya aus dem Nichts vor mir auftaucht.

»Hey.« Sie winkt mir zu, wirkt ziemlich erschöpft. Alles Muntere von gestern ist verschwunden. »Wo willst du hin?«, fragt sie.

Ich zucke mit den Schultern. »Weiß ich noch nicht. Eventuell erst mal zurück in mein Zimmer.« Tatsächlich habe ich keine Idee, was ich tun soll, und falls heute noch eine Fähre geht, fahre ich vielleicht sogar nach Hause. Ich hatte nicht erwartet, eine verlassene Insel vorzufinden, auf der niemand sich freut, mich zu sehen.

»Ich begleite dich«, sagt sie und nickt in Richtung meines alten Hauses. »Das da vermeiden wir auf jeden Fall. Es reicht mir für heute.«

»Zu deiner Information: Ich habe mit keinem gesprochen und kann dir also nichts erzählen.«

Freya zuckt mit den Schultern. »Macht nichts«, sagt sie, spricht über alles und jedes außer über die Leiche. Bis wir vor Rachels Haus ankommen, weiß ich mehr über Freya, als ich je gedacht hätte, weshalb mir der Verdacht kommt, dass sie mich in ein falsches Sicherheitsgefühl einlullen will.

»Was ist?«, frage ich misstrauisch, als sie stehen bleibt und sich zu mir wendet.

Sie sieht zu Boden und tritt gegen einen Stein. Dann blickt sie mich an. »Ich dachte, dich interessiert, dass die Polizei demnächst ein Statement rausgibt, wer die Leiche ist.«

»Oh.« Mich durchfährt ein kalter Schauer. »O Gott, erzählst du mir das, weil ich sie kenne?«

Freya nickt und blickt mir in die Augen.

»Sag schon!«, dränge ich.

»Es ist Iona. Iona Byrnes.«

EVERGREEN ISLAND

18. Juli 1993

Maria hatte mit dem Gedanken gespielt, dass es vielleicht besser sei, Iona vorerst nicht zum Essen einzuladen. Vor allem nicht nach dem, was bei der verunglückten Strandübernachtung vorgefallen war. Sie sollten lieber unter sich bleiben, sich als Familie zurückziehen, wie sie es immer taten, wenn etwas passierte.

Das Abendessen war stets eine Familiensache gewesen, jetzt hingegen verschmolz noch eine sechste Person mit ihnen, und dem wollte Maria Einhalt gebieten. Fünf Tage später ließ sie diesen Vorsatz wieder fallen, weil sie sah, wie Bonnie strahlte, als ihre Freundin morgens erschien und sie in den Garten zog, um mit ihr zu reden.

Anstatt auf ihr Gefühl zu hören, ließ Maria sich von der Freude ihrer Ältesten hinreißen, die später am Tag ins Haus gestürmt kam und sagte, Iona werde zum Abendessen bleiben.

Maria gab nach. Sie hatte bei der Strandübernachtung die Zeichen nicht erkannt, dass eine Katastrophe bevorstand, und bald würde eine weitere eintreten, denn erneut wischte Maria ihre Bedenken weg. Niemand konnte schließlich von ihr verlangen, das Ausmaß des Desasters vorauszusehen, entschuldigte sie sich später selbst.

Natürlich hätte man das gekonnt.

Nach dem, was dann geschah, war Maria ständig auf der Hut, ganz gleich in welcher Kostümierung die Bedrohung auftrat.

Bonnie war begeistert, als Iona sagte, sie habe ihr etwas wirklich Wichtiges zu erzählen. Die Freundin hatte sie beiseitegezogen, als der Rest der Familie in der Küche Frühstück machte und die Pläne für den Tag besprach.

Stella hatte angekündigt, dass sie wieder mit Jill an den Strand gehen würde, worüber ihre Mum sich aufzuregen schien. Es wirkte geradezu, als wollte Maria diesen Tag und alle anderen selbst mit Stella verbringen, die ganz auf ihre Freundin und ihre dämlichen kleinen Geheimnisse fixiert war. Hingegen bezweifelte Bonnie, dass sie wichtig waren, gewiss nicht annähernd so wichtig waren wie die von Iona.

Als ihre Freundin ihr zuflüsterte, dass sie ihr etwas sagen müsse, begannen Schmetterlinge in Bonnies Bauch zu flattern.

Seit der gottverdammten Strandübernachtung, bei der Iona wegen dem blöden Danny mit Tess weggegangen war, war Bonnie schlecht drauf. Sowie jemand sie ansprach, wollte sie am liebsten schreien, man solle sie in Ruhe lassen. Ihr Inneres fühlte sich gelähmt und brennend an. Das Gleiche hatte sie als Kind nach Dannys Geburt empfunden – und alles hatte sie damals gedrängt, den Eindringling aus dem Weg zu schaffen.

Jetzt hingegen freute sie sich, dass Iona ihr ein Geheimnis verraten wollte, nicht Tess, um die sie sich sonst kümmerte.

Wahrscheinlich war die niedliche Fünfzehnjährige ihr zu jung und zu albern.

»Gehen wir in den Wald«, schlug Bonnie vor. Selbst am Morgen war es bereits brütend heiß, und ihre Schultern waren noch vom gestrigen Tag verbrannt. Was selten vorkam. Sie war mit Abstand die Blasseste in der Familie und hasste es, nie so hübsch braun zu werden wie Stella.

Eingehakt verließen sie das Haus und gingen durch den Garten in den Wald. Ihre Unterhaltung drehte sich um die Gruppe *Take That* und darum, wie sehr sie Robbie liebten und wen sie bei *Beverly Hills* am liebsten mochten. Als sie ziemlich weit im Wald waren, zog Iona ihre Freundin an einen Baumstamm und drückte sie nach unten, damit sie sich setzte. Bonnie wusste, dass etwas Großes bevorstand, Vorfreude kribbelte in ihr, weil sie endlich ein Geheimnis erfahren sollte, das sie auf ewig für sich behalten würde.

»Also«, begann Iona, nagte an ihrer Lippe und grinste. »Es ist ein bisschen schräg, mein Geheimnis.«

»Sag schon!« Bonnie lachte laut, bremste sich aber, weil sie fürchtete, es könnte kindisch klingen.

»Ich bin gewissermaßen mit jemandem zusammen.«

»Aha?« Bonnie wurde flau. Mit so einer Eröffnung hatte sie nicht gerechnet.

»Und du darfst es keinem Menschen erzählen.«

»Nein, natürlich nicht.« Das würde sie bestimmt nicht tun, wenngleich sich das Geheimnis von vornherein beschmutzt anzufühlen schien. Hinzu kam, dass Iona womöglich weniger Zeit mit ihr verbringen würde. Und das durfte nicht passieren, dafür musste sie irgendwie sorgen. »Wer ist es?«

»Oh.« Iona wandte sich ab. »Das kann ich dir nicht sagen.«

»Warum nicht?«, hakte Bonnie angesäuert nach.

Iona sah sie aus dem Augenwinkel an. »Kann ich eben nicht«, sagte sie, und der Anflug eines Lächelns tauchte auf ihren Lippen auf, was Bonnie gründlich verwirrte.

»Und warum erzählst du mir das überhaupt, wenn du mir nicht verrätst, wer es ist?«

»Sei nicht so«, sagte Iona. »Wir sind Freundinnen, und du musst mir vertrauen.«

Bonnie mochte das nicht hinnehmen. Auch nicht die Art, wie Iona sie überheblich lächelnd anschaute. Die Knoten in ihrem Bauch verstärkten sich und nahmen ihr die Luft zum Atmen. »Ich verstehe nicht, warum du mir nicht sagen kannst, mit wem du zusammen bist«, stieß sie hervor.

»Es muss geheim bleiben, deshalb. Keiner darf es wissen.«

In Bonnies Kopf drehte sich alles. Es musste jemand sein, den sie kannte. Vielleicht jemand, der schon eine Freundin hatte. Oder einer, der viel älter war. Sie lehnte sich an den Baumstamm zurück, während Iona anfing, über etwas anderes zu reden, und Bonnie begriff, dass sie es allein herausfinden musste.

»Sei nicht sauer auf mich«, sagte Iona und griff nach dem Handgelenk der beleidigten Freundin.

Bonnie fühlte ein Ziehen und sah, wie Iona ihr gerade das geflochtene Armband abzog, das Stella ihr am Tag zuvor geschenkt hatte. Eigentlich hatte sie es längst abnehmen wollen, obwohl ihre Schwester ein ziemliches Theater um dieses Exemplar machte, weil es das erste war, das sie geflochten hatte.

»Was ist das?«, fragte Iona. »Ein Freundschaftsarmband, oder?«

»Ja.«

»Und wer ist deine andere Freundin? Muss ich eifersüchtig werden?«

Rachsüchtig spielte Bonnie mit dem Gedanken, sich eine Freundin auszudenken, um Iona neidisch zu stimmen. Sie ließ es, denn tief im Innern wusste sie, dass es Iona rein gar nichts ausmachen würde. Obendrein hatte Stella inzwischen mehr als ein Dutzend von den Armbändern geflochten und angefangen, sie zu verkaufen. Folglich durfte sie nicht so tun, als wäre dieses Armband etwas ganz Besonderes.

»Meine Schwester hat das gemacht«, sagte sie schließlich.

»Ah, wie süß.«

»Du kannst es haben, wenn du willst.«

»Oh, okay, danke«, freute sich Iona und ließ sich das Armband von ihrer Freundin umbinden.

Und so, dachte Bonnie, erkennt jeder, dass sie meine Freundin ist.

Danny war froh, als seine Mutter aufhörte, ihn nach dem Vorfall am Strand zu fragen. Hoffentlich fand sie sich damit ab, dass er nichts bedeutet hatte.

Hatte er eigentlich auch nicht. Er war lediglich genauso erschrocken gewesen wie Tess, als sie in die Höhle gekommen war und anscheinend dort pinkeln wollte. Danny war aufgesprungen, um zu verschwinden, bevor sie sich die Hose herunterzog. Es wäre schrecklich gewesen, hätte er zugucken müssen und jemand würde es hinterher bemerkt haben.

Deshalb war er so schnell wie möglich weggerannt, doch die Höhle war eng, und er hatte Tess auf dem Weg nach draußen angerempelt. Fast wäre er gegen den Felsen geschlagen, da fing sie zu schreien an – ein bisschen übertrieben, seiner Meinung nach.

Mittlerweile wünschte er, er wäre gar nicht erst zum Strand gegangen und hätte sie an dem Abend nicht beobachtet. Dafür gab es genug andere Gelegenheiten, zumal sie praktisch jeden Abend zum Essen bei ihnen war.

Maria schob gerade das Hähnchen in den Ofen, als laut gegen das Küchenfenster geklopft wurde. Sie blickte auf und sah Susan Carlton, die bestimmt über Danny und Tess reden wollte. Maria fühlte sich entsetzlich, weil sie nicht zu ihr gegangen war, sondern Susan gemieden hatte.

»Komm rein«, rief sie und legte ihre Ofenhandschuhe beiseite. »Möchtest du einen Tee?«

Susan stand in der offenen Tür und schaute auf ihre Uhr. »Ich würde sagen, es ist eher Zeit für einen Wein, oder?«

Schlagartig entspannte Maria sich. »Unbedingt. Tut mir leid, dass ich ...«

Ihre Freundin winkte ab. »Muss es nicht. Ich habe einfach gedacht, es wäre besser vorbeizukommen, ehe es noch komischer wird.«

Maria schenkte zwei große Gläser von dem guten Chablis ein, den David vom Festland mitgebracht hatte und den sie mit nach draußen nahmen. Dort atmete Maria tief durch. »Danny hat nicht viel gesagt«, begann sie, »mir bloß erzählt, dass es nicht so war, wie es ausgesehen hat. Was sagt Tess?«

Susan seufzte. »Ihre genauen Worte waren, dass sie in die Höhle gegangen ist, um zu pinkeln, und ihre Hose runtergezogen hat, als Danny plötzlich aus dem Dunkeln gekommen ist und zugepackt hat.«

Maria zuckte zusammen und beobachtete ihre Freundin. Da war etwas Distanziertes an Susan, als sie geradeaus blickte, und Maria glaubte, dass es um mehr ging als um diese Sache mit den beiden Kindern. »Es tut mir so leid«, wiederholte sie. »Ich weiß, dass Tess nicht lügen würde, gleichzeitig vermag ich mir nicht vorzustellen, dass Danny sich irgendwas dabei gedacht hat, als er sie packte.«

Susan schüttelte den Kopf und ergriff Marias Hand. Wenn irgendjemand außer ihr Danny verstand, dann waren es ihre beiden Freundinnen Susan und Annie, die das Verhalten des gestörten Jungen einzuschätzen wussten. Für sie war er nicht der Typ, der jemanden unpassend behandeln würde.

Maria war erleichtert, dass sie geredet hatte, und glaubte, die Geschichte damit hinter sich lassen zu können, als Iona beim Abendessen darauf zu sprechen kam. »Das neulich abends am Strand war schrecklich.« Bonnie blieb der Mund über so wenig Feingefühl offen stehen, und noch weniger verstand sie, als ihre Freundin sich zu allem Überfluss an ihren Bruder wandte. »Ich hoffe, es geht dir gut«, sagte sie anzüglich.

Danny wurde feuerrot, seine Unterlippe zuckte. »Ich denke nicht...«, begann Maria, als ihr Sohn seinen Stuhl so heftig nach hinten schob, dass er umkippte, und zum Baumhaus rannte. Alle anderen waren wie versteinert und beobachteten ihn stumm.

Als Stella ihm nachlaufen wollte, legte Maria ihrer Tochter eine Hand auf die Schulter, damit sie sitzen blieb. David hingegen trommelte mit den Fingern auf den Tisch, merklich unsicher, wie er mit dieser Situation umgehen sollte. Bonnie wurde zornesrot, biss die Zähne zusammen, und Maria wünschte sich inständig, dass sie ihren Widerwillen überwinden und ihren Bruder endlich so sehen könnte, wie es der Rest von ihnen tat.

»Ach du Schreck, da habe ich wohl was Falsches gesagt«, kam es ziemlich lässig von Iona.

Sie hatte Glück, dass die anderen ihr versicherten, sie habe nichts falsch gemacht, und so wurde die angespannte Unterhaltung besonders von David rasch auf andere Themen gelenkt. Einzig Maria schaffte die Umstellung nicht. Sie schaute weiter zur Baumhausleiter, und ihr Herz zerbrach nicht zum ersten Mal in eine Million Stücke. Es war ihr unmöglich, freundlich auf Iona einzugehen. Nicht, wenn sich die Worte des Mädchens hart und leer anfühlten.

Maria sah ihre Töchter, den Gast und den leeren Stuhl an, auf dem ihr Sohn sitzen sollte. So war ihr Familienessen nicht geplant gewesen. Einer von ihnen fehlte. Jemand anders hatte seinen Platz eingenommen. Leider erkannte sie bei aller inneren Unruhe nicht, in welchem Ausmaß diese Fremde ihre Familie zerreißen würde.

HEUTE

Kapitel vierzehn

Freya beobachtet meine Reaktion aufmerksam. Ich spüre die Intensität ihres Blickes, als mein Leben in lauter winzige Krümel zerbröselt.

»Warum erzählst du mir, dass es Iona ist?«, frage ich. »Das darfst du garantiert nicht.«

Die Journalistin legt den Kopf nach hinten und sieht auf einen Punkt in der Ferne. »Ich war nicht sicher, ob ich es tun sollte oder nicht, und ich hatte mich bis gerade eben nicht entschieden. Ehrlich gesagt, wollte ich dich irgendwie vorwarnen.«

»Und warum muss ich vorgewarnt werden?«

Sie sieht mich an, als wäre ich nicht ganz dicht. »Weil die Leute hier, sobald das Ergebnis öffentlich gemacht wird, sehr komisch reagieren werden...« Sie stöhnt. »Ach, im Ernst, Stella. Sie war dauernd bei euch, bei deiner Familie. Die Insulaner wollen unbedingt einen Schuldigen, und sobald diejenigen, die dich damals nicht gekannt haben, das erfahren, werden sie sich auf dich stürzen.«

Ich wende meinen Blick ab.

»Du weißt, dass ich recht habe«, sagt sie sanft.

»Warum sorgst du dich um mich?«

Sie zuckt mit den Schultern. »Ich habe das Gefühl, dass du eine Freundin brauchst. Hör mal, ich muss weg, hier ist meine Nummer.« Sie drückt mir eine Visitenkarte in die Hand. »Und sei vorsichtig. Wie gesagt, sie werden Zusammenhänge erfinden, die es nicht gibt.«

Eine Stunde ist vergangen, und ich habe mein Zimmer nicht verlassen. In meinem Kopf wirbeln Bilder von Iona durcheinander – Bilder, wie ich sie gekannt habe, voller Leben, lachend und scherzend an unserem Abendbrottisch sitzend. Sosehr es mir das Herz bricht, dass sie umgebracht wurde, es gibt noch jemanden, den es übler treffen wird. Ich muss es Bonnie erzählen, ehe sie es aus anderer Quelle erfährt.

Als ich zum Café zurückgehe, vorbei an dem weißen Lattenzaun, sehe ich eine Gruppe von Menschen neben dem Polizeizelt auf der anderen Seite. Die Nachricht muss sich mittlerweile herumgesprochen haben, und die Insulaner sind gekommen, werfen mit Theorien um sich und tauschen Tratsch aus. Es wundert mich nicht, das haben sie immer getan, nur ist es heute offensichtlicher.

Da Freyas Worte mich verunsichert haben, bleibe ich für einen Moment auf Abstand und begebe mich dann an den Rand einer Gruppe weitestgehend Unbekannter. Die Männer und Frauen sind jünger als ich, einige mit kleinen Kindern. Teenager recken den Hals, ein altes Paar kämpft sich nach vorn. Ein Officer der Polizei beantwortet ruhig ihre Fragen und befriedigt ihren Wunsch, Einzelheiten aus erster Hand zu erfahren. Sie wirken aufgeregt, als sie miteinander reden, stärker noch als die kleinere Gruppe, die dicht gedrängt am Waldrand steht.

Es sind Leute, die ich kenne. Annie spricht mit Ruth Taylor, und beide blicken sehr ernst drein. Rechts von ihnen ist Graham Carlton zu sehen, der seine schwarze Mütze wieder tief in die Stirn gezogen hat, neben ihm steht eine Frau. Als sie sich in meine Richtung dreht, erkenne ich, dass es sich um Susan handelt, die beinahe bis zur Unkenntlichkeit gealtert ist. Ihre schmale Gestalt ist gebeugt, ihr einst blondes Haar schlohweiß, ihre Haut wirkt blässlich grau.

Ich schaue abwechselnd zu den beiden Gruppen. Da sind zum einen die älteren Inselbewohner, die ich kenne, und dort zum anderen die jüngeren, die lebhaft reden und immer lauter werden. Ungefähr in der Mitte stehe ich.

Links von mir filmt eine Reporterin, und als ich genauer hinsehe, stelle ich fest, dass es die Frau ist, die am Freitagabend von dem Leichenfund berichtet hat. Anscheinend wird die Nachricht mittlerweile schon in den Rest der Welt gesendet, was bedeutet, dass Bonnie Bescheid wissen könnte und annimmt, dass ich es ihr verschwiegen habe. Automatisch greife ich nach meinem Handy, doch natürlich habe ich hier keinen Empfang.

Ich sollte ins Café zurückgehen und Bonnie anrufen, damit sie es nicht von Fremden erfährt, allerdings hat Annie mich bemerkt und winkt mich zu sich. Als ich mich der Gruppe nähere, bilden sie eine Gasse, ähnlich wie bei einer Soldatenformation üblich.

»Stella.« Annie streckt mir die Arme entgegen. »Du hast es also gehört.«

»Ich kann nicht glauben, dass es Iona ist«, antworte ich, während sie meine Hände ergreift.

Sie lässt mich los. »Erinnerst du dich an die anderen?«, fragt sie und deutet hinter sich.

»Ja.« Ich sehe Susan an. »Schön, dich wiederzusehen.«

»Wären bloß die Umstände angenehmer«, entgegnet sie, bevor sie mich umarmt und mir zuflüstert: »Das mit deiner Mum tut mir so leid. Sie war eine gute Freundin. Ich habe sie sehr vermisst, nachdem ihr fortgegangen seid.«

»Danke«, sage ich. Sie lässt mich los, und als ich aufblicke, fällt mir auf, dass Graham weg ist.

»Meine Liebe.« Erneut nimmt Annie meine Hand. »Lass uns ein Stück gehen.« Sie dirigiert mich zu dem Weg ins Dorf, wobei sie sich langsam bewegt und den Eindruck erweckt, dass ihr schwerer Mantel sie halb erdrückt. »Ich hatte eigentlich gehofft, dass du nicht mehr hier bist«, sagt sie, kaum dass wir außer Hörweite sind. »Vor allem jetzt, da wir wissen, wer die Tote ist.« Sie spricht leise, dabei ist niemand in der Nähe, der sie belauschen könnte.

»Wie meinst du das?«, frage ich.

Annie bleibt stehen und zieht eine besorgte Miene. »Ich weiß, was einige von den Bewohnern sagen werden. Sie ziehen ihre eigenen Schlüsse. Natürlich war Iona nicht lange hier in diesem Sommer …« Sie verstummt und schaut zu meinem alten Haus hin. »Und ihr musstet alle innerhalb weniger Tage weg. Fahr lieber nach Hause, Stella, fahr zurück nach Winchester und zu deiner Schwester.«

»Ich verstehe das nicht.«

»Doch, ich denke, das tust du.«

»Nein, ich meine, Iona wurde weggerufen, daran erinnere ich mich. Aber sie muss wiedergekommen sein.«

Annie schüttelt den Kopf. »Keiner hat sie noch einmal gesehen, nachdem sie auf die Fähre gestiegen ist.«

Weil ich Annie nicht ins Gesicht sehen kann, wende ich mich ab.

Es ist nicht wahr, was sie behauptet, sage ich mir. Ich weiß, dass Iona zurückgekehrt ist, bevor wir weggezogen sind, weil ich sie gesehen habe. Erzählt habe ich es nie jemandem.

Und ich weiß außerdem, dass eine andere Person sie ebenfalls gesehen hat. Es wird Zeit, dass wir uns unterhalten.

Kapitel fünfzehn

Es sind so viele Leute im Dorf unterwegs, dass ich ungern das WLAN im Café nutzen will, um Bonnie anzurufen, leider habe ich keine andere Wahl.

Zum Glück arbeitet Meg heute nicht, und ich muss keine Nettigkeiten mit der Bedienung hinterm Tresen austauschen, sondern kann mich ganz auf das konzentrieren, was zu tun ist. Sobald mein Handy das WLAN gefunden hat, sehe ich sechs verpasste Anrufe von meiner Schwester.

»Endlich!«, schreit sie ins Telefon. »Hast du eigentlich eine Vorstellung…«

»Tut mir leid, hier ist kein Empfang, und…«

»Du hättest mich anrufen können, als du es erfahren hast. Aber nein, ich muss es in den Nachrichten sehen!«

»Bon, ich habe es selbst eben erst gehört und bin sofort zurück zum Café, um mit dir zu reden. Sie müssen es direkt gesendet haben.« Stille. »Bonnie?«

»Es ist Iona. Scheiße, Stella, es ist Iona.«

»Ich weiß. Und es tut mir sehr leid.«

»Sie war die einzige Freundin, die ich auf der gottverdammten Insel hatte. Wer hat sie umbringen wollen?«, fragt sie verzweifelt. »Und wie zur Hölle konnte keiner wissen, dass sie verschwunden ist?« Bonnie ringt nach Luft. »Ich habe sie gerade mal einen Sommer gekannt. Warum tut es so weh?«

»Wenn sie dir etwas bedeutet hat, spielt es keine Rolle, wie lange du sie gekannt hast.«

»Es ist, weil sie ermordet wurde«, sagt Bonnie. »Das macht es so furchtbar.«

Meine Gedanken schweifen zu Jill ab. Wäre ihr Tod noch schwerer zu verkraften gewesen, hätte jemand sie umgebracht? Ich weiß es nicht.

»Sie war die einzige Freundin, die ich hatte«, wiederholt sie. »Der erste Mensch, der Zeit mit mir verbringen wollte. Das habe ich bis dahin nie gehabt.«

»Hattest du sehr wohl«, widerspreche ich, selbst wenn es nicht stimmt.

»Keiner wollte mit mir befreundet sein außer ihr.«

Ich verlagere meine Position auf dem Stuhl und passe auf, dass uns keiner belauscht. »Bonnie, erinnerst du dich, dass sie von der Insel weggerufen wurde?«, frage ich. »Was genau ist da passiert? Wurde sie zu einer kranken Verwandten gerufen? Zu einer Tante?«

Für einen Moment schweigt Bonnie, dann fragt sie misstrauisch: »Und was machst du immer noch da?«

»Ich komme bald zurück«, antworte ich seufzend und denke an all die Leute, die mich nicht hier haben wollen. »Ich warte bis morgen früh. Bitte erzähl mir, was geschehen ist, als Iona abreiste.«

»Worauf willst du hinaus?«

»Ich weiß es ehrlich gesagt nicht. Wie hat sie auf dich gewirkt? Sie muss betroffen gewesen sein, als sie den Anruf bekam, dass sie nach Hause musste.« Bonnie schweigt. »Bitte, du warst ihr am nächsten.«

Je mehr meine Schwester dichtmacht, desto beunruhigter bin ich. Was verbirgt sie?

»Das ist mir klar«, sagt sie schnippisch. »Es bedeutet, dass die Polizei wieder herkommen wird und wissen will, warum du dort bist und nach etwas komplett Irrelevantem gräbst.«

Ist es wirklich irrelevant? Irgendetwas hatte Iona angeblich genötigt, die Insel zu verlassen – zumindest denken das die Leute hier. Tatsache bleibt, dass sie schon zwei Tage später wieder hier war. Und was ich damals sah, wen ich bei ihr sah, bewirkt, dass sich meine Gedanken überschlagen und Mutmaßungen auslösen, von denen ich inständig hoffe, dass sie falsch sind.

»Ich meine, dein Timing könnte nicht besser sein«, fährt Bonnie fort. »Es sieht verdächtig aus.«

»Ist ja gut, Bonnie, ich sage ja, dass ich bald zurückkomme. Kannst du mir einfach auf meine Frage antworten? Weißt du, was geschehen ist, als sie damals weggerufen wurde?«

»Nein«, erwidert sie nach einer kurzen Pause. »Ich weiß gar nichts.«

Ich umklammere das Handy an meinem Ohr so fest, dass meine Fingerknöchel weiß werden. »Bist du sicher?«, fahre ich sie an.

»Vollkommen sicher«, antwortet sie spitz.

Ich beiße die Zähne zusammen und schüttle den Kopf. *Was verschweigst du mir, Bonnie?* »Ist es eine Tatsache, dass sie definitiv die Insel verlassen hat, und du hast sie nicht wiedergesehen?«

»Nein, ich habe sie nie wiedergesehen.« Bonnies Stimme ist ein bisschen weicher geworden, also kann ich sicher sein, dass immerhin das wahr ist.

»Hatte sie noch andere Verwandte als die angebliche Tante?«

»Ja und nein. Ihre Mutter hatte sie drei Jahre lang nicht mehr gesehen, und wer ihr Vater war, wusste sie nicht. Sie hat mir erzählt, dass sie früher immer so getan habe, als wäre er ein Rockstar mit einem Haufen Geld, der sie eines Tages zu sich holen werde.«

»Das ist irgendwie traurig«, sage ich, obwohl mir andere Gedanken durch den Kopf gehen.

»Ich weiß nicht. Sie hat darüber gelacht, als sie es mir erzählt hat. Gott, ich fasse nicht, dass sie umgebracht wurde.«

»Was ist mit dieser kranken Verwandten? Wer immer das war, muss bemerkt haben, dass sie mit einem Mal verschwunden war.«

»Warum verhörst du mich? Denkst du, *ich* habe sie ermordet?«

»Nein, selbstverständlich nicht.« Ich kneife die Augen zusammen und presse meine Finger auf die Lider. »Du sagst, dass du gesehen hast, wie sie die Insel verließ ...«

»Das habe ich nie behauptet«, fällt Bonnie mir ins Wort. »Ich habe es nicht gesehen. Ich sollte es eigentlich, dann bin ich nicht zur Fähre gegangen, weil wir uns gestritten hatten. Es war das letzte Mal, dass ich sie gesehen habe, jetzt ist sie tot.«

Ich höre, wie ihr ein Schrei entfährt, und wünsche, ich könnte bei ihr sein und sie in die Arme nehmen. Doch ich brauche noch einige Antworten. »Und woher weißt du dann, dass sie die Insel wirklich verlassen hat?«, frage ich und fürchte, dass ich es bereits weiß.

»Dad hat es mir erzählt. Dich interessiert dein Detektivspiel offensichtlich mehr als meine Gefühle. Dabei bist du Therapeutin!«

Ich höre nicht mehr zu. Natürlich muss Dad sie auf der Fähre gesehen haben, und ich bin ziemlich sicher, dass mein Vater gelogen hat.

Mittwochs ist Olivia immer bei der Arbeit, was bedeutet, dass sie nicht zu Hause bei Dad sitzt. Was günstig ist, sage ich mir, als ich die Nummer wähle. Ich muss mit ihm sprechen. Herzklopfend warte ich und hole tief Luft, als er sich meldet. »Hi, Dad, hier ist Stella.«

»Stella…« Seine Stimme ist warm und sanft, und ich spiele mit dem Gedanken, eine richtige Unterhaltung mit ihm zu führen, die nicht einmal berührt, was passiert ist. Ich könnte die Sache ganz meiden.

»Wie geht es dir, Schatz?«, fragt er. Prompt nagen die üblichen Schuldgefühle an mir. Vermutlich erinnert er sich nicht, wie lange es her ist, seit er mich zuletzt gesehen hat. Es ist, als würde er darüber hinwegsehen, weil er mir immer alles verzeiht.

Ich fingere an dem Saum meiner Jacke. »Mir geht es gut. Und dir, Dad?«

»Nicht schlecht, Schatz. Nicht allzu schlecht. Ich bin im Garten gewesen. Es hat angefangen zu regnen. Regnet es bei dir auch?«

Ich blicke aus dem Fenster des Cafés. Der Himmel hat sich verdunkelt, und es sieht nach Regen aus. »Noch nicht«, antworte ich.

»Und wie geht es Andrew?«

Bei dem Namen schließe ich die Augen. Andrew und ich haben uns vor zwei Jahren getrennt. »Gut, Dad. Andrew geht es gut.«

»Das ist schön«, murmelt er. Seine Stimme verklingt, und ich frage mich, ob Olivia vielleicht zu Hause ist. Oft muss ich Dad dann auf meine Seite zurück ins Gespräch locken, und manchmal kommt es mir vor, als würden wir ein Tauziehen um ihn veranstalten.

Anfangs hatte ich Dad gebeten, ihn allein zu treffen, und zu meiner Überraschung stimmte er sogar zu. Als ich dann in dem Café ankam, saß Olivia da und blätterte ungeduldig die Speisekarte vor ihm durch, damit er sich entschied.

»Ich habe gedacht, sie kommt nicht«, sagte ich zu ihm, als Olivia zum Tresen ging, um unsere Bestellung aufzugeben.

»Ach, es macht dir hoffentlich nichts aus, Schatz, oder?«, fragte er beiläufig. Entweder hatte er keine Ahnung, dass es ein Problem war, oder er war zu ängstlich, um sich ihm zu stellen.

Am Ende gewann sie. Vielleicht ließ ich sie oder erkannte letztlich, dass jeder Kampf zwecklos war. Wenn er Mum für eine Frau wie sie verlassen wollte, konnte ich daran nichts ändern.

»Dad, hör zu, ich bin auf Evergreen«, erzähle ich ihm jetzt und warte auf seine Reaktion. Eine von Olivias unausgesprochenen Weisungen lautete, Dads Leben vor ihr zu vergessen, weshalb die Insel seit vielen Jahren kein Thema mehr war.

»Oh? Was machst du da?«

»Na ja, hast du am Wochenende Nachrichten gesehen?«, frage ich. »Weißt du, was passiert ist?«

»Die Nachrichten...«

»Über Evergreen«, helfe ich nach. »Es war im Fernsehen. Sie haben eine Leiche auf der Insel gefunden.«

»Ich erinnere mich nicht genau, ob ich ferngesehen habe«, sagt er.

»Aber du weißt bestimmt, was passiert ist? Wo sie die Leiche gefunden haben?«

Für einen Moment tritt Stille ein, und ich warte. »Ich

glaube ja«, sagt er dann. »Ich glaube, jemand hat mir davon erzählt.«

Ich senke die Stimme, damit die anderen Gäste mich nicht hören. »Dad, sie haben eine Leiche direkt am Rand unseres Gartens gefunden«, erkläre ich ein wenig lauter. »Hast du gehört, was ich gesagt habe?«

»Ja, mein Schatz, habe ich. Tut mir leid, jetzt regnet es hier richtig, und ich muss die Wäsche reinholen.«

»Du hast Wäsche draußen hängen?«, murmle ich. »Dad, hast du auch gehört, dass sie die Leiche identifiziert haben?«

»Nein«, sagt er langsam und merklich aufmerksamer. »Nein, Schatz, das habe ich nicht gehört.«

Ich warte vergeblich, dass er fragt. »Es ist Iona. Erinnerst du dich an sie?«

»O ja«, sagt er ernst. »Ja, ich erinnere mich an sie...« Er verstummt wieder. »Ist das Baumhaus noch da?«, fragt er anschließend. »Das hatte ich euch gebaut. Du und Danny wart sehr gerne da oben.«

»Ja, das waren wir.«

»Ich hatte es gut gebaut.« Ich erkenne am Klang der Stimme, dass er lächelt. »Deine Mum hat sich immer gesorgt, dass es einbricht, ich dagegen wette, dass es noch da ist.«

»Ja, Dad, ist es«, lüge ich und empfinde einen schmerzlichen Druck auf der Brust.

»Du wolltest in dem Baumhaus schlafen.«

»Hab ich sogar einmal.« Bei der Erinnerung überkommt mich ein trauriges Lächeln. »Leider war es zu kalt, und ich habe nicht die ganze Nacht durchgehalten.«

Seine Worte bestätigen mir, dass wir glücklich waren. Mein Gedächtnis täuscht mich nicht. »Wir hatten schöne Zeiten auf der Insel«, sage ich leise.

»Hatten wir, Schatz.«

Und warum hast du uns weggebracht?, würde ich gerne fragen.

»Dad, du hast Bonnie erzählt, dass Iona am Ende des Sommers aufs Festland gefahren ist.«

Eine Pause. »Habe ich das?«

»Wusstest du, dass sie wegmusste? Angeblich wurde sie zu einer kranken Verwandten gerufen.«

Es gibt ein Klackern im Hintergrund, und ich stelle mir vor, wie er in Schubladen kramt und mit seinen Gedanken ganz woanders ist. »Ja, ich habe sie zurückgebracht«, sagt er, »als sie wegmusste.«

»Ist sie danach noch mal zurückgekommen?«

»Nein, Schatz«, antwortet er nach einer Weile. »Das glaube ich nicht. Schatz, ich finde meine...«, wieder bricht er ab. »Na, du weißt schon, dieses Ding. Das, was um die...« Ich höre nicht hin, als er ärgerlich wird, denn er ist aus meiner Welt abgedriftet.

Als ich auflege, kämpfe ich mit den Tränen – vor Erschöpfung, vor Wut und in dem verzweifelten Wunsch, die Wahrheit zu erfahren. Zugleich fürchte ich, dass sie mir nicht gefallen wird.

Du lügst, Dad.

Vor dem Ende jenes Sommers hätte ich das nie für möglich gehalten. Nicht mein Dad. Er war der ehrlichste Mensch, den ich kannte. In Gesprächen wie dem gerade eben nehme ich Bruchstücke von meinem früheren Vater wahr. Seit der Demenzdiagnose ist mir eine Menge von ihm genommen, jedoch auch vieles wieder zurückgegeben worden. Und wenn er mich an die glücklicheren Tage auf der Insel erinnert, fällt es mir schwer zu glauben, dass er lügen könnte.

Draußen atme ich die kalte Luft tief ein. Einige Regentropfen fallen auf mein Gesicht, und für einen Moment stehe ich vor den Läden und weiß nicht, in welche Richtung ich gehen soll.

Als der Regen stärker wird, klappen überall Regenschirme auf, und mittendrin bemerke ich Meg, die wild mit den Armen fuchtelt und ihre Mutter anschreit.

Emma wirkt vollkommen passiv, nimmt stoisch hin, was ihre Tochter ihr an den Kopf wirft. Ich gehe auf die beiden zu.

»Warum kannst du es nicht lassen?«, schreit Meg ärgerlich. »Halt dich fern von ihm.«

Ihre Mutter antwortet nicht. Inzwischen habe ich sie erreicht. Emma dreht sich um und starrt mich an, während Meg die Hände in die Höhe wirft. »Ich gebe es auf«, schreit sie und rennt weg.

»Ist alles in Ordnung?«, frage ich.

Ihr Gesicht ist nass vom Regen, trotzdem kann ich Tränen in ihren Augen sehen.

»Geht es dir gut?«

Emma schüttelt kaum merklich den Kopf, ehe sie in entgegengesetzter Richtung ebenfalls weggeht. Ich bin wieder allein, mein Haar klebt an meinem Kopf, und Wasser rinnt in meinem Nacken. Je schneller ich von dieser Insel komme, desto besser.

Als ich die Tür zur Pension aufschließe, unterbricht Rachel ihr Wühlen in den Schreibtischschubladen und sieht mich missmutig an. »Ziehen Sie die Schuhe aus. Sie hinterlassen eine Pfütze auf dem Fußboden.«

Ich gehorche und stelle meine Schuhe ordentlich neben die Tür.

»Holen Sie sich lieber ein Handtuch«, murmelt sie und sucht weiter in ihren Schubladen. »Ich nehme an, dass Sie die Neuigkeiten gehört haben«, fährt sie fort. »Die Leiche ist die eines jungen Mädchens, das vor langer Zeit hier gewohnt hat.«

»Ja, das habe ich gehört.«

»Kannten Sie sie?«

Ich nicke.

»Das tut mir leid.« Sie wendet sich erneut ihrem Schreibtisch zu. »Da ist eine Nachricht für Sie auf der Anrichte«, ergänzt sie. »Sie lag vorhin auf der Fußmatte.«

Ich nehme den Umschlag auf und betrachte ihn. Auf der Vorderseite steht mein Name in Blockschrift. »Danke«, sage ich, und als sie nicht reagiert, gehe ich nach oben in mein Zimmer.

Dort ziehe ich meine nasse Jacke aus und werfe sie aufs Bett, bevor ich den Umschlag aufreiße und ihm ein kleines Blatt entnehme. Die Schrift ist die gleiche wie auf dem Umschlag, alles in Großbuchstaben.

Ich überfliege die wenigen Worte, muss sie indes zweimal lesen, bevor ich begreife, dass es sich um eine Warnung handelt.

HÖR LIEBER AUF ZU GRABEN. DIR WIRD NICHT GEFALLEN, WAS DU FINDEST.

Mein Atem geht schnell, als ich noch einmal auf die zwei Zeilen blicke und sie lese, bis sie vor meinen Augen verschwimmen.

Verzweiflung überkommt mich, und ich sinke aufs Bett. Das hier ist endgültig eine Nummer zu groß für mich. Meine Finger mit dem Blatt in der Hand zittern, und die Buchstaben schreien mich förmlich an. Ich will sofort weg von der Insel. Vielleicht kann ich irgendwie zurück, ohne bis morgen warten zu müssen.

Nachdem ich die Nachricht zur Seite gelegt habe, schließe ich die Augen. Bilder von meinem Dad quälen mich. Er weiß mehr, als er sagt, aber gewiss hat er nichts mit Ionas Tod zu tun.

Allerdings muss es eine fragile Verbindung zwischen ihm und ihr geben, die ich seit fünfundzwanzig Jahren verdränge. Sie ist der Grund, warum ich nicht wieder zu Jills und meinem geheimen Treffpunkt gehen konnte. Der Grund, weshalb meine Familie auseinanderzubrechen begann.

Und was ist, wenn noch jemand anders davon weiß? Jemand auf dieser Insel, der aus welchen Gründen auch immer nicht will, dass ich nachforsche.

Jedenfalls bin ich mir sicher, dass ich Dad und Iona zusammen gesehen habe, bevor wir wegmussten. Auf der Lichtung. Nur verstehe ich nicht, wie diese vage Verbindung dazu führen konnte, dass Iona am Ende tief unter der Erde landete.

EVERGREEN ISLAND

5. August 1993

David merkte es immer, wenn Maria ihn beobachtete. Er spürte ihren Blick in seinem Rücken, und wenn er in den Spiegel schaute, nachdem er die Zahnpasta ausgespuckt hatte, entdeckte er sie hinter sich. Genau wie diesmal. Rasch spülte er seine Zahnbürste aus, stellte sie in den Becher zurück und drehte sich zu Maria um.

»Irgendwas ist mit Iona«, sagte sie.

David stimmte ihr zu. Das Mädchen hatte etwas an sich. Wie sie Bonnie zum Aufblühen brachte, wie bemüht sie war, jedem am Tisch zu gefallen. Doch das meinte Maria nicht, er erkannte es an ihrem Gesicht, das gleichzeitig besorgt wie misstrauisch aussah.

»Was es ist, kann ich nicht genau sagen«, fuhr sie fort.

»Ich dachte, du magst sie.«

»Tat ich. Tu ich … Ich …«

David hasste es, dass Maria sich wegen allem und jedem Gedanken machte, Dinge verdrehte und Probleme erfand, wo es keine gab. Dabei waren es stets Kleinigkeiten. Seiner Meinung nach war da bloß eine große Sache, die ihr Sorge bereiten sollte, die seine Frau stattdessen auf wundersame

Weise zu verdrängen schien, als würde sie gar keine Rolle mehr spielen. Für ihn hingegen schwebte sie tagtäglich über ihren Köpfen, ohne dass sie darüber sprachen.

Er weigerte sich, die neuesten Bedenken seiner Frau zu bestätigen. »Iona ist ein reizendes Mädchen. Lass es gut sein, Maria.«

Sie seufzte. »Ich sehe nicht, dass sie viel für die Uni tut.«

»Um Himmels willen, was geht dich das an!«

»Es ist mir einfach aufgefallen«, murmelte sie und kaute an der eingerissenen Nagelhaut des Daumens. Vorsichtig zog er ihre Hand weg. Er wusste, dass sie nervös war, verstand hingegen nicht, wovor er sich bei Iona fürchten sollte.

David küsste sie auf den Kopf und ließ sie stehen. Er würde sich in ihre Phobien nicht reinziehen lassen. Nicht, wenn er anfing, das Mädchen wirklich zu mögen.

Am nächsten Morgen war Maria nach wie vor ziemlich durcheinander, weil David ihre Befürchtungen wegen Iona nicht ernst nahm. Eigentlich müsste sie ihm nicht beweisen, dass etwas am Verhalten des Mädchens komisch war, er sollte es von alleine erkennen.

Am Ende des Sommers würde sie sich wünschen, sie hätte sich mehr angestrengt, David die andere Seite von Iona sichtbar zu machen. Vielleicht hätte er dann nie getan, was er tat. Das Problem bestand darin, dass Maria das wahre Ausmaß letztlich selbst nicht erfasste.

An jenem Morgen hatte sie sich gerade mit einem Kaffee hingesetzt, als sie Bonnie draußen schreien hörte. Sie sprang auf und schoss zur Tür, als ihre Tochter auf das Haus zugerannt kam. »Was ist denn los?«, rief Maria.

»Ich hasse ihn!«, machte sich Bonnie Luft.

»Wen?«

»Danny. Mann, wen wohl sonst? Er hockt schon wieder in dem dämlichen Baum, beobachtet uns und belauscht uns.«

Marias Inneres verkrampfte sich. Sie hatte mit Danny gesprochen, hatte ihre Worte sorgfältig gewählt, als sie ihm erklärte, dass er andere nicht heimlich beobachten dürfe.

Bonnie sah sie an. »Wir haben unter dem Baum gesessen und geredet, und auf einmal fliegt er uns vor die Füße. Eindeutig ist er besessen von ihr.«

»Er ist gestürzt? Geht es ihm gut?«

»Mein Gott, Mum!«, schrie Bonnie. »Ist doch wohl klar, dass es ihm nicht gut geht. Der Junge hat schließlich einen Dachschaden!« Sie tippte sich mit dem Zeigefinger seitlich an den Kopf.

»Ist er verletzt, will ich wissen!«, sagte ihre Mutter, die beinahe ausrastete.

»Weiß ich nicht. Ist mir auch egal.«

»Himmel, was stimmt mit dir nicht?«, murmelte Maria. »Wo ist er?«

Bonnie erklärte ihr, dass er im Wald sei, und wies nach links. »Dort lang.« Maria rannte los und sah bald eine Gestalt auf der Erde liegen.

»Danny!«, rief sie. Ihr Sohn hatte sich zu einer Kugel zusammengerollt. Wäre er nicht so groß, könnte man ihn für ein Kind halten. »Danny«, flüsterte sie atemlos, als sie sich neben ihn kniete, sein Bein berührte und sanft daran rüttelte.

Er öffnete die Augen und schloss sie wieder. »Ich habe nichts getan«, sagte er.

»Bist du verletzt?«, fragte Maria, und er verneinte stumm.

»Ich habe nicht spioniert. Bonnie sagt, dass ich sie belauscht habe, das ist nicht wahr, ich habe es nicht getan.«

»Hast du wohl«, schrie Bonnie hinter Maria. »Und wie du das hast!«

»Sei einfach still«, herrschte ihre Mutter sie an. Die Tochter hatte die Beine trotzig gegrätscht, die Hände in die Hüften gestemmt, und war kreidebleich.

Bei ihrem Geschrei öffnete Danny die Augen. »Was hast du gehört?«, bedrängte Bonnie ihn, während Maria etwas anderes wissen wollte.

»Wo ist Iona?«, fragte sie, ehe Danny eine Chance hatte, seiner Schwester zu antworten. Wohin war das Mädchen auf einmal verschwunden, und zwar ganz schnell? Und warum lief sie bei dem entstandenen Aufruhr auf einmal weg?

»Du musst was tun«, sagte Bonnie entrüstet zu ihrer Mutter. »Immer, wenn Iona vorbeikommt, ist er da und beobachtet sie.« Mit diesen Worten stürmte Bonnie in Richtung Haus zurück.

Maria hob ihren Sohn hoch und setzte ihn hin. »Hast du sie belauscht oder nicht?«

Danny zuckte mit den Schultern.

»Weißt du nicht mehr, worüber wir geredet haben?« Sie seufzte. »Du darfst andere nicht belauschen, Danny.«

Eine gefühlte Ewigkeit antwortete er nicht, und Maria wollte bereits aufgeben, da sagte er: »Ich verstehe nicht mal, wieso die noch befreundet sind.«

»Wer? Bonnie und Iona?«

Danny nickte. »Bonnie ist ja nicht einmal mehr froh, wenn sie mit ihr zusammen ist.«

War sie das nicht? Erschrocken fragte Maria sich, ob sie etwas übersehen hatte. Nein, das konnte nicht sein, das hätte sie bemerkt. Und falls wirklich etwas an Dannys Behauptung war, musste sie die Mädchen noch aufmerksamer im Blick behalten. Besonders diese Iona.

Zur gleichen Zeit fürchtete Danny, dass er zu weit gegangen sein könnte, als er seiner Mutter erzählte, was er über die beiden dachte. Lieber nahm er sich wieder aus der Schusslinie, obwohl es stimmte, dass er Iona beobachtete und damit nicht aufhören konnte. Sie zog ihn an wie das Licht die Motten, die ihn mit ihrem Flattern und Surren wach hielten. Iona war so faszinierend, so anders. Keine sonst auf der Insel war wie sie. Jedes Mal, wenn er sie beobachtete, entdeckte er etwas Neues an ihr.

HEUTE

Kapitel sechzehn

Im Winter sind die Abende auf Evergreen lang und kommen einem noch länger vor, wenn man nirgends hinkann. Seit der Rückkehr auf mein Zimmer habe ich mich praktisch zur Gefangenen gemacht. Bald würde jeder auf Evergreen wissen, dass Iona in jenem Sommer quasi zu meiner Familie gehört hatte.

Ich hatte mir eingeredet, dass ich dringend Antworten wollte, jetzt würde ich am liebsten den Kopf in den Sand stecken wie Bonnie.

Um acht Uhr abends liege ich im Bett. Meine Gedanken bewegen sich im Kreis und landen immer wieder da, wo sie angefangen haben. Zugleich hoffe ich, dass meine Befürchtung, Ionas Tod könnte irgendwas mit Dad zu tun haben, voreilig und falsch war und es nach wie vor ist.

Lautes Klopfen an der Haustür erschreckt mich, ich setze mich im Bett auf und horche nach unten. Ich bete, dass es Besuch für Rachel ist, nicht für mich, da ich mir keine Fragen von einem der Insulaner anhören oder mich daran erinnern lassen will, dass ich hier nicht erwünscht bin.

Von unten sind leise Stimmen zu hören, gefolgt von Schritten auf der Treppe, und ich schwinge die Beine vom Bett, um meine Zimmertür einen Spalt weit zu öffnen. Erleichtert atme ich auf, als ich Freya auf dem Flur sehe. »Oh, hallo, du bist es!«

»Deine Wirtin wollte mich nicht nach oben lassen«, sagt Freya und verdreht die Augen.

Ich grinse, denn mich amüsiert es, dass sie es tatsächlich an Rachel vorbei geschafft hat, und bitte sie herein. Interessiert sieht sie sich um, bevor sie sich auf das Fußende des Bettes hockt.

»Schön, dich zu sehen, dabei habe ich ehrlich gesagt nicht damit gerechnet, dich so bald wiederzusehen«, sage ich. »Wie ist es draußen? Sind immer noch alle unterwegs und reden über Iona?«

»Nein, die sind in ihre Häuser zurückgekehrt, als es dunkel wurde«, antwortet sie lächelnd. Ich setze mich neben sie und sehe sie an. Mit Sicherheit ist da noch so einiges, was sie mir erzählen will und kann.

»Ich verstehe das Ganze nach wie vor nicht«, taste ich mich vor, ohne den Blick von ihr abzuwenden. »Meine Schwester ist völlig fertig, und ich habe das Gefühl, dass ich so bald wie möglich bei ihr sein muss und nach Hause fahren sollte. Wahrscheinlich reise ich morgen früh ab.«

»Ja, ist wohl verständlich«, antwortet sie zu meinem Erstaunen ziemlich gleichgültig, weshalb ich erst mal weiter auf der Bonnie-Schiene bleibe.

»Meine Schwester verlässt sich sehr auf mich, musst du wissen«, erkläre ich. »Sie hat zwar Luke und die Jungs, aber wenn irgendwas schiefgeht, wendet sie sich an mich. Ehrlich gesagt, ist das manchmal ein bisschen anstrengend, von ihr so viel Druck zu haben.« Ich lache kurz. »In gewisser Weise war es eine Rebellion gegen sie, auf die Insel zu kommen. Ich wusste, dass sie strikt dagegen war, und das hat mich umso entschlossener gemacht. Im Grunde breche ich ihretwegen nicht gerne meine Zelte ab.« Ich stocke. »Irgendwie habe ich gehofft, du würdest mir sagen, dass ich bleiben soll«, gestehe ich. »Weil du mich brauchst, um für dich mit den Leuten zu reden, vor allem, da wir inzwischen wissen, dass es sich um Iona handelt.«

Freya sieht zu meiner geschlossenen Zimmertür, bevor sie zu sprechen beginnt. »Allmählich werde ich zu der Botin, die dir dauernd schlechte Neuigkeiten bringt. Tut mir leid.«

Meine Gedanken überschlagen sich, ohne dass mir einfällt, worauf sie anspielt. »Was ist passiert?«, frage ich atemlos. Freya zögert mit ihrer Antwort, lässt mich warten. Ich werde ungeduldiger, und meine Stimme wird um einige Oktaven lauter. »Kannst du mir bitte endlich sagen, was los ist?«

»Es tut mir leid«, beginnt sie, »ich darf dir das eigentlich gar nicht erzählen: Vor ein paar Stunden hat jemand den Mord an Iona gestanden.«

Ihre Worte schrillen in meinen Ohren, und mir wird schlecht, weil ich meinen schlimmsten Verdacht bestätigt zu sehen glaube. *Dad, was hast du getan?* Ich hätte bei ihm sein sollen und es ihm nicht am Telefon sagen dürfen. Er versteht gar nicht, was er mit seinem Geständnis gerade getan hat. Ihm ist nicht klar, dass es sein Leben ruiniert.

Langsam dringen Freyas Worte zu mir durch: »Ich könnte Schwierigkeiten bekommen, weil ich es dir erzählt habe.«

»Es ist meine Schuld!«, rufe ich aus. »Ich habe vorhin mit ihm geredet und ihm alles erzählt. Das hätte ich persönlich machen müssen.«

»Wie bitte? Ich dachte, du hast ihn seit Jahren nicht gesehen.«

»Was?« Ich sehe sie an. »Wen meinst du?«

»Deinen Bruder«, sagt sie. »Danny hat eben gestanden, Iona ermordet zu haben.«

Kapitel siebzehn

Am nächsten Tag verlasse ich die Insel, so schnell ich kann. Die ganze Nacht gingen meine Gedanken kreuz und quer, schaukelten sich hoch zu einem Crescendo aus Furcht, als ich versuchte, Dannys Tat einen Sinn abzuringen.

Ich warte morgens bis zur letzten Minute, um aus meinem Zimmer zu schlüpfen, wo ich Rachel eine Nachricht hinterlasse, dass ich einen Tag früher abreise. Es wird nicht lange dauern, dass alle vom Geständnis meines Bruders erfahren, und dann will ich nicht mehr hier sein.

Sobald ich auf der Fähre bin und das Festland in Sicht kommt, wird mein Handy wieder aktiv. Ich rufe Bonnie an, und als sie nicht abnimmt, hinterlasse ich eine Nachricht. Sie soll mich dringend zurückrufen, weil ich im Auto auf dem Heimweg bin und mit ihr reden muss.

Als wir den Naturhafen Poole Harbour an der Südküste von Dorset erreichen, geht sie immer noch nicht dran, als ich anrufe, und eine halbe Stunde später ist es dasselbe. So langsam kommt mir der Verdacht, dass sie es absichtlich macht, um mich wissen zu lassen, dass sie künftig wieder den Ton angibt. Ich bin fast in Winchester, als sie endlich zurückruft, die Neuigkeit hat sie zwischenzeitlich von einem Police Officer erfahren.

»Seit wann weißt *du* es?«, schreit Bonnie mich an.

»Erst seit heute Morgen«, lüge ich, um ihren vorwurfsvollen Beleidigungen zu entgehen. Es ist sinnlos, sie auf den fehlenden Handyempfang hinzuweisen. »Ich bin gleich auf die Fähre, als ich es hörte. Und seitdem versuche ich, dich zu erreichen.«

»Leider hatte ich mein Handy nicht dabei.« Eine lahme Ausrede, die ich nicht kommentiere. Stattdessen erzähle ich ihr, dass ich direkt zu ihr komme. Zwanzig Minuten später klingle ich an ihrer Tür.

»Tante Stella«, sagt Harry verwundert. »Hat Mum nicht gesagt, dass du weg bist?«

Ich küsse ihn auf die Wange. »Warum bist du nicht in der Schule?«

»Weil ich krank bin«, antwortet er und hustet zur Demonstration laut. »Mum ist echt komisch drauf«, flüstert er und zieht die Augenbrauen hoch, als in der Küche ein Topf auf den Boden kracht, gefolgt von Bonnies Fluchen. »Willst du wirklich bleiben?«

»Ja, sollte ich besser«, sage ich, anscheinend weiß mein Neffe noch nicht, was gerade vor sich geht.

Harry kündigt mich in der Küche an, als wäre ich die Queen. Das hat er bereits als kleiner Junge getan, doch heute blickt seine Mutter kaum auf. »Siehst du?«, flüstert er laut genug, damit Bonnie es hört. »Komische Stimmung.«

»Kannst du uns mal eine Weile allein lassen«, fordert sie Harry gereizt auf, richtet sich auf und massiert sich das Steißbein. Unwillkürlich frage ich mich, warum Bonnie selbst ihren Kindern gegenüber so verletzlich ist.

Sobald ihr Sohn weg ist, wendet sie sich zu mir um. »Unser Bruder«, sagt sie kopfschüttelnd. Sie ist extrem blass und atmet angestrengt – bei ihr ein Zeichen, dass sie Mühe hat, sich zu beherrschen.

»Mir ist genauso schlecht wie dir«, sage ich, nehme ihre Hand und ziehe sie zum Küchensofa neben der Hintertür. »Erzähl mir, was die Polizei dir gesagt hat. Ich weiß nichts Genaues.«

Bei ihr ist es ähnlich. Sie weiß so gut wie nichts, außer dass Danny heute Morgen nach Dorset geholt wurde, um zu Ionas Tod befragt zu werden.

»Von wo aus?«, will ich wissen.

Bonnie zuckt mit den Schultern. »Weiß ich nicht, und ich weiß auch nicht wirklich, welche Beweise sie genau haben. Angeblich sollen die ziemlich erdrückend sein.«

Ich versuche sie zu beruhigen, als mir klar wird, dass sie nicht alles weiß. »Bonnie, er ist offenbar einfach in eine Polizeiwache reingewandert und hat gesagt, dass er den Mord begangen hat. Bei Danny ist es bestimmt nicht sicher, ob das die Wahrheit ist. Tut mir leid, ich dachte, das weißt du.«

Sie lässt sich erschöpft auf dem Sofa zurückfallen. »Nein, das wusste ich nicht.«

»Ohnehin begreife ich nicht, warum er es getan haben soll«, spiele ich die Sache herunter. »Es ergibt nicht den geringsten Sinn. Jedes Mal, wenn ich die Möglichkeit in Erwägung ziehe, schließe ich sie aus.«

Anders Bonnie, sie ist ganz und gar nicht mitfühlend ihrem Bruder gegenüber. »Der Mistkerl! Dieses miese Schwein! Warum hat er sie umgebracht?«, zetert sie.

»Er mochte sie, soviel ich weiß«, halte ich dagegen, streife meine Schuhe ab, winkle die Beine an und umfasse meine Knie mit einem Arm. »Das ist es, was ich nicht begreife. Immer, wenn sie zusammen waren, sah es für mich aus, als würde Danny sie mögen.«

»Er war besessen von ihr. Und das ist etwas völlig anderes, als jemanden zu mögen, wie es ein normaler Mensch tun würde. Wir hätten es ahnen müssen«, belehrt Bonnie mich. »Erinnerst du dich an den Vogel?« Ich nicke und habe prompt ein ungutes Gefühl, als Bonnie weiterredet. »Tagelang hat Mum Federn von dem toten Tier aus Dannys Pulli gezupft.«

»Er hat gesagt, dass er ihn tot gefunden habe und ihn begraben wollte«, murmle ich. Warum Iona Bonnie die Geschichte anders erzählte, brutaler und unappetitlicher, als wollte sie Danny eins auswischen, habe ich niemals verstanden.

»Wir hätten wissen müssen, dass er irgendwann was Grausames anstellt«, beharrt Bonnie. »Nur hätte ich nicht gedacht, dass er es längst getan hat.«

»Bonnie, rede nicht so.«

»Willst du ihn ernsthaft in Schutz nehmen? Du hast mir eben erzählt, dass er einen Mord gestanden hat. Er hat das fünfundzwanzig Jahre geheim gehalten, und, Mist, unsere Eltern müssen ihm dabei geholfen haben.« Sie stützt den Kopf in die Hände und wühlt in ihren Haaren. »Ich dachte immer, dass es meine Schuld sei. Die ganzen Jahre habe ich geglaubt, dass wir meinetwegen weg sind.«

»Was meinst du damit?« Ich beuge mich vor, um sie anzusehen. »Was hätte warum deine Schuld sein sollen?«

»Ist egal.«

»Nein, ist es nicht...«

»Doch«, fährt sie mich an. »Ist es.«

Nach einer kurzen Pause frage ich: »Weil du dich mit Iona gestritten hast?«

»Vergiss einfach, was ich gesagt habe«, erwidert sie wütend, und ich blicke aus dem Fenster. Als ich etwas sagen will, kommt sie mir zuvor: »Danny ist ihr mal gefolgt. Sie kam aus unserem Haus, und er ist ihr bis zur Lichtung bei der Klippe nachgegangen. Sie musste ihn abwimmeln und verscheuchen.«

»Das klingt nicht nach Danny«, werfe ich ein. Im Geiste sehe ich meinen Bruder vor mir, seine große, kräftige Statur und seinen stets gesenkten Kopf. Nie habe ich ihn so gesehen wie die anderen. Für mich war er schlicht mein Bruder: in sich verschlossen, aber vor allem sanftmütig. Mir bricht es das Herz, anzunehmen, dass er so etwas getan hatte, und ich vermag mir nicht vorzustellen, dass er dazu fähig war. »Es muss ein Unfall gewesen sein. Danny hat nie jemanden absichtlich verletzt.«

»Du verteidigst ihn immerzu«, ereifert Bonnie sich. »Genau wie Mum und Dad es immer gemacht haben. Ich verstehe nicht, was mit euch los ist. Könnt ihr nicht hinnehmen, dass er nicht ganz richtig im Kopf ist und etwas Entsetzliches getan hat?« Sie wird beständig lauter, bis wir ein Poltern im Stockwerk über uns hören. Bonnie blickt zur Zimmerdecke und wird leiser. »Ich werde den Jungs nichts sagen, und Luke ist nicht da, weiß es also noch nicht. Natürlich musst du mit Dad reden, falls er nicht sowieso mittlerweile verhaftet ist.«

»Bonnie, hör auf, wir wissen noch keine Einzelheiten. Du darfst nicht anfangen, jemandem einfach was zu unterstellen...«

Sie stürmt zu den Terrassentüren, die Fäuste geballt, und bleibt mit dem Rücken zu mir stehen. »Ich rede nicht mit Dad.« Wie eine Spiralfeder steht sie da, die jeden Moment aufspringen kann. »Ich will nichts damit zu tun haben, und ich lasse nicht zu, dass meine eigene Familie leidet.«

Dass Danny und Dad ebenfalls ihre Familie sind, sieht sie nicht. Wenn Bonnie sich distanziert, werde ich diejenige sein, die alle Scherben aufsammelt und sie wieder zusammenzukitten versucht. Schließlich habe ich lediglich die eine Familie.

Ich lehne meinen Kopf nach hinten und versuche, einigen Einzelteilen einen Sinn abzuringen. »Falls sie es wussten, glaubst du, dass Mum deshalb Danny hat gehen lassen?«, frage ich.

»Weiß ich nicht. Unsere Familie ist verkorkst.«

Dem kann ich nicht widersprechen. »Sie müssen halt geglaubt haben, dass sie ihn schützen und das Richtige tun. Würdest du das für deine Söhne nicht machen?«

»Denk nicht mal so was!«, ruft Bonnie empört. »Wag es ja nicht, meine Jungs mit Danny zu vergleichen!«

»Tu ich nicht«, beruhige ich sie. »Ich frage einfach, was du machen würdest, sollten sie etwas Furchtbares tun und du nichts daran ändern könntest. Also, was würdest du tun, Bon? Ich frage, weil ich versuche, das Drama zu verstehen«, erkläre ich, als sie nicht reagiert.

»Falls sie jemanden umbringen, ich würde es nicht vertuschen«, sagt sie. Genau betrachtet, bin ich nicht sicher, ob man das behaupten kann, solange eine derart schreckliche Lage nicht besteht. Davon abgesehen, würden die meisten Eltern sowieso alles tun, um ihr Kind zu beschützen. Insofern war meine Frage völlig sinnlos.

»Erinnerst du dich an das Skizzenbuch?«, schneide ich ein anderes Thema an, nachdem wir beide einen Moment geschwiegen haben. »Die Kladde, in die Danny Leute gezeichnet hat?«

»Vage.«

»Er schien Leute zu verstehen. Ihn interessierten nicht die Bäume, der Strand oder das Meer, sondern Menschen. Darum hat er sie gezeichnet.«

Niemand durfte diese Skizzen ansehen. Er hatte das Heft immer unter seinen Arm geklemmt, wenn er nach oben ins

Baumhaus stieg, und er hat keinem je seine Bilder gezeigt. Eines Tages waren Jill und ich heimlich nach oben geklettert, und ich hatte es unter einem der Kissen hervorlugen sehen, weil er es versehentlich nicht mit nach Hause genommen hatte.

Erst als Jill weg war, zog ich die Kladde heraus und blätterte darin. Ich hatte erwartet, jede Menge Texte zu sehen. Nichts. Das Heft war voller Cartoons und Karikaturen von Leuten mit Sprechblasen, und die waren gut. Richtig gut. Zwar wusste ich, dass ich mir die Zeichnungen nicht ansehen durfte, konnte jedoch nicht anders, weil es sich um Leute handelte, die wir kannten.

»Glaubst du, ich darf ihn besuchen?«, frage ich.

Bonnie dreht sich um und sieht mich entgeistert an. »Warum solltest du das wollen?«

»Ich möchte mit ihm reden.«

»Nein! Kommt nicht infrage. Ich will nicht zu einer dieser Familien gehören, die man in den Nachrichten neben einem Mörder stehen sieht. Keiner soll denken, dass wir seine Tat billigen. Ich will vielmehr, dass das alles aufhört. Und vor allem ertrage ich es nicht, wenn alle wissen, dass mein Bruder ein Mörder ist. Damit kann ich nicht leben«, sagt sie und bedeckt ihr Gesicht mit den Händen. »Mit nichts davon kann ich leben.«

Ich stehe auf und nehme ihren zitternden Körper in die Arme. »Es wird nicht aufhören«, sage ich. »Wir müssen uns dem stellen.«

»Nein, müssen wir nicht«, entgegnet sie, weicht ein wenig zurück und sieht mich an. Ihr Gesicht ist tränennass. »Wir haben achtzehn Jahre lang nichts mit Danny zu tun gehabt. Und das brauchen wir jetzt nicht zu ändern.«

»So einfach ist es nicht, Bonnie.«

»Warum nicht?«, fragt sie mit fast kindischem Trotz.

»Weil du nicht berücksichtigst, was ich möchte.«

»Du hast getan, was du wolltest, bist wieder dahin zurück, was du weiß Gott lieber gelassen hättest. Jetzt müssen wir nichts anderes tun, als uns zurückzuhalten. Bitte, Stella, ich flehe dich an. Halt dich da raus!«

Das geht nicht, denke ich, wenn ich meinen Bruder vor mir sehe, der seine langen Beine von der Kante des Baumhausbodens baumeln lässt und sein Zeichenheft an seine Brust presst, als wäre nichts sonst von Bedeutung. Was immer er getan haben mag, ich glaube nicht, dass es Absicht war.

»Ich will, dass du nicht mehr nachforschst«, meldet Bonnie sich wieder, und meine Gedanken schweifen zu der Warnung ab, die ich in meine Jackentasche gesteckt habe, bevor ich die Pension verließ.

Bonnie sieht ängstlich aus, als wäre da noch mehr, von dem sie nicht will, dass ich es herausfinde. Sie löst sich von mir und geht zu der Arbeitsfläche zurück. Wieder hat sie mir den Rücken zugekehrt und sieht aus, als würde sie sich für eine neue Diskussion wappnen. Stattdessen öffnet sie den Geschirrspüler und räumt ihn aus. Vielleicht sorgt sie sich insbesondere darum, was nach Dannys Geständnis aus ihr und ihren Jungen wird.

»Bon, warum hast du gedacht, es sei deine Schuld, dass wir die Insel verlassen haben?«

Für einen Moment hält sie mit einem Becher in der Hand inne, dann knallt sie ihn auf die Arbeitsplatte. »Ich habe mal etwas erzählt, das war gelogen...«

»Was war das?«

»Spielt keine Rolle«, unterbricht sie mich. »Und du hast mir noch nicht versprochen, dass du aufhörst, in der Vergangenheit zu wühlen.« Sie richtet sich auf und dreht sich zu mir. »Stella?«, fragt sie, als ich nicht antworte.

»Vielleicht höre ich auf«, sage ich und weiß genau, dass es unmöglich ist. Mein Bruder sitzt in einer Polizeizelle, und ich muss wissen, ob er dort wirklich hingehört, was zumindest ein Teil von mir bezweifelt.

Kapitel achtzehn

Ich bin gerade aus Bonnies Haustür, da ruft mich ein Detective Harwood an und sagt, er würde mich gern sprechen. Wir verabreden uns in zwei Stunden, und er nennt mir eine Adresse in Dorset.

Zu Hause ziehe ich mich aus und dusche so heiß, dass es mich beinahe verbrüht. Ich brauche diesen Schmerz, um mich zu konzentrieren, weil mir der Kopf schwirrt. In gewisser Weise ist es am leichtesten, an meinen Bruder zu denken und an das, was ich tun kann, denn sobald ich aufhöre, kommen mir lauter Gedanken, die schwer zu akzeptieren sind. Am schlimmsten ist die Einsicht, dass alles, woran ich einst geglaubt habe, eine Lüge war.

Nach dem Duschen schnappe ich mir mein Album und nehme es mit ins Schlafzimmer. Es tut gut, wieder auf meinem eigenen Bett zu liegen. Ich schlage den Band auf. Meine Mutter und ich haben das Album angefangen, als ich zehn war. Der erste Eintrag ist ein Zeitungsausschnitt von Inselbewohnern, die gegen einen geplanten Hotelbau protestieren. Mum und Annie sind ganz vorn in der Gruppe. Voller Stolz hatte ich den Artikel ausgeschnitten und ins Album geklebt.

Annie Webb und Maria Harvey führen den Protest an, um ihre Insel zu schützen, lautet die Schlagzeile. Voller Stolz habe ich den Artikel ausgeschnitten und ins Album geklebt, zumal wir Kinder auf dem Foto sind.

Ich blättere zur letzten Seite, einem Eintrag vom 3. August 1993. An den Tag erinnere ich mich genau. Es war brüllend heiß, und ich hatte mich bis auf meinen Badeanzug ausgezogen und unter den Rasensprenger im Garten gestellt, als Mum herauskam und ihn abdrehte.

»Wir müssen Wasser sparen. Lass uns etwas spielen«, schlug sie vor. »Wie wäre das Spiel mit dem Alphabet?«

Bei dem Spiel mussten wir abwechselnd etwas von der Insel nennen, das mit einem bestimmten Buchstaben anfing, und in dem Buch vermerken. Außerdem waren diverse Dinge eingeklebt, die wir gefunden hatten. Zärtlich streiche ich mit den Fingern über ein Gänseblümchen und eine Feder, die nebeneinander in meinem Album kleben, beide längst braun und schlaff. Die Liste hört bei M auf. Ich erinnere mich nicht, ob wir zu Ende gespielt haben oder nicht. Ich weiß nicht einmal mehr, wie der Tag endete.

Eine nach der anderen Seite schaue ich an, brüte über ihnen und suche nach Hinweisen, die es nicht gibt. Schließlich werfe ich das Album auf das Bett und stoße einen Schrei aus, rolle mich dabei auf die Seite und boxe in mein Kissen, bevor ich meinen Kopf darin vergrabe und die Hände so fest in den weißen Stoff kralle, wie ich kann. Schmerz und Frust wüten in mir.

Das ist meine Familie. Und das sind die Menschen, denen ich am meisten vertrauen sollte.

Inzwischen traue ich keinem mehr von ihnen.

Der Besprechungsraum in Dorset ist ein Zimmer mit hohen Decken, die aufwendige Stuckverzierungen haben und das Interessanteste in dem ansonsten kargen Bild sind. An den cremefarbenen Wänden hängen eine Digitaluhr, die leuchtend rot blinkt, und zwei Kameras, die auf die beiden Bänke gerichtet sind.

»Sie sind als Zeugin hier«, erklärt Harwood, nachdem er

mir mitgeteilt hat, dass die Befragung aufgezeichnet wird. »Es steht Ihnen jederzeit frei zu gehen. Wie ich Ihnen am Telefon gesagt habe, ist Ihr Bruder wegen Mordes festgenommen worden.« Er wartet mein Nicken ab, bevor er fortfährt. »Es wird Phasen geben, in denen diese Befragung frustrierend für Sie sein mag, aber wir müssen Fragen stellen. Falls Sie selbst welche haben, werden wir Sie nicht belügen, wobei wir bestimmte Informationen vorerst nicht herausgeben können.«

»Okay.« Ich lächle matt und nehme das Wasserglas von dem kleinen Tisch vor mir auf. Mein Puls jagt mir das Blut durch die Adern, als ginge es um ein Rennen, und ich kann nicht still sitzen. Ständig beuge ich mich mal nach vorne, mal nach hinten oder rücke vor an die Kante.

Ich bin dankbar, als er mich freundlich fragt, ob es in Ordnung ist, wenn wir anfangen. Und ebenso dankbar bin ich, dass mir wenigstens ein Mensch sagt, er würde mich nicht belügen, selbst wenn er mir nicht alles verraten kann.

Der Detective fragt, was ich über den Vorfall weiß, und ich antworte ihm, dass ich absolut nichts weiß. Er scheint es zu akzeptieren und geht zu allgemeineren Fragen über, die Iona und meine Familie betreffen. Haben wir sie oft gesehen? Wie gut verstand ich mich mit ihr? Wie war es mit meiner Schwester? Meiner Mutter? Meinem Vater?

Anfangs erzähle ich ihm, dass ich Iona in jenem Sommer nett und witzig fand und dass Bonnie sich mit ihr anfreundete. Ich lasse aus, dass diese Freundschaft für meine Schwester enger als jede andere zuvor und möglicherweise auch jede andere danach gewesen ist.

Dann erwähne ich, dass es meine Mutter war, die begann, Iona zum Abendessen einzuladen, weshalb ich annahm, sie mochte sie gleichfalls. Mit keinem Wort erwähne ich, dass die Einladungen irgendwann ausblieben und Iona in den letzten paar Wochen nicht mehr zu uns gekommen ist. Ein Faktum, über das ich bis heute nie weiter nachgedacht habe.

Und Dad? Mir wird die Brust eng, als ich Harwood erzähle, dass Iona und er sich gut verstanden und er sie mit seinen Geschichten zum Lachen brachte. Dass ich manches auslasse, bedrückt mich, und mir kommt der schreckliche Gedanke, dass ich eines Tages vielleicht in einem Gerichtssaal erklären muss, warum ich nicht mehr gesagt habe.

Zum Glück bedrängt Harwood mich nicht; stattdessen will er wissen, mit wem Iona sonst noch auf der Insel befreundet war. Seine Frage überrascht mich, ich erkenne nämlich nicht, worauf er hinauswill, wenn es allein um meinen Bruder geht.

»Das ist so lange her«, sage ich, »und ich war erst elf.« Es fühlt sich an, als wären alle meine Antworten ungenau, und aus unerfindlichen Gründen möchte ich Inspector Harwood nicht enttäuschen.

»Das ist mir klar, Miss Harvey. Fällt Ihnen vielleicht jemand ein, mit dem Iona sonst irgendwas unternahm oder von dem sie sprach?«

»Na ja, da war noch ein Mädchen. Tess Carlton.«

Harwood blättert in seinem Notizblock. »Die Tochter von Susan und Graham Carlton?« Er sieht mich fragend an, und ich nicke, er hingegen zögert noch einen Moment. »Und Sie sagen, die beiden waren befreundet?«

»Befreundet, ich weiß nicht, Tess war viel jünger. Ich habe gesehen, wie sie zusammen aufs Festland gefahren sind, also, ja, ich schätze, das müssen sie gewesen sein.«

Jetzt, wo ich daran denke, kommt es mir wie eine merkwürdige Freundschaft vor, da Tess erst fünfzehn war, und plötzlich frage ich mich, ob das der Grund für Bonnies Streit mit Iona war.

Inzwischen hat Harwood das Thema gewechselt. »Erzählen Sie mir von der Beziehung Ihres Bruders zu Iona Byrnes.«

Mit dieser Frage habe ich gerechnet, dennoch schlucke ich schwer. »Na ja, ehrlich gesagt habe ich von einer Beziehung zwischen ihnen rein gar nichts bemerkt...« Ich unterbreche mich und trinke einen Schluck Wasser. »Danny hat so gut wie gar nicht mit ihr gesprochen, selbst wenn sie oft bei uns war.«

»Wie hat er sich in ihrer Gegenwart verhalten?«

Soweit ich mich erinnere, war Danny ihr gegenüber nicht anders als zu jedem anderen. »Sie hat oft versucht, mit ihm zu reden«, sage ich. »Ich meine, sie hat ihm dauernd Fragen gestellt und wollte ihn in das Gespräch einbeziehen. Keiner von uns war so unbedacht, das bei Danny zu versuchen. Anders Iona, sie war insgesamt sehr locker und an ihm irgendwie interessiert.«

»Mehr als andere Teenager?«

»Ja. Keines der anderen Mädchen würdigte Danny eines einzigen Blickes.«

»Und was glauben Sie, warum Iona es tat?«

Ich zucke mit den Schultern. »Damals habe ich gedacht, sie sei einfach sehr freundlich.«

»Und wie hat Danny auf die Aufmerksamkeit reagiert?«

»Ich denke, er fand das alles komisch. Es wird ihm nicht gefallen haben. Und er ist nie auf sie eingegangen.«

»Was ist mit Dingen, über die nicht gesprochen wurde?«, fragt Harwood. »Irgendwelche Eigenheiten oder auffällige Verhaltensweisen?«

Natürlich habe ich in meinem Job gelernt, auf das zu achten, was Leute nicht sagen. Doch damals? Ich schüttle den Kopf, weil mir nichts einfällt.

Harwood schweigt und sieht mich an, als würde er auf mehr warten. Ich erinnere mich an Bonnies Worte, dass Danny in dem Sommer ständig Iona beobachtete, was ich selbst nicht mitbekommen habe. Meines Wissens war Danny hauptsächlich oben in seinen Bäumen und zeichnete.

»Was ist, Miss Harvey?«, fragt der Detective, und mir wird bewusst, dass ich mit meinem leicht geöffneten Mund aussehe, als wäre mir noch etwas eingefallen.

»Er hat sehr viel gezeichnet«, sage ich. »Alles und jeden. Er ist begabt, und seine Zeichnungen sind sehr detailliert und genau.«

»Hat er Iona häufiger gezeichnet als andere?«

Auf den Seiten im Skizzenheft, die ich gesehen habe, ja, überlege ich. Es sind die von der Strandübernachtung, die Iona und Bonnie im Mittelpunkt zeigen. »Kann sein«, sage ich, »ich bin mir nicht sicher.«

Harwood nickt, als würde ihm das reichen, dafür erfasst mich ein erdrückendes Schuldbewusstsein. Er blättert in seinem Block und fragt, ob meine Familie Iona gekannt habe, bevor sie auf die Insel kam.

»Nein, selbstverständlich nicht. Wir haben sie an dem Tag kennengelernt, an dem sie ankam. Daran erinnere ich mich genau. Warum fragen Sie?«, will ich wissen.

Der Officer schüttelt den Kopf, als wäre die Frage irrelevant, dabei ist sie es nicht. Aus irgendeinem Grund scheint er zu denken, dass wir ihr vorher schon begegnet sein könnten. Er geht nicht weiter auf die Frage ein.

»Erzählen Sie mir von Ihren letzten Tagen auf der

Insel«, sagt er stattdessen. »Erinnern Sie sich an etwas, das irgendwie ungewöhnlich war?«

Abgesehen von der Tatsache, dass wir mitten in einem Unwetter weggezerrt wurden? Abgesehen von der Tatsache, dass ich Iona wiedergesehen habe, als alle dachten, sie sei fort?

Ich verneine stumm. Mir ist klar, dass diese Lüge an mir nagen wird, nur wüsste ich nicht, was an der Wahrheit Gutes sein könnte. Es wäre nichts gewonnen, wenn ich dem Detective erzähle, dass mein Vater womöglich eine Affäre mit ihr hatte. Nicht, nachdem Danny einen Mord gestanden hat.

Erschöpft sinke ich gegen die Kopflehne, während Harwood auf seine Uhr blickt. Hoffentlich sind wir hier gleich fertig, zumal ich nichts mehr zu berichten habe.

Eine Frage hat er noch an mich, bei der er den Kopf ein wenig neigt und die Stirn runzelt. »War Danny jemals gewalttätig?«

»Nein«, antworte ich ohne Überlegen und merke, wie meine Augen zu brennen beginnen. »Niemals. Er war der sanfteste Mensch, den ich kenne. Deshalb begreife ich das alles nicht.« Harwood lehnt sich auf der Bank zurück, bevor er wieder das Wort ergreift. »Ihr Bruder hat ausgesagt, dass er sich mit Miss Byrnes am Abend des achten Septembers gestritten hat.«

Ich versuche, nicht auf das Datum zu reagieren. Es war unsere letzte Nacht auf der Insel, die Nacht vor unserer Abreise.

»Er sagt, dass er sie geschubst hat und sie über eine Klippe fiel. Erinnern Sie sich an irgendwas von seiner Geschichte?«

Entsetzt starre ich ihn an und verneine.

»Und angeblich hat Danny sie da zum letzten Mal gesehen.«

Harwoods Erklärung verwirrt mich. »Wieso Klippen? Schließlich wurde sie im Wald vergraben.«

»Wurde sie.« Mehr kommt nicht, der Detective lässt diese Information im Raum stehen.

»Wie geht es meinem Bruder?«, wechsle ich das Thema. »Wie hält er sich?«

»Anscheinend ganz gut.«

»Ich weiß nichts über ihn...«, beginne ich und breche ab, um gleich wieder anzufangen. »Ich will sagen, dass ich nicht weiß, wo er gelebt und was er gemacht hat«, füge ich etwas leiser hinzu, weil mir peinlich ist, wie sehr wir uns entfremdet haben.

Als Harwood mir einiges berichtet, was ich nicht weiß, bin ich froh. »Er hat in Schottland gelebt, ziemlich abgeschieden. Gestern Nachmittag ist er dann in die Polizeiwache in Girvan gegangen.« Nach einer Weile fährt er fort und erzählt mir Überraschendes. »Er malt und macht Skulpturen, die er auf seiner Website verkauft. Ein talentierter Mann, das muss man ihm lassen.«

»Ist er immer gewesen«, sage ich. »Detective, einer der anderen Officer hat mich nach meinen Freundschaftsarmbändern gefragt...«

»Ja, wir haben eines bei der Leiche gefunden.«

»Aha, verstehe.« Ich fröstle vor lauter Unbehagen. Iona hat gar nicht auf meiner Liste gestanden, und sie hat bei mir nie eines gekauft. Es könnte höchstens sein, dass sie Bonnies hatte. Harwood interessiert das nicht.

»Miss Harvey, Ihr Bruder hat darum gebeten, Sie zu sehen.«

»Wirklich?«

»Falls Sie bereit wären...«

»Ja! O Gott, ja, natürlich.«

»Gut, gut.« Er nickt und beobachtet mich aufmerksam. Es ist schwer zu sagen, ob er mit diesem Szenario tatsächlich zufrieden ist oder ob er es sich noch überlegen muss. »Wir können arrangieren, dass Sie dorthin gebracht werden, wo Sie ihn treffen können, wenn Sie wollen.«

EVERGREEN ISLAND

18. August 1993

Nach Dannys Sturz vom Baum war Maria hin- und hergerissen. Sollte sie für mehr Abstand zwischen ihrer Familie und Iona sorgen oder das Mädchen weiterhin einladen, um es besser im Blick zu haben? Am Ende entschied sie sich für Letzteres, und Maria ging bald auf, dass die Motive des Mädchens nicht die waren, die sie anfangs zu sein schienen. Bis sie dem allerdings entgegenzuwirken vermochte, war es zu spät, da hatte Iona ihre Krallen längst fest in Marias Familie versenkt.

Zehn Minuten vor dem Abendessen blickte Bonnie hinaus in den Garten. Sie hoffte, dass Iona nicht kommen würde, und hatte ihre Mum darum gebeten, sie nicht wieder einzuladen. Insofern war sie zur Salzsäule erstarrt, als Iona am Morgen ganz nebenbei eingeladen wurde. Warum sah ihre Mutter nicht, dass Bonnie sie nicht mehr hierhaben wollte? Sollten Mütter nicht spüren, wenn etwas nicht stimmte?

Es blieb ihr nichts anderes übrig, als mitzuspielen, zu lächeln und so zu tun, als hätten sie Ionas Worte am Tag zuvor nicht tief getroffen. Wenn sie irgendwem gestand, wie verletzt sie war, würde ihre Welt zusammenbrechen.

Mist, dachte sie, als sie Iona zum seitlichen Gartentor hereintänzeln sah. Ihr war speiübel. Das Einzige, was sie tun konnte, war, Ionas Worte zu vergessen. Sie aus ihrem Kopf zu verscheuchen. Wenn sie es nicht tat, könnte sie die einzige Freundin verlieren, die sie hatte.

Als Bonnie nach unten kam, ließ sich Iona von einer der vielen Geschichten ihres Dads fesseln, und später während des Essens lachte sie über irgendwas Neues, das David erzählte. Bonnie hörte gar nicht hin und ihre Mum vermutlich ebenso wenig, denn sie sah aus, als wäre sie mit den Gedanken woanders. Anscheinend bei Iona, so wie sie immer wieder zu ihr hinübersah und sie durch ihre Sonnenbrille beobachtete.

Plötzlich unterbrach sie die Story, die ihr Mann gerade zum Besten gab, und sagte: »Ich weiß so wenig über dich, Iona. Erzähl uns mehr von dir.«

Bonnie merkte, wie ihre Freundin sich verkrampfte. Iona hatte ihr vieles von ihrem Leben vor Evergreen erzählt, aber das konnte sie unmöglich im Familienkreis ansprechen. Wenn überhaupt, würde sie es in kleinen Portionen preisgeben, wie sie es bei ihr getan hatte.

Jedenfalls kam es ihr so vor, als hätte die angebliche Studentin einen ganzen Fundus an interessanten Informationen, den sie sorgsam hütete und mit dem sie sich wichtigmachte. Ab und zu, wenn Bonnie am wenigsten damit rechnete, ließ sie mal eine Anspielung fallen, die auf etwas Verruchtes hindeutete, und wartete auf eine Reaktion, als hätte sie eben ein Feuerwerk gezündet.

Bonnie gefiel das nicht. Es war nicht mehr wie zu Beginn des Sommers, als sie es aufregend fand, Teil von Ionas Welt zu werden. Jetzt fühlte es sich falsch an. Als müsste sie für jeden

Brocken, den die Freundin herausrückte, selbst einen liefern. Und jedes Mal wies Iona auf die Unterschiede hin, wie glücklich und dankbar Bonnie für ihr Leben sein sollte, während sie für sich selbst Nachsicht und Mitgefühl reklamierte.

Am Tag zuvor war Iona in Bonnies Zimmer gewesen, hatte sich umgeschaut und die Schneekugel entdeckt, die die Freundin vor einigen Jahren geschenkt bekommen hatte und an der sie sehr hing. Sie war beunruhigt, als sie sah, wie unvorsichtig Iona damit umging, wie sorglos sie die Kugel in ihren Händen von einer Seite zur anderen rollte, sodass sie fast hinausglitt. Bonnie hatte das Gefühl, ihr Herz würde gleich stillstehen. Ihre Mum hatte ihr die Kugel geschenkt, doch sie wusste, es würde blöd klingen, Iona zu sagen, sie solle vorsichtig sein. Also tat sie nichts, sondern sah hilflos zu.

Iona hatte spöttisch gegrinst. »Übrigens hast du viel zu viele Sachen«, sagte sie und deutete auf den ganzen Nippes, der auf Regalen und Schränken stand.

Bonnie hatte sich in ihrem Zimmer umgesehen und hätte gern widersprochen, tat es aber nicht, weil Iona wahrscheinlich im Recht war. Sie hatte immer so gut wie alles bekommen, was sie sich wünschte. Als sie klein war, hatte es an Geburtstagen und Weihnachten haufenweise Geschenke gegeben. Und wenn sie von einem Spielzeug sprach, das sie gesehen und ausprobiert hatte, zögerte ihre Mutter nicht, es ihr gleich am nächsten Tag zu kaufen.

»Unsere Leben könnten kaum unterschiedlicher sein«, hatte Iona süßlich von oben herab gesagt. »Wie konnten wir uns jemals anfreunden«, fügte sie hinzu, als käme die Freundin von einem anderen Stern. »Übrigens gibt es etwas, das ich dir noch erzählen wollte.«

Sie verteilte Klatsch und Tratsch wie andere Leute Süßigkeiten, wobei auch Dinge dabei waren, die Respekt verlangt hätten. Bonnie wusste jedenfalls nie, was kommen würde. Sonst hätte sie ihrer Freundin den Mund zugehalten, bevor sie alle möglichen Lügengeschichten von sich gab.

Maria war überzeugt, dass Iona unsicher reagierte, als sie sie beim Abendessen bat, von ihrem Leben zu erzählen. Warum? Schließlich war das nichts Aufdringliches oder übertrieben Neugieriges. Sie wollte nicht mehr, als dass das Mädchen ihnen von sich erzählte, ein harmloses Ansinnen, das Iona mit den Worten abtat: »Ach, da gibt es sehr wenig zu berichten.«

Bonnie hörte auf zu essen, legte ihre Gabel, die auf halbem Weg zum Mund gewesen war, wieder hin, den Happen noch auf die Zinken gespießt. Sie und ihre Mutter fühlten sich von Iona vor den Kopf gestoßen, nachdem sie sie so offen aufgenommen hatten. Besonders Maria betrachtete es als Kränkung, dass Iona von ihrer Vorgeschichte nichts preisgab. Zu ihrem Verdruss half David dem Mädchen, indem er ein neues Thema anschnitt. Offenbar hatte er bemerkt, dass ihr Gast nicht über sich selbst reden wollte, und daraufhin der Unterhaltung eine andere Richtung gegeben. Für Maria jedenfalls ging das Abendessen enttäuschend aus.

Sie half David, die Teller zu stapeln und in die Küche zu tragen, wo er ihr berichtete, dass er morgens Graham gesehen hatte. »Hast du gewusst, dass sie ihr Haus verkaufen?«

»Was?«

»Es war Susans Idee. Hat sie dir nichts davon erzählt?«

»Nein.« Erschrocken schüttelte Maria den Kopf. »Sie hat mir kein Wort gesagt. Nicht ein einziges.«

»Das ist komisch.«

War es, fand sie ebenfalls und begriff absolut nicht, warum ihre Freundin sich ihr nicht anvertraut hatte. Wobei ihr plötzlich einfiel, dass Susan in letzter Zeit nicht sie selbst gewesen war. »Ich muss mit ihr reden«, sagte sie nachdenklich.

David nahm sie in die Arme. »Du bist hoffentlich glücklich hier, oder?«, fragte er. »Du würdest nicht wegwollen?«

»Von der Insel? Nein! Niemals. Warum sollte ich?«

»War nur eine Frage.« Er lächelte und küsste sie auf den Kopf. »Du wirkst in letzter Zeit ein bisschen ... nervös.«

Seine Frau zuckte mit den Schultern und entspannte sich. Auf einmal schien es ihr unwichtig zu sein, ihm zu sagen, dass sie mehr über die Freundin ihrer Tochter wissen musste. Gelassen beobachtete sie, wie er nach draußen ging und sich von Iona verabschiedete, die gerade durch das Seitentor verschwand, dann wandte sie sich zur Spüle und begann einen Topf zu schrubben.

Marias gute Stimmung verschwand, als Bonnie hereinstürmte und sie verbittert anstarrte. »Ist alles in Ordnung?«, fragte die Mutter sie, wenngleich es das offensichtlich nicht war.

»Warum sind wir hergezogen?«, stieß Bonnie hervor.

»Entschuldige, was?«

»Ich habe gefragt, warum wir hergezogen sind. Warum sind wir auf diese Insel gekommen?«

Maria verdrehte die Augen. »Das habe ich dir schon hundertmal erzählt. Wir wollten weg aus Birmingham und ein anderes Leben haben. Dein Dad hat gesehen, dass die Fähre zum Verkauf stand, und es war die ideale Gelegenheit ...«

»Ja, ja, die Geschichte vom alternativen Leben kenne ich, und was ist die wahre?«

»Das ist die wahre«, antwortete Maria und blickte kurz zu David, der inzwischen wieder hereingekommen war.

»Ihr könnt euch beide die auswendig gelernten Ansprachen sparen. Ich hatte gehofft, dass einer von euch mal ehrlich zu mir ist«, schrie Bonnie und stürzte aus der Küche.

»Was war das denn?«, flüsterte David. »Du zitterst ja.«

»Es ist bloß…« Sie sah sich zu der Tür um, durch die Bonnie eben entschwunden war. »Ich habe das Gefühl, dass es rauskommt, David.«

Sie hatte recht. Es würde nicht mehr lange dauern, bis es rauskam. Wobei sie nicht darauf vorbereitet war, in welchem Ausmaß sie verraten werden würde.

HEUTE

Kapitel neunzehn

Um fünf vor vier bin ich im Warteraum der Polizeiwache. Mein Magen grummelt, während ich erfolglos versuche, mich auf einen alten Schwarz-Weiß-Film zu konzentrieren, der in einem Fernseher läuft. In mir verkrampft sich alles und zieht sich mit jedem Atemzug fester zusammen.

Als ich aufgerufen werde, um meinen Bruder zu sehen, fürchte ich, gleich ohnmächtig zu werden. Zum Glück schaffe ich es, meine Tasche und meine Jacke zu schnappen und Harwood einen Korridor hinunter zu folgen, an dessen Ende sich eine geschlossene Tür befindet. Es wäre schön, jemanden an meiner Seite zu haben, aber die einzige Person, die hier sein sollte, würde niemals kommen, selbst wenn ich sie darum bäte. Außerdem kann ich Bonnie nicht einmal erzählen, dass ich zugestimmt habe, meinen Bruder zu sehen.

Vor achtzehn Jahren ist er weggegangen. Ich habe von ihm nur Bilder im Kopf, wie Danny heute aussieht, weiß ich nicht. Vielleicht ist er ja lediglich die gealterte Version des Zweiundzwanzigjährigen, den ich zuletzt gesehen habe.

»Geht es Ihnen gut, Miss Harvey?«, holt mich Harwoods Stimme jäh in die Gegenwart zurück.

»Ich habe keine Ahnung, was mich erwartet«, gestehe ich. »Dazu hat er sich zu lange von uns ferngehalten. Ist er da drin?« Ich zeige auf die Tür.

»Ist er.«

»Bleiben Sie bei mir?«

»Nein, Sie reden allein mit Danny. Ist es nach wie vor in Ordnung für Sie?«

Widerwillig nicke ich. So viele Zweifel mich plagen mögen, Fakt ist, dass mein Bruder der Polizei erzählt hat, er habe Iona von einer Klippe gestoßen, wobei ich nicht weiß, was ich davon halten soll. Immerhin gibt es noch eine andere Version.

Harwood öffnet die Tür und lässt mich eintreten. Ein Gefangener sitzt am Tisch, der keinerlei Ähnlichkeit mit dem Bild in meinem Kopf hat. Dieser Mann wird bald vierzig, hat dunkles Haar, das einen dichten Schopf bildet, in dem kaum Spuren von Grau zu sehen sind. Seine großen dunkelbraunen Augen sind hinter einer Brille mit schmalem Silberrahmen verborgen. Nichts erinnert mich an meinen Bruder, ich nenne nicht einmal seinen Namen, als würde ich damit rechnen, dass er den Kopf schüttelt und mir sagt, ich hätte mich im Zimmer geirrt.

Es kommt anders. Danny steht auf, sobald die Tür geschlossen wurde. Mir schießen Tränen in die Augen. Langsam gehe ich auf den Tisch zu, an den mein Bruder sich wieder gesetzt hat und mir entgegensieht.

Schweigend nehme ich Platz, bringe keinen einzigen Ton heraus. Dabei möchte ich Danny sagen, dass er gut aussieht und trotz allem, was er behauptet, getan zu haben, intelligent und lebensklug wirkt. Eine halbe Ewigkeit vergeht, bevor ich spreche.

»Du hast mir gefehlt.« Die Worte zerreißen die Luft, und er blickt über meinen Kopf nach oben zur Decke, als wollte er meinen Blick meiden. Natürlich weiß ich, dass Danny seit jeher mit seinen Gefühlen gerungen und über unsere Köpfe hinweggeschaut hat, wenn er nicht weinen wollte.

Sofort kehrt unsere Kindheit zurück. Ich bin mit meinem Bruder in unserem Baumhaus; wir liegen auf den Kissen und machen wortlos jeder unser Ding. Tränen rinnen mir über die Wangen, und ich krame in meiner Tasche nach einem Taschentuch, das ich wie so oft nicht eingesteckt habe. Am Ende wische ich die Tränen mit meinem Ärmel weg.

»Danke, dass du bereit bist, mich zu sehen«, sagt Danny mit einer tiefen, raspelnden Stimme, die ebenso komisch wie falsch klingt und völlig anders ist als die Stimme aus meinen Erinnerungen, die natürlich durch die vielen Jahre verfälscht werden konnten.

»Ich wollte dich seit Jahren sehen.«

»Weil du jetzt bereit bist, meine ich. Jetzt, wo du weißt, was ich getan habe.«

»O Danny«, sage ich und atme aus. »Du bist mein Bruder!«

Er schaut in die Ferne, starrt einen Punkt in der Zimmerecke an. Ich möchte nach seinen Händen greifen, suche sie vergeblich, da er sie unter dem Tisch versteckt, und beide verfallen wir wieder in ein erdrückendes Schweigen.

Ich mustere sein Gesicht, bis der Junge dahinter durchscheint, bis ich ihn erkenne unter den Falten um seine Augen und unter den Stoppeln an seinem Kinn.

»Wie ich gehört habe, hast du in Schottland gelebt?«, frage ich, und er nickt. »Die Polizei erwähnte einen Ort namens Girvan. Ich habe keinen Schimmer, wo das ist.«

»An der Westküste«, antwortet Danny kurz. »Ich wohne außerhalb.«

Obwohl ich kein bisschen klüger geworden bin, nicke ich ein weiteres Mal. »Und du verkaufst online Kunst?«

»Ein bisschen. Ich habe eine Website.« Er hebt die Hände an, legt sie auf den Tisch und senkt den Blick.

Bestimmt habe ich Hunderte Male im Internet nach meinem Bruder gesucht und ihn nie gefunden trotz seiner Website.

»Ich benutze meinen Namen nicht«, sagt er, als könnte er meine Gedanken lesen. »Ich nenne mich D. Smith.«

»Das sehe ich mir mal an.« Mich wundert nicht, dass er etwas ohne jeden Bezug zu uns gewählt hat. »Es ist schön, dich zu sehen, Danny, egal, was passiert ist. Ich habe immer gehofft, dass du zurückkommst.«

Danny atmet tief ein, lehnt sich zurück, und ich beobachte ihn einen Moment, warte darauf, dass er sagt, was ihm durch den Kopf geht.

»Wolltest du das nie?«, hake ich nach.

Er verneint. »Ich konnte nicht.«

»Und ich habe es gehasst, nicht zu wissen, wohin du gegangen bist, was dir geschehen sein könnte.« Erneut kommen mir die Tränen, und als Danny aufblickt, bemerke ich ein Zucken seiner Hand. Sein Blick wandert zu meinen Wangen, und seine Augen sind groß vor Schmerz. Es sieht aus, als könnten meine Tränen ihn zerbrechen. Hastig wische ich sie weg. »Hat Mum gewusst, wo du warst?«

»Ja«, antwortet er leise.

»Warum hat sie mir nie etwas gesagt?«, frage ich traurig.

»Gib ihr nicht die Schuld. Sie hat gewusst, dass ich allein sein wollte. Du weißt, dass ich nie gut mit anderen Leuten auskam.« Er lächelt verhalten. »Sie hat sich bemüht, jedem von uns gerecht zu werden. Bonnie hasste die Insel, ich die Stadt...« Er verstummt. »Wie geht es Bonnie?«

»Gut«, antworte ich. »Du hast zwei wunderbare Neffen, Ben und Harry. Sie sind zwölf und zehn.«

»Ich nehme an, sie kommt mit dieser Situation nicht klar...« Er schwenkt eine Hand durch den Raum, atmet tief ein. »Sie glauben mir nicht.«

»Die Polizei?«

Danny nickt und sieht mich beinahe Hilfe suchend an. »Ich sage die Wahrheit, ganz bestimmt.«

Ich rücke ein Stück zu ihm vor. Sein Blick schweift nicht ab, er sieht mir direkt in die Augen, und das bedeutet, dass er ehrlich ist.

»Und wie kommst du darauf, dass sie dir nicht glauben?«

»Sie stellen mir lauter Fragen.« Er runzelt die Stirn und verengt die Augen. »Sie sagen, dass sie in unserem Garten vergraben war.«

»Nicht direkt im Garten«, korrigiere ich. »Es war an der Grenze zu unserem Grundstück am Waldrand.« Ich rutsche auf dem harten Stuhl hin und her. »Es war ziemlich nahe an unserem Garten. Heißt das, du hast das nicht gewusst?«

Sein Kopfschütteln ist so verhalten, dass ich nicht sicher bin, ob ich es wirklich gesehen habe.

»Danny, was genau hast du ausgesagt?«

»Ich habe sie umgebracht, Stella.« Er wird noch leiser und beugt sich über den Tisch zu mir. »Und ich muss dafür bestraft werden.«

»Was, wenn du sie nicht vergraben hast...?«

»Ich weiß, was ich getan habe«, unterbricht er mich. »Ich

muss sie umgebracht haben, und ich muss dafür sorgen, dass sie es auch wissen.«

»Was meinst du mit, du *musst* sie umgebracht haben? Und wer sind *sie*, die es auch wissen müssen?«

»Kannst du bitte bloß das für mich tun?«, ruft er aus. Er ballt die Hand zur Faust und knallt sie auf den Tisch. »Ich will wieder in meine Zelle«, ruft er und blickt sich um, als ob jemand in der Ecke stünde oder Kameras an der Decke hängen würden.

»Danny...«, hebe ich an, während mein Bruder das Gesicht in den Händen vergräbt.

»Bitte, ich will gehen«, murmelt er und weigert sich, mich anzusehen, als ich aus dem Raum geführt werde.

Kapitel zwanzig

»Er glaubt, dass er es gewesen sein muss«, erzähle ich Bonnie am Telefon, nachdem Harwood mich wieder bei meinem Auto abgesetzt hat. Ich springe aus dem Weg, als ein Wagen zu nahe an den Kantstein fährt und Wasser aus einer Pfütze sprüht.

»Ich fasse nicht, dass du bei ihm gewesen bist. Du hast gesagt, du machst es nicht.«

»Nein«, widerspreche ich, »das habe ich nie gesagt. Und darum geht es im Übrigen nicht. Der Punkt ist, dass er es nicht weiß, Bon. Er sagt, dass er *glaubt*, er *müsse* es gewesen sein. Nicht, dass er *war*. Und nicht allein das. Er sagt außerdem, ein bisschen konfus zwar, dass er sie nicht vergraben hat.«

»Und warum gesteht er dann? Natürlich war er es, und jetzt hat er Angst und behauptet alles Mögliche, um da wieder rauszukommen.«

»Er versucht gar nicht rauszukommen. Im Gegenteil: Er will, dass ich die Polizei dazu bringe, ihm zu glauben.«

»Und wo liegt das Problem?«, ruft Bonnie. »Sag ihnen das, und wir können alle wieder mit *unserem* Leben weitermachen.«

Seufzend öffne ich meine Wagentür und steige ein. »Bonnie, willst du überhaupt nicht in Betracht ziehen, dass er vielleicht unschuldig ist?«

Sie lacht. »Denkst du ernsthaft, ich finde es schön, mit der Tatsache zu leben, dass mein Bruder meine beste Freundin ermordet hat? Und die Erkenntnisse der Polizei sprechen nicht gerade für ihn, oder? Überleg mal, wie oft er

Dinge getan hat, die nicht richtig, sondern völlig inakzeptabel waren...« Hier bricht sie unvermittelt ab, und als ich auf mein Handy sehe, stelle ich fest, dass der Akku leer ist.

Deshalb fahre ich direkt zu Bonnie. Luke liegt nach wie vor kränkelnd auf dem Sofa im Wohnzimmer. Ich bleibe stehen und frage: »Geht es dir besser?«

Luke stemmt sich hoch und dreht sich zu mir um. »Oh, hi, Stella.« Kurz sieht er zu Bonnie, die neben mir steht und ihren Ärger förmlich in Wellen ausstrahlt.

»Komm mit«, sagt sie und zieht mich am Arm weiter in die Wohnküche. »Wir setzen uns lieber hierhin.«

»Was sagt Luke zu alldem?«, frage ich, als sie eine Limonadenflasche öffnet und uns beiden davon einschenkt.

Bonnie zuckt mit den Schultern. »Weiß ich nicht.« Als sie mir ein Glas reicht, zittert ihre Hand.

»Was ist los?«

»Wir haben uns gestritten. Tolles Timing, was?« Sie verdreht die Augen und setzt sich an den Tisch mit der Bank. »Mein ganzes Leben gerät aus den Fugen, und als wäre das nicht genug, kriege ich mich mit meinem Mann in die Haare.«

Seufzend setze ich mich neben sie.

»Ich muss immer an das letzte Mal denken, als ich Iona gesehen habe«, sagt Bonnie. »Das läuft in einer Endlosschleife in meinem Kopf. Wir haben über alles geredet...« Tränen glänzen in ihren Augen. »Du hast gesehen, wie nah wir uns waren«, sagt sie. »Ich hatte nie eine bessere Freundin als Iona und habe sie richtig geliebt.«

»Ja, ich weiß, dass ihr euch sehr mochtet, Bonnie«, sage ich leise und erinnere mich, dass meine Schwester sie ganz für sich haben wollte, sie praktisch vereinnahmte. Einmal habe ich sogar fasziniert beobachtet, wie sie ihre Arme synchron bewegten, als sie ihr Essen schnitten. Und ich erinnere mich, wie ich mich einmal auf den Platz neben Iona gesetzt hatte und Bonnie mich grob wegzerrte. Sie war ganz schön egoistisch. Früher durfte ich mich auch nie ihren Barbiepuppen nähern, und als sie herausfand, dass ich ihre Rollschuhe anprobiert hatte, schrie sie so laut, dass Mum herbeigerannt kam in der Überzeugung, eine von uns tot vorzufinden.

So gefühllos meine Schwester sein mag, Iona gegenüber war sie es nicht, eher klammerte sie sich an sie. Darum hat diese Geschichte sie bestimmt doppelt hart getroffen.

»Ich habe es gehasst, wie die Polizei mich nach unserer Freundschaft gefragt hat und versuchte, sie infrage zu stellen und schlechtzumachen. Ich meine, es war ja nicht mehr als ein paar Monate...« Bonnie verstummt.

»Was haben sie dich genau gefragt?«, hake ich nach, und sie nennt mir Fragen, wie Harwood sie mir ebenfalls gestellt hat.

Bonnie trinkt ihre Limonade aus und schüttelt das Glas, als überlegte sie, sich nachzuschenken. Sie ist mehr von der Rolle als sonst, was wohl an der Befragung liegt, die sie hinter sich hat.

»Ich habe ihnen nichts von unserem Streit erzählt«, sagt sie und knallt das Glas auf den Beistelltisch. »Der war nicht wichtig.« Da sie offenbar keine Bestätigung von mir erwartet, schweige ich. Immerhin gab es Dinge, die ich für mich behalten habe. Keine von uns ist je ganz ehrlich gewesen.

»Ich war so blöd«, murmelt sie, öffnet die Limonade wieder und füllt ihr Glas.

Als ich nachfrage, was sie mit dem Streit genau meinte, antwortet sie ganz ungnädig: »Habe ich nicht gesagt, dass es nicht wichtig war?« Um ihren Unmut und ihren Ärger nicht noch zu steigern, zucke ich gleichmütig mit den Schultern und halte den Mund. »Was haben sie dich eigentlich gefragt?«, will sie schließlich wissen und ergänzt beinahe boshaft: »Du hast Iona ja nicht mal besonders gut gekannt.«

»Das habe ich ihnen gesagt, keine Sorge. Ansonsten habe ich ihnen das bisschen erzählt, das ich wusste.«

»Und was war das?«

»Dass sie studiert hat und im Rahmen ihres Studiums auf der Insel war...« Bonnie lacht auf und sagt leiser: »Das hat nicht mal gestimmt.«

»Was meinst du damit?«

»Sie war keine Studentin.« Sie betrachtet mich aufmerksam und scheint zufrieden zu sein, dass sie mich geleimt hat. »Das mit dem Studium hat sie sich ausgedacht, weil es sich gut anhörte.«

»Ich verstehe das nicht«, sage ich kopfschüttelnd. »Warum war sie dann auf der Insel?«

»Keine Ahnung. Sie hat sich gerne Geschichten ausgedacht, das mit dem Studium war eine davon. Wie dem auch sei, ich muss mal.«

»Bon«, rufe ich ihr nach und warte, bis sie wieder da ist und wissen will, ob ich mit Dad gesprochen habe. »Du hast meine Frage nicht beantwortet«, sage ich, als sie zurückkommt. »Warum war Iona auf der Insel, wenn es nicht um ein Studium ging?«

Meine Schwester sackt ein bisschen zusammen und sieht angespannt zur Terrassentür. »Ich habe keinen Schimmer, warum sie dort war.«

Manchmal ändern Menschen ihre Haltungen schnell, wenn sie nervös sind. Ihre Anspannung macht sie zapplig. Ich habe gelernt, die verschiedenen Verhaltensweisen zu deuten. Es heißt, dass diejenigen, die sich gar nicht rühren, sich meist auf eine Konfrontation vorbereiten. Und da Bonnie sich nicht bewegt, vermute ich, dass sie genau das tut und sehr wohl weiß, warum Iona auf Evergreen war.

Natürlich muss es nicht relevant sein, und zudem weiß ich aus Erfahrung, dass es sinnlos ist, solche Leute zu drängen. Es ist ein langer Tag gewesen, und nach einer halben Stunde verabschiede ich mich. Ich komme wieder bei Luke vorbei, der sogleich von der Couch aufspringt und mir zur Tür folgt. »Ich fahre mal zum Laden«, sagt er zu Bonnie und klimpert mit den Autoschlüsseln. Ich küsse meine Schwester auf die Wange und verspreche, sie morgen anzurufen, ehe ich hinter Luke her aus dem Haus gehe.

»Was ist mit euch beiden?«, frage ich ihn draußen.

»Sie will nicht mit mir reden. Und stell dir vor, sie hat mir nicht mal von eurem Bruder erzählt, bis die Polizei zu uns in die Wohnung kam.«

»Das ist ein Witz.«

»Nein.« Er schüttelt den Kopf. »Sie sagt, dass ich es den Jungs gegenüber nicht erwähnen darf. So ein Blödsinn, irgendwann werden sie es erfahren und wütend sein, dass wir es ihnen verschwiegen haben.«

»Stimmt. Sie sollten wissen, was los ist, und es von euch hören, ehe es ihnen einer ihrer Freunde sagt.«

»Sie will nicht über Danny sprechen, zumindest nicht mit mir.«

»Da bist du nicht der Einzige.«

»Na ja. Sie macht immer wieder dicht, ignoriert alles, und ehrlich gesagt, Stella ... Ehrlich gesagt, bin ich es leid, es zu versuchen.«

»Bitte, Luke, sag das nicht.«

»Aber so ist es. Sie will nie, dass ich für sie da bin. Immer sollst du da sein.«

Dem kann ich nicht widersprechen. Bonnie benutzt öfters das Sprichwort: *Blut ist dicker als Wasser*. Das letzte Mal hat sie es gesagt, als ich am Tag ihrer Entlassung aus der Reha bei ihr war. »Ich bin froh, dass du hier bist, Stella«, sagte sie. Ihr kleiner Koffer stand fertig gepackt neben ihr, und sie blickte mit großen Augen zu mir auf, als wäre ich die ältere Schwester. Ich erinnere mich, dass sie ausgesehen hat wie ein Kind, zumindest war sie ebenso zuversichtlich wie ich, dass wir die Entzugsklinik zum letzten Mal sehen würden.

»Wo sollte ich sonst sein?«, fragte ich, da es mich nicht überrascht, dass ich von ihr gebeten worden war, sie abzuholen und nach Hause zu bringen. Immer ich. Nie Luke.

»Wen sollte ich fragen, wenn nicht dich?«, entgegnete sie damals.

Könnte ich sie doch darauf hinweisen, dass das Sprichwort *Blut ist dicker als Wasser* auch bei Danny gilt.

Luke klimpert laut mit den Schlüsseln in seiner Hand. »Übrigens war es nie so, dass ich nicht für sie da sein wollte«, sagt er.

»Das weiß ich«, versichere ich ihm, obwohl es mich gewaltig stört, dass er die Vergangenheitsform benutzt.

Er blickt nach unten und kickt einen Kieselstein weg. »Ich glaube, sie trinkt wieder«, sagt er. »Ich weiß es nicht sicher, da sie es nicht zugibt und verdammt gut darin ist, es zu verbergen.«

»Mist!« Etwas war heute an ihrem Verhalten, das ich eigentlich nicht wahrhaben wollte.

»Tut mir leid, Stella, ich kann nicht...« Er schüttelt den Kopf, und ich sehe eine Träne in seinem Augenwinkel. »Ich weiß, dass du das jetzt gerade nicht brauchst.«

Im Laufe der Jahre war ich oft mit dem beunruhigenden Gefühl von meiner Schwester weggegangen, dass etwas nicht stimmte. In den ersten Wochen nach Bonnies Entzug war ich permanent nervös. Hinzu kam, dass ich merkte, wenn sie heimlich getrunken hatte, weil ich die Zeichen deutlich erkennen konnte. Das schlechte Gewissen stand ihr ins Gesicht geschrieben, und ihre Finger zitterten vor Angst, ertappt zu werden. Sie hörte immer mal wieder mit dem Trinken auf und wurde schwerer zu durchschauen, trotzdem habe ich nie aufgehört, es zu versuchen. Zu jeder anderen Zeit wäre ich wahrscheinlich aufmerksamer gewesen.

Ich knalle meine Wohnungstür hinter mir zu, bin wütend auf mich und noch wütender auf Bonnie. Das Letzte, was ich in dieser Situation haben möchte, ist die Verpflichtung, meine Konzentration allein auf sie zu richten, und ich hasse sogar den Gedanken, es tun zu müssen. Danny ist es, der mich jetzt braucht.

Ich werfe mich auf mein Bett, und wo ich hinschaue, blicken mir Fotos aus der Vergangenheit entgegen.

Mum und ich am Strand, unser Haar windgepeitscht. Wir sehen einander lachend an. Dad und ich strahlend auf dem Anleger, er in der Hocke mit seiner karierten Mütze, unsere Wangen aneinandergepresst, jeder mit einem Eis in den Händen und ich zusätzlich mit einem Klecks von Dads Eis auf der Nasenspitze.

Auf beinahe allen Bildern trägt Dad diese Mütze, die Mum ihm irgendwann zum Geburtstag geschenkt hatte.

Er werde sie nie wieder absetzen, verkündete er damals und hielt sein Versprechen, soweit ich mich entsinne. Er trug sie auch, als ich ihn mit Iona sah, und irgendwie macht es seinen Betrug noch viel schlimmer.

Ich wende mich einem anderen Foto zu, das auf einem Regal auf der anderen Seite des Zimmers steht. Es ist eines von Jill und mir, die Arme untergehakt, um ein Band zu schützen, das wir niemals zerreißen wollten.

Schnell lasse ich meinen Blick über das Regal huschen. Bonnie, Danny und ich steif aufgereiht. Wir hatten nichts gemeinsam außer der Tatsache, dass wir Geschwister waren.

Daneben steht eine Aufnahme von Danny und mir vorne im Baumhaus. Ich lache über etwas, das Mum gesagt haben muss. Dannys Miene ist ausdruckslos wie immer, und seine Augen blicken ziellos in die Ferne.

Ich drehe mich auf die Seite, ziehe die Knie an und schlinge meine Arme um sie. Dann schließe ich die Augen, damit ich die Bilder nicht mehr sehen muss. Und nicht die Wände, die sich auf mich zuzubewegen scheinen.

Nicht zum ersten Mal beneide ich meine Schwester darum, dass sie eine Droge hat, an die sie sich klammern kann und die ihr hilft zu vergessen.

Am folgenden Morgen rufe ich meinen Vater an, weil wir über Danny reden müssen. »Hier ist Stella«, sage ich, als Olivia sich meldet.

»Hallo, Stella...« Sie dehnt meinen Namen, als wäre es für sie eine Zumutung, mit mir zu sprechen. »Die Polizei ist hier gewesen. Sie wollten deinen Vater befragen. Dein Bruder ist wegen Mordes verhaftet worden.«

»Weiß ich. Deshalb rufe ich ja an.«

»Ich habe denen gesagt, dass er auf keinen Fall mit ihnen reden kann, weil er nicht gesund ist. Er hat immerhin Demenz!«, schreit sie, als würde ich das nicht wissen. »Sie sagen, dass sie einen Arzt und noch einen Erwachsenen hinzurufen können, nicht mich jedoch. Das muss jemand anders sein, meinen sie.«

»Hast du mit Dad darüber geredet?«, frage ich.

»Er ist zu verwirrt und unsicher. Ich glaube, sie waren deswegen verärgert.«

»Und was hat er zu dir gesagt?«

»Nichts. Er redet nicht darüber. Immer, wenn ich es versuche, blockt er ab. Ich weiß nicht...« Sie macht eine kurze Pause und fügt leiser hinzu: »Ich weiß nicht einmal, ob er es mit Absicht macht.«

»Kann ich ihn sprechen?«

»Nein!«, kommt es ziemlich schrill. »Wie gesagt, es geht ihm nicht gut. Er ist noch nicht aufgestanden und wirkt kraftlos und abwesend.« Wir schweigen beide, bis Olivia sagt: »Falls dein Bruder... falls er getan hat, was er sagt, muss David es gewusst haben. Oder etwa nicht?«

»Weiß ich nicht«, antworte ich, obgleich ich ebenfalls glaube, dass er es gewusst hat, gewusst haben *muss*. »Allerdings halte ich es für möglich, dass Danny es nicht gewesen ist.«

»Ich bin völlig ratlos, was ich noch tun kann«, fährt Olivia fort, als hätte sie mich nicht gehört. Und mir wird bewusst, dass ich zum ersten Mal eine Seite an ihr erlebe, die mich um Rat fragt und bereit ist, Schwäche zu zeigen.

In jedem anderen Zusammenhang hätte ich diesen Moment ausgekostet. Jetzt hingegen sage ich ihr, dass alles gut wird, und bitte sie, Dad zurückrufen zu lassen, sobald er dazu in der Lage ist.

Meine innere Unruhe bleibt, nachdem ich aufgelegt habe, und ich weiß nicht, was ich tun soll. Wenngleich Freitag ist, muss ich ins Büro, um die Sitzungen abzuhalten, die ich wegen meiner Fahrt zur Insel aufs Ende der Woche verschoben habe.

Daneben gibt es so viel anderes, dass ich meinen Kopf nicht freibekomme. Ich laufe in meiner Küche auf und ab, mache Frühstück und vergesse mittendrin, was ich noch tun wollte. Außerdem sorge ich mich, ob ich gut genug für meine Klienten bin, wenn mein Denken um das kreist, was Bonnie mir erzählt hat. Wozu gehört, dass Iona sich angeblich gern Geschichten ausgedacht hat.

Und zudem möchte ich wissen, weshalb Iona nach Evergreen gekommen ist, wenn es kein Studium gab. Jedenfalls musste es ein wichtiger Grund gewesen sein.

Irgendwann beschließe ich, nach der Arbeit zu meinem Vater zu fahren. Wir müssen uns von Angesicht zu Angesicht unterhalten, denn er ist der Einzige, der mir die fehlenden Puzzleteile liefern kann.

EVERGREEN ISLAND

23. August 1993

Maria würde nicht aufgeben. Egal, wie sehr Iona ihr auswich, sie wollte mehr über das Mädchen erfahren. Zumal sie inzwischen das Gefühl hatte, dass herauszufinden, was Iona auf der Insel wollte, wichtig für die Sicherheit ihrer Familie war.

Gegen Ende August hatte sie nicht mal den Hauch eines Hinweises gefunden. Um auszuspannen, fuhr sie allein aufs Festland, wanderte am Hafen entlang, um Leute zu beobachten, die teuren Jachten anzuschauen und durch die Geschäfte zu bummeln. Plötzlich entdeckte sie Iona, die gerade eine Boutique in einer Seitenstraße betrat. Sie hatte ein anderes Mädchen im Schlepptau, das Maria nicht erkannte. Dennoch galt ihr erster Gedanke Bonnie, und da sie es nicht sein konnte, fragte sie sich automatisch, was ihre Tochter zu Hause ohne ihre Freundin anfing.

Trotz Dannys Andeutung, dass Bonnie nicht mehr glücklich in Ionas Gegenwart sei, hatte sich ihre Tochter erneut zum Schatten des Mädchens gemacht, wenngleich die Freundschaft nicht mehr ganz so unterwürfig wirkte.

Langsam ging Maria auf das Geschäft zu, schlich sich

drinnen in eine Ecke und sah mit Erstaunen, dass Iona sich mit Tess Carlton unterhielt. Es war albern zu spionieren, eigentlich müsste sie so tun, als wäre sie die ganze Zeit in dem Laden gewesen. Aber sie konnte nicht anders, als den Gesprächsfetzen zu lauschen, die sie bei der lauten Musik mitbekam.

»Ich bin so froh, dass wir Freundinnen sind«, sagte Iona, hakte sich bei dem jungen Mädchen ein und sah flüchtig die Kleider auf einer Stange durch. »Ist es nicht schön, jemanden zu haben, mit dem man über alles reden kann?«

Maria kam die Galle hoch, als Tess vor Freude strahlte. Mit denselben Gesten und Worten pflegte Iona Bonnie zu überschütten, sie tat gerade so, als würde es sich um Konfetti handeln.

»Man merkt, dass keiner weiß, was er mit ihm tun soll«, fuhr Iona fort. »Ich finde ihn total unheimlich, wenn ich ehrlich bin. Es ist nicht auszuhalten, wie er mich am Tisch anguckt. Mir tut Bonnie echt leid...« Iona unterbrach sich. »Tja, ich schätze, man kann sich seine Familie nicht aussuchen, oder?« Maria fühlte, wie sie blass wurde, und spitzte trotzdem weiter die Ohren. »Das in der Höhle war total witzig, oder nicht?«, fragte Iona.

»Ich weiß nicht, er sah wirklich erschrocken aus«, antwortete Tess zurückhaltend.

»Ach, und wenn schon«, winkte Iona ab. »Er hatte eine Lektion verdient, selbst wenn ich nicht sicher bin, ob sie gewirkt hat. Immer wenn ich mich umdrehe, ist er da. Das macht mich nervös. Mir kommt es so vor, als würde er sich an mich ranschleichen.« Als Tess nicht antwortete, wechselte Iona das Thema. »Egal, was viel wichtiger ist: Wann wolltest du mir endlich erzählen, dass ihr die Insel verlasst?«

Maria erstarrte und Tess dem Anschein nach ebenfalls. »Was meinst du damit?«, fragte sie.

»Euer Haus ist zum Verkauf angeboten. Hast du das nicht gewusst?«

Vermutlich schüttelte Tess den Kopf, sie sah es nicht. Kaum jemand wusste davon. Susan hatte es erst kürzlich Maria, ihrer besten Freundin, unter dem Siegel der Verschwiegenheit anvertraut – wie zum Teufel konnte Iona davon gehört haben? Susan wollte nämlich nicht darüber reden und kein Schild vor ihrem Haus aufstellen.

»Es wäre eine Schande, wenn ihr weggeht, meinst du nicht?«, bedrängte Iona das andere Mädchen. »Vor allem, wo wir so gute Freundinnen geworden sind.«

»Ja, wäre es wohl…« Tess war eindeutig genauso verwirrt über Ionas scheinheilige Einmischung wie Maria. Was hatte dieses infame Geschöpf vor? Bonnies Mum, die ihr Verhalten heuchlerisch fand, war sicher, dass diese bizarre Freundschaft nicht auf dem heißen Wunsch Ionas beruhte, dass Tess auf der Insel blieb.

»Vielleicht kannst du mal ein Wort mit…«, begann Iona gerade, als Maria nach vorn stolperte und mit einem Kleiderständer kollidierte. Sie fing sich rasch ab, und selbst wenn die Mädchen nicht aufmerksam geworden waren, blieb sie in Deckung und wartete, bis die Türglocke läutete und eine Frau hereinkam. In diesem Moment nutzte sie die Chance zur Flucht, ehe die beiden sie sahen. Sie beschloss, das Festland zu verlassen, und lief enttäuscht und traurig zur Fähre. Sie fühlte sich grausam verraten von dem Mädchen, das sie jeden Abend an ihren Tisch eingeladen hatte.

Danny hatte sein Malbuch und die Stifte mit zu dem Streifen Strand genommen, der am Pinecliff Walk verlief. Er wusste, dass Stella und Jill sich gern auf der kleinen Lichtung oberhalb der Klippen trafen. Sie nannten sie ihren geheimen Ort. Meist kam hier keiner vorbei, weil es keinen richtigen Pfad gab. Auch ihm gefiel dieser Flecken. Er war direkt am Rand der Klippe und bot eine schöne Aussicht aufs Meer und die anderen Inseln. Eine gute Zuflucht, wenn Danny von allem wegmusste. Zudem wusste er, dass Stella heute nicht kommen würde und folglich genauso wenig Jill.

Dafür tauchte jemand anders auf. Bevor er die Person sah, hörte er ein Geräusch hinter sich und kroch automatisch in den Stechginster wie immer, wenn er in solche Situationen geriet.

Sein Herz vollführte einen Purzelbaum, als er Iona sah. Sie musste mit der letzten Fähre zurückgekommen sein. Er hatte morgens gesehen, wie sie zum Anleger kam, und jetzt schlenderte sie hier oben entlang, die Augen hinter einer dunklen Sonnenbrille verborgen, und summte eine Melodie vor sich hin, die Danny nicht kannte.

Er zog sich noch weiter zurück und betete, dass sie ihn nicht bemerkte. Seit er vom Baum gestürzt war, versuchte er, vorsichtiger zu sein. Sie kam weiter auf ihn zu, und als sie nahe war, hockte sie sich hin und hörte auf zu summen.

Danny hielt den Atem an und fürchtete, dass sie ihn entdeckte. Ängstlich wartete er, dass sie die Zweige zurückzog und zu wissen verlangte, warum er sie schon wieder beobachtete.

Nach einer Weile stand sie auf, schob ihre Brille in die Haare und präsentierte ihr eigenartiges Lächeln, das er anfangs schwierig zu zeichnen gefunden hatte. Mittlerweile bekam er es hin, indem er ihre Augen einfach viel dunkler machte, damit man nicht in sie hineinschauen konnte. Und wenn er die Lippen zusätzlich leicht schief zeichnete, war die Ähnlichkeit unheimlich. Danny fragte sich, ob jemand anders so viele Gesichter sah wie er; und er hatte jedes von ihnen in seinem Zeichenheft eingefangen.

»Du verfolgst mich hoffentlich nicht«, sagte sie in diesem Moment, was absurd war, da er ja als Erster hier gewesen war.

David zog für Iona den Stuhl neben seinen. Sie war solch ein angenehmes, warmherziges Mädchen. Er genoss ihre Gesellschaft und wollte sie gerade fragen, wie ihr Tag auf dem Festland gewesen sei, als sich Maria über den Tisch beugte und ihn bat, die Kerzen anzuzünden.

Er blickte lächelnd zu seiner Frau, die ihn missmutig anstarrte. Seit ein paar Wochen war sie in einer merkwürdigen Stimmung, und allmählich hatte er ihr beleidigtes Getue satt. Es war Sommer, ihre Lieblingsjahreszeit, und sie sollten glücklich sein. Wenn sie nicht wollte, dass Iona jeden Abend mit der Familie aß, warum sagte sie es dann nicht?

Gehorsam und freudlos zugleich zündete er die Kerzen an, während Maria Chili in Stellas Schale schöpfte und den Löffel an Bonnie weitergab. Iona spürte zweifellos ihre Frostigkeit, überspielte sie indes mit einer Reife, die David bewundernswert fand und an der es seiner Frau bedauerlicherweise mangelte. Er entkorkte die Weinflasche, schnupperte daran, ohne eine Ahnung zu haben, wie es riechen sollte, und stellte die Flasche auf den Tisch, wo sofort Iona danach griff und sich ein großes Glas einschenkte.

Aus dem Augenwinkel sah er Marias kritischen Blick

und den finsteren von Bonnie. Offenbar fanden beide den Riesenschluck unanständig. David öffnete den Mund, als wollte er einen Kommentar dazu abgeben, ließ es dann aber, um keinen zusätzlichen Ärger zu provozieren.

Sein Essen konnte er noch immer nicht genießen, denn Maria wandte sich an Iona und fragte: »Erzählst du uns mal, wo du gewohnt hast, bevor du hergekommen bist?«

Um Himmels willen! Jetzt fing sie schon wieder an! Um die Atmosphäre zu entkrampfen, spielte David mit. »Maria hat recht. Wir wissen so gar nichts über deine Familie.«

Ionas Gesicht lief rot an. »Meine Mutter ist viel herumgezogen, seit ich fünf war«, sagte sie.

»Wie fahrendes Volk?«, fragte Stella nicht gerade höflich.

»Ja, so in der Art.«

»Wohnt ihr in Häusern?«

»Natürlich wohnen sie in Häusern«, kam Maria der Antwort zuvor. Gleichzeitig starrte sie Iona an, als wäre sie ein Fremdkörper, und David merkte sie an, dass ihm die Richtung des Gesprächs extrem unangenehm war.

»Ganz viele Leute wohnen in Wohnwagen und finden das praktisch«, verteidigte Stella sich.

»Nein, ich habe in einem Haus gewohnt, einem ganz anderen als diesem hier«, erklärte Iona und neigte sich zu Stella. »Überhaupt nicht so prächtig wie das, in dem du und deine Geschwister aufwachsen.«

David stutzte. Da klang ein Anflug von Neid durch, auch wenn er nicht verstand, warum.

»Nein, wir haben in viel schlimmeren Häusern gewohnt«, sagte Iona, der ihre Beichte kein bisschen peinlich zu sein schien.

»Vermisst deine Mum dich nicht, während du hier bist?«,

erkundigte sich Stella, woraufhin Iona laut lachte und Bonnie zusammenzuckte. Sie saß sehr steif da, bewegte einzig die Hände, als sie mit der Gabel Erbsen aufnahm, die sogleich auf den Teller zurückpurzelten.

»Auf keinen Fall vermisst meine Mum mich«, antwortete Iona ohne jedes Bedauern. »Meine Mutter ist keine nette Frau. Sie hat Dinge getan, die würdest du nie glauben.«

»Ach ja?« Stella machte große Augen, und David beschloss einzugreifen, ehe Iona etwas sagte, das sich nicht für ein Familienessen eignete.

»Und woher kommst du ursprünglich?«, fragte er.

Es entstand eine Pause, und er war ein wenig angespannt, weil er ziemlich lange warten musste, bis sie antwortete.

Endlich lächelte sie ihm zu. »Aus Birmingham, David. Ich komme aus Birmingham.«

»Oh, wie schön.« Er erwiderte ihr Lächeln und vermied es, Maria anzusehen. Ihm war klar, was seiner Frau durch den Kopf ging, und er würde sie später beruhigen müssen, falls sie panisch zu ihm kam.

Sie hatten Birmingham und Marias Mutter Joy vor siebzehn Jahren hinter sich gelassen, und zumindest er wollte die Stadt nie wiedersehen. Ein unangenehmer Schauer durchfuhr ihn, den er zu ignorieren versuchte. Hier ging es schließlich um Iona, weshalb er keinen Grund zur Sorge haben musste.

HEUTE

Kapitel einundzwanzig

Nach vier Sitzungen hintereinander bin ich hundemüde, als ich anschließend in den Wagen steige, um zu meinem Vater zu fahren. Auf dem Weg überlege ich, ob ich nicht wirklich mal mit jemandem reden sollte, wie Tanya es vorgeschlagen hat.

Ich habe zugestimmt in der Hoffnung, dass es meine Last mindern würde, allerdings sogleich einen Rückzieher gemacht, als sie sagte, sie habe die Nummer meiner früheren Therapeutin herausgefunden. Mir fehlen die Energie und die Lust, in dieses Wespennest zu stechen. Wenn schon, rede ich ausschließlich mit jemandem, der zumindest einen Teil der Geschichte kennt. Und da gibt es nur eine Person, die mir einfällt.

Bevor ich zu viel darüber nachdenken kann, tippe ich die Nummer des einzigen Menschen ein, der momentan nicht mehr und nicht weniger weiß als ich.

»Hey, Stella, wie schön, von dir zu hören«, meldet Freya sich. »Ich bin gerade mitten in einer Sache, und wie geht es dir?«

»Gut«, antworte ich automatisch, korrigiere mich dann:

»Nein, eigentlich nicht.« Ich zupfe an einem losen Faden an meiner Strickjacke und trommle mit den Fingern der anderen Hand auf das Lenkrad.

»Willst du es mir erzählen?«, fragt sie. »Vielleicht können wir uns später treffen.«

Nein, das wäre zu riskant, überlege ich. Sie ist immerhin eine Journalistin, der ich nicht uneingeschränkt trauen sollte. Andererseits habe ich außer ihr niemand, an den ich mich wenden könnte.

Um mich nicht entscheiden zu müssen, gehe ich gar nicht auf ihren Vorschlag ein, sondern erwähne meinen Bruder: »Ich war gestern bei Danny.«

»Aha?«, erwidert sie interessiert.

»Er sieht ganz anders aus, als ich es mir vorgestellt habe. Viel besser.«

»Na, das ist ja prima. Hat er dir erzählt, was passiert ist?«

»Nein, also …« Ich zögere. »Er sagt, dass die Polizei ihm nicht glaubt.«

Freya atmet vernehmlich ein. »Interessant.«

»Ich habe keinen Schimmer, was ich denken soll.«

»Sehe ich das richtig, dass Danny dabei bleibt, sie umgebracht zu haben?«

»Er ist komisch und schwer zu durchschauen. Immerhin haben sie ihm eine Menge Fragen zu Iona gestellt, und das bringt mich auf den Gedanken, dass an ihr mehr dran war, als wir wussten.«

»Stimmt …« Freya ist hörbar vorsichtig.

»Vergiss, dass ich etwas gesagt habe. Mir gehen einfach zu viele Dinge durch den Kopf.«

Ich höre sie tippen. »Schreibst du dir auf, was ich sage?«

»Was? Nein, natürlich nicht! Tut mir leid, ich versuche

etwas für meinen Chef fertigzubekommen. Entschuldige. Wo waren wir? Also hat Danny tatsächlich gesagt, dass er sie umgebracht hat?«

Ich seufze. »Genau genommen hat er gesagt, dass er es gewesen sein muss.«

»Was meint er damit?«

»Weiß ich nicht. Wenn ich es bloß wüsste!«

»Entschuldige, Stella, ich muss dich zurückrufen. Ist das okay?«

»Klar«, antworte ich und werde das Gefühl nicht los, dass es ein Fehler war, mich ihr anzuvertrauen.

Bis ich bei meinem Vater ankomme, bin ich noch frustrierter und niedergeschlagener. Er öffnet mir die Tür in einem dünnen blauen Morgenmantel, der ihm bis zu den Knien reicht und unter dem eine gestreifte Pyjamahose rausschaut. Er sieht mich verständnislos an, als ich den Kopf schüttle.

»Dad, es ist fünf Uhr nachmittags, und du bist immer noch nicht angezogen«, ermahne ich ihn sanft.

»Du musst zu früh hier sein. Ich dachte, du kommst erst später.«

»Vergiss es. Ich habe nicht einmal gesagt, dass ich dich besuche. Darf ich reinkommen?«

Unentwegt mustert er mich skeptisch, als ich an ihm vorbei ins Haus gehe. Er tut so, als wüsste er nicht wirklich, wo er mich einordnen soll. Ich will ihm verraten, wer ich bin, als er unvermutet meinen Namen ruft. »Stella!«

»Ja, Dad?« Ich drehe mich um und stelle fest, dass er mich anlächelt. Nach wie vor bekomme ich eine Gänsehaut, wenn das geschieht. »Soll ich uns einen Tee machen?«, frage ich. »Ich nehme an, du hast bereits gegessen?«

»Ich, äh...« Er runzelt die Stirn.

»In Ordnung.« Mir bricht es das Herz. »Soll ich dir wenigstens ein Sandwich machen?«

»Nein, lass mal, Schatz. Ich habe keinen Hunger.« Er hält eine Hand an seinen flachen Bauch, schaut mich erneut fragend an, als er mir in die Küche folgt. »Wann wolltest du nun hier sein?«

»Konkretes habe ich nicht gesagt, Dad. Es ist eher ein spontaner Besuch.«

»Oh. Okay.«

»Wie geht es dir? Olivia sagt, dass es dir nicht gut geht. Ist es ein Virus?«

»Ja, Schatz, wahrscheinlich. Ich muss immerzu schlafen und bin ganz durcheinander.« Seine Hände zittern, als er sie auf den Tisch legt. Ich gieße den Tee auf, den ich soeben zubereitet habe, stelle ihm einen Becher hin und setze mich neben ihn, wo ich seine Hände in meine nehmen kann. Für einen Moment denke ich an nichts anderes, als dass es so viele Jahre gibt, die wir nicht mehr wachrufen können, und frage mich, ob so was überhaupt noch geht.

»Es ist ein schöner Tag«, sage ich und deute nach draußen. »Kalt, aber wenigstens hat es aufgehört zu regnen.«

Er blickt zu dem gepflegten kleinen Garten. »Ich hatte, äh...« Er wedelt mit einem Finger, als er nach dem Wort sucht. »Du weißt schon, der Mann war gestern hier.«

»Welcher Mann?«

Unruhig sucht er nach Worten. »Einer ohne Uniform. Du weißt, was ich meine.«

»Ein Polizist ohne Uniform?«

»Ja.« Er klatscht in die Hände. »So ein Polizist war gestern hier und wollte mit mir reden.«

»Hat er dir irgendwelche Fragen gestellt?«

»Nein, Schatz.« Er sieht mich an, als müsste ich es wissen. »Mir ging es ja nicht gut.«

»Weißt du, worüber er mit dir reden wollte?«

Er hebt die Schultern und spreizt seine Hände.

»Ich glaube, er wollte über Danny sprechen«, erkläre ich ihm. »Und über die Leiche, die sie auf der Insel gefunden haben.«

»Erinnerst du dich an das Baumhaus, das ich euch gebaut habe?« Dad lächelt wieder. »Irgendwie musste ich ständig daran denken.«

»Ja, ich erinnere mich.«

»Ich habe eine Woche gebraucht, und Danny konnte es nicht abwarten, dass es endlich fertig war. Ich habe es in die Eiche gebaut«, sagt er. »Wahrscheinlich ist es noch da.«

»Ja, vermutlich«, antworte ich traurig.

»Du hast Stunden da oben verbracht. Danny genauso. Er war immer irgendwo auf einem Baum«, sagt er, seine Augen werden trüb. »Er hat mehr Zeit auf Bäumen verbracht als auf der Erde. Deine Mum hielt es immer für das Beste, ihn gewähren zu lassen, ich war mir da nie so sicher.«

»Nicht?«, frage ich, weil ich mich nicht entsinne, dass ich sie deshalb mal uneins erlebt habe.

»Ihre Sorge um euch war übertrieben«, murmelt er ganz leise, »vor allem um Bonnie.«

»Was meinst du, Dad?«, frage ich. Er sieht mich erschrocken an, als hätte er nicht gemerkt, dass er es laut ausgesprochen hat.

»Sie war immer eine gute Mutter«, sagt er jetzt. »Sie hat euch alle drei angebetet. Das dürft ihr niemals vergessen.«

Ich senke den Blick. »Ich glaube, die Polizei wollte mit dir über Danny reden.«

Dad mustert seine dünnen Finger, die von pergamentartiger Haut überspannt und vielen Sonnenflecken übersät sind.

»Weißt du irgendwas?«, frage ich und greife nach einer seiner Hände, als sie zu zittern beginnen. »Ich meine, über das, was mit Iona passiert ist?«

Ihm kommen die Tränen, und ich drücke seine Hand. »Sie ist gefunden worden. Auf der Insel«, sagt er.

»Ich weiß, und vielleicht weißt du ja noch mehr?«, insistiere ich. »Denkst du, Danny könnte etwas damit zu tun haben?«

Er sieht mich an und stöhnt: »Aaach, Stella, Schatz, ich weiß es nicht. Ich denke, vielleicht... vielleicht hat er...«

Fassungslos ziehe ich meine Hand weg. Jetzt, da er es gesagt hat, wird mir bewusst, dass ich nicht wirklich damit gerechnet habe.

Dad runzelt die Stirn, sodass tiefe Furchen sie durchziehen, und malt mit den Fingern Kreise auf den Tisch, als wollte er noch mehr sagen, falls er die passenden Worte fände. Er findet sie nicht, sondern vollzieht einen gewaltigen Gedankensprung. »Ich habe meine Fähre so geliebt. Auf dem Schiff war ich richtig glücklich.«

»Warst du, Dad«, flüstere ich. »Ich bin früher hingelaufen, wenn du zurückkamst, und habe am Ende des Anlegers auf dich gewartet.«

»Ja, du warst immer da. Hast auf mich gewartet. Wir waren glücklich«, sagt er. »Du mehr als irgendwer sonst. Du bist auf der Insel geboren worden.«

»Ich weiß. Annie Webb hat mich entbunden.« Ich lächle bei der Erinnerung an die Geschichte, die ich immer wieder von meinen Eltern hören wollte. »Ihr habt gesagt, wir hätten es bei Problemen niemals aufs Festland geschafft. Gott sei Dank war mit ihr eine Hebamme da.«

»Annie ist immer da«, sagt mein Dad, wobei ich das Gefühl habe, dass er abdriftet, zunehmend abwesender wirkt und für mich heute verloren ist. Zu meiner Überraschung wirft er noch einen erklärungsbedürftigen Satz in den Raum: »Wir wären nie dahin gezogen, wäre sie nicht gewesen.«

»Habt ihr Annie schon gekannt, bevor ihr nach Evergreen gezogen seid?«, frage ich überrascht.

»Nein, vielleicht war es ja nicht ihr Werk«, sagt er nebulös und malt weiter Kreise auf die Tischplatte, merklich verärgert über einen Gedanken, der ihm gekommen ist. »Das war Joys Idee.«

»Grandmas?«, frage ich.

Dad zuckt mit den Schultern. »Ja, das musst du wirklich deine Mum fragen, die weiß das besser.«

»Wie sollte ich, Dad«, sage ich und neige mich zu ihm. »Ich kann Mum nicht mehr fragen, oder?«

Er schürzt die Lippen. »Nein, solltest du wohl nicht.« Er lehnt sich zurück und sieht mich an. »Wie geht es ihr? Kommt sie gut zurecht?«

»Sie ist...« Ich schüttle den Kopf. »Dad, sie ist...«

»Mir tut leid, was zwischen uns beiden war«, sagt er leise. »Ich habe nie gewollt, dass ihr wehgetan wird. Es hätte nie so kommen dürfen.«

»Oh, Dad, was ist nur mit uns passiert?«, frage ich, und mir kommen die Tränen.

»Ich habe sie sehr geliebt, musst du wissen.« Wieder runzelt er die Stirn. »Bleibst du zum Essen? Olivia ist gewiss bald zurück.«

Ich sehe auf meine Uhr, als Dad aufsteht, zur Spüle geht und in den Garten sieht. »Dad, du erinnerst dich bestimmt an Iona, oder?«

»Ja«, antwortet er leise.

»Weißt du, warum sie wirklich auf Evergreen war? Sie hat gar nicht studiert, es muss also was anderes gewesen sein.« Ich beobachte meinen Vater aufmerksam und möchte schwören, dass seine Schultern sich verspannen.

»Sie war auf der Suche nach jemandem«, sagt er. »Aber ich glaube nicht, dass sie die Person gefunden hat.«

»Und nach wem hat sie gesucht?«

Dad dreht mir den Kopf zu, sieht aufgebracht aus und stemmt die Handballen auf den Rand der Spüle, an der er sich zu schaffen gemacht hat. »Nichts davon ist noch von Bedeutung«, stößt er hervor. »Es ist alles zu lange her.«

»Manche Dinge sind nach wie vor von Bedeutung«, widerspreche ich, und er sieht mich fragend an. »Ich habe euch gesehen, Dad«, platze ich heraus. »Ich habe dich mit ihr gesehen. Hattest du eine Affäre mit Iona?«

Ungläubig starrt er mich an. »Was? Nein!«, ruft er aus. »Wie kannst du so was denken!« Er schüttelt beinahe panisch den Kopf, stemmt sich vom Rand der Spüle ab und blickt sich in der Küche um wie ein verängstigtes Kind. »Wo ist Olivia?«

»Tut mir leid«, sage ich. »Ich wollte dich nicht aufregen.«

Er steht auf, geht aus der Küche zur Haustür und krallt eine Hand um das Treppengeländer. »Ich weiß nicht...« Er sieht die Treppe hinauf und zurück zu mir, scheint etwas zu suchen und nicht zu finden. »Ich weiß nicht, was ich tue«, sagt er schließlich und schaut sich ängstlich um.

Wieder nehme ich seine Hände und drücke sie. »Alles

gut«, beruhige ich ihn. Bei seinem Blick holt mich das ganze Gewicht seiner Erwartungen ein, die mir zeigen, dass ich dies hier irgendwie hinbekommen muss.

Ein Schlüssel dreht sich im Schloss, und die Haustür schwingt auf. Ihr Parfum ist von hier drinnen aus zu riechen. Es ist der vertraute *Poison*-Duft, der sich immer in meiner Kehle festsetzt.

Olivia kommt herein, knallt die Tür zu und sieht abwechselnd Dad und mich an, bevor ihr Blick auf unsere Hände fällt. »Was ist hier los?«, fragt sie, lässt ihre Handtasche fallen und packt Dads Ellbogen. Gekonnt dreht sie ihn so zu sich, dass wir uns automatisch loslassen. Sie hat ihn zurück.

»Was ist los, David?«, fragt sie streng.

Entsetzt sehen sie und ich, wie eine Träne aus seinem Augenwinkel quillt und ihm über die Wange kullert.

»Kann mir mal jemand verraten, was zur Hölle hier los ist?«, fragt sie und sieht mich an.

»Ich bin hergekommen, um mit meinem Dad zu sprechen.«

»David, wie wäre es, wenn du dich anziehen würdest?« Er nickt folgsam und geht nach oben. Olivia funkelt mich erbost an.

»Ich musste mit ihm reden.«

»Du bist schlimmer als die Polizei«, faucht sie. »Du machst ihm Angst!«

»Sein Sohn ist im Gefängnis«, rufe ich frustriert aus. »Er hat einen Mord gestanden, und ich muss wissen, was Dad weiß.«

»Ich habe Ärzte und Anwälte, die für deinen Vater arbeiten«, sagt sie. »Er ist sicher nicht in der Verfassung, auf eine Wache gezerrt zu werden, wo er stundenlang sitzt und zu etwas befragt wird, was verdammt noch mal vor fünfundzwanzig Jahren passiert ist. An manchen Tagen erinnert er sich nicht mal an meinen Namen«, sagt sie und schlägt eine Hand gegen ihre Brust.

»Trotz allem erinnert er sich in vielen Teilen an die Vergangenheit«, entgegne ich. »Und das weißt du.«

Im Auto schlage ich meine Handflächen verärgert gegen das Lenkrad, wobei ich aus Versehen die Hupe betätige, sodass eine alte Frau erschrocken stehen bleibt. Ich ignoriere sie, lehne meinen Kopf nach hinten, schließe die Augen und beiße die Zähne so fest zusammen, dass mir der Kiefer wehtut.

Als ich in meinen Taschen nach meinem Handy suche, streift meine Hand den Zettel, der da immer noch ist. Ich hole ihn hervor und falte ihn auseinander.

HÖR AUF ZU GRABEN. DIR WIRD NICHT GEFALLEN, WAS DU FINDEST.

Die Warnung ergibt keinen Sinn. Wenn jemand sicher weiß, dass mein Bruder Iona umgebracht hat, warum sollte er oder sie es geheim halten wollen? Und warum mich warnen, anstatt direkt zur Polizei zu gehen?

Ich blicke auf und schaue durch die Windschutzscheibe. Es sei denn, es gibt noch etwas anderes, das ich nicht herausfinden soll.

Kapitel zweiundzwanzig

Früh am Samstagmorgen werde ich wieder zu Inspector Harwood nach Dorset bestellt. Diesmal wirkt er weniger ruhig. »Ihr Bruder beteuert, dass er Miss Byrnes getötet hat«, eröffnet er mir. Wie ich sucht er verzweifelt nach der Wahrheit und bekommt sie einfach nicht zu packen. Zudem lastet gewaltiger Druck auf ihm.

Seit fast achtundvierzig Stunden wird Danny nunmehr festgehalten, und meine magere Onlinerecherche besagt, dass sie sechsundneunzig Stunden haben, in denen sie ihn befragen dürfen. Was heißt, dass sie am Montagmorgen entweder eine Anklage gegen meinen Bruder vorlegen oder ihn gehen lassen müssen.

»Er sagt aus, dass er sie nahe dem Klippenrand treffen wollte.« Harwood schiebt mir eine Karte von der Insel hin und deutet mit seinem Kuli auf die Stelle, die er meint. Ich ziehe die Karte näher zu mir heran, sehe den Punkt, den sein Kuli hinterlassen hat, und schiebe die Karte zurück zu ihm.

»Ja, ich weiß genau, wo sich diese Klippe befindet.«

»Warum wollte er sie wohl gerade dort treffen?«

»Mir fällt kein Grund ein«, antworte ich, verschweige jedoch, dass es exakt die Stelle ist, an der ich mich immer mit Jill traf. Unser Geheimplatz. Warum Danny dort gewesen sein könnte, weiß ich nicht. Entweder zufällig oder weil er wusste, dass sie dort oft war.

Außerdem ist es der Flecken, an dem ich meinen Dad und Iona gesehen habe, und ein unerwünschtes Bild steigt in meinem Kopf auf. Dad hat gestern so verbissen beteuert, dass er keine Affäre hatte. Aber ich habe ihn gesehen, da bin ich mir sicher. Ganz deutlich habe ich seine Mütze erkannt, die dazu beiträgt, dass mich das Bild nicht loslässt.

»Daniel sagt, dass er und Miss Byrnes sich dort gestritten haben und er sie daraufhin geschubst hat. Und er behauptet, gesehen zu haben, wie Miss Byrnes über den Klippenrand stürzte.« Wieder tippt der Detective auf die Karte, diesmal hinterlässt sein Kuli einen Punkt unten auf dem schmalen Strandstreifen.

»Was Ihr Bruder aussagt, passt leider absolut nicht zu dem, was wir wissen. Und zu dem Ort, wo sie gefunden wurde. In diesem Bereich.« Er zeigt auf die Stelle gleich außerhalb unseres Hauses, an der Ionas Leiche ausgegraben wurde. »Wer hatte da Zugang?«

»Na ja, jeder«, antworte ich. »Das ist am Waldrand. Jeder hätte dort hingehen können – Inselbewohner, Besucher...«

»Also kamen Tagesausflügler an Ihrem Garten vorbei?«

»Nein, ich sagte, sie *hätten gekonnt*. Normalerweise kamen die Touristen dort nicht vorbei, außer sie hatten sich verlaufen. Die Leute, die über diesen Weg zu uns gelangten, waren gewöhnlich Freunde, wobei die meisten ebenfalls den großen Weg und das normale Eingangstor benutzten. Meine Mutter zog das vor. Sie mochte es nicht, wenn jemand durch den Hintereingang kam.«

Harwood nickt trotz seiner spürbaren Ungeduld. »Und wer hat diesen Weg zu Ihnen regelmäßig gewählt?«

»Annie Webb und Susan Carlton, die wohnen ja in dieser Richtung.«

»Sonst noch jemand?«

»Nicht dass ich wüsste.«

»Hat mal jemand viel Zeit dort verbracht?« Ich schüttle den Kopf. »Oder den Ort gemieden?«

»Nein.« Ich sehe ihn fragend an.

»Hatten Ihre Eltern eine besondere Vorliebe für die Stelle?«

»Die war am Rand von unserem Garten. Keiner von ihnen ging da öfter hin, sie war nichts Besonderes.«

Harwood scheint nicht zufrieden zu sein. Offensichtlich bekommt er nicht, was er will. »Und was ist mit den letzten Tagen, als Sie wieder auf der Insel waren? Haben Sie jemanden häufiger als üblich in der Nähe des Grundstücks gesehen?«

»Es sind haufenweise Leute zusammengekommen, als wir erfuhren, dass es Iona ist. Eine riesige Menge.«

»Wen haben Sie wiedererkannt?«

Ich zähle die Gruppe nahe den Bäumen auf. »Annie Webb, Ruth Taylor, Susan und Graham Carlton...« Ich stocke, als ich mich erinnere. »Graham ist nicht geblieben. Eigentlich wollte ich mit ihm reden, er war nur zu schnell weg.«

»Okay.« Harwood dachte nach. »Fehlte sonst noch jemand in der Menge?«

»Bob Taylor war nicht da. Genauso wenig wie Emma Fisher, die ich kurz danach mit ihrer Tochter im Dorf gesehen habe. Streitend. Ich weiß nicht, worum es ging.«

»Sehr gut. Das ist alles sehr hilfreich, Stella«, sagt der Detective, obwohl er ziemlich ratlos aussieht, und ich bin mir alles andere als sicher, dass ich ihm wirklich weiterhelfen konnte.

»Außerdem...« Ich halte inne, weil ich nicht weiß, ob ich die Information weitergeben will. »Mir hat jemand eine Warnung geschickt. Bei allem, was mit Danny war, habe ich vergessen, es am Donnerstag zu erwähnen. Darauf steht, dass ich aufhören soll zu graben.«

»Haben Sie den Zettel noch?«, fragt Harwood und sieht mir interessiert zu, als ich in meine Jackentasche greife und ihn herausziehe.

Anderthalb Stunden später habe ich endlich alle Fragen beantwortet. Also verabschiede ich mich von dem Detective und eile vorbei an den leisen Stimmen aus den anderen Zimmern. In Gedanken bin ich so sehr mit Harwoods Fragen und der Warnung beschäftigt, dass ich gar nicht versuche zu lauschen. Bis ich Worte höre, die mich betreffen.

»…nicht bloß die Tatsache, dass die Leiche an einer völlig anderen Stelle gefunden wurde«, sagt ein Mann. Ich drücke mich an die Wand, um außer Sichtweite zu sein. Sie sprechen über Iona, keine Frage, leider so leise, dass ich mich anstrengen muss, Brocken ihrer Unterhaltung aufzuschnappen.

»…die Sturzverletzungen könnten sie umgebracht haben…«

»…nicht sicher?«

»Nein. Es scheint, als ob…« Den Rest bekomme ich nicht mit, weil die Stimmen noch leiser werden. Ich schleiche mich ein Stück näher heran. Vermutlich unterhalten sich dort zwei an der Untersuchung beteiligte Officer.

»…um es aussehen zu lassen, als wäre sie auf einen Stein aufgeschlagen?«

»…oder ein stumpfer Gegenstand.«

Eine Tür am anderen Ende des Gangs fliegt auf, und eine Frau tritt heraus, die mich misstrauisch beäugt. Ich löse mich von der Wand und gehe zum Ausgang.

Denkt Harwood, dass Danny unschuldig ist? Die Gesprächsfetzen, die ich gehört habe, geben mir darüber keinen

Aufschluss. Ich würde so gerne wissen, ob seine Geschichte stimmt oder ob alle denken, dass sie nicht stimmen kann.

Verunsichert und ratlos gehe ich die Straße entlang. Die Sonne versucht, durch die Wolken zu brechen, der Wind hingegen hat aufgefrischt, deshalb wickle ich mich fester in meine Jacke. Die Vorhersage für die nächsten Tage ist nicht gut. Angeblich drohen Unwetter, dabei scheinen die weißen Wolken nicht mal Regen anzukündigen.

Als ich in meinem Auto sitze, klingelt in der Tasche mein Handy, und Freyas Nummer leuchtet auf dem Display auf. »Ich hatte eben eine interessante Unterhaltung«, fällt sie mit der Tür ins Haus, ehe ich irgendwas sagen kann.

»Sag schon.« Ich reibe mir meine müden Augen, weiche knapp einem Radfahrer aus und schaue wieder auf die Straße.

»Ja, mit Ionas Mutter.«

»Was?« Meiner Erinnerung nach hat Iona ihre Mutter lediglich ein einziges Mal erwähnt, und da waren ihre Worte so kalt, dass es mich gefröstelt hat. Dieser Mutter ist es anscheinend fünfundzwanzig Jahre lang nicht aufgefallen, dass ihre Tochter verschwunden war.

»Ich treffe sie«, sagt Freya aufgeregt, »und nehme jetzt den Zug nach Birmingham. Ich habe das Gefühl, dass sie etwas verschweigt, und hoffe, dass sie es mir erzählt…« Freya unterbricht sich kurz. »Um ehrlich zu sein, weiß ich nicht, wie glaubwürdig sie ist, und ich habe gedacht, dass du vielleicht mitkommen willst.«

Bei dem Gedanken, der Frau zu begegnen, die mir mehr über Iona erzählen kann als irgendwer sonst, werde ich ganz kribbelig. Das junge Mädchen von einst ist für mich zu einem Rätsel geworden, und wenn mir irgendetwas helfen kann, herauszufinden, was zwischen ihr und Danny vorgefallen ist, lohnt es sich, dem nachzugehen. Vor allem weil die Version meines Bruders, wie sie gestorben ist, nicht stimmen kann.

»Okay, ich komme mit«, erkläre ich hastig.

»Super. Wir treffen uns um drei am Bahnhof New Street.«

»New Street? Wo ist das?«

»Da, wo Ionas Mutter wohnt«, antwortet sie. »In Birmingham.«

Kapitel dreiundzwanzig

Freya hat mir gesagt, dass das Treffen mit Ionas Mutter Ange in einem Pub in Balsall Heath stattfinden soll, einem Arbeiterviertel von Birmingham. Als sie hinzufügte, dass sie ungern allein in solch eine Kneipe geht, schlug ich die Adresse online nach und musste ihr zustimmen. Gleichzeitig fragte ich mich, warum mir Balsall Heath irgendwie bekannt vorkam.

Zwar stammten meine Eltern aus Birmingham, über ihr Leben dort habe ich sie indes so gut wie nie sprechen hören. Das wenige, was ich wusste, war, dass sie ihr erstes Haus in Shirley kauften, unweit von Grandmas Haus, in dem Mum aufgewachsen war. Da sie nach ihrem Umzug auf die Insel kein Interesse hatten, jemals nach Birmingham zurückzukehren, habe ich die Stadt nie kennengelernt.

Am Hauptbahnhof Birmingham treffe ich Freya, die förmlich überquillt vor Aufregung. Sie läuft voraus und sucht nach dem Taxistand, ich folge ihr wohl oder übel.

»Die Polizei muss bereits mit ihr geredet haben«, rufe ich, als ich ihr nacheile.

»Klar, haben die.« Sie bleibt kurz stehen, bis sie eine Reihe von Taxen erspäht. »Ihre Mutter war eine von denen, die bestätigt haben, dass es sich bei der Leiche um Iona handelt, also werden die sie ohne Ende befragt haben.«

»Und was soll sie uns dann noch erzählen?«

Freya zuckt mit den Schultern. »Vielleicht nichts.«

»Dann könnte es eine unnütze Reise gewesen sein.«

Sie dreht sich zu mir um. »So darfst du nicht denken. Es besteht immer die Möglichkeit, dass sie irgendetwas Neues auf Lager hat, das ihr nachträglich eingefallen ist.«

»Mich wundert, dass sie dich treffen will«, murmle ich, als Freya sich vorbeugt, um dem Taxifahrer die Adresse zu nennen.

»Was ist um Himmels willen heute mit dir los?«, fragt sie, als wir in den Fond des Taxis einsteigen.

Ich zucke mit den Schultern. Mir ist nicht danach, ihr zu erzählen, dass ich Angst davor habe, Ange zu begegnen. »Ich weiß nicht, was ich zu erwarten habe«, sage ich nach ein paar Minuten. »Immerhin bin ich nicht an solche Sachen gewöhnt wie du. Darüber hinaus weiß ich nicht, warum du mich dabeihaben willst, vor allem nachdem ich dir auf der Insel gar keine Hilfe gewesen bin.« Freya sieht mich fragend an. »Du hattest mich gebeten, mit Leuten zu reden. Und du hast mir einige Male verbotenerweise Hinweise gegeben, wofür du von mir praktisch nichts zurückbekommen hast. Oder bin ich für dich Teil einer Story?«

Freya seufzt und verdreht die Augen. »Glaubst du ernsthaft, dass ich dich benutze?«

»Irgendwie kann ich kaum noch sagen, was ich denke oder glaube«, erwidere ich. »Und ich bin so müde, dass ich auf der Stelle in Tränen ausbrechen könnte.«

Sie drückt meine Hand. »Ich glaube nicht, dass Danny damals bei der Strandübernachtung irgendwas getan hat.«

In diesem Moment erscheint ein Bild von Freya in meinem Kopf. Ich sehe sie, wie sie auf Abstand zu der kleinen Gruppe von Mädchen geblieben war, die sich um Tess scharten.

»Warum denkst du das?«

Freya überlegt. »Er sah an jenem Abend total verängstigt aus, und deshalb glaubte ich nicht, dass er Tess an die Wäsche gegangen war. Und irgendwas an seinem späten

Geständnis fühlt sich zudem falsch an... Jedenfalls wundert mich nicht, dass Ange sich gern mit uns treffen will. Erst recht, wenn es ein Gratisessen gibt. Mit Geld geht alles und bei einigen noch leichter als bei anderen.« Freya grinst, aber sie ist ehrlich.

»Das hört sich widerlich an. Für ein Gratisessen ist die Mutter bereit, sich das Maul über ihre tote Tochter zu zerreißen.« Mich schüttelt es. »Und dass sie Iona nicht mal vermisst hat, ist echt das Letzte.«

»Na ja, wir kennen ihre Geschichte nicht. Und die werden wir heute hoffentlich erfahren. Sie könnten sich aus einem nachvollziehbaren Grund entfremdet haben. Urteilen wir nicht über sie, ehe wir sie überhaupt gesehen haben. Ich denke, das siehst du ebenso.«

In gewisser Weise hat Freya recht. Menschen können uns immer wieder überraschen. Ich erlebe es ständig bei meinen Klienten und habe gelernt, nicht mit vorgefasster Meinung in Therapiestunden zu gehen. Überdies muss ich mir ja bloß meine eigene Familie ansehen. Dennoch glaube ich nicht, dass ich mich irre, was Ange betrifft.

»Wie dem auch sei, sie könnte uns etwas geben, das zumindest teilweise erklärt, was auf der verrückten Insel passiert ist oder warum Iona überhaupt dort war.«

»Was glaubst du persönlich?«, frage ich, ohne zu erwähnen, dass mein Dad mir erzählt hat, sie habe nach jemandem gesucht. Bei seiner Krankheit ist man nicht sicher, wie weit man seinen Worten trauen kann.

Freya zuckt mit den Schultern. »Keine Ahnung. Ich war nur kurz da. Wir haben dort Urlaub gemacht, weil unsere Cousins da waren und meine Mutter gedacht hat, sie würde vielleicht auch solch ein Leben wollen. Warum manche

Leute sich entscheiden, an einen so abgelegenen Flecken zu ziehen, weiß ich nicht.« Sie spreizt die Finger und zählt an ihnen ab: »Arbeit oder weil sie vor etwas oder vor jemandem weglaufen. Und wenn eine Neunzehnjährige allein auf die Insel kommt, muss es einen Grund geben. Vielleicht ist Iona vor jemandem weggelaufen.«

Alle Fragen bleiben vorerst in der Luft hängen, und wir sehen erwartungsvoll der Begegnung mit der Mutter entgegen.

»Ange wollte sich in diesem Pub treffen«, sagt Freya und blickt aus dem Seitenfenster, als das Taxi anhält. »Anscheinend ist das Essen hier gut, zumindest für eine bestimmte Klientel. Möglicherweise hängt die Latte ziemlich tief.«

»Keine Angst, ich erwarte nicht viel. Balsall Heath kommt mir bekannt vor.« Ich steige aus dem Wagen, schaue mich auf der Straße um und nehme dann das rote Eckgebäude in Augenschein, in dem sich der Pub befindet.

Ich folge Freya, als sie die schwere Tür öffnet und hineingeht, gänzlich unbeeindruckt von dem Pub und den Gästen hier. Männer hocken in einer Reihe am Tresen. Einer von ihnen blickt über die Schulter zurück, um sehen zu können, wer kommt. In der hintersten Ecke hebt eine Frau die Hand und sieht uns fragend an. Als Freya ebenfalls eine Hand hebt, nickt sie.

Bevor meine Begleiterin losmarschiert, halte ich sie am Arm fest und flüstere: »Was hast du gesagt, wer ich bin? Eine Kollegin?«

»Sie weiß nicht, dass jemand mitkommt. Erzähl ihr meinetwegen, dass du eine Freundin von Iona warst.«

Mir bleibt keine Zeit mehr, etwas zu erwidern, denn wir

erreichen den Tisch, und Freya schüttelt der Frau die Hand. Ich biete an, die erste Runde zu holen, die aus einem großen Weißwein für Ange und Cola für Freya und mich besteht. Als ich zum Tisch zurückkehre, sind die beiden schon ins Gespräch vertieft. Freya versichert Ange, wie dankbar sie ist, dass sie sich Zeit für uns nimmt, dabei wird schnell klar, dass Ange wenig anderes zu tun hat. Ich setze mich stumm neben Freya, und während sie reden, mustere ich die Frau. Ich suche nach Ähnlichkeiten mit dem jungen Mädchen, an das ich mich erinnere.

Anges Finger sind gelb von Nikotin, genauso wie ihre Zähne. In ihrem grauen Haar sind noch Spuren von Kastanienbraun auszumachen; sie hat es zu einem Pferdeschwanz zurückgebunden. Ihre grünen Augen, die mich an Iona erinnern, wandern nervös zwischen Freya und mir herum. Ihr Blick verharrt auf mir, und sie beobachtet misstrauisch, wie ich an meiner Cola nippe.

»Ich bin Stella«, sage ich lächelnd. Anges Hand zittert, als sie nach dem Stiel ihres Weinglases greift. »Ich bin eine Freundin von Freya und habe Iona gekannt. Es tut mir so leid, was mit ihr passiert ist.«

»War es denn Ihre Schuld?«, fragt sie vorwurfsvoll.

Als ich verwirrt den Mund zum Protest öffne, kichert sie mit tiefer Stimme laut los. »War ein Witz, Schätzchen.«

Während ich mich noch von dem geschmacklosen Benehmen der Mutter erhole, bemüht Freya sich, ihr Informationen zu entlocken.

»Die Polizei ist bei mir gewesen und hat einen Haufen Fragen gestellt«, erzählt Ange. »Deshalb weiß ich nicht, was Sie noch wollen.«

»Nun, mich interessiert Ionas Leben, was war und was sie

machte, bevor sie nach Evergreen ging. Und ob Sie bereits immer schon hier wohnen, Ange«, sagt Freya.

Die Frau nickt. »Ich bin hier geboren, so wie Iona. Sie ist weggekommen, ich nie.«

»Und seit wann haben Sie sie nicht mehr gesehen?«

»Seit Langem nicht. Das war eine ganze Weile, bevor sie auf die Insel ging. Ich weiß nicht mehr genau, wie lange das her ist.« Ange trinkt rasch einen Schluck Wein, linst über den Glasrand hinweg zu uns hinüber, und ich wette, dass sie exakt weiß, wie lange es her ist.

»Und haben Sie gewusst, dass sie nach Evergreen wollte?«, fragt Freya und fährt gleich fort, als Ange nickt. »Ein komischer Ort«, sagt sie und neigt sich vor, als wäre alles, was Ange ihr erzählt, vertraulich. »Mich erstaunt, dass sie überhaupt von der Insel gehört hat, die ist ja immerhin weit weg von Birmingham. Viele Leute wissen nicht mal, dass es sie gibt. Ist ja keine große Insel.«

»Nee«, bestätigt Ange. »Einhundertzwei Bewohner.«

Elektrisiert beuge ich mich vor. Ange kennt die Insel, zumindest ist sie ihr ein Begriff. In diesem Augenblick geht die Tür auf, und Ange späht hinüber. Als ich mich ebenfalls umschauen will, raunt sie: »Nicht umdrehen.«

»Wer ist das?«, fragt Freya.

»Jemand, dem ich Geld schulde, das ich aber noch nicht zurückzahlen kann.«

Freya nimmt keine Notiz davon, wendet sich wieder an Ange wegen der Insel. »Woher wissen Sie von Evergreen?« Als die Gefragte nicht antwortet, hakt sie nach: »Was wollte Iona dort? Es könnte wirklich wichtig sein. Vielleicht kann ich Ihnen bei dem Problem mit dem Mann helfen, der gerade reingekommen ist, wenn Sie mir auch helfen.«

Ange lacht. »Da braucht es eine Menge mehr Geld, als Sie mir bezahlen könnten«, sagt sie und nagt nachdenklich an ihrer Unterlippe.

»Ganz gleich, was zwischen Ihnen und Ihrer Tochter war, wollen Sie sicher wissen, was mit ihr passiert ist«, sage ich. »Sie müssen Antworten wollen.«

»Die habe ich.« Ange sieht mich an. »Ein Junge hat sie umgebracht. Er hat es gestanden.«

»Die Polizei glaubt nicht, dass das stimmt«, erwidere ich, und sie neigt den Kopf leicht zur Seite. »Also, falls es einen Grund gab, weshalb sie auf die Insel gereist ist...« Ich beende den Satz absichtlich nicht, damit sie es tut. Eindeutig erkennt man, dass sie ihre Möglichkeiten abwägt, während sie den Rest von ihrem Wein austrinkt.

»Sie hat nach jemandem gesucht«, sagt sie schließlich und bestätigt damit Dads Vermutung. »Ich habe sie davor gewarnt, auch nur in die Nähe der Insel zu gehen, das hat sie nicht beachtet, die sture Ziege.«

»Warum wollten Sie nicht, dass sie die Insel aufsucht?«, will Freya wissen.

»Weil ich gewusst habe, dass es nicht gut ausgeht. Wir haben uns deswegen gestritten. Richtig schlimm. Danach habe ich gewusst, dass ich sie nicht wiedersehe. Sie hat mir Ausdrücke an den Kopf geknallt, die man nie zu seiner Mutter sagen darf.«

Und sicher hast du ihr noch schlimmere Namen gegeben, denke ich, als Ange auf ihr leeres Glas blickt. Ich bin nicht sicher, ob es Schuld oder Reue ist, die ich an ihr wahrnehme – oder Trauer um den Verlust ihrer Tochter oder über das, wozu ihr Leben geworden ist.

»Nach wem hat sie gesucht?«, frage ich.

Ange schiebt mir ihr Glas hin.

»Ich hole Ihnen noch einen Wein«, sagt Freya. »Sobald Sie geantwortet haben.«

»Nach ihrer Schwester«, sagt sie und blickt auf, als der Mann, dem sie Geld schuldet, auf unseren Tisch zukommt.

»Ihre Schwester?«, frage ich skeptisch, ohne eine Antwort zu bekommen, da Ange mit dem Geldverleiher beschäftigt ist.

»Ich habe dein Geld heute nicht, Frankie, aber ich bekomme es noch«, höre ich sie sagen.

Franks muskulöse Arme hängen seitlich herunter. Über dem Kragen seines Sweatshirts ist sein Hals tätowiert. Er sieht zu Freya und mir, kann offensichtlich nicht einschätzen, was wir hier tun.

»Kann ich dich kurz sprechen?«, fragt er, zeigt zur Tür und geht voraus.

Als Ange über die Bank rutscht, greift Freya nach ihrem Arm. »Wer war die Schwester?«

Ange bleibt stehen. »Ihr Name war Scarlet.«

»Ich kenne keine Scarlet«, sagt Freya. Unterdessen hat Ange ihren Arm weggezogen, um Frank zur Tür zu folgen. »Ich hole Ihnen noch einen Wein«, ruft Freya ihr nach. »Kommen Sie zurück, Ange, dann bestellen wir etwas zu essen.« Freya bedeutet mir ungeduldig, sie durchzulassen, damit sie an die Bar gehen kann.

»Auf Evergreen gab es keine Scarlet«, sage ich, als sie zurückkommt. »Ich kannte jeden auf der Insel, und dort hieß niemand so.«

Neben dem Tisch stehend, trommelt Freya mit den Fingern auf die Platte, beobachtet die Tür und wartet, dass Ange endlich reinkommt.

Ich schaue mich um. »Mittlerweile ist sie ganz schön lange weg. Meinst du, es ist alles in Ordnung?«

Freya antwortet nicht, sondern geht aus dem Pub. Als sie wieder reinkommt, blitzen ihre Augen vor Wut. »Sie ist abgehauen.« Dann holt sie ihr Handy hervor, scrollt und tippt eine Nummer an, die Ange ihr gegeben hat und offenbar falsch ist. »Mist, da nimmt keiner ab«, flucht sie.

»Könnte Iona sich im Ort geirrt haben?«

»Nein.« Freya schnappt sich ihre Tasche. »Ich glaube eher, Scarlet hat ihren Namen geändert.«

EVERGREEN ISLAND

25. August 1993

Bonnie stand an Stellas Fenster und beobachtete ihre Mutter unten im Garten. Sie plauderte mit Susan und schenkte ihnen beiden Wein ein, als wäre alles bestens. Bonnie war es recht, wenn sie keine Aufmerksamkeit erregte.

Vor allem wollte sie, dass Susan ging. Ihre Mum sollte ihre Freundin dazu auffordern und dann nach ihr suchen. Obwohl Bonnie seit über zwei Stunden nicht mehr unten gewesen war, kam ihre Mutter nicht auf die Idee nachzuschauen, ob bei ihr alles in Ordnung war.

War es nicht. Kein bisschen.

Das Mädchen presste ihren Handballen fester an die Scheibe und sah, wie Susan sich vorbeugte, sicher wollte sie tratschen, was zum Kotzen war. Bonnie wollte keinen Tratsch mehr hören, nie wieder. Wenn sie noch kräftiger drückte, könnte sie die Hand geradewegs durch das Glas hauen.

Der Gedanke faszinierte sie. Vielleicht sollte sie es tun und mit blutender Hand und den Scherben nach draußen springen, dann würde ihre Mum sie endlich bemerken und feststellen, dass ihre Tochter sie zur Abwechslung mal als nervige Glucke brauchte, was sie sonst hasste.

Aber wollte sie wirklich mit ihr reden? War es nicht besser, sich oben zu verstecken, sich die Ohren zuzuhalten und den Rest der Welt auszublenden, wie sie es getan hatte, nachdem Iona vorhin gegangen war?

Sie wollte ihre beste Freundin nicht wiedersehen. Nie wieder.

Andererseits ertrug sie den Gedanken nicht. Vielmehr fragte sie sich, wo Iona gerade war, mit wem sie redete und lachte. Wem sie Dinge erzählte, die sie nur Bonnie erzählen sollte. Ihr tat alles weh, wenn sie daran dachte, dass Iona vielleicht wieder mit Tess unterwegs war.

Wie konnte man jemanden hassen und ihn zugleich dringend bei sich haben wollen?

Vielleicht gelang es ihr ja zu vergessen, was Iona ihr erzählt hatte. Es einfach aus ihrem Kopf zu streichen.

Ja, das musste sie. So tun, als wäre es nie passiert. Und dann würden sie wieder beste Freundinnen sein.

Sie blickte nach unten zu ihrer Mum. Wut und Zorn überfielen sie, und sie knallte die Faust so fest gegen das Fenster, wie sie konnte. Doch das Glas splitterte weder, noch sah jemand nach oben.

An jenem Tag war Danny glücklich. Manchmal wachte er morgens einfach so auf. Er belud seinen Rucksack mit zwei Tüten Käse-Zwiebel-Chips und einer halben Schweinefleischpastete und packte seine Kladde und die Stifte in das hintere Fach.

Da er in den Wald wollte, band er sich einen Fleecepullover um die Taille und verknotete die Ärmel fest vor seinem Bauch. Er fand schnell einen Baum und kletterte hinauf, wendig wie ein Turner. Trotz seines Gewichts war er ein großartiger Kletterer. Oben in den Ästen holte Danny eine Tüte Chips hervor und aß sie gierig. Laut kauend hörte er nicht auf, bis die Tüte leer war; die zweite Packung beschloss er nach längerem Überlegen aufzuheben, bis er Hunger bekam.

Er nahm sein Malbuch aus dem Rucksack, schaute sich um, was er zeichnen wollte, und entschied sich für einen hübschen Strandläufer, der an einem Baumstamm in der Nähe herumflatterte. Das Gesicht beinahe in seinem Zeichenpapier vergraben, die Zunge im Mundwinkel, konzentrierte er sich. Hin und wieder sah er auf, suchte nach dem Vogel und musterte das Gefieder, um es richtig hinzubekommen.

Als er fertig war, lehnte er sich zurück und betrachtete das Bild. Er war nicht zufrieden damit. Etwas stimmte nicht an seiner Zeichnung, aber er kam nicht darauf, was es war. Vielleicht war er nicht nahe genug an dem Vogel dran. Er musste ihn besser sehen können. Danny schnappte sich seine Sachen, kletterte nach unten und machte sich auf den Weg zu dem Stamm, wo der Vogel immer noch herumflatterte.

Er sah nicht glücklich aus, dachte Danny, als er sich reckte, um ihn genauer anzusehen. Vielmehr wirkte er panisch, schlug hektisch mit den Flügeln. Er ließ seinen Rucksack fallen und starrte weiter nach oben, als der flatternde Vogel plötzlich mit Wucht gegen den Stamm prallte und leblos vor Dannys Schuhe fiel. Der Junge hockte sich hin, schaute das Tier an und streckte einen Finger nach dem gebrochenen Flügel aus. Dann legte er die Fingerspitze behutsam auf den Bauch des Vogels. Er atmete nicht mehr.

Danny richtete sich wieder auf, löste den Fleecepullover von seiner Taille und legte ihn auf den Boden, hob den Vogel hoch und wickelte ihn in den Pullover.

»Was machst du da, Dan?«

Ihre Worte verschmolzen mit der Luft wie dicker Sirup, Danny blickte über seine Schulter und sah Iona. Sie kniete sich neben ihn und musterte ihn. Er wusste, dass ihm Tränen über die Wangen liefen. Außerdem bemerkte er, dass ihr Blick zu seinem Skizzenheft mit dem Bild des Vogels wanderte. Rasch schlug er es zu, ehe sie die Zeichnung auf dem anderen Blatt sah und sich selbst erkannte.

»Der Vogel ist gegen den Stamm geflogen.«

»Weiß ich«, sagte sie lächelnd. »Ich habe es gesehen.«

»Ich wollte ihn zum Strand bringen und im Sand vergraben. Es ist ja ein Strandläufer.«

»Das habe ich nicht gewusst.« Iona neigte den Kopf zur Seite und lächelte ihn weiter an. Sie redete mit ihm wie mit einem Kind, und das mochte er nicht. Wortlos stand er auf und ging in Richtung Strand.

Mit dem in den Pullover gewickelten Vogel in den Armen schaute er sich um. Sie beobachtete ihn nach wie vor grinsend, und er fühlte sich gar nicht mehr glücklich. Das tat er nie, wenn sie in der Nähe war.

Maria reichte Susan die Weinflasche, und ihre Freundin schenkte sich langsam ein. Beide schauten sie zum Ende des Gartens, wo David sich mit einer hölzernen Liege abmühte, bei der ein Bein abgebrochen war.

»Ich kann immer noch nicht glauben, dass du wirklich wegziehst«, sagte Maria.

»Ich habe keine andere Wahl.« Susans Worte klangen traurig. »Graham hat es entschieden.«

Wenn sie irgendwas wüsste, das Susan zum Bleiben bewegen könnte, würde Maria es ansprechen, bloß wusste sie zugleich, dass es das Beste für Susan war. Höchstens ein Ereignis von epischem Ausmaß könnte sie jetzt noch umstimmen.

Susan beobachtete Stella, die zwischen den Bäumen erschien und sich zu ihrem Vater kniete. »Früher habe ich dich um deine drei Kinder beneidet«, sagte sie.

»Ja, ich weiß.«

»Tess...« Susan brach ab.

Maria sah zu ihrer Freundin, die ihr Glas an den Mund hob und einen Schluck Wein trank. »Was ist mit Tess?«

»Irgendwas ist in sie gefahren. In letzter Zeit hat sie lauter komische Ideen, und das passt gar nicht zu ihr. Ich denke, die Insel zu verlassen, ist auch für sie gut.«

Wenngleich sie Veränderungen nicht leiden konnte, spürte Maria mit einem Mal, dass sie kommen würden, ohne dass sie noch irgendwelchen Einfluss hatte.

»Glaubst du, dass man jemandem vollkommen vertrauen kann?«, hörte sie Susan fragen, stutzte und blickte wieder zu David, der das Stuhlbein zur Seite warf, die Hände in die Hüften stemmte und das Wrack vor sich betrachtete.

Sie dachte gründlich über die Frage nach, ehe sie antwortete: »Ja, das glaube ich.«

Was für eine Närrin sie war! Zwei Wochen später sollte ihr klar werden, dass sie nicht mal dem nächsten Menschen trauen durfte. Und wenn selbst dem nicht, wem dann?

HEUTE

Kapitel vierundzwanzig

Unentschlossen stehe ich vor dem Pub an der Straßenecke, während Freya telefonierend auf und ab läuft. »Kannst du sie immer noch nicht erreichen?«, frage ich, als sie ihr Handy endlich vom Ohr nimmt.

»Sie geht nicht dran. Wahrscheinlich denkt sie, dass sie zu viel gesagt hat.«

»Vielleicht weiß jemand, wo sie sein könnte«, schlage ich vor.

»Wer zum Beispiel?«

»Keine Ahnung. Der Wirt?«

Freya sieht zur geschlossenen Tür. »Warte hier«, murmelt sie. Ich sehe ihr an, wie sauer sie ist, und ich bin es ebenfalls. Die Tatsache, dass Iona auf Evergreen nach einer Schwester gesucht hatte, könnte ihre ganze Story torpedieren.

Als sie wiederkommt, schüttelt sie den Kopf. »Der Wirt sagt, dass er nicht weiß, wo sie wohnt, dabei kommt sie so gut wie täglich her.« Erneut sieht sie auf ihr Handy. »Was mir nicht weiterhilft. Ich muss sowieso nach Hause, mein Großvater wird morgen neunzig.«

»Ich könnte bleiben«, biete ich ihr an. »Zur Not nehme

ich mir ein Zimmer für eine Nacht und versuche es morgen noch mal. Bei mir gibt es nichts, was mich dringend zurückruft.«

»Willst du das echt machen?«, fragt Freya, die sichtlich verwundert ist.

Ich zucke mit den Schultern. »Schließlich möchte ich ebenfalls herausfinden, was genau dort passiert ist, und Iona scheint eine Rolle gespielt zu haben. Außerdem kann ich mir bei der Gelegenheit mal ansehen, wo meine Eltern früher gelebt haben. Das dürfte in etwa dieselbe Gegend gewesen sein.«

»Okay, gut.« Freya zögert. »Ruf mich an, wenn du mit ihr sprichst.«

»Mache ich.«

Sie nickt zum Pub. »Und lass dich nicht von fremden Männern anquatschen.«

Es ist fast sechs Uhr abends, bis ich meinen Wagen geholt und in einem Premier Inn nahe Shirley eingecheckt habe. Ich habe einige unverzichtbare Toilettenartikel gekauft und plane, nach einem Abendessen zeitig ins Bett zu gehen. Die Gegend kann ich mir morgen ansehen und nach Grandmas altem Haus suchen. Sobald ich allein in meinem Zimmer bin, rufe ich bei Bonnie an. Mich überrascht nicht, dass ich seit achtundvierzig Stunden nichts von ihr gehört habe. Sie hält mich hin, damit ich auf sie zukomme, und wenn ich es länger hinausschiebe, wird es nur schlimmer mit ihr. Ich bin nervös, als ich ihre Nummer antippe, weil ich fürchte, dass sie getrunken hat und entsprechend drauf ist. Als sie nicht an ihr Handy geht, probiere ich es auf dem Festnetz, auch da meldet sich niemand.

Erschöpft lasse ich mir ein Bad ein. Beim Eintauchen in das warme Wasser seufze ich wohlig, denn die Schmerzen in meinen Muskeln werden sofort gelindert. Nach allem, was gegenwärtig passiert, wusste ich, dass Bonnie mir entgleiten könnte, und ich hasse mich dafür, das Risiko auf mich genommen zu haben.

Als mein Handy zu klingeln beginnt, nehme ich es auf, melde mich, steige aus der Wanne und wickle mich in ein Handtuch. »Ich habe versucht, dich zu erreichen.«

»Ja, das sehe ich«, antwortet sie schroff. »Wo steckst du? Ich habe gesehen, dass dein Wagen weg ist.« Sie klingt unfreundlich, dafür zum Glück völlig nüchtern.

»Ich bin mit Freya unterwegs.«

»Im Ernst? Und was haben Cagney und Lacey diesmal entdeckt?«

»Genau genommen sind wir in Birmingham.«

Bonnie schweigt. »Birmingham?«, wiederholt sie nach einer Weile mit alarmierter Stimmlage.

»Freya hat Kontakt zu Ionas Mutter aufgenommen, und die war bereit, sich mit uns zu treffen.«

»Ihre Mutter?«, dröhnt es durchs Telefon. »Was zur Hölle treibst du da?«

»Bonnie«, sage ich ruhig in dem Bemühen, ihre Überreaktion abzufedern. »Ich weiß, dass du es aus welchen Gründen auch immer nicht hören willst, aber ich denke, es besteht die Chance, dass Danny…«

»Hier geht es nicht um Danny«, fällt sie mir giftig ins Wort und schaut mich angesäuert an. »Warum hast du Ionas Mutter besucht?«

»Ganz einfach, Bon. Weil ich mehr darüber erfahren will, was Iona auf der Insel wollte. Und selbst wenn du es abzustreiten versuchst, hier geht es sehr wohl ebenfalls um Danny...«

»Und?«, unterbricht sie mich erneut. »Hast du ihre Mutter gesehen?«

»Ja.«

Bonnie stößt ein Lachen aus, das verbittert und frustriert klingt. »Das ist wohl ein schlechter Scherz. Wann hörst du endlich auf, Stella?«

»Bonnie, ich weiß nicht, was...«

»Was hat sie gesagt?«

Ich setze mich auf die Bettkante und ziehe das Badehandtuch hoch. »Dass Iona auf der Insel nach einer Schwester gesucht hat. Nach einer Scarlet«, füge ich hinzu, als Bonnie nicht reagiert.

Immer noch sagt sie nichts, und ich brauche einen Moment, ehe ich begreife, dass sie aufgelegt hat.

Kurz darauf leuchtet das Display wieder auf. »Wieso tust du das?«, ruft Bonnie empört.

»Ich will herausfinden...«

»Kommst du jetzt nach Hause?«

»Nein, ich übernachte in Shirley in einem Premier Inn, weil ich...«

»Du bist praktisch immer noch in Birmingham?«, schreit sie.

»Bin ich, und kannst du bitte aufhören, mich ständig zu unterbrechen?«

Prompt ist die Leitung tot, und ich werfe mein Telefon aufs Bett. Fünf Minuten später ruft Bonnie wieder an, diesmal ziemlich kleinlaut. »Ich will nicht, dass du sie siehst«, fleht sie mich an.

»Weinst du, Bon? Wovor hast du Angst?«

»Vor gar nichts. Ich will nichts anderes, als dass du nach Hause kommst. Was ist? Kommst du?«, fügt sie hinzu, als ich seufze.

»Schwesterherz, ich weiß, dass dir nicht gefällt, was gerade los ist, egal, du musst mich das hier tun lassen. Bonnie?« Zum dritten Mal hat sie aufgelegt.

Da sie nicht mehr anruft, gehe ich ins Restaurant und bestelle mir einen Hamburger. Es ist sinnlos, dass wir immer wieder dasselbe Gespräch führen, trotzdem habe ich gegen zehn, als ich ins Bett gehen will, das Gefühl, ich müsste es noch einmal versuchen. Als bei ihr direkt die Mailbox anspringt, spreche ich keine Nachricht drauf.

Eine halbe Stunde später, ich bin gerade eingedöst, schreckt mich ein lautes Klopfen an der Tür auf. Ich setze mich so schnell hin, dass mir schwindlig wird. »Wer ist da?«, rufe ich und schlage die Decke zur Seite.

»Ich.«

»Bonnie?« Ich gehe öffnen, und sie rauscht sofort an mir vorbei ins Zimmer. »Was machst du hier?« Als ich das Licht einschalte, sehe ich, dass sie zitternd auf das Bett gesackt ist.

»Sag mir bitte, dass du nichts getrunken hast.«

»Ich hatte nicht mehr als ein Glas.«

»Lüg mich nicht an, Bonnie.«

»Es ist nicht gelogen. Es war nicht mehr als ein Glas.« Wenigstens besitzt sie den Anstand, schuldbewusst dreinzuschauen, und meidet meinen Blick, während sie an der Bettdecke zupft.

»Schon eines...« Ich schüttle den Kopf. »Und dann bist

du noch den ganzen Weg hergefahren. Warum hast du das getan?«

»Du warst nicht zu Hause«, antwortet sie eingeschnappt. »Und ich habe es gebraucht.«

»Du hast nicht mal vorher mit mir geredet«, sage ich und setze mich neben sie. »Du hast mir versprochen, dass du mit mir sprichst, wenn du wieder an den Punkt kommst.«

»Jetzt guck mich nicht so enttäuscht an! Ich kann die Last für uns beide tragen.«

»Tu nicht so theatralisch und rede nicht so schwülstig«, schimpfe ich. »Ich bin schrecklich wütend auf dich. Nach allem …«

»Willst du nicht wissen, warum ich was getrunken habe?«, fragt sie. Ihr kommen die Tränen. »Warum ich ein Glas Wein gebraucht habe?«

»Natürlich will ich das.«

Eine Träne läuft über ihre Wange, und sie senkt den Kopf. »Ich habe es so sehr versucht«, flüstert sie. »Ich wollte es nicht. Doch du warst nicht da, Stella.«

»Ich bin immer am anderen Ende der Leitung.«

»Das meine ich nicht. Du bist nicht da in dem Sinne, dass du verstehst, was ich will, und damit komme ich nicht klar.« Sie nestelt weiter an der Bettdecke.

»Womit genau kommst du nicht klar?«

»Mit allem, mit der ganzen Vergangenheit.« Sie legt den Kopf in den Nacken und blickt zur Zimmerdecke. Anscheinend ist ihr egal, dass Tränen über ihre Wangen und ihren Hals rinnen. »Mit siebzehn hatte ich meinen ersten Drink. Es war drei Monate nach unserem Weggang von der Insel. Bis der Abend vorbei war, hatte ich mehr getrunken, als ich zählen konnte, und zum ersten Mal aufgehört zu denken.«

Traurig lachend, tippt sie sich an die Stirn. »Die Stimmen hier drin waren still. Und das war ein gutes Gefühl, verstehst du? Nicht denken zu müssen.« Ich nehme ihre Hand und halte sie. »Mum und Dad haben nichts mitbekommen, weil sie zu sehr mit ihren eigenen Problemen beschäftigt waren. Ich tat so, als wäre es mir egal, doch es hat wehgetan.«

»Oh, Bonnie.«

»Ich glaube, sie haben damit gerechnet, dass ich sie enttäusche. Eigentlich war mit mir als Kind gar nichts verkehrt, warum musste ich da überhaupt zu diesen dämlichen Spielsitzungen? Kannst du mir erklären, wieso sie dachten, dass ich einen blöden Seelenklempner gebraucht habe und Danny nicht?«

»Weiß ich nicht«, erwidere ich leise. »Ich war noch zu klein.«

»Schau mich an, ich wurde bereits als Kleinkind falsch beurteilt und behandelt, eben wie eine Randfigur.«

»Bon, das ist nicht wahr. Mum und Dad haben dich geliebt, das weißt du.«

Sie lacht. »Es war, als wüssten sie nicht, was sie mit mir anfangen sollten. Offenbar haben sie geglaubt, dass etwas nicht stimmte, wobei ich ehrlich keinen Schimmer habe, was es war.« Sie wischt sich übers Gesicht. »Jedenfalls habe ich heute ein Glas getrunken, weil ich nicht damit umgehen kann, dass dieser ganze Mist wieder aufgewühlt wird. Ich habe mich vor langer Zeit entschieden, das alles auszublenden, und nun kommt alles wieder hoch.« Sie rückt von mir weg und atmet tief ein. »Was hat ihre Mutter dir über Scarlet erzählt?«

»Nichts«, gestehe ich. »Sie hat den Namen genannt, mehr nicht. Ich habe die Frau in einem Viertel getroffen, das Balsall Heath heißt. Woher kenne ich den Namen?«

»Da hat Grandma gearbeitet«, antwortet Bonnie.

»Wirklich?« Meine Großmutter war in den Siebzigerjahren Sozialarbeiterin und hat sich um bedürftige Familien in sozialen Brennpunkten gekümmert. »Dad hat gesagt, dass sie der Grund war, warum er und Mum auf die Insel gezogen sind. Weißt du irgendwas davon?« Als Bonnie den Kopf schüttelt, füge ich seufzend hinzu: »Na ja, vielleicht bringt er es durcheinander.«

»Übrigens habe ich neulich eine Studie gelesen«, wirft Bonnie unvermittelt ein, »in der es um Mütter geht, die zugeben, ein Lieblingskind zu haben. Meistens ist es das jüngste.« Sie sieht mich erwartungsvoll an. »Und wenn Großeltern einen Lieblingsenkel haben, ist es normalerweise das älteste Kind. Glaubst du, ich wäre das gewesen, würde Grandma noch leben? Nein, das bezweifle ich.«

Ohne auf ihre Worte einzugehen, frage ich: »Hat Iona dir gegenüber je eine Scarlet erwähnt?«

Ihr Blick ist auf mich gerichtet, und ich sehe, wie es in ihrem Kopf arbeitet, als sie überlegt, was sie sagen kann. »Bitte, sag es mir«, dränge ich sie. »Habt ihr deshalb gestritten? Ich glaube dir nicht, dass du dich nicht erinnerst. Hat Iona dir gesagt, wer Scarlet war?«

»Sie hat gelogen.« Deprimiert faltet Bonnie die Hände auf ihrem Schoß. »Aus diesem Grund haben wir uns gestritten.«

»Das kann nicht sein. Nicht, wenn ihre Mutter mir erzählt, dass es eine Schwester gab.«

»Sie hat gelogen, weil sie behauptet hat, dass ich es bin.«

Sofern es möglich ist, dass ein Herz vorübergehend aufhört zu schlagen, hat meins das eben getan. Die Luft um mich herum scheint stillzustehen, und ich weiß jetzt schon, dass ich diesen Augenblick nie vergessen werde.

Kapitel fünfundzwanzig

»Iona hat mir erzählt, dass ich ihre Schwester sei und bereits als Baby der Mutter weggenommen wurde«, vertraut Bonnie mir an.

»Wie hat sie das gemeint? Dass Mum und Dad dich entführt haben?«, hake ich mit wild klopfendem Herzen nach. »Das ist lächerlich, Bon. Dir muss klar sein, dass es wie ein Märchen klingt.« Ich hocke mich vor sie hin und löse ihre gefalteten Hände. Sie fühlen sich kalt an. »Du glaubst hoffentlich nichts davon, oder?«

»Ich wollte nicht mal Mum fragen, aber ich konnte nicht anders. Eines Tages habe ich es getan, und sie hat mir gesagt, dass es nicht stimmt.«

»Na also.«

»Sie hätte wohl kaum gesagt, *O ja, genau so war es.*« Bonnies Blick ist trotzig, und zugleich wirkt ihre Haltung müde und ausgelaugt.

Wie so häufig bei diesem Gespräch schüttle ich den Kopf. »Du weißt, dass diese Überlegung Unsinn ist.«

»Mum hat mir eingeredet, dass Iona neidisch war und sich das alles ausgedacht hat. Und ich fing selbst an, daran zu glauben, weil sie immer so von dem Haus und der blöden Insel geschwärmt hat, als würden wir in einem Palast wohnen.« Als sie bemerkt, dass ich ungläubig die Stirn runzle, bekräftigt Bonnie ihre Worte: »So hat sie gequatscht. Du hast es bloß nicht mitbekommen.«

»Ich behaupte ja gar nicht, dass es nicht stimmt«, erwidere ich. »Was ist mit Dad?«

»Er war...« Bonnie sieht an mir vorbei. »Dad war distanziert. Er hat eigentlich nie darüber geredet. Während Mum durchdrehte, weil Iona so etwas gesagt hatte, schien er eher um sie besorgt.«

Ich stemme mich hoch und laufe aufgewühlt durch das kleine Zimmer. »Bon, ich glaube, Dad könnte eine Affäre mit ihr gehabt haben.«

»Was?« Sie lacht. »Das ist ja wohl das Absurdeste, was ich je gehört habe.«

»Weiß ich nicht. Immerhin habe ich sie zusammen gesehen, und zwar nachdem sie angeblich die Insel auf seiner Fähre für immer verlassen hatte.« Ich drehe mich zu meiner Schwester um. »Also hat Dad gelogen.«

»Was haben sie gemacht?«, fragt sie zögerlich.

»Sie haben sich geküsst.«

»Nein! Nein, das ist absolut nicht wahr«, protestiert Bonnie und sieht mich gleichzeitig zweifelnd an. »Das ist total krank. Ich meine, Gott ...«

»Hat sie dir nie irgendwas in dieser Richtung gesagt?«

»Dass sie es mit meinem *Vater* treibt?« Bonnie lacht ätzend. »Selbstverständlich nicht«, murmelt sie. »Allerdings habe ich gewusst, dass sie ein Verhältnis mit jemandem hatte. Leider hat sie mir nie verraten, wer es war.«

»Dad schwört praktisch, er sei es nicht gewesen. Das war gestern, als ich bei ihm war, er kam mir sehr überzeugend vor ... Dennoch sind auch bei mir Zweifel geblieben.« Ich zögere, weil ich die ganze Geschichte nicht einzuordnen vermag. »Bonnie, ich habe sie an der Stelle gesehen, an der Danny sie angeblich umgebracht haben will.«

»O mein Gott!«, ruft Bonnie aus. »Das wird ja immer grauenvoller. Du musst aufhören, dich damit zu beschäftigen.« Sie vergräbt das Gesicht in den Händen und krallt die

Finger fest in ihr Haar. »Hör einfach auf, darüber zu reden. Mittlerweile wünsche ich, dass ich nie gekommen wäre.« Eine Weile lang schweigen wir beide. »Ich habe nie aufgehört, mich zu fragen, ob Iona nicht wirklich die Wahrheit gesagt hat«, flüstert meine Schwester schließlich. »Letztlich habe ich entschieden, dass ich es nicht wissen will. Und das will ich tatsächlich nicht. Ich mag nicht mal daran denken.«

Sie sieht mich flehend an, will, dass ich mit Suchen aufhöre und nicht weiter in unserer Vergangenheit grabe, die unangetastet bleiben soll, wenn es nach ihr geht. Bonnie ist nicht wie ich. Oder wie eine meiner Klientinnen, die zugibt, dass sie immer die Wahrheit verlangt, ganz gleich, wie es ausgeht. Ich lag falsch mit der Annahme, dass jeder das tun würde. Meine Schwester will lieber nichts wissen, was sie verletzen könnte.

Ich wedle mit einer Hand durch die Luft. »Iona muss sich geirrt haben. Mum und Dad wären niemals imstande gewesen, ein Kind zu entführen«, sage ich, wenngleich ich so langsam nicht mehr weiß, was ich noch glauben soll.

»Ich will es nicht wissen, Stella«, wiederholt Bonnie und deutet auf das Bett. »Schläfst du heute hier?«

»Ja, und morgen fahren wir beide nach Hause.«

»Versprich es mir, Stella.«

»Wir fahren nach Hause.«

»Ich will, dass du es versprichst.«

»Versprochen«, sage ich.

»Es ist traurig, oder?«, frage ich, als wir im Bett liegen. Es ist das erste Mal, dass wir zusammen in einem Bett schlafen, seit Danny wegging und ich zu Bonnie lief. Nur bin diesmal ich es, die Bonnie in den Armen hält, nicht umgekehrt. »Dass wir nie das Gefühl hatten, uns unsere Geheimnisse anvertrauen zu können, die so lange an uns genagt haben, ist wirklich schade.« Meine Schwester nickt stumm. »Bestimmt könnte einiges anders sein, wären wir alle ehrlicher gewesen«, sage ich.

»Vielleicht wäre ich dann nicht hier«, murmelt Bonnie. »Ich habe Iona nichts bedeutet, oder?«

Unwillkürlich ziehe ich sie fester an mich. »Wie kam es, dass ihr noch befreundet wart, nachdem sie das gesagt hatte?«, frage ich und spüre, wie Bonnie sich verkrampft.

Zunächst rechne ich damit, dass sie nicht antwortet, dann sagt sie: »Ich hatte sonst niemanden.«

»Hast du ihr dein Freundschaftsarmband geschenkt?«, frage ich sie vorsichtig und tauche mein Gesicht in ihr Haar. Als sie nickt, füge ich hinzu: »Das hatte sie um, als sie starb, Bonnie. Ich denke, du hast ihr etwas bedeutet.«

Am nächsten Morgen ist mir klar, dass Bonnie mich weiterhin überreden wird, nach Hause zu fahren, anstatt nach Ange zu suchen. Immerhin verstehe ich jetzt, warum es für sie unerträglich ist, nach der Wahrheit zu forschen. Ein Problem, das ich später angehen muss, sofern ich die Suche um meiner Schwester willen nicht abbreche.

Es ist eine theoretische Frage, denn ich kann unmöglich jetzt aufhören.

Kapitel sechsundzwanzig

Ich träume wieder von der Insel. Im Schlaf plagen mich lauter verzerrte Bilder: von den Menschen, von meinem Geheimplatz, von Mum. Sie ist immer im Vordergrund, und als ich aufwache, friere ich, obwohl ich schweißgebadet bin.

In meinem Traum hatte Mum eine Maske nach der anderen abgestreift, jedes Mal eine neue Schicht enthüllt, doch nie war sie es wirklich. Ich kriege das nicht aus dem Kopf. Wenn es eine Person gab, auf die ich mich verlassen konnte, war sie es. Sie ist meine Rettungsleine gewesen.

Würdest du mir jetzt die Wahrheit sagen?, Mum, frage ich sie stumm.

Es ist noch nicht lange her, da wäre ich mir sicher gewesen, sie hätte es getan. Schlaflos neben Bonnie im Bett liegend, versuche ich, Mums Entscheidungen zu entwirren. Vielleicht glaubte sie lediglich, uns auf diese Weise schützen zu können. Weil sie dachte, wir würden die Wahrheit nicht ertragen.

Bonnie schnarcht leise. Ich schiebe die Bettdecke zur Seite und schwinge die Beine aus dem Bett. Mir wird klar, dass ich die Wahrheit von ihr nie erfahren werde, dafür hat der Tod gesorgt.

Es ist kurz nach zehn, als Bonnie abfährt, nachdem sie mich noch einmal daran erinnert hat, dass ich ebenfalls heimfahre. Ich sage ihr, dass ich mir noch Shirley ansehen will, was sie zähneknirschend hinnimmt. Im Grunde bin ich unentschlossen.

Zehn Minuten von hier entfernt könnten mögliche Antworten zu finden sein. Allerdings sind es welche, die Danny helfen, und nicht solche, die noch mehr dunkle Schatten auf unsere Familie werfen. Das passt zu Bonnies Wünschen, der ich versprochen habe, schnell nach Hause zu kommen, und ich ahne, welchen Schaden ich anrichte, wenn ich mein Versprechen breche.

Während ich noch nachdenklich auf dem Parkplatz auf und ab gehe, kommt eine Textnachricht von Freya, die mich erneut bittet, sie sofort zu informieren, wenn ich etwas finde.

Frustriert trete ich gegen einen meiner Reifen. Hin- und hergerissen kann ich nicht leugnen, dass es mich mehr zu einer Seite zieht. Und tief im Innern weiß ich, dass mein Verlangen nach der Wahrheit irgendwann alles andere überwiegen wird.

Deshalb bin ich eine Stunde später wieder in dem Pub in Balsall Heath, wo mir der Gestank von abgestandenem Bier entgegenschlägt. Der Barmann von gestern poliert gerade ein Pintglas und blickt verwundert auf, als ich an den Tresen komme. »Was möchten Sie trinken?«

»Eine Cola, bitte.« Suchend schaue ich mich um. »Ich habe gehofft, dass die Frau hier ist, mit der ich mich gestern getroffen habe. Ange.« Er nickt, ohne etwas zu sagen. »Ich war mit einer anderen Frau hier, und wir haben da in der Ecke gesessen.« Ich zeige zu der Sitznische am Ende der Bar. »Dann kam ein Mann rein, der nach Ange suchte und anscheinend wusste, wo er sie findet. Sie haben gesagt, dass sie fast täglich hier ist.«

Der Barkeeper hört auf, das Glas zu polieren, und legt das Geschirrtuch auf den Tresen. »Ich weiß nicht, warum Sie wieder hergekommen sind, wie eine Polizistin sehen Sie nicht aus. Wenn Sie meinen Rat hören wollen, halten Sie sich lieber fern von den beiden.« Er zieht die Augenbrauen hoch, streckt den Rücken durch und fängt wieder an, das Glas zu polieren. Er hat ein vernarbtes Gesicht, und ihm fehlen einige Zähne. Auch wenn ich keine Ahnung habe, ob ich ihm trauen kann, ist er die einzige Hoffnung, die ich habe.

»Bitte, es ist wirklich wichtig.«

»Sie ist Ihnen weggelaufen, oder? Anscheinend wollte sie nicht länger mit Ihnen reden. Und ich weiß nicht, in was für Schwierigkeiten sie im Augenblick steckt.«

»In gar keinen.«

»So klingt das nicht.«

»Ich muss sie etwas über ihre Tochter fragen, das ist alles, ehrlich.«

Er öffnet den Mund, als die Tür mit einem Knall auffliegt. Der Barmann ist blass geworden, und als ich mich umdrehe, sehe ich den tätowierten Typen hereinkommen.

»Soll ich ihn fragen?«, flüstere ich dem Mann hinter der Bar zu.

»Das würde ich lassen«, antwortet er leise. »Halten Sie sich da raus. Sie wollen ja nicht, dass er denkt, Sie hätten was mit ihr zu tun. Hoffen Sie lieber, dass er Sie nicht erkennt. Das Übliche?«, fragt er, als er sich zu dem Mann umdreht. Ich warte, bis der Kerl damit in einer der Nischen sitzt, erst dann stelle ich dem Barmann weitere Fragen.

»Können Sie mir sagen, wo sie wohnt?«

»Soweit ich weiß, in einer der Einzimmerwohnungen in einer Seitenstraße der London Road. Wo genau weiß ich nicht.«

»Haben Sie vielen Dank.« Ich trinke noch einen Schluck von meiner Cola, lege fünf Pfund auf den Tresen und sage ihm, dass er den Rest behalten kann. Als ich mich zum Gehen wende, lehnt er sich vor. »Im Ernst, Sie sollten nichts mit der zu schaffen haben.«

Die Fahrt zum Ende der London Road dauert fünf Minuten. Dort stehen viktorianische Reihenhäuser, die einst schön waren, inzwischen längst verfallen sind und in schäbige Pensionen und Einzimmerwohnungen aufgeteilt wurden. Ich halte am Ende der Straße, und da ich nicht weiß, wo ich anfangen soll, gehe ich auf das erste etwas gepflegtere Haus zu und läute. Ein alter Mann öffnet in einem braunen Bademantel, der etwas aufklafft. Ich entschuldige mich für die Störung und erkläre ihm, nach wem ich suche.

Meine Beschreibung von Ionas Mutter sagt ihm nichts, also probiere ich es an der nächsten, dann der übernächsten Tür, bis kaum noch welche übrig sind. Ich gebe bereits die Hoffnung auf, als ich endlich auf eine Frau stoße, die meint, Ange zu kennen, und mich zum anderen Ende der Straße schickt.

Tatsächlich ist es die richtige Adresse. Ange macht die Tür ihrer Wohnung auf, erschrickt merklich, späht ängstlich über meine Schulter und fragt mich, was ich hier mache.

»Ich möchte mit Ihnen reden«, antworte ich. »Können wir uns irgendwo unterhalten?« Ich zeige zu der Grünanlage gegenüber, wo sich einige verlassene Bänke und ein leerer Pavillon befinden.

Ange nickt und wühlt in ihrer Tasche nach den Schlüsseln, ehe sie die Tür hinter sich zuzieht. »Was wollen Sie noch?«, fragt sie, als wir uns auf eine Bank setzen. Eine Windbö peitscht durch die Bäume, und ich bemerke, wie Ange fröstelnd ihre dicke Strickjacke weiter zuzieht. Sie sieht zum Himmel. »Wir kriegen ein Gewitter, schätze ich.«

»Ich muss wissen, ob das Mädchen, nach dem Iona gesucht hat, meine Schwester ist.« Interessiert mustert sie mich, hält mich jedoch hin. »Ich habe erfahren, dass sie unserer Bonnie erzählt hat, sie sei ihre Schwester, was ich nicht glaube. Ich zeige Ihnen ein Foto«, sage ich, hole mein Telefon hervor und scrolle durch die Bilder, bis ich eines von Bonnie und mir finde, und vergrößere Bonnies Gesicht. »Ich weiß, dass es ein Schuss ins Blaue ist, und eigentlich erwarte ich nicht, dass Sie sie erkennen... Hier, sehen Sie.«

Sie betrachtet das Foto eine Weile, und ich warte angespannt. »Weiß ich nicht.« Sie zögert. »Könnte sein, nehme ich an«, sagt sie und gibt mir das Telefon zurück.

»Erinnern Sie sich an nichts von ihr?«, frage ich. »Keine Muttermale oder Besonderheiten?«

Ange schüttelt den Kopf.

Ich lasse das Handy auf meinen Schoß fallen, während meine Begleiterin ein Eichhörnchen beobachtet, das vor uns über den Weg und einen Baum hinaufflitzt.

»Was ist eigentlich mit Ionas Schwester geschehen?«

Das Eichhörnchen verschwindet, doch Ange blickt weiter hinüber. »Wieso wollen Sie das so dringend wissen?«

»Weil ich wissen muss, ob es sich bei Bonnie um die Schwester handelt, ob meine Eltern also etwas getan haben, das...« Ich breche den Satz ab. »Bitte, meine Mutter ist tot, sie kann ich nicht mehr fragen.«

Ange wirkt abwesend, als sie mir antwortet. »Jemand hat mich mal gefragt, ob ich dringend Geld brauche«, sagt sie leise. »Um wieder auf die Beine zu kommen, Sie wissen schon, um alles auf die Reihe zu kriegen. Ich habe ihr ins

Gesicht gelacht und gesagt, dass sie wohl nicht fragen muss. Sie braucht nur zu gucken, was für Sachen ich und die Kinder anhaben und in was für einem Drecksloch wir wohnen. Sie hat nicht gelacht, war ganz ernst, und da habe ich sie gefragt, was sie meint und was ich dafür tun muss.«

»Und was hat sie gesagt?«

»Sie hat auf das Baby gedeutet und erklärt, sie würde ein richtig nettes Paar kennen, das sich verzweifelt ein Kind wünscht, aber keine eigenen kriegen kann. Die Frau habe gemeint, dass sie ihr ein richtig schönes Leben, hübsche Kleider und so bieten könnten.«

»Sie hat Sie gebeten, Ihr Baby zu verkaufen?«, frage ich entsetzt.

»Sie haben keinen Schimmer, also tun Sie nicht so«, sagt Ange verärgert. »Ich hatte nicht mal genug Geld, um mir was zu essen zu kaufen, geschweige denn die Kinder zu ernähren. Und mir ging es nicht gut. Ein paarmal musste ich ins Krankenhaus und konnte mich nicht um die Mädchen kümmern. Sie hat mir immer gesagt, sie würde nicht zulassen, dass die vom Sozialamt mir die Kinder wegnehmen, geglaubt habe ich ihr nicht. Schließlich wusste ich, dass ich irgendwann im Krankenhaus bin und die dann die Kinder holen.«

»Kannten Sie die Frau?«, frage ich.

»Klar, sie war meine Sozialarbeiterin. Eine von den Guten.«

Ich zucke heftig zusammen und bemühe mich, nicht zusammenzuaddieren, was meine Familie mit dieser Frau verbindet.

»Sie hat mir erzählt, wie viel die bezahlen wollen.« Ange kichert leise. »Ich kannte keinen, der mit so viel Geld um sich werfen konnte. Also habe ich gesagt, was ist mit der anderen?« Ange macht eine Pause. »Iona war ihnen leider zu alt, die wollten sie nicht. Mir hat die Sozialarbeiterin erklärt, es sei zu riskant, weil sie in ihrem Alter bereits Erinnerungen habe und zu viel reden könne. Am Ende habe ich Ja gesagt. Sie durften das Baby haben. Es war nicht die schwerste Entscheidung, die ich treffen musste.«

»Haben Sie es nie bereut?«, frage ich. Mir ist übel geworden von ihren Worten. Wie konnte jemand so verzweifelt sein, das eigene Kind zu verkaufen? Und wie konnte jemand das überhaupt vorschlagen?

»Ich soll jetzt sagen, dass ich es bereut habe, oder? Das wäre das Richtige. Nein, habe ich nicht. Ich hatte Geld, und mir wurde erzählt, ich könnte jetzt alles auf die Reihe kriegen und ein besseres Leben für mich und Iona haben. Alle wären glücklich.«

»Und das waren Sie nicht.«

»Ich habe mich nicht zur Mutter geeignet.« Sie lächelt traurig. »Deshalb hielt ich es irgendwann für das Beste, wenn Iona mich verlässt. Sie hat rausgekriegt, was ich getan habe, und konnte mir nicht mehr in die Augen sehen. Und ich fand, dass sie ohne mich besser dran wäre.« Nach einem kurzen Stocken fährt sie fort: »Ich dachte immer, sie habe sich ein Leben aufgebaut. Mit jemand anderem. Aus diesem Grund habe ich nie erwartet, dass sie wieder aufkreuzt.«

»Darum haben Sie sie nie als vermisst gemeldet«, nehme ich an.

»Woher sollte ich wissen, dass sie verschwunden war?«, fragt Ange schroff, doch Tränen schimmern in ihren Augen. »Sie war immer bei verschiedenen Familien, Kontakt hatte ich keinen. Ich habe es erst erfahren, als die Polizei vor ein paar Tagen bei mir war.« Sie holt einige in Papier gewickelte weiße Pillen aus ihrer Tasche und zählt sie mit zittrigen Fingern.

»Ich finde wirklich nicht, dass Sie das hier machen sollten«, sage ich.

Ange lacht gequält. »Die hat mir der Arzt verschrieben. Ich muss sie nehmen, sonst bringt mich was anderes um.«

»Was fehlt Ihnen denn?«, frage ich und sehe die Tabletten an.

»Das kennen Sie bestimmt nicht. Hypertrophe Kardiomyopathie. Klingt richtig anspruchsvoll, was? Kriegt nicht jeder. Es heißt…« Sie fängt an, es mir zu erklären, aber ich bin in Gedanken längst woanders. Auf einmal weiß ich, nach wem Iona gesucht hat.

Kapitel siebenundzwanzig

»Iona hatte die Falsche.« Ich sehe Ange an, ihr energisches Kinn, die kleine Nase. Etwas an ihr ist mir so vertraut, und plötzlich weiß ich es. Ihre Augen erinnern mich an Jill und nicht an Iona, wie ich anfangs dachte.

»Wovon reden Sie?«, fragt Ange.

»Es war die falsche Person. Iona hat gedacht, dass meine Schwester in Wirklichkeit ihre sei, aber sie ist es nicht. In Wirklichkeit war es meine Freundin Jill.«

Ange sieht mich aus dem Augenwinkel skeptisch an. »Und woher wissen Sie das?«

»Weil Jill dieselbe Krankheit hatte wie Sie, ohne dass ihre Eltern es wussten. Sie ist mit neunzehn Jahren gestorben, im selben Alter wie Iona, die allerdings meines Wissens diese Krankheit nicht hatte.«

Anges tiefes Atmen klingt hohl und raspelnd, als bekäme sie zu wenig Luft.

»Ist alles in Ordnung?« Ein Teil von mir möchte ihre Hand nehmen, die auf ihrem Schoß zittert. Ein anderer Teil sagt, dass sie sich das hier selbst angetan hat.

»Alles gut«, sagt sie. »Mir geht es gut. Ich muss sowieso zurück.«

»Warten Sie. Ich weiß, wer es gewesen ist, und damit ändert sich alles. Wir können zur Polizei gehen. Wenn wir ihnen erzählen, dass wir wissen, wer Ihr Baby gekauft hat, dann ...« Ich verstumme.

Was dann? Bedeutet es, dass Bob und Ruth wussten, wer Iona war? Heißt es, *er* hat sie ermordet?

»Dann können die Detectives herausfinden, was mit Iona

passiert ist«, beende ich meinen Satz. Ange steht kopfschüttelnd auf und will gehen. »Das müssen Sie eigentlich wollen.« Ich packe ihren Arm, halte sie zurück. »Wir müssen zur Polizei gehen!«

»Nein, müssen wir nicht«, widerspricht sie entschieden.

»Warum nicht?«

»Was ich getan habe, ist strafbar.«

»Jetzt geht es um Mord. Was könnte wichtiger sein?« Ich fasse nicht, dass sie zwei Kinder verloren hat und immer noch nicht reden will. »Was ist wichtiger, als den Mörder Ihrer Tochter hinter Gitter zu bringen, und zwar den richtigen Mörder?«

»Ich bin bis zum Hals verschuldet!«, ruft sie. »Okay? Ich schulde zu vielen Leuten Geld.«

»Und?«

»Wenn ich das mit dem Baby gestehe, kann ich das nie zurückzahlen. Schließlich ist das strafbar.«

»Was meinen Sie damit? Ich kapier das nicht.«

»Ich kann eben nicht mit der Polizei reden«, sagt sie trotzig.

»Werden Sie erpresst? Sind es die Leute, die Ihr Baby genommen haben? Denken Sie, die würden Ihnen helfen?«

»Das alles hat absolut nichts mit Ihnen zu tun.«

»Und ob es das hat! Mein Bruder könnte für etwas eingesperrt werden, das er nicht getan hat.«

Als Ange sich von mir abwendet, nehme ich sie in die Mangel. »Bezahlen die Sie immer noch? Ist Ihnen deren Geld wichtiger, als zu erfahren, was mit Ihrer Tochter geschehen ist?«, frage ich und befürchte, dass diese Frau, die fünfundzwanzig Jahre lang nicht mal Ionas Verschwinden bemerkt hat, sich kaum noch für sie interessieren wird.

»Ihnen ist hoffentlich klar, dass ich auf jeden Fall zur Polizei gehe, oder?«, warne ich sie, als sie sich von der Bank hochstemmt und kommentarlos gehen will. »Warten Sie!«, rufe ich und laufe ihr nach.

»Sie wissen nicht, womit Sie es zu tun haben.« Ange schlägt meinen Arm weg, als ich nach ihr greifen will.

»Anscheinend haben Sie Angst, das verstehe ich, doch Sie brauchen sich nicht zu fürchten.« Ich folge ihr zu ihrem Haus, sogar bis zu ihrer Wohnungstür.

»Sie wissen gar nichts über mein Leben.« Ange sieht sich furchtsam um. Mit einer Hand stützt sie sich an der niedrigen Mauer ab, die ihr Haus von dem nebenan trennt.

»Tut mir leid, dass ich mit der Polizei sprechen muss, Ange. Mir ist es zu wichtig, meinem Bruder zu helfen, und da ich jetzt weiß, dass meine Familie nichts mit der Geschichte zu tun hat...«

»Sie müssen wissen, dass meine Iona nicht dumm war«, fällt sie mir ins Wort. »Und sie hat gedacht, ihre Schwester auf der Insel gefunden zu haben. Dass es Scarlet war?«

»Ja, ich weiß, bloß war sie es nicht...«

»Warum hat Iona es dann geglaubt?«

»Keine Ahnung, warum sie sich geirrt hat. Auf jeden Fall lag sie falsch.«

Ange klammert sich fester an die Mauer, sodass kleine rote Ziegelflocken herabrieseln. »Wenn sie sich geirrt hat, dann nicht ohne Grund. Mein Baby war nämlich nicht das Einzige, das auf die Insel gebracht wurde.« Vor Entsetzen stolpere ich über die Eingangsstufe. »Da war noch eines vor meinem.«

Ich will nicht glauben, was sie sagt, dazu bin ich zu verstört und durcheinander. Wer um Himmels willen war das erste Baby? Mein Herz fühlt sich bleischwer an.

»Vielleicht ist Ihre Familie ja nicht so unschuldig, wie Sie denken«, sagt Ange und dreht sich zu ihrer Tür um. »Dann wäre es besser, Sie laufen nicht zur Polizei.«

»Wissen Sie das mit dem zweiten Baby sicher?«, frage ich mit kaum verständlicher Stimme. »Wissen Sie das wirklich genau?«

Ange steckt den Schlüssel ins Schloss und will reingehen, aber ich halte sie zurück, denn mir ist siedend heiß etwas eingefallen. »Bitte, Ange«, wende ich mich noch einmal an sie. »Wer war Ihre Sozialarbeiterin?«

Sie sieht mich wissend an, zieht mich in den kleinen Korridor und schließt umständlich die Tür hinter uns.

»Hieß sie Joy? Bitte, sagen Sie es mir«, dränge ich sie voller Panik und lehne mich gegen die Wand. Anges Worte haben mich ganz verrückt und ganz panisch gemacht, sodass meine Gedanken wirr durcheinanderjagen.

Keine Frage, meine Großmutter war Sozialarbeiterin in dieser Gegend. Was nicht unbedingt heißt, dass sie die von Ange erwähnte Frau gewesen sein muss. Zufälle gibt es immer, und dies könnte einer gewesen sein.

Ich atme langsam ein, um ruhig zu werden, und beschließe, Harwood anzurufen und ihm zu erzählen, was ich in Birmingham erfahren habe.

Doch was ist, wenn ich mich irre?, kommt mir in den Sinn. Sofort rufe ich mich zur Ordnung und versuche den Gedanken abzuschütteln.

Wenn ich mit dem Detective spreche, bringe ich eine völlig neue Ermittlung ins Rollen, und wer weiß, was die ergibt.

Es bleiben weniger als vierundzwanzig Stunden, bis sie Danny wegen Mordes anklagen, und vielleicht, ganz vielleicht, ist das Einzige, was ich für meinen Bruder tun kann, in die Vergangenheit zurückzukehren und die Wahrheit zu ergründen.

EVERGREEN ISLAND

5. September 1993

Maria musste Iona finden. Sie wollte das hier nicht länger ungeklärt vor sich hin schwelen lassen. Gestern war Bonnie zu ihr gekommen und hatte gefragt: »Ist Iona meine Schwester?«, ohne ein Wort darüber zu verlieren, wer ihr das eingeredet hatte. Für Maria jedenfalls stand außer Frage, dass allein Iona ihr das eingeredet haben konnte. Und da ihre Tochter zudem schrecklich zitterte, wurde es Zeit, dass sie das Mädchen zur Rede stellte und ein für alle Male herausbekam, was Iona hier auf der Insel tat. Ihr selbst kam sie vor wie ein Messer im Gewebe ihrer Familie, und sie glaubte, unbedingt verhindern zu müssen, dass sie sich noch tiefer hineinbohrte.

Maria war Iona neulich im Dorf begegnet, wo sie einen Kuchen in der Hand hielt, die Kirsche oben wegnahm und sie sich in den Mund steckte. Sie sah so unschuldig aus, so zerbrechlich, dass man eigentlich Mitleid mit ihr haben musste.

Sie ging auf das Mädchen zu, das sie amüsiert anschaute, als ahnte es, dass ihr ein seltsames Gespräch bevorstand. Sofort war Maria wieder auf der Hut, und jedwedes Mitgefühl verpuffte. »Iona, wir müssen reden.«

»Ach ja?«

Eigentlich konnte Maria Konfrontationen nicht einmal in den günstigsten Momenten leiden, und dies war einer der schlimmsten. »Gehen wir ein Stück«, sagte sie und deutete zum Weg hin. Iona schloss sich ihr an, und zunächst schwiegen beide. »Bonnie kommt neuerdings auf komische Ideen«, begann Maria schließlich.

»Was meinst du damit?«, sagte Iona und wirkte sehr verwundert.

»Gestern hat sie mich gefragt, ob ihr Schwestern seid.«

»Schwestern?« Iona lachte. »Wo hat sie das nur her?«

»Von dir«, antwortete Maria, die völlig sicher war, dass Iona ihr das eingeredet hatte und dass es nicht Bonnies Fantasie entsprang. Jetzt kamen ihr Zweifel.

»Warum sollte ich ihr so was erzählen?«, tat Iona verwundert und schien die Vorstellung vollkommen lachhaft zu finden.

»Ich weiß auch nicht, warum du ihr so etwas sagen solltest. Deshalb frage ich dich ja.«

Iona lächelte auf eine überhebliche Weise, die Maria albern erscheinen ließ. »Kommst du deshalb zu mir? Sorgst du dich wegen Bonnie?«

»Nein, natürlich nicht! Warum sollte ich?«

»Weiß ich nicht, Maria, in letzter Zeit wirkst du, als würde alles wie ein Riesengewicht auf dir lasten.« Iona strich lässig mit einer Hand über die Büsche seitlich vom Weg, und Maria fragte sich, wie sie diese unangenehme Seite hatte übersehen können. War es anderen genauso ergangen?

»Ich sorge mich nicht um meine Tochter«, widersprach sie, was nicht der Wahrheit entsprach, und auf einmal geriet sie in Panik um ihre ganze Familie, besonders um Bonnie, die von dieser angeblichen Studentin anscheinend in ein Spinnennetz gelockt wurde.

»Hat *sie* dir erzählt, ich hätte ihr gesagt, wir seien Schwestern?«, fragte Iona mit diesem unergründlichen Lächeln, das kalt und arrogant war.

»Na ja, nicht direkt.«

»Dann bildet sie sich das ein«, beschied Iona sie in einem Tonfall, der keinen Widerspruch zuließ.

In diesem Moment wurde Maria bewusst, dass es naiv gewesen war zu erwarten, Iona würde zugeben, was sie gesagt hatte, und ihre Beweggründe erklären.

»Dir muss aufgefallen sein, wie Bonnie mir überallhin folgt«, fuhr Iona fort und gab sich plötzlich ganz ernst. »Sie hängt wie eine Klette an mir, weil ich die einzige Freundin bin, die sie hat. Ich denke, sie wünscht sich, wir wären Schwestern, meinst du nicht?«

»Iona, hör auf!« Abrupt drehte Maria sich um und blieb stehen. »Warum bist du überhaupt hier? Sag mir einfach die Wahrheit! Was machst du auf unserer Insel?«

»*Eurer* Insel?«

»Sei bitte ehrlich. Warum bist du nach Evergreen gekommen?«

»Das Witzige an Ehrlichkeit ist, dass sie oft von Leuten verlangt wird, die selbst nicht ehrlich sind. Willst du wirklich die Wahrheit hören, Maria?«, fragte Iona. »Bist du sicher, dass du das willst?«

Natürlich wollte sie das und legte gleich los. »Warum fängst du dann nicht an? Verrate mir, was *du* hier willst. Weshalb bist *du* auf die Insel gekommen? Und sei bitte ehrlich.«

Maria starrte das Mädchen an, das auf einmal so viel älter

als neunzehn wirkte, so viel erfahrener. Was konnte sie ihr sagen? Sie ahnte nämlich, dass Iona die Wahrheit bereits kannte.

»Halt dich von meiner Familie fern«, sagte Maria mit bebender Stimme. Dann schob sie ihre Hände tiefer in ihre Taschen, wandte sich ab und eilte so rasch davon, wie sie konnte. Sie musste hier weg. Dieses Mädchen machte ihr Angst, zugleich war ihr bewusst, dass sie nirgends hinkonnte. Nicht auf dieser Insel. Hier sollte sie sich sicher fühlen, aber es gab keinen Flecken, an dem sie sich verstecken konnte.

»Falsche Antwort!«, rief Iona ihr nach.

Es sollten nicht mehr als vier Tage vergehen, bis Verstecken ohnehin keine Option mehr war. Weglaufen wurde zur einzigen Lösung. Allerdings ahnte Maria in ihrer Naivität nicht, dass sie alles noch schlimmer machen würde.

Als sie in der Küche Gläser spülte, bemerkte sie plötzlich, dass Stella in der Ecke stand und sie beobachtete.

»Hey, Schatz.« Maria stellte das Glas hin und wandte sich ihrer Tochter zu, die gedankenverloren auf einer Strähne ihres Haars kaute.

»Ich muss mit dir reden, Mum«, sagte sie, den Tränen nahe.

»Was ist denn?«, fragte Maria erschrocken. O Gott, was war los? Sie glaubte wirklich nicht, dass sie noch mehr ertragen könnte.

»Es ist wegen Jill.«

Mal was anderes, freute Maria sich, nickte und fragte Stella, was ihr Kummer bereite.

»Ich musste es ihr versprechen.« Eine einzelne Träne kullerte über Stellas Wange, und Maria sah ihr an, wie sehr es sie quälte.

»Erzähl es mir«, forderte Maria sie sanft auf. »Du weißt ja, dass ich dafür da bin, dir alle Sorgen zu nehmen.«

»Er hat es wieder gemacht«, sagte Stella leise, und Maria begann zu ahnen, was kommen würde.

»Wer hat was wieder gemacht?«, fragte sie.

»Ihr Dad, er hat ihr wehgetan.« Stella schluchzte, als sie gegen die Brust ihrer Mutter sank. Maria schlang die Arme um ihre Tochter und lehnte ihren Kopf auf Stellas Scheitel.

»Es ist richtig, dass du es mir erzählst«, sagte sie.

»Du musst versprechen, dass du nichts sagst«, flehte Stella, und Maria versprach es. Natürlich wäre es viel leichter, den Mund zu halten, als Bob zur Rede zu stellen, doch die Sicherheit eines Kindes hatte oberste Priorität.

Als Maria viele Jahre später an jenen Nachmittag zurückdachte, erinnerte sie sich noch lebhaft an Bobs Gesichtsausdruck, als er ihr die Tür öffnete, sich die schmutzigen Hände an einem Geschirrtuch abwischte, das in seinem Hosenbund steckte. Wie entgeistert er war, als sie zu sprechen begann. Sie hatte ihm gesagt, dass sie sich um Jill sorge und auf sie aufpassen wolle. Wider Erwarten schrie er sie nicht an, sondern sagte gar nichts. Je länger er schwieg, desto tiefer schaufelte sie ihre eigene Grube.

Irgendwann verstummte Maria. Zorn spiegelte sich in seinen Zügen. Seine Augen sprühten Funken, und er ballte die Hände zu Fäusten. Sie hatte eine Grenze überschritten, stand starr vor Angst da und machte sich auf den buchstäblichen Schlag gefasst.

Er kam nicht. Stattdessen neigte er sich drohend vor. »Wag ja nicht zu glauben, dass ich dir irgendwas schuldig bin«, sagte er unnatürlich ruhig. All die Jahre gegenseitigen Vertrauens und Schweigens waren in einem kurzen Moment dahin. »Ich will deine Tochter nie wieder in der Nähe von meiner sehen. Und jetzt verschwinde von meinem Grund und Boden!«

Sie war weggerannt, ohne sich noch einmal umzuschauen, und hatte mit Bob nie mehr darüber geredet. Als Stella sie Jahre später bat, zurück auf die Insel zu ziehen, weil ihr Dad und Bonnie nicht mehr bei ihnen wohnten, war Maria ein eisiger Schauer über den Rücken gelaufen.

Vier Tage nach der Begegnung an seiner Haustür sollte Maria auf eine Weise mit Bob verstrickt sein, die sie sich nie hätte vorstellen können. Und deswegen konnte ihre Familie niemals mehr nach Evergreen zurück.

HEUTE

Kapitel achtundzwanzig

Es ist vier Uhr nachmittags, und ich laufe am Hafen entlang zum letzten der leuchtend gelben Schiffe. An Wochenenden fahren zwei Fähren täglich, und die letzte legt gleich ab.

Als wir Evergreen erreichen, ist der Himmel von schwarzen Wolken bedeckt. Die Lichter an der Anlegestelle flackern, und es ist noch genügend Tageslicht da, um den Weg zu Rachel zu finden.

Sie wird sich wundern, denn ich habe nicht angerufen und gefragt, ob ich eine weitere Nacht bei ihr buchen kann. Im Grunde habe ich gar nicht geplant, was ich tun will. Ich bin von Birmingham direkt zum Hafen Poole gefahren, ohne auf die Stimmen in meinem Kopf zu achten, aus Angst, sie könnten mich hindern, zur Insel überzusetzen. Das wollte ich nicht. Dann würde ich vielleicht nie die Wahrheit erfahren. Und solange Danny in einer Zelle sitzt und glaubt, er habe Iona ermordet, kann ich nicht aufhören, nach ihr zu suchen.

Die kalte, frische Luft peitscht mir ins Gesicht, ebenso der Regen, als ich am Ende des Anlegers stehe. Hinter mir tuckert die Fähre wieder weg, und ich bin allein auf einer

Insel, auf der die Nacht geschwind auf mich zukriecht. Vor allem weiß ich, dass keiner der Bewohner mich hier will. Schwer zu glauben, dass ich mal zu ihnen gehörte. Ich halte meine Kapuze fest, als ich loslaufe, um nicht ganz in die Dunkelheit zu geraten.

Rachel braucht eine Weile, bis sie an die Tür kommt, und betrachtet mich ziemlich verdrossen.

»Ich möchte gerne noch eine Nacht bleiben«, sage ich. »Morgen bin ich bestimmt weg.«

Sie schüttelt den Kopf. »Bei mir kommen Sie nicht unter.«

»Warum nicht?« Ich sehe an ihr vorbei in die leere Diele. »Sie müssen das Zimmer noch frei haben. Wie gesagt, es ist bloß für eine Nacht.«

»Ist mir egal. Hier übernachten Sie jedenfalls nicht«, erwidert sie unfreundlich und neigt sich vor. »Ich weiß, warum Sie damals so schnell weg sind und was Ihr Bruder getan hat. Er ist das Böse!« Sie verzieht das Gesicht vor Ekel. »Und es wundert keinen hier. Er hat den Mädchen immer Angst gemacht.«

»Sie haben ihn nicht mal gekannt«, werfe ich ihr an den Kopf. »Und was Sie da so reden, stimmt gar nicht.«

»Keiner von uns will Sie wieder auf der Insel haben. Das ist Ihnen hoffentlich klar.« Sie stößt einen Seufzer aus. »Ich hätte Ihnen nie ein Zimmer geben dürfen.«

Ich beiße die Zähne zusammen. Zwar weiß ich nicht, wohin ich sonst kann, bitten und betteln werde ich trotzdem nicht. »Mein Bruder ist unschuldig«, sage ich entschieden. »Und ich werde es beweisen. Dann haben Sie und die ganze verdammte Insel wirklich was zu tratschen.«

Selbstbewusst drehe ich mich um und erwarte, dass Rachel hinter mir die Tür zuknallt. Sie tut es nicht, sondern beobachtet mich noch, solange ich den Gartenweg entlanggehe. Erst als ich auf der Straße bin, höre ich, wie die Haustür geschlossen wird.

»Mist«, murmle ich und trete in den Kies unter meinen Füßen. Die wenigen Gebäude, die im Sommer gerne als Strandhäuser bezeichnet werden, sind komplett dunkel. Zum Glück fällt mir Annies Haus ein.

Das Licht schwindet rasch, als ich den Weg zur Klippenkante oberhalb von Pirate's Cove hinaufgehe. Aus dem ersten der Häuser, das Susan und Graham Carlton gehört, strahlt ein dezentes gelbes Licht. Weil es zunehmend dunkler wird und Susan eine gute Freundin meiner Mutter war, klingele ich an ihrer Tür.

In den späteren Jahren auf der Insel war ich nicht oft bei den Carltons gewesen, Mum und Susan hingegen saßen häufig auf der Hollywoodschaukel neben der vorderen Veranda und vergnügten sich bei einem Glas Wein. Die Schaukel ist noch da. Heute Abend wird sie vom Wind vor und zurück geschwenkt, ohne dass jemand drinsitzt.

Das Licht aus dem Haus reicht bis zur Klippe, und ich sehe eine Gestalt ganz in Schwarz mit gebeugten Schultern dort stehen. Sie sieht zum Meer, und der Wind weht durch ihr Haar und pustet es in alle Richtungen.

Ich ziehe meine Kapuze ab und rufe: »Susan?«

Sie reagiert nicht. Ich räuspere mich und rufe lauter, woraufhin sie den Kopf ein wenig bewegt, als wollte sie über ihre Schulter sehen. Als ich näher herangehe, dreht sie sich um und späht zu mir herüber.

»Ich bin es, Stella«, schreie ich gegen das Tosen des Windes an und gehe auf sie zu.

Ihr Gesicht ist ausdruckslos. »Graham sah wie ein Geist

aus, als er mir erzählt hat, dass du zurück bist«, sagt sie. In ihrem Atem weht mir Alkohol entgegen, und wenngleich der Anflug eines Lächelns ihren Mund umspielt, erreicht es nicht ihre Augen. »Er ist seit über einer halben Stunde unten am Strand. Und das bei diesem Wetter.«

Sie wendet sich erneut zur Klippe, von der es steil nach unten geht. Ich folge ihrem Blick und sehe unten zwei Leute, von denen einer eine Taschenlampe dabeihat, vermutlich Graham. Erkennen kann ich von hier oben keinen.

Susan breitet die Arme aus, und ich lasse mich in ihre steife Umarmung fallen. »Wir konnten neulich gar nicht reden, bevor Annie dich wegzog. Ich nehme an, sie hat dir erzählt, dass du die Insel verlassen sollst.« Susan schaut ständig nach unten. »Es ist gut, dass du zurück bist.«

»Ich glaube, das sieht nicht jeder so.«

»Wahrscheinlich nicht. Annie will sicher dein Bestes, leider denkt sie immer noch, dass ihr diese Insel und jeder darauf gehört«, murmelt Susan, bevor sie erneut nach unten späht: »Man sollte meinen, er weiß, dass ich ihn von unserem Haus aus sehen kann, oder?«

»Warum beobachtest du ihn, Susan?«,

frage ich und gehe zur Kante.

Sie sieht mich an, als hätte ich eine selten blöde Frage gestellt. »Hältst du deinen Bruder für schuldig, Stella?«, fragt sie stattdessen.

»Wen, Graham?«

»Nein!« Sie lacht. »Dass er es ist, weiß ich. Ich meine deinen Bruder. Danny.« Sie holt eine Packung Pfefferminz aus ihrer Tasche, drückt eines nach oben und bietet es mir an.

Ich nehme es und behalte es in der Hand. »Nein, das glaube ich nicht.«

»Jeder auf der Insel denkt es. Und deshalb halten sie dich ebenfalls für schuldig. Es ist riskant herzukommen.«

»Weiß ich.«

»Warum tust du es? Wieder herkommen, meine ich.«

»Weil ich wissen will, was passiert ist.«

Susan nickt. »Es ist nicht verkehrt, die Leute mal aufzuscheuchen. Sieh ihn dir an!« Sie zeigt auf ihren Mann. »Wenn Menschen zu bequem werden, machen sie Fehler.«

Ich blinzle sie an und versuche zu verstehen, wovon sie redet. Anscheinend sind mehrere Drähte in ihrem Kopf durcheinandergeraten.

»Manche hier wirken geradezu begeistert, dass Danny den Mord an dem Mädchen gestanden hat«, sagt Susan. »Der Tratsch über ihn floriert. Und es wimmelt von Geschichten, die gar nicht stimmen.«

»Welche zum Beispiel?«, frage ich, aber sie wischt meine Frage mit einer Handbewegung weg.

»Tatsache ist, dass er ein lieber Junge war, unglaublich introvertiert zwar...« Susan stockt. »Auf keinen Fall war er bösartig.« Sie sieht mich ernst an. »Weißt du, dass meine Tochter mir später erzählt hat, dass er sie in der Höhle nie angefasst hat? Erinnerst du dich an die Geschichte? Vielleicht warst du noch zu jung.«

»Nein, ich erinnere mich.«

Susan sieht mich mit großen Augen an. »Die haben ihn reingelegt. Oder jemand hat Tess richtig darauf angesetzt. Ich war so böse auf sie. Nie hätte ich gedacht, dass sie sich trotz meiner Erziehung so benehmen würde. Auf einmal, in dem Sommer, war sie anders, wurde richtig angestiftet von einem Mädchen, das behauptete, ihre Freundin zu sein.« Susan dreht sich wieder zum Strand. »Mir war zunächst nicht klar, warum, dann merkte ich es: Alles hatte mit ihm zu tun«, sagt sie bitter und deutet in Grahams Richtung.

»Graham?«

»Und jetzt ist sie nach London gezogen, und ich sehe meine Enkelkinder fast nie.«

»Das tut mir leid«, sage ich, als der Lichtstrahl der Taschenlampe zum Himmel gerichtet wird. »Was macht er da unten?«

»Er ist mal wieder mit diesem kleinen Flittchen zusammen.«

»Oh.« Ich wage mich näher an die Kante, und es verschlägt mir die Sprache.

»Emma Grey«, sagt Susan, die mich jetzt direkt ansieht. »Erinnerst du dich an sie?«

»Ja, natürlich...« Mir fällt wieder ein, wie sie am Ende des Weges standen. War es das, weshalb er besorgt war, als ich sie sah? Dachte er, dass ich es Susan erzählen würde?

»Sie ist in deinem Alter. Wolltest du das sagen?« Sie lacht. »Ich weiß. Er mochte es immer jünger.«

Viel jünger, denke ich. Der Altersunterschied muss an die dreißig Jahre betragen.

»Und was soll ich deiner Meinung nach tun, Stella?«, fragt sie ziemlich hilfsbedürftig. »Wie lautet dein Rat? Deine Mum hat mir damals empfohlen, ihn zu verlassen.«

»Meine Mum? Davon weiß ich nichts.«

»Ja, das ist viele Jahre her. Und man sollte meinen, dass ich inzwischen schlauer geworden bin. Deine Mum schlug vor, ich solle ihm ein Ultimatum stellen, wenn ich ihn nicht ohne Aussprache verlassen wolle. Also hab ich ihm gesagt, wenn er *sie* nicht verlässt, gehen wir alle von der Insel. Fangen noch mal neu an.«

»Ohne Emma.«

»Nicht mit Emma, um Gottes willen«, sagt sie. »Sie war damals noch ein Kind. Der Witz ist, dass wir hergezogen sind, weil er vorher schon Affären hatte. Ich dachte, auf einer Insel sei es sicherer, leider fand er auch hier immer eine Gespielin für ein Techtelmechtel.«

»Trotzdem hast du ihn nie verlassen«, sage ich. »Ich nehme an, die Beziehungen endeten schnell.«

Susan antwortet nicht, beobachtet weiter das Paar am Strand.

»Jetzt wird er nach Hause kommen«, sagt sie schließlich, und ich sehe, wie sich das Paar unten trennt und jeder mit einer Taschenlampe in eine andere Richtung geht. Graham wandert auf den steilen Pfad zu, der zu seinem Haus führt, Emma auf die Stufen nach oben zur Klippe und zu Jills Bank. »Als wäre nichts gewesen«, ergänzt Susan.

»Warum bleibst du bei ihm?«

Susan zuckt mit den Schultern. »Irgendwann erreicht man einen Punkt im Leben, an dem die Alternative keine Option mehr ist«, sagt sie traurig und legt den Kopf in den Nacken, sodass Regen auf ihre Stirn prasselt. »Sei vorsichtig, Stella, ja? Wieder herzukommen und nach Antworten zu suchen ... Mir ist gleich, was du findest, allerdings wird es einigen Leuten nicht gefallen.« Sie sieht hinunter zu Graham. Ihr Blick fixiert ihn ziemlich lange, bevor sie in ihrem Haus verschwindet.

Kapitel neunundzwanzig

Ich will verschwinden, bevor Graham oben ist, und gehe nach links in Richtung der Seen, als ein Schrei von der Klippe ertönt und ich stehen bleibe. Emma kommt die Stufen hinauf, aber zwischen ihr und mir ist noch jemand anders gefährlich nah am Klippenrand. Emmas Taschenlampe fängt Meg ein.

»Geh zurück!«, ruft Emma ihrer Tochter zu, gleichzeitig rufe ich ihren Namen. Meg blickt kurz zu mir, dann wieder zu ihrer Mutter.

»Was machst du?«, ruft sie.

Emma erreicht den oberen Klippenrand. »Gar nichts.«

»Ach nein, ich habe dich da unten mit ihm gesehen. Schließlich bin ich nicht blöd«, schreit Meg und schlägt ihrer Mutter die flachen Hände vor die Brust. Emma stolpert rückwärts vor Schreck, und ich laufe zu ihnen.

»Meg.« Ich packe ihren Arm und reiße sie herum. Auf ihren regennassen Wangen sind deutliche Tränenspuren zu sehen.

»Sie hat was mit einem verheirateten Mann«, verteidigt sie sich. »Ausgerechnet mit Graham Carlton! Du kotzt mich an«, schluchzt Meg, die sich wieder zu Emma umdreht. »Sieh sie dir an«, sagt sie. »Sie kann es nicht mal leugnen.«

»Ich habe Schluss gemacht«, stammelt Emma.

»Du lügst!«, kreischt Meg. »Ich habe euch beobachtet.«

»Gut, ich beende das«, verspricht sie matt und streckt ihrer Tochter eine Hand hin, die sie verweigert.

»Bitte, Meg.« Ich versuche mich einzumischen. » Obwohl

du wütend bist, solltet ihr beide nach Hause gehen. Redet in Ruhe darüber. Sicher kann deine Mum …«

»Meine Mum weiß genau, worauf sie sich eingelassen hat, und kann nicht aufhören«, schreit Meg. »Seit einem halben Jahr schleicht sie auf der Insel rum, tut so, als wäre nichts zwischen ihnen. Sie hat versucht, es abzustreiten, doch ich kenne sie. Es ist nicht zu übersehen, dass sie sich für jemanden aufdonnert und kichert wie ein dämlicher Teenager, wenn sie ihn im Dorf sieht – ihn mit seiner ekelhaften Mütze.«

»Meg, es ist normal, so zu empfinden …«, beginne ich.

»Du hast nach ihm gefragt, als er ins Café gekommen ist«, unterbricht sie mich und beachtet ihre Mum nicht, die ihr sagt, sie soll still sein. »Er ist ziemlich schnell abgehauen, als er dich gesehen hat, offenbar hat er dich erkannt.«

»Hör auf!«, ruft ihre Mutter.

»Warum?« Meg lacht bitter. »Warum soll ich es ihr nicht erzählen?«

»Wir gehen nach Hause«, sagt Emma mit bebender Stimme und will den Arm ihrer Tochter greifen.

»Meine Mum ist nicht die Erste, Stella«, sagt Meg abfällig, während ihre Mutter sie wegzuziehen versucht. »Sie hat erfahren, dass er was mit dem Mädchen hatte, das in eurem Garten vergraben war.«

»Iona?«

»Das hast du bestimmt schon gewusst«, sagt sie und befreit sich erneut vom Griff ihrer Mutter.

»Nein, das habe ich nicht gewusst.«

»Musst du. Weil du sie zusammen gesehen hast. Das hat er meiner Mum gestern Abend gebeichtet.«

Ziemlich begriffsstutzig schaue ich sie an und bemühe mich zu verstehen, was sie meint.

Meg zögert. »Er glaubt, dass du es bestimmt der Polizei erzählt hast, weil die dauernd zu ihm kommt. Deshalb hat er es ihr gestanden. Trotzdem trifft die blöde Kuh ihn immer noch«, schreit sie laut in die Gegend und deutet auf Emma.

»Ich mache Schluss«, verspricht ihre Mutter, doch ihre Worte werden vom Wind verschluckt, und Meg, die genug gehört hat, rennt den Weg hinunter zum Dorf, gefolgt von Emma.

Der Regen nimmt wieder zu und trommelt auf meine Kapuze, als ich den beiden nachblicke, bis sie nicht mehr auszumachen sind. Graham hatte eine Affäre mit Iona? Ich war wegen der Mütze fest überzeugt, dass es mein Dad war. Diese verfluchte Mütze. Sie war das Einzige, was ich noch klar von dem so mühsam verdrängten Bild im Kopf hatte. Und wenn ich mich all die Jahre geirrt habe?

Es dauert ein bisschen, bis Annie an die Tür kommt. Als sie endlich öffnet, fällt mir ihre gebrechliche Gestalt auf. Um halb sechs trägt sie bereits ein dünnes, knielanges rosa Nachthemd. Ihre Beine sind voller Blutergüsse, und die Haut ist spröde; ihre Arme sind zu dick für die dünnen Knochen, und als sie die Tür weiter aufmacht, ist es mir peinlich, mich der gebrechlichen Frau aufzudrängen. Bloß habe ich keine Wahl, weil Annie die Einzige auf der Insel sein dürfte, die mich für eine Nacht aufnimmt.

»Meine Güte, du bist ja vollkommen durchnässt«, sagt sie, nimmt mir meine Jacke ab und hängt sie im Flur auf einen Eichenhaken in Form eines Geweihs.

»Den hat Danny gemacht«, erinnere ich mich. »Mit Dads Hilfe.«

Annie sieht hin. »Ja, hat er. Er war so geschickt.«

Ich würde ihr gern erzählen, dass er immer noch Dinge herstellt und sie über eine Website verkauft. Vielleicht später, denn jetzt ist sie erst mal ins Wohnzimmer gegangen und werkelt am Gaskamin, bis eine leuchtend orangefarbene Flamme aufzüngelt. Annie stellt sich vor den Kamin, und ich denke an all die Geschenke zurück, die sie uns gemacht hat.

Zu jedem Geburtstag besorgte sie mir etwas, von dem sie wusste, dass ich es lieben würde, wie das Tagebuch mit Schloss, das sie mir schenkte, als ich zehn wurde. Ich hatte an dem Leder geschnuppert und mit den Fingern über die Seiten aus feinem Papier gestrichen. Es war mindestens so wunderbar wie das Fahrrad, das ich von meinen Eltern bekommen hatte, wenn nicht besser.

Auch für Bonnie und Danny suchte sie schöne Sachen aus. Eine Palette mit Lidschatten für Bonnie zum Sechzehnten. Ein Stifteset mit Dannys Namen an dem Weihnachtsfest, als er zehn wurde. »Für deine Zeichnungen«, hatte sie gesagt. Ich begriff damals nicht, was sie meinte, aber die Augen meines Bruders leuchteten, als er sie vorsichtig in seinen Rucksack steckte. Annie muss gewusst haben, dass er gern zeichnete, bevor ich es überhaupt bemerkte.

»Graham hatte eine Affäre mit Iona«, sage ich übergangslos. »Das habe ich eben erfahren.«

Annie nickt bedächtig. Natürlich hat sie längst mitbekommen, dass die Polizei ihn deswegen befragte.

»Bonnie wusste, dass Iona sich mit jemandem traf, nur hat sie ihr nie verraten, mit wem. Mein Gott, aus diesem Grund hat Iona sich mit Tess angefreundet, worüber meine Schwester sich schrecklich geärgert hat«, sage ich, als mir die Zusammenhänge klar werden. »Susan hat es sogar angedeutet.« Als Annie nicht reagiert, füge ich hinzu: »Er glaubt, dass ich sie gesehen habe.«

»Tut er das?«, fragt sie.

»Ich habe jemanden gesehen und dachte immer, es sei mein Dad gewesen.«

»Dein Dad?« Annie lacht amüsiert. »Ach, mein Kind, ich denke, da hast du dich gewaltig geirrt. Wie ich dir schon mal gesagt habe, hätte dein Vater nie eine Affäre gehabt. Dafür hat er deine Mutter viel zu sehr geliebt.«

Ich sinke in den Sessel und kämpfe mit den Tränen. All die Jahre habe ich ihm die Schuld gegeben, und das lastet schwer auf mir. »Graham glaubt offenbar, dass ich es der Polizei erzählt habe«, sage ich und überlege, ob die schriftliche Warnung von ihm stammt. »Ich habe es nicht an die Polizei weitergegeben.« Als Annie schweigt, frage ich sie, ob ich bei ihr übernachten darf. »Ich kann sonst nirgends hin. Und ich verspreche, dass ich morgen früh verschwinde.«

»Natürlich kannst du hierbleiben«, sagt sie. »Du musst leider auf dem Sofa schlafen, das Gästezimmer ist nicht hergerichtet. Hier war lange kein Übernachtungsbesuch mehr, soweit ich mich erinnere.«

»Danke, Annie«, sage ich und atme erleichtert auf.

»Allerdings weiß ich nicht, ob du morgen früh zurück aufs Festland kannst.« Zweifelnd deutet sie zum Fenster. »Es zieht ein Unwetter auf.«

Ich schaue ebenfalls hin. Die Bäume vor dem Haus schwanken gefährlich von einer Seite zur anderen. Sie hat recht. Sollte das Wetter schlechter werden, wird die Insel vollkommen von der Außenwelt abgeschnitten sein. Das habe ich zum letzten Mal erlebt an dem Abend, als wir für immer fortgingen.

»Ich mache uns mal einen Tee«, verkündet Annie. »Hast du was gegessen?«

»Nein, Tee wäre wunderbar.«

Meine alte Vertraute, die ich Tante genannt habe, zögert, bevor sie in die Küche geht. »Was führt dich zurück, Stella? Ausgerechnet heute Abend.« Sie deutet auf die Fensterscheiben, gegen die hart der Regen peitscht.

»Ich war bei Danny im Gefängnis«, erzähle ich ihr. »Die Polizei glaubt nicht, dass er es war.«

»Aha, verstehe.«

Vergebens versuche ich, ihren Gesichtsausdruck zu entschlüsseln, bevor sie in die Küche geht.

»Ich glaube auch nicht, dass er es getan hat, Annie«, rufe ich, als sie in einem Schrank kramt, eine Dose herausnimmt, sie öffnet und den Inhalt in einen Topf schüttet. Ich lehne mich im Sessel zurück und blicke zu den Flammen, die wie Feuerzungen flackern. Die wohlige Wärme lässt den Lärm des Regens, der unablässig gegen das Fenster prallt, vergessen.

»Jeder hier redet nur über Danny«, sagt Annie, als sie mit einem Tablett hereinkommt, das sie auf den Couchtisch stellt. »Hier hast du Suppe und ein Brötchen. Bedien dich.«

»Danke.« Ich nehme die Schale und halte sie auf meinem Schoß. »Ja, das scheint so. Und was sagen die Leute?«

Annie seufzt. »Die Hälfte der Insulaner erinnert sich nicht mal an ihn«, sagt sie und hebt vorsichtig ihren Löffel zum Mund.

»Du schon. Du musst wissen, dass er so etwas nicht getan hätte.«

Ruhig legt Annie ihren Löffel zurück in die Schale. »Immerhin hat er gestanden.«

»Er hatte keinen Grund, sie umzubringen, es war völlig falsch.«

»Kann sein. Warum hat er dann der Polizei erzählt, dass er es war?« Als sie mir in die Augen sieht, habe ich den Eindruck, dass sie ihn wirklich zu solch einer Tat für fähig hält. »Auf der Insel sind viele froh darüber«, fährt sie fort. »Sie haben eine Antwort, wissen, dass keine Gefahr mehr besteht, und wenn sie dich hier wiedersehen, werden sie nicht erfreut sein, Stella.« Sie presst die Lippen zu schmalen Linien zusammen, beugt sich vor. »Ich verstehe, warum du hoffst, dass Danny nicht schuldig ist, aber was glaubst du, hier noch finden zu können, das die Polizei bislang nicht entdeckt hat?«

»Ich muss mit Leuten reden.« Eigentlich habe ich gehofft, dass Annie vorbehaltlos auf Dannys Seite steht. Wenn nicht, wird sie wissen wollen, mit wem ich sprechen will und warum.

»Früher habe ich mich um deine Mutter gesorgt«, sagt sie und schaut mich gedankenverloren an. »Sie hatte etwas an sich, das man nicht oft sieht. Manchmal wird es mit Mut verwechselt.« Sie stockt. »Ich sehe es genauso in dir.«

»Was meinst du damit?«

Annie bewegt ihren Löffel durch die Luft. »Sie hat gedacht, dass sie es stets am besten wüsste, ich war nicht immer ihrer Meinung. Deshalb habe ich mir Sorgen um sie gemacht, und jetzt sorge ich mich um dich. Mit wem willst du reden?«

Weil ich Annie nicht in die Sache reinziehen will, antworte ich nicht. Sie soll außerdem nicht versuchen, mich aufzuhalten. Ich habe vor, mir eine Taschenlampe zu nehmen, zu warten, bis sie ins Bett gegangen ist, und dann zu

Bob und Ruth zu gehen. Die beiden muss ich noch heute Abend sprechen, bevor es zu spät ist und Danny wegen Mordes angeklagt wird.

»Wenn du dir so sicher bist, dass dein Bruder Iona nicht umgebracht hat, weißt du vermutlich etwas«, mischt Annie sich plötzlich ein. »Oder du glaubst, etwas zu wissen. Was ist das?«

Seufzend schüttle ich den Kopf, doch Annie beobachtet mich weiterhin. Mir ist klar, dass sie nicht aufgeben wird. Ich überlege, was ich tun soll. Wenn ich zu viel erzähle, glaubt sie mir vielleicht nicht.

»Ich denke, dass Iona hier auf Evergreen nach jemandem gesucht hat«, beginne ich. »Und ich möchte mit Bob und Ruth reden.« Meine Worte gehen beinahe in einem alles übertönenden Donnergrollen unter. Helle Blitze zucken über den Himmel, und gleich danach geht das Licht im Zimmer aus.

»Verflixt«, schimpft Annie leise. Im schwachen Schein des Gasfeuers sehe ich, wie sie aufsteht und verschwindet. Bald fällt ein Lichtstrahl ins Zimmer. Annie legt die Taschenlampe auf die Anrichte und macht sich daran, Kerzen zu holen, die sie anzündet und auf den Couchtisch stellt.

»Vor morgen früh wirst du mit niemandem reden können, mein liebes Kind«, sagt sie hörbar erleichtert. »Nicht bei diesem Gewitter.« Sie tritt ans Fenster, hält eine Kerze an das Glas und schirmt ihre Augen ab, um nach draußen zu spähen. »Ein Baum ist umgekippt.« Sie nimmt das Telefon von der Fensterbank. »Verflucht. Ich muss Graham herholen, wenn das Schlimmste vorbei ist. Er kann die Telefonleitung reparieren. Und jetzt bringe ich dir mal Bettzeug.«

Erneut verschwindet Annie, und ich warte. Sie kramt in

einem Schrank oben an der Treppe. Bald kehrt sie mit zwei schweren Wolldecken und einem dicken weißen Federkissen zurück. Sie legt die Sachen aufs Sofa, neigt sich zu mir und streicht über mein Haar.

»Eure Familie hat mir gefehlt, als ihr weg wart«, murmelt sie. »Deine Mutter war wie eine Tochter für mich.«

»Ja, ich weiß, Annie. Sie empfand genauso.«

»Ich wollte nie, dass sie weggeht. Ebenso wenig wie du, Stella. Du hattest immer einen besonderen Platz in meinem Herzen.«

»Daran erinnere ich mich«, antworte ich leise mit einem wehmütigen Lächeln.

Sie zieht ihre Hand zurück und setzt sich wieder in den Sessel. »Warum willst du mit Bob und Ruth sprechen?«, kommt sie zum Thema und sieht mich aufmerksam an.

»Weil ich eine vage Ahnung habe«, antworte ich ziemlich nichtssagend. »Es gibt keinen bestimmten Grund.«

Vergebens hoffe ich, dass Annie sich mit dieser Antwort zufriedengibt, denn so, wie sie mich betrachtet, zurückgelehnt in ihrem Sessel und mit der goldenen Uhr an ihrem Handgelenk spielend, sieht es nicht so aus. Gern würde ich ihr sagen, sie müsse sich keine Gedanken machen, dass ich vor morgen früh irgendwo hingehe. Und dass mir der Gedanke, Bob zur Rede zu stellen, Angst macht. Ich spreche nichts davon aus, zumal ein weiterer Donner das Zimmer erbeben lässt.

Um kurz vor neun beschließt Annie, ins Bett zu gehen. Sie stellt eine Kerze auf den Tisch neben dem Sofa und ermahnt mich, sie auszupusten, ehe ich einschlafe. An der Tür zögert sie, ihr Blick ist auf die Taschenlampe gefallen, die ich mir dort hingelegt habe und die sie nun selbst nimmt. Mist! »Schlaf gut«, sagt Annie und bleibt erneut stehen. Anscheinend fürchtet sie, dass ich versuchen könnte, bei diesem Wetter rauszugehen. Also rutsche ich tiefer unter die Decken, um ihren Verdacht zu zerstreuen.

Alle paar Minuten blitzt und donnert es, und jedes Mal flackert die Kerze neben mir und droht, dass ich in Finsternis gehüllt werde. Eigentlich möchte ich bei diesem Wetter nicht rausgehen, bloß bleibt mir keine andere Wahl. Es gibt lediglich zwei Menschen, die mir Antworten geben können, und die brauche ich vor morgen früh. Ehe die Zeit vor Dannys Gerichtsverhandlung abgelaufen ist.

Oben knarren die Dielen, und ich warte, dass es aufhört, damit ich nach einer anderen Taschenlampe suchen kann. Doch Annies Herumgehen findet kein Ende. Sie geht im Flur auf und ab, verschwindet in einem der Zimmer und kommt wieder heraus. Irgendwann schlafe ich ein.

Als ein weiterer unheimlicher Donner den Raum erfüllt, schrecke ich hoch. Die Kerze ist bis auf einen kurzen Stumpen niedergebrannt. Eine Wolldecke um mich geschlungen, schleiche ich in die Diele und horche. Von oben ist kein Geräusch mehr zu hören, also beginne ich, in Schubladen und Küchenschränken nach einer Taschenlampe zu suchen. Als wir auf der Insel lebten, besaßen wir mindestens ein halbes Dutzend. Jeder braucht sie hier, wenn es dunkel wird, und ich bin sicher, dass Annie ebenfalls mehrere hat.

In der Diele wende ich mich zu einer verschlossenen Tür, deren Schlüssel steckt. Ich öffne sie und stehe in einer Kammer, die es früher so nicht gab. In der Mitte steht ein massiver Holzschreibtisch, und an den Wänden sind Bücherregale angebracht, in denen sich lauter ausrangierte Sachen stapeln.

Ehe ich hineingehe, spähe ich die Treppe hinauf. Da die Kerze in meiner Hand jeden Moment zu erlöschen droht, stelle ich sie auf den Schreibtisch, suche in den Regalen herum, bis ich in einem Karton zwei Taschenlampen entdecke.

Als ich die größere einschalte, flutet helles Licht den Raum. Ich will sie wieder ausmachen, als ich neben dem Karton einen anderen mit halb geöffnetem Deckel bemerke, der voller Fotos ist.

Das oberste sticht mir gleich ins Auge. Darauf blickt eine viel jüngere Annie in die Kamera. Sie hält ein Baby in den Armen. Ich nehme eine Handvoll Bilder heraus und sehe sie durch. Das nächste ist eine Aufnahme von meiner Mutter mit demselben Kind, und ich erkenne, dass es Bonnie ist. Ihre Namen stehen auf der Rückseite, zusammen mit dem Datum: 30. März 1976. Bonnie war keine zwei Monate alt.

Auch bei allen anderen handelt es sich um Fotos meiner Familie. Viele von Mum und Bonnie, einige von Danny und mir als kleine Kinder. Ich lege sie zur Seite und will einen neuen Stapel herausnehmen, da lässt mich ein Geräusch innehalten.

Mit der Taschenlampe schleiche ich in die Diele, schließe leise die Kammertür hinter mir und warte einen Moment, lausche wieder und nehme meine Jacke vom Haken. Erst als ich an der Haustür bin, sehe ich den weißen Umschlag auf dem Boden. Vorn steht mein Name in fetten schwarzen Großbuchstaben. Ich reiße das Kuvert auf und ziehe ein Blatt heraus.

ICH HABE DIR GESAGT, DU SOLLST VERSCHWINDEN. ICH SAGE DAS NICHT NOCH MAL.

Erneut von leichter Panik ergriffen, öffne ich die Haustür und leuchte mit der Taschenlampe in alle Richtungen. Niemand ist zu entdecken. Der Umschlag konnte bereits früher eingeworfen worden sein. Hingegen bereitet es mir Kopfzerbrechen, dass derjenige, der ihn eingeworfen hat, gewusst haben muss, dass ich zurück bin und wo ich mich gerade aufhalte. Und das bedeutet, jemand will verhindern, dass ich der Wahrheit auf den Grund gehe. Insofern ist mir alles andere als wohl, als ich hinaus ins Unwetter gehe, Annie allein lasse und zu Leuten will, die es möglicherweise nicht gut mit mir meinen.

EVERGREEN ISLAND

7. September 1993

Maria ist vollkommen durcheinander. So entschlossen sie gewesen war, Bob wegen Jill zur Rede zu stellen, konnte sie jetzt nicht umhin, über die Konsequenzen nachzudenken.

Obendrein ging ihr die Unterhaltung mit Iona nicht aus dem Kopf, und hätte sie sich nicht mit Bob angelegt, würde sie ihm erzählen, dass Iona eine Bedrohung sei.

Stellas Enthüllung hatte dann alle anderen Gedanken überwogen und Maria instinktiv handeln lassen. Sie war inzwischen beinahe sicher, dass sie sich nicht richtig verhalten hatte und selbst etwas wegen Iona unternehmen müsste.

Durchs Küchenfenster sah sie David zwischen den Bäumen am Ende des Gartens hervortreten. Sie holte tief Luft und überlegte, ihm zu erzählen, was sie wusste, und zu fragen, was sie tun sollten.

Natürlich wäre es richtig, sich ihm anzuvertrauen, aber als er unter dem Baumhaus den Kopf nach hinten legte und vermutlich mit Danny sprach, besann Maria sich anders, nahm ihre Schlüssel und eilte hintenherum aus dem Haus, damit er sie nicht sah. Sie wollte jemand anderen um Rat fragen.

Am Abend wartete David, bis seine drei Kinder sich in ihre Zimmer zurückgezogen hatten, dann bat er Maria, sich in einen der Sessel im Wohnzimmer zu setzen.

»Du siehst erschöpft aus«, sagte er, normalerweise ein Ausdruck von Sorge. Jetzt nicht. »Was hast du heute gemacht?«, fragte er ziemlich gleichmütig. Dabei wusste er genau Bescheid. Er hatte beobachtet, wie sie aus dem Haus floh, und war ihr zum Waldrand gefolgt, von wo aus sie zu Annie gelaufen war.

Seine Frau sah ihn verlegen an. Früher hätte er sich neben sie gesetzt und sie in die Arme genommen. Jetzt blieb er am Kamin stehen, die Arme fest vor seiner Brust verschränkt, die Beine leicht gegrätscht, und ihm war bewusst, dass sie beides registrierte. Was sie auch sollte.

Als Maria nicht antwortete, sagte er: »Ich war mit Iona zusammen«, und hoffte, sie damit aus der Reserve zu locken.

»Was hast du...«, sagte sie, dann unterbrach er sie.

»Sie ist praktisch noch ein Kind, Maria, du hättest nicht gleich zu Annie rennen sollen.«

»Hab ich nicht, ich...« Maria verstummte, ihr war klar, dass er ihre Lüge durchschaute.

»Ich bin dein Mann. Du hättest zuerst zu mir kommen sollen. Wir hätten darüber reden müssen.«

»Das habe ich ja versucht, David! Und das weißt du genau. Bloß hörst du nie zu.«

»Du hast es nicht versucht.«

»Habe ich sehr wohl. Den ganzen Sommer habe ich dir mehrfach gesagt, dass etwas nicht stimmt mit Iona, dass wir nichts über sie wissen. Und du hast es abgetan wie immer, hast mir das Gefühl gegeben, dass meine Sorgen unsinnig sind, was sie diesmal gewiss nicht sind.«

David wandte seufzend den Blick ab. Diesmal hatte sie weiß Gott Grund zur Sorge. Er hockte sich vor sie hin. »Was denkst du, was jetzt passiert, Maria? Du bist zu Annie gelaufen, und sie hat sofort mit mir gesprochen. Als Nächstes wird sie es Bob sagen.«

»Er weiß nichts.« Maria schüttelte den Kopf. Tränen glitzerten in ihren Augen. David wusste nicht, was er tun sollte. Er hatte Angst, alles werde auseinanderbrechen.

»Könnte ich nur die Zeit zurückdrehen und es ungeschehen machen«, rief er, richtete sich auf und hielt die Hände an seinen Kopf.

»Nein!« Maria sprang auf. »Sag das nicht. So darfst du nie reden, David.«

»Wir hätten niemals...«, begann er, ohne den Satz zu beenden. Noch nie hatte er zugegeben, dass sich ihr ganzes Leben auf der Insel wie ein Drahtseilakt anfühlte. Dass sie jeden Augenblick abrutschen und in die Tiefe stürzen könnten. Täglich bat er Gott um Vergebung, flehte ihn an, ihnen nicht alles zu nehmen, wenngleich sie es, wie er wusste, nicht wirklich verdienten. In vielerlei Hinsicht bewunderte David die Kraft seiner Frau, denn trotz ihrer Sorgen zerbrach sie innerlich nicht so sehr wie er.

»Wir sollten wenigstens eines tun: Dafür sorgen, dass Iona die Insel verlässt. Sie muss weg sein, bevor Bob sie in die Finger kriegt. Sie ist unten beim Anleger. Zumindest war sie es, als ich sie zuletzt gesehen habe.«

Worüber er mit ihr geredet hatte, verschwieg er. Vielleicht hätte er ehrlich sein Geständnis zugeben sollen, doch er wollte nicht, dass Maria ihm an allem die Schuld gab.

Als er sich mit einer Hand durchs Haar fuhr, fragte sie ihn: »Wo ist deine Mütze?«

»Was?«, fragte er und tat vergesslich. »Die habe ich unten gelassen. Graham hat sie gefunden. Maria, hast du gehört, was ich eben gesagt habe?«

Sie nickte. »Willst du, dass ich mit ihr rede?«

»Ja!«, rief er. »Sofort. Bitte, regle das.«

HEUTE

Kapitel dreißig

Als ich Annies Haus verlasse, zucken neue Blitze über den Himmel. Der Regen fällt wie ein dichter Vorhang, klatscht mir ins Gesicht, als ich den Wald meide und über den durchweichten Pfad laufe. Mein Herz schlägt angstvoll, und meine Gedanken überschlagen sich.

Annie hat gesagt, ich sei wie Mum, deren uneinsichtiges Verhalten oft mit Mut verwechselt worden sei. Ich erinnere mich nicht, diese Seite an ihr erkannt zu haben, bei mir dagegen sehe ich diesen Eigensinn.

Bin ich mutig oder komplett bescheuert? Tatsächlich bin ich neuerdings so von meinem Verlangen nach der Wahrheit getrieben, dass ich nicht mehr wahrnehme, welche Folgen meine verbissene Suche hat.

Bei jedem meiner Schritte spritzt Schlamm auf meine Beine, und meine Klamotten kleben an meiner Haut. Es ist sinnlos, über Alternativen nachzudenken, weil es keine mehr gibt. Ich werde nicht aufhören, bis ich herausgefunden habe, ob mein Bruder Iona ermordet hat oder jemand anders ihn glauben machen will, er habe es getan. Egal, was ich finde, ich gebe nicht auf.

Hinter den dünnen Vorhängen der Taylors flackert schwaches Licht. Ich klopfe an und muss ein wenig warten, bis Ruth öffnet. Wie Annie ist sie bereits für die Nacht angezogen und trägt einen langen lila Samtmorgenmantel, der in ihrer Taille gegürtet ist. Sie wird blass, als ich meine Kapuze abnehme, und lässt mich grußlos ins Haus.

Als ich drinnen bin, schließt sie die Tür und geht an mir vorbei in die Küche, wo sie am Tisch stehen bleibt und Fotos zu einem Stapel zusammenrafft.

»Jill?«

Ruth bejaht stumm.

»Ist Bob da?«, frage ich und schaue mich um.

»Er ist hinten im Garten. Ein Baum ist umgekippt und hat ein Fenster eingeschlagen.«

»Ruth, ich muss mit euch beiden reden.«

Erneut nickt sie und zeigt auf die Fotos in ihrer Hand. »Jill war nicht gerne oben auf der Klippe, sie hat es da nie gemocht. Ich wusste das und habe nie wirklich verstanden, dass wir dort die Bank aufstellen mussten. Da würde sie jeder sehen, hat Bob gesagt, dabei mochte sie die Klippe nie.«

»Dafür mochte Jill die ganze Insel«, sage ich. Wasser tropft von meiner Jacke und bildet eine Pfütze zu meinen Füßen. Ich ziehe sie aus und bringe sie zu der Garderobe im Flur, dann setze ich mich zu Ruth an den Tisch.

»Auf keinen Fall war die Klippe ihr Lieblingsort«, fügt sie noch hinzu, und ihre glasigen Augen blicken durch mich hindurch.

»Ich weiß«, antworte ich. »Jill mochte vor allem die Seen.«

Ruth ringt mit den Tränen und hält sich eine Hand vor den Mund. »Wir hatten uns voneinander entfernt. Als sie klein war, haben wir alles zusammen gemacht, aber irgendwann ... Ich habe mich nie gegen ihn behaupten können. Jill wusste das und fand es schlimm. Ich habe es ihren Augen angesehen, dass sie den Glauben an mich verlor. Trotzdem habe ich ihr nichts getan.«

»Jill wusste, dass du sie geliebt hast«, sage ich, um Ruths Kummer einzudämmen, der mir das Herz bricht, egal was sie getan hat.

»Meine Mutter hat mir immer eingeschärft, für mich müsse mein Mann an erster Stelle kommen, und jahrelang war Bob alles, was ich hatte. Ich habe nie damit gerechnet, dass wir eines Tages Jill bekommen würden. Und selbst als sie da war, stand Bob für mich an erster Stelle. Sogar als ich wusste, dass er im Unrecht war. Weißt du, ich habe deine Mutter sehr bewundert. Sie hat stets getan, was gut für ihre Kinder war.«

Mir stockt der Atem, und ich will sie fragen, was sie gemeint hat, doch Ruth lässt mich nicht zu Wort kommen. »Ich hätte ihm nicht ständig den Vorzug geben dürfen«, murmelt sie, senkt die Hand mit den Fotos auf ihren Schoß und zieht ihren Morgenmantel fester zusammen, als würde sie frösteln.

»Ruth ...« Mir dröhnt mein Puls in den Ohren. »Ich weiß Bescheid über Jill. Ich weiß, dass du nicht ihre leibliche Mutter bist.«

Ihre Schultern sacken nach vorne, ihr Gesicht erstarrt. Sie sieht aus, als hätte sie aufgehört zu atmen. Allein ein leichtes Heben und Senken ihrer Brust verrät, dass sie noch lebt. Sie wirkt, als hätte sie seit Langem damit gerechnet, darauf angesprochen zu werden.

»Es war mein gutes Recht, Mutter zu sein«, flüstert sie kaum hörbar. »Es war alles, was ich mir je gewünscht habe.

Ich sah eine Frau mit zwei Babys und dachte, wie kann sie gleich zwei geschenkt bekommen und mir wird nicht mal eins gegönnt. Es war nicht fair.« Sie sieht mich an, als wollte sie mich herausfordern, ihr zu widersprechen. »Annie hat es dir erzählt, nicht wahr?«, ergänzt sie leise. »Ich hätte nicht gedacht, dass sie es jemals tun würde.«

»Nein, das hat sie nicht getan, und mir war nicht einmal klar, dass sie es weiß.«

»Und wie…?«

»Ich habe Ionas Mutter getroffen. Das Mädchen ist auf die Insel gekommen, um ihre Schwester zu suchen.«

Ruth lacht freudlos und schüttelt den Kopf. Ohne auf meine Frage einzugehen, sagt sie: »Sie war nie eine richtige Mutter, wollte keines ihrer Kinder. Es hat sie nicht interessiert, ob sie genug zu essen hatten oder ob der Windelgestank den ganzen Raum füllte. Ihre ältere Tochter war sieben und noch in Windeln!« Wütend reißt sie die Augen auf. »Sie war zu high oder zu betrunken, um sich zu kümmern. Eine Mutter zu sein, ist ein Geschenk, und sie hat es nicht verdient.« Trotzig reckt Ruth ihr Kinn.

»Was genau ist passiert?« Ich bin froh, dass sie reden will, und zwar bevor ihr Mann ins Haus kommt.

»Bob gab sich die Schuld daran, dass ich nie schwanger wurde, wir ließen nie untersuchen, woran und an wem es lag. Dann kam er eines Tages nach Hause und bot mir eine Lösung an. Ein Baby, das ein gutes Zuhause und gute Eltern brauchte. Und eine Chance, auf einer einsamen Insel unauffällig zu leben. Was sollte ich tun?«, fragt sie, als würde sie denken, dass jeder so gehandelt hätte wie sie.

»Adoptieren?«

»Und was ist daran anders? Außerdem hatten wir es bereits versucht. Ich hatte alles Mögliche unternommen, nichts funktionierte. Irgendwer hielt mich nicht für gut genug und entschied, dass ich keine Mutter sein sollte.«

Oder Bob vielleicht kein Vater, denke ich.

Sie redet weiter und bestätigt, was ich vermute. »Bei einem Besuch der Adoptionsagentur ist Bob betrunken nach Hause gekommen und sagte, er habe nicht eher von der Arbeit weggekonnt. Es war klar, dass er den Termin vergessen hatte, und ich sah, wie sich meine letzte Chance bei den Sozialarbeitern in Luft auflöste. Dabei war es nicht meine Schuld. Das System hat mich im Stich gelassen und hätte ebenfalls Jill im Stich gelassen. Ich wusste, dass ich ihr ein wunderbares Leben bieten konnte. Und das hatte sie. Sie musste keine kostbaren Jahre an die Sorge verschwenden, woher ihre nächste Mahlzeit kommen würde, musste nicht auf einer feuchten Matratze schlafen.«

»Und dennoch war etwas nicht richtig«, sage ich.

»Ich habe sie geliebt«, beteuert Ruth. »Mehr, als du dir vorstellen kannst.«

»Das weiß ich.«

»Und am Ende habe ich sie im Stich gelassen, habe nicht gemerkt, dass sie krank war.« Unwillkürlich ergreife ich Ruths Hand. »Jill hat dich sehr vermisst, als ihr weg wart. Sie hat nie die Hoffnung aufgegeben, dass du zurückkommst.« Ruth sieht zur Zimmerecke. »Sie hat nie erfahren, dass du ihr geschrieben hast. Bob hat deine Briefe abgefangen, deshalb wusste sie nicht, wo du warst.«

»Warum hat er das getan?«, frage ich verständnislos.

»Es tut mir leid.« Sie zieht ihre Hand weg. »Ich wollte nicht, dass er das macht, aber nach allem, was passiert war…«

»Meinst du, mit Iona? Ruth, was genau ist mit ihr passiert?« Ich beuge mich etwas über den Tisch.

Ruth atmet tief durch. »Ich war nicht dabei und weiß es nicht.«

»O doch, ich denke, das tust du.«

»Was mir erzählt wurde, mehr nicht.« Sie sieht mich an, und Tränen laufen ihr übers Gesicht. Hinten im Haus knallt eine Tür zu. Ich sehe kurz zur Seite und rechne damit, dass Bob erschienen ist. Und wirklich höre ich als Nächstes schwere Schritte.

»Du solltest gehen«, flüstert Ruth mir so leise zu, dass ich sie kaum verstehe. »Geh«, wiederholt sie, ohne dass ich mich rühre, und plötzlich steht Bob in der Tür. Er trägt eine tropfnasse dunkle Jacke, und das Haar klebt ihm am Kopf. Er sieht mir direkt in die Augen.

Kämpfen oder fliehen.

In meinen Therapiesitzungen hatte ich »Fliehen« geantwortet. Ich habe immer gewusst, dass ich nicht mutig bin. Nicht, wenn es darauf ankommt. Heute Abend erstarre ich.

EVERGREEN ISLAND

7. September 1993

Iona saß auf der Bank beim Anlegesteg, wie David gesagt hatte. Sie blickte auf, als Maria zwischen den Bäumen hervorkam und einen Moment zögerte, ehe sie hinging und sich neben sie setzte.

»Wir sind nicht die, nach denen du suchst.« Maria sah das Mädchen an, das nicht mehr so selbstbewusst wirkte wie vorher, und fragte sich, was für eine Unterhaltung David mit ihr geführt haben mochte. »Angeblich suchst du nach einer Schwester, und obwohl ihr euch ein wenig ähnelt, ist es nicht Bonnie.«

»Das würde euch so passen, was?« Iona klang eher resigniert als boshaft.

»Warum glaubst du, dass deine Schwester hier auf der Insel ist?«, fragte sie, um herauszubekommen, was das Mädchen wusste.

Iona zog die Beine an und schlang die Arme um ihre Knie. »Ich habe mich dunkel erinnert, dass ich als Kind mal eine kleine Schwester hatte, allerdings hat meine Mum immer gesagt, dass es nicht stimmt. Sie hat behauptet, ich würde es mir ausdenken. Dabei wusste ich, dass ich es mir nicht eingebildet habe. Ich sah sie noch vor mir, erinnerte mich an ihr Weinen, ihren Geruch. Solche Sachen denkt man sich nicht aus, oder?«

»Nein, sicher nicht«, gab Maria ihr recht.

»Eines Tages war sie plötzlich weg. Damals nahm ich mir bereits vor, irgendwann herauszufinden, wo sie ist. Zeitweise dachte ich sogar, meine Mum könnte ihr etwas angetan haben.« Ihr Körper erschauerte. »Vor drei Jahren habe ich dann beschlossen, nach ihr zu suchen. Mum ist total ausgeflippt, als ich es ihr erzählte. Richtig wütend ist sie geworden, was für mich keinen Sinn ergab. Sie war halt oft völlig weggetreten, und in diesem Rausch spuckte sie eines Tages mit schwerer Zunge die Wahrheit aus.« Iona lachte sarkastisch. »Sie hat zugegeben, dass sie ihr Baby verkauft hatte. Wie krank ist das? Danach habe ich ihren Anblick nicht mehr ertragen. Ich konnte unmöglich wieder normal mit ihr reden, und Gott sei Dank war sie klug genug, mich in Ruhe zu lassen.«

»Was hast du gemacht?«

»Nachdem ich diese Sendung über Adoption im Fernsehen gesehen hatte, habe ich etwas mit einem Typen angefangen, der im Krankenhaus arbeitete. Er war ein Idiot und hat mir geholfen, alle möglichen Unterlagen einzusehen. Außerdem gab es eine Sozialarbeiterin, die uns dauernd besuchte. Meine Mum murmelte immer, ach, guck mal, Heul-Joy ist da, ich dagegen habe mich gefreut, wenn sie kam, weil sie nett war und mir Süßigkeiten mitbrachte.« Iona machte eine kurze Pause. »Dann habe ich ihre Todesanzeige in der Zeitung gesehen. Da stand, dass sie eine Tochter hatte.« Sie sah zu Maria. »Irgendwie dachte ich, das war es dann, doch ich habe deinen Namen gegoogelt und fand ein Bild von dir in einer Zeitung. Du hattest gegen irgendein Bauprojekt auf der Insel protestiert.«

Maria erinnerte sich an den Artikel. Stella hatte den Ausschnitt stolz in ihr Album geklebt.

»Dein Name stand klar und deutlich in der Schlagzeile und gleich daneben noch einer, der mir bekannt vorkam. Zuerst fiel mir nicht ein, in welchem Zusammenhang ich von Annie Webb gehört hatte, dann kam ich darauf, dass ihr Namen im Verzeichnis der Hebammen stand. Vielleicht hätte ich mir nichts dabei denken sollen, dass du und Annie beide auf dieser abgelegenen Insel lebt, aber es kam mir einfach seltsam vor. Ich wollte überprüfen, ob ihr etwas mit mir und meiner Mutter zu tun habt. Also bin ich hergekommen, angeblich als Studentin, die hier eine Art Praktikum macht. Und ich habe dich und deine Familie beobachtet und ...« Abrupt verstummte sie.

»Erzähl weiter«, forderte Maria sie leise auf.

»Von außen habt ihr so perfekt ausgesehen. Zumindest am Anfang. Bonnie sah interessanterweise gar nicht aus wie die anderen beiden. Und je mehr ich sie beobachtete, desto klarer wurde, dass sie eine Außenseiterin war und die Schwester sein musste, die mir weggenommen wurde. Und ich hasse es, dass sie alles hatte und ich nichts.« Das letzte Wort spie sie förmlich aus.

»Sie ist nicht die Schwester, die dir genommen wurde«, sagte Maria.

»Als ich am Sommeranfang herkam, hat sie sich gleich an mich gehängt und mir erzählt, dass sie nie das Gefühl habe, auf diese Insel und zu eurer Familie zu gehören...« Iona verstummte, als Maria nach Luft rang, weil sie es nicht ertrug, dass ihre Tochter so empfand.

»Ich schwöre dir, dass Bonnie nicht das Mädchen ist, nach dem du suchst«, beteuerte Maria.

»Weiß ich.« Die folgende Stille war unerträglich, bis Iona sagte: »David hat mir erzählt, dass sie es nicht sein kann, da Bonnies Mutter angeblich erst fünfzehn war.«

Maria fühlte sich elend, ihre Haut wurde eiskalt, Zentimeter für Zentimeter, bis sich ihr ganzer Körper wie gefroren anfühlte. David hatte ihr alles erzählt. Er hatte zugegeben, was sie getan hatten.

Iona zuckte mit den Schultern. »Warum habt ihr das gemacht?«

Maria konnte nicht sprechen. Sie wollte schreien, dass ihr Mann sie auf die schlimmste Art verraten hatte. Sie und ihre Familie. Für dieses Mädchen, diese Fremde. Langsam wich ihr alle Farbe aus dem Gesicht.

»Bitte, sag mir, warum ihr das getan habt«, wiederholte Iona. »Ich muss es verstehen, und dann...«

Und dann verschwindest du, dachte Maria. *Und dann bin ich dich für immer los?*

»Ich habe zwei Kinder verloren«, antwortete Maria leise, »und hatte Angst, dass ich nie eines austragen könnte.«

»Und da hast du gedacht, du nimmst dir das von einer anderen?«, fragte Iona.

»So war das nicht.« Maria schüttelte energisch den Kopf. »Ich habe sie einmal gesehen. Das musste ich. Ich brauchte irgendeine...« Maria biss sich auf die Unterlippe. »Ich wollte mich vergewissern, dass wir das Richtige tun.«

»Du wolltest dein Gewissen beruhigen.«

»Nein«, widersprach Maria vehement und drehte sich zu Iona um. »Die Eltern des jungen Mädchens wollten nichts mehr mit ihr zu tun haben, als sie von der Schwangerschaft erfuhren. Sie wohnte in einem Einzimmerapartment und dachte...« Maria schluckte. »Sie hat geglaubt, ein Neuanfang wäre ihre einzige Chance. Allein. Vielleicht war es nicht legal, was wir getan haben, bloß wäre Bonnie sonst in eine Pflegefamilie gekommen. Ich habe einige von denen gesehen, wenn ich meine Mutter begleitete. Außerdem wusste ich, dass unser Geld dem Mädchen sehr viel besser helfen konnte als alle sogenannte Fürsorge. Also habe ich eigentlich kein schlechtes Gewissen. Bonnies leibliche Mutter hat mit dem, was wir ihr gegeben haben, von vorne anfangen können.«

»Anders als meine«, sagte Iona ernst. »Und wer ist nun meine Schwester?«

»Weiß ich nicht«, antwortete Maria. »Ich weiß nichts über deine Schwester.« Natürlich war das gelogen, denn Maria wollte ihr nicht die Wahrheit sagen.

Seufzend wandte Iona sich ab. »Dann wurde sie vielleicht nie auf diese Insel gebracht und könnte irgendwo anders sein?«

»Ja, könnte sie.«

Ein klein wenig brach es Maria das Herz, dass die Schwester, nach der Iona suchte, in greifbarer Nähe war. Egal, das Mädchen musste verschwinden. Wenn Bob erfuhr, nach wem sie suchte, war sie in Gefahr.

»Mir tut ehrlich leid, was du durchgemacht hast, aber hier auf der Insel gibt es nichts für dich«, sagte Maria. »Ich halte es für das Beste, wenn du abreist.«

»Damit ich es keinem erzähle?« Iona sah sie misstrauisch an. »Hast du davor Angst?«

»Wir können dafür sorgen, dass es dir gut geht.«

»Du meinst, ihr zahlt mich aus?«

»Zumindest können wir dir helfen.«

Iona lachte. »Denkst du, ich bin wegen Geld hier?«

»Nein. Ich kann dir nicht geben, was du hier suchst, immerhin denke ich, Geld könnte dir einen Neuanfang ermöglichen. Meinst du nicht?«

»Dann verschwinde ich jetzt einfach, oder?«, fragte Iona verächtlich, als wäre die Idee absurd.

»Gleich morgen früh«, antwortete Maria. »Ich finde, du solltest dich von Bonnie verabschieden. Sag ihr, dass eine Tante von dir krank ist und dich dringend braucht. David bringt dich um acht aufs Festland.« Maria beugte sich vor und legte ihre Hände um Ionas. »Dann bekommst du Geld, ich bitte dich jedoch, ihr nichts zu sagen. Ich verspreche dir, dass wir helfen werden.«

»Na gut. Ich werde da sein«, erklärte Iona nach einer Weile.

»Großartig. Okay. Schön«, sagte Maria ebenso erfreut wie verwundert, ließ Ionas Hände los und stand innerlich zerrissen auf. Es war falsch, Iona ihre Schwester vorzuenthalten, aber was sollte sie tun?

Sie ging durch das weiße Tor im Zaun. Als sie aufblickte, sah sie David am Küchenfenster auf sie warten. All die kleinen zerbrochenen Teile in ihr verschmolzen zu einem eisernen Klumpen in ihrer Brust. Seine Schuldgefühle hatten ihn dazu gebracht, dem Mädchen zu gestehen, was sie getan hatten. Und in diesem Moment wurde ihr klar, dass sie es ihm niemals vergeben konnte.

HEUTE

Kapitel einunddreißig

»Was zum Teufel machst du schon wieder hier?«, knurrte Bob, zog die dicken schwarzen Handschuhe aus und warf sie zur Seite. »Hab ich dir nicht gesagt...«

»Sie will gerade gehen«, unterbricht Ruth ihn, steht hastig auf und versucht, mich aus der Küche zu scheuchen.

Bob kommt näher und stützt sich auf die Rückenlehne meines Stuhls. »Ich habe gefragt, was du hier machst«, sagt er und sieht mir prüfend ins Gesicht, was ihn nervös wirken lässt, der Rest kommt eher grob und bedrohlich daher.

»Ich wollte mit euch beiden reden«, antworte ich.

Er zieht die Augenbrauen hoch. »Dann rede.«

Ruth kommt hinzu und verlagert ihr Gewicht unruhig von einem Fuß auf den anderen. Als Bob sie missbilligend ansieht, hört sie sofort auf.

»Was hast du ihr erzählt?«, fragt er seine Frau.

»Sie hat die Sache mit Jill gewusst«, sagt Ruth leise.

Bob hebt die Hand und knallt sie auf die Tischplatte, sieht sie wütend an.

»Sie sagt die Wahrheit«, bestätige ich. »Ich wusste von Jill, bevor ich heute zurückgekommen bin.«

»Geh nach oben«, befiehlt er seiner Frau.

Ruth zögert. Sie blickt zu mir und zurück zu Bob, dann verschwindet sie. Ich höre, wie sie die Treppe hinaufläuft.

Als er sicher ist, dass sie weg ist, wendet er sich wieder zu mir, wandert erregt um den Tisch herum und setzt sich mir gegenüber hin. Seine Bewegungen sind so entschlossen, als würde ihn meine Anwesenheit kein bisschen beunruhigen. »Also, was willst du hier?«, fragt er wieder.

»Ich will die Wahrheit wissen.«

»Und was geht sie dich an?«

»Mein Bruder ist unschuldig«, sage ich. Als Bob nicht reagiert, füge ich hinzu: »Ich denke nicht, dass er Iona umgebracht hat. Und ich glaube, der eigentliche Täter lässt ihn mit Freuden die Schuld auf sich nehmen.« Ich sehe, dass Bob seinen Kopf leicht zur Seite neigt, bei ihm ein Zeichen von Interesse. »Iona war auf der Insel, weil sie ihre Schwester suchte. Und das war Jill«, bekräftige ich mit fester Stimme.

»Und ich nehme an, du bist mit deiner sogenannten Information zur Polizei gegangen?«

Ich öffne den Mund und schließe ihn gleich wieder. Bob wirft lachend den Kopf in den Nacken. »Nein, dachte ich mir bereits. Warum nicht?« Als ich nichts sage, fügt er hinzu: »Ich habe Iona ermordet. Ist es das, was du denkst?«

»Du hattest einen Grund«, erwidere ich. Obwohl meine Hände zittern, sage ich mir, dass er mir nichts tun wird, solange Ruth oben ist. Andererseits deckt sie ihn seit Jahrzehnten.

»Denkst du, ich bin der Einzige mit einem Motiv?«, fragt er. »Du hast bestimmt inzwischen rausgekriegt, dass noch jemand eines hatte, nur gefällt dir der Gedanke nicht.«

»Ich weiß nicht, was du meinst«, entfährt es mir spontan.

Bob lacht erneut. »Deine Eltern waren die, die durchgedreht sind, als diese Iona hier aufkreuzte, nicht ich. Ich denke, das ist für dich nichts Neues.«

Stumm befehle ich meinem Herzen, nicht so wild zu pochen. Bob spreizt unterdessen die Hände auf dem Tisch, als würde er überlegen, was seine beste Option ist. »Egal, was ich getan haben mag, ich habe lediglich zugestimmt, weil deine Eltern schon Fakten geschaffen hatten. Ich schätze, du weißt, dass Bonnie nicht deine richtige Schwester ist?«

Alles um mich herum kommt zum Stillstand.

»Iona wusste es, hatte allerdings keine Ahnung von Jill«, sagt er, als hätte er mir nicht eben etwas eröffnet, das meine Welt zum Einsturz bringt.

Ein lautes Rauschen in meinen Ohren macht mich halb taub, und ich versuche, durch Kopfschütteln den Lärm zu stoppen und mich auf das zu konzentrieren, was er mir erzählt.

»Deinen Eltern drohte, dass sie auffliegen, nicht mir. Deshalb hatte ich keinen Grund, sie zu töten, oder?«

»Natürlich hattest du, denk an Jill.« Meine Stimme klingt fremd, verzerrt, als gehörte sie nicht zu mir.

»Deine Eltern waren überzeugt, dass das Mädchen ihr Leben ruiniert. Und du denkst, du kannst herkommen und deinen Bruder vom Haken holen, weil er unschuldig ist? Was er wahrscheinlich sogar ist.« Mit einem höhnischen Grinsen lehnt Bob sich zurück, als hätte er eben seinen Trumpf ausgespielt. »Nur bin ich nicht dein Mörder.«

Er beugt sich vor, bis sein Gesicht dicht vor meinem ist. Ich rieche Schweiß und Zwiebelgeruch, sodass ich unwillkürlich zurückweiche und vom Stuhl aufstehe.

»Ich habe dir nicht umsonst gesagt, dass du nicht hier

herumschnüffeln sollst. Dass dir nicht gefallen wird, was du findest. Ist es nicht so?«

»Du hast mir die Drohungen geschickt.«

»Drohungen?« Er runzelt die Stirn.

»Nachrichten, die du mir geschrieben hast. Die erste habe ich der Polizei gegeben. Sie werden wissen, dass du etwas zu verbergen hast, also ist es sinnlos, das meinen Eltern anhängen zu wollen.«

Bob lacht abermals. »Ich kann ehrlich sagen, dass ich keinen Schimmer habe, wovon du sprichst.«

»Du willst, dass mein Bruder ins Gefängnis geht, damit die Polizei nicht nach dir sucht«, werfe ich ihm vor.

Der stämmige Kerl tippt mit einem seiner Wurstfinger an seine Brust. »*Ich* habe sie nicht umgebracht. *Ich* bin nicht weggelaufen«, sagt er selbstzufrieden und gleichzeitig gehässig.

Als er aufs Neue mein Gesicht mustert und sich weiter zu mir vorbeugt, weiche ich aus, so gut ich kann. Weshalb ich auch hergekommen bin, ich will es nicht mehr hören. Egal, was Bob mir erzählt, ich muss mit dem, was ich weiß, zur Polizei gehen.

»Wer hat damals entschieden, mitten in einem Unwetter von der Insel abzuhauen?«, hetzt er weiter.

Ich zucke zusammen, als ein Speicheltropfen von ihm mich im Gesicht trifft und er mich drohend zurückdrängt. »Ich glaube dir nicht. Mein Dad könnte niemals...«

»O nein!«, sagt er mit hässlichem Grinsen. »Nein, ich glaube genauso wenig wie du, dass dein Dad es könnte.«

Mit einer Hand greife ich nach dem Türrahmen, um mich abzustützen. *Ich will nicht hören, was du mir erzählst, Bob*, würde ich gerne schreien, bringe es leider zu meinem Kummer nicht fertig.

»Das sind nicht die Antworten, die du wolltest, was?«, fragt er. »Was für ein Jammer! Du warst so versessen darauf, zu erfahren, was passiert ist.«

»Vielleicht denkst du dir irgendwas aus«, gehe ich zum Angriff über. »Meine Eltern können sich schließlich nicht mehr verteidigen.« Ich stolpere rückwärts und würde mir am liebsten die Ohren zuhalten, um seine Lügen nicht länger zu hören.

»Die Sache an dieser Insel ist, dass Geheimnisse hier nicht lange verborgen bleiben.«

Ich bücke mich nach meiner Jacke, und als ich mich wieder aufrichte, ist er neben mir. Für solch einen bulligen Mann bewegt er sich verblüffend schnell.

»Willst du wirklich die Wahrheit?«

Nein, ich denke ehrlich gesagt nicht, dass ich sie noch will. Ich öffne die Tür und stolpere nach draußen, wo mir kalte Luft entgegenbläst.

»Deine Mutter hat Iona umgebracht. Und ich bin der, der ihr Geheimnis all die Jahre gewahrt hat«, ruft Bob mir nach, als ich die Einfahrt entlanglaufe. »Du kannst wegrennen, weit kommst du nicht. Heute Nacht führt kein Weg von dieser Insel.«

Kaum habe ich das Grundstück verlassen, wird mir so übel, dass ich mich übergeben muss und Regenwasser in meinen Augen brennt. Nichts davon spielt noch eine Rolle. Nichts ist noch von Bedeutung.

EVERGREEN ISLAND

8. September 1993

David knallte seine Faust auf die Arbeitsplatte in der Küche. Iona war nicht zur Acht-Uhr-Fähre gekommen, was eigentlich vereinbart war, und im Gegensatz zu ihm war Maria felsenfest überzeugt gewesen, dass sie dort sein würde. Er hatte sogar gehört, wie Iona Bonnie die Lüge von der kranken Tante aufgetischt hatte.

»Hast du sie gesehen?«, fragte er seine Frau.

Maria schüttelte den Kopf. »Was ist mit Bonnie? Wollte sie sich nicht von ihr verabschieden?«

»Nein.« Bonnie war noch oben im Bett, er hatte eben nach ihr gesehen. »Was ist, wenn Iona etwas zugestoßen ist?«, fragte er.

Den ganzen Abend hatte Maria kaum mit ihm gesprochen, ihn kaum angesehen. David wusste, dass er einen Fehler gemacht hatte. Er hätte dem Mädchen nicht die Wahrheit gestehen dürfen, aber Iona hatte ihm ihr Herz geöffnet, und er wollte sich später dafür revanchieren. Immerhin fühlte er sich teilweise für sie verantwortlich.

Überdies wusste Iona ohnehin, was David und Maria vor siebzehn Jahren getan hatten. Er hatte es ihr angesehen. Sie mochte auf das falsche Kind getippt haben, doch Iona war klug und hatte sich gewiss einiges zusammengereimt. Besorgt sah David seine Frau an. Heute Morgen kam sie ihm wie eine Fremde vor.

Er seufzte. Natürlich konnte er sich einreden, Iona habe ihm das Geständnis entlockt, tief im Innern wartete er in Wahrheit darauf, endlich seine Schuld zu gestehen, seit sie vor all den Jahren diese illegale Entscheidung getroffen hatten. Jahrelang musste er mit der Last leben und hatte oft überlegt, ob es eine Befreiung wäre, endlich ehrlich zu sein und dadurch vielleicht das Gefühl zu bekommen, für ihren Fehler und ihre Schuld zu bezahlen. Iona hatte einen Knopf in ihm gedrückt, und er wollte befreit werden. Erleichterung und Befreiung spürte er bislang keine.

»Ist sie alles, worum du dich sorgst?«, rief Maria und sah ihn verärgert an. »Was ist mit uns?«, fragte sie und schlug sich mit der Hand auf die Brust.

»Du weißt, dass ich mich nicht ausschließlich um sie sorge«, antwortete er so ruhig wie möglich. »Dennoch müssen wir sie suchen.«

»Du meinst, *ich* muss sie finden«, erwiderte seine Frau scharf, nahm ihre Hausschlüssel und warf sie in ihre Tasche.

Bis zum Mittag hatte Maria das Mädchen nirgends entdeckt.

Jedes Mal, wenn sie zum Haus zurückkehrte, sah sie nach ihren Kindern, die zum Glück nicht mitzubekommen schienen, dass die Familienstimmung an einem seidenen Faden hing. Bonnie war in ihrem Zimmer und weigerte sich rauszukommen. Danny hockte im Baumhaus, und Stella saß hinten im Garten und las.

Jedes Mal fragte sie, ob alles okay sei. Ihre Stimme klang schrill, nervös tippte sie mit dem Fuß auf, weil sie weitersuchen wollte. Zweifellos wirkte sie panisch, ihren Kindern fiel das allerdings nicht auf, da sie zu sehr mit sich selbst beschäftigt waren. Am liebsten wollte sie alle drei in die Arme nehmen und sie von der Insel schaffen, mit ihnen fliehen.

Maria hatte den Überblick verloren, wie oft sie wo nach Spuren von Iona geschaut hatte. Bei jeder Rückkehr nach Hause blieb sie ein wenig länger, beobachtete eines ihrer Kinder. Was würde sie tun müssen, um sie zu schützen?

Alles, sagte sie sich, als sie sich wieder auf den Weg machte. Alles würde sie tun.

Ihr war schleierhaft, wie Iona von der Insel gekommen sein konnte, nachdem sie abends beinahe überzeugt gewesen war, sie müsste es irgendwie geschafft haben. Zur Sicherheit war Maria ein weiteres Mal losgezogen.

Als sie das Haus verließ, bemerkte sie, dass Bonnie sie von ihrem Fenster aus beobachtete, die Hände auf der Glasscheibe gespreizt. Maria kehrte ihrer Ältesten den Rücken zu und ging in Richtung Wald. Stella schlief tief und fest in ihrem Bett. Danny war vor einer Stunde rausgegangen, ohne dass sie nach seinem Ziel gefragt hatte.

Maria brauchte im Wald eine Taschenlampe, die sie in weitem Bogen schwang, als sie zwischen den Bäumen durcheilte. Sie gelangte auf den Weg, blickte zu den Seen und nahm dann die Strecke vorbei an der Klippe und Pirate's Cove. Vor dem Pub blieb sie kurz stehen, ging jedoch weiter und war beinahe wieder zu Hause, als sie einen Schrei hörte.

Als sie sich nach rechts wandte, vernahm sie einen weiteren, leuchtete in die Richtung und sah zwei Gestalten auf einer kleinen Lichtung am Klippenrand. Sie erkannte sofort, wer die beiden waren.

Danny hatte seine Mutter rufen gehört, wollte fragen, was los sei, und sich von Ionas Griff befreien. In ihrer anderen Hand hatte sie sein Skizzenheft, streckte es weit von sich, außer Reichweite von ihm, und wie sehr er sie anschrie, sie solle es zurückgeben, sie tat es nicht, lachte ihn schadenfroh aus.

»Danny, was machst du da?«, rief seine Mum. Inzwischen war sie direkt hinter ihm, und er hoffte, dass sie Iona zwingen würde, ihn loszulassen, aber irgendwie schien seine Mutter sich mehr für Iona zu interessieren als für ihn. »Du solltest längst weg sein«, sagte sie gerade streng zu ihr.

»Ich Dummerchen«, antwortete Iona spöttisch. »Ich muss die Fähre verpasst haben.« Ihre Augen funkelten überheblich und gemein. Vielleicht erkannte Maria in diesem Moment endlich, was Danny seit Wochen wusste – dass Iona überhaupt nicht nett war.

»Du hattest nie vor zu verschwinden«, sagte seine Mum. »Und deine kranke Tante war eine Ausrede.«

Danny hatte keinen Schimmer, wovon die beiden redeten, und die beiden schienen völlig vergessen zu haben, dass er bei ihnen stand.

»Und was hast du jetzt vor?«, fragte seine Mutter, und an der hektischen Art, wie sie atmete, merkte er, dass sie sich vor der Antwort fürchtete.

Iona lachte. »Ach, mal sehen ... Ich könnte damit anfangen, Danny zu erzählen, was ihr so alles getan habt. Wäre das nicht interessant, *Dan*?«, sagte sie und neigte den Kopf zur Seite.

»Danny, geh nach Hause«, zischte seine Mutter.

Er blieb, wo er war, und ließ sein Skizzenheft, das Iona ihm abgenommen hatte und das unter ihrem Arm klemmte, nicht aus den Augen. Natürlich wollte er hören, was seine Mum getan hatte, wobei ihn momentan mehr interessierte, dass Iona ihm die Kladde mit all seinen Skizzen und Zeichnungen vorenthielt.

»Danny«, sagte seine Mum gereizt. »Gehen wir nach Hause.« Jetzt hatte sie ebenfalls bemerkt, dass Iona seine Zeichnungen hatte. »Gib sie ihm gefälligst wieder«, mischte sich Maria ein. »Er hat es nicht verdient, hier mit reingezogen zu werden. Danach können wir reden.«

»Er beobachtet alles, jeden, weißt du das eigentlich?«, fragte sie und wedelte mit dem Zeichenheft. »Er ist nichts als unheimlich.«

»Gib mir mein Heft!«, schrie er lauter, verzweifelter.

»Und Bonnie hat Probleme, was dir vermutlich klar ist«, machte Iona ihre angebliche Freundin schlecht. »Ich glaube echt nicht, dass wir in einem anderen Leben Freundinnen gewesen wären. Mich wundert nicht, dass sie sonst keine hat.«

»Halt den Mund«, warnte Maria sie in einem feindseligen Ton. »Rede nicht so über meine Tochter.«

»Sie ist nicht deine Tochter, oder?«, begann Iona ihr Gift zu verteilen. »Sie weiß, dass du sie nicht so magst wie die anderen. Jeder sieht, dass du für sie weniger Zeit hast, was ich dir nicht verdenken kann. Ich hätte es auch nicht...«

»Schluss!«, forderte Maria das Mädchen auf, das daraufhin in höchsten Tönen kreischte: »Sie hat, was *mir* zugestanden hätte!«

Gleichzeitig brüllte Danny: »Gib mir mein Heft wieder«, und sprang mit solcher Wucht nach vorn, dass Iona das Gleichgewicht verlor und rückwärtsstolperte Im Dunkeln hatte er nicht bemerkt, wie dicht sie am Klippenrand stand, griff erneut nach vorn, stieß gegen sie, und auf einmal war sie weg.

Maria rührte sich nicht. Eine gefühlte Ewigkeit stand sie wie angewurzelt da, selbst wenn es nicht mehr als drei Sekunden waren. »O mein Gott. O Gott«, murmelte sie, lief zum Klippenrand und leuchtete mit ihrer Taschenlampe nach unten.

Neben ihr heulte Danny los. »Ist sie tot?«

»Nein, sei ruhig«, antwortete Maria und wich zurück, um ihren Sohn anzusehen. Blanke Furcht schimmerte in seinen Augen, und er hüpfte vom einen Fuß auf den anderen. »Nein, selbstverständlich ist sie nicht tot.«

Gott, wie sehr hoffte Maria, dass sie es nicht war. Von hier aus konnte sie Iona nicht sehen und wusste nicht, ob sie sich bewegte. Ihr wurde klar, dass sie nicht nach ihr schauen konnte, solange Danny bei ihr war.

»Weißt du was? Ich bringe dich nach Hause, und dann gehe ich wieder zurück und sehe nach ihr. Und ich hole dir dein Zeichenheft«, ergänzte sie, als sie ihn wegführte. Die ganze Zeit blickte sie sich um, rechnete beinahe damit, dass Iona irgendwo auftauchte.

Danny war erstaunlich gehorsam. Sie brachte ihn bis zur Küche, schickte ihn zu Bett und versprach, dass sie bald wieder zu Hause sei. Sie hasste es, ihn so traumatisiert zurückzulassen, doch blieb ihr keine andere Wahl.

Als sie an der Klippe zurück war, stieg Maria sofort nach unten zu dem kleinen Strandabschnitt und sah Iona im

Sand liegen. Jemand hockte neben ihr. Sie glaubte, ihr Herz würde aufhören zu schlagen, als sie sich langsam den beiden Personen näherte. Gespenstisch weiß sah ihr ein Gesicht im Mondlicht entgegen.

»Annie?«, hauchte Maria.

»Sie ist tot«, flüsterte ihre Freundin. »Weißt du, was passiert ist?«

»O Gott.« Maria sank neben ihr in den Sand. Wie sollte sie erklären, warum sie am späten Abend am Strand unterwegs war? Ihr fiel nicht ein einziger glaubwürdiger Grund ein.

Sie konnte nicht vorgeben, nichts zu wissen. Nicht Annie gegenüber, die immer so loyal gewesen war. Und dem Himmel sei Dank, dass sie am Strand war. Es gab nichts, was ihre Freundin nicht für sie täte.

Die volle Wahrheit konnte sie ihr allerdings nicht sagen.

»Wir haben uns oben gestritten«, fing sie an. »Es war ein Unfall, aber ich...«

»*Du* warst das?«, fragte Annie entsetzt.

Es sah aus, als würde sie ihr nicht glauben, trotzdem blieb Maria bei ihrer Geschichte. »Ich wollte das nicht«, versicherte sie mit Tränen in der Stimme.

»Nein, nein, natürlich nicht, meine Liebe.«

»Am Anfang hat sie so schreckliche Dinge gesagt...« Maria hörte nicht auf. Der Drang, ihren Sohn außen vor zu halten, war überwältigend.

»Was jetzt, was soll ich tun?«, fragte sie angstvoll. Sie musste Annie bitten, sich darum zu kümmern.

David, der hinzugekommen war, fand es seltsam, dass Annie um diese Zeit am Strand war. Er fragte sie ausgiebig, was sie dort gewollt habe und wie lange sie schon dort gewesen sei. Maria konnte es ihm nicht sagen, weil sie gelähmt danebenstand.

Ihrem Mann hatte nie behagt, dass Annie seit ihrer Ankunft auf Evergreen ständig um sie herum war, und sie hatten sich sogar einmal offen deswegen gestritten. Maria sah lange einen Anflug von Misstrauen in seinem Blick, wenn er sie nach jenem furchtbaren Abend fragte, mittlerweile war es ihr gleich, was er von Annie hielt. Jedenfalls wussten sie beide, dass ihr zu vertrauen alles war, was ihnen noch blieb.

HEUTE

Kapitel zweiunddreißig

Ungeschickt stecke ich den Schlüssel in Annies Schloss, drücke die Tür auf und stoße einen Schrei aus vor Schreck, als ich sie in der Diele stehen sehe. In ihrem Nachthemd und mit einer flackernden Kerze auf einer Untertasse in der Hand wirkt sie wie ein Geist. Sie mustert mich, doch sie sagt nichts, als sie die Kerze abstellt, mir die Jacke abnimmt und sie auf den Haken hängt.

»Ich habe mir Sorgen um dich gemacht, als ich nach unten gekommen bin, und du warst weg. Wo bist du gewesen?«

Als ich mich hinsetze, hilft sie mir, meine Stiefel auszuziehen. Ich lasse es geschehen, hebe brav erst das eine, dann das andere Bein. Es kostet sie sichtlich Mühe, sich wieder aufzurichten.

»Ich lasse dir ein heißes Bad ein«, sagt sie, dreht sich um, hält sich am Treppengeländer fest und geht langsam, Stufe für Stufe, nach oben, wo sie um die Ecke verschwindet.

Kurz darauf kehrt sie mit einem dicken grauen Handtuch zurück. »Zieh deine Klamotten aus«, weist sie mich an, und gehorsam ziehe ich zuerst meine nassen Jeans aus, dann die anderen Sachen. Als ich nur noch in Unterwäsche dastehe, wickelt Annie mir das Handtuch um meinen bibbernden Körper und schiebt mich die Treppe hinauf.

Bevor ich ins Bad gehe, bleibe ich stehen. »Er hat gesagt, dass Mum Iona umgebracht hat.«

Annie holt tief Luft und hält sie für einen Moment an, ehe sie langsam wieder ausatmet und mich zum Bad bugsiert. Drinnen lässt sie mich los, testet die Wärme des Wassers und dreht die Hähne ab. Ich komme mir wie ein Kind vor, als sie mir das Handtuch abnimmt und auf meine Unterwäsche deutet. Schweigend ziehe ich alles aus und steige in die Wanne, bin froh, dass mich der Badeschaum bedeckt.

»Annie, erzähl mir, was damals passiert ist. Ich muss es wissen.«

»Wir können unten reden, wenn du dich aufgewärmt hast«, schlägt sie vor.

»Nein. Ich muss es jetzt wissen. Es war nicht Mum, oder?«

Annie runzelt die Stirn und sagt leise: »Ich fürchte, sie war es.«

»Nein!«, schreie ich, schließe die Augen und tauche tief ins Wasser. Als ich sie wieder öffne, sehe ich denselben Schmerz in ihren Zügen wie vorher.

»Du hast es gewusst, wusstest die ganze Zeit, was sie getan hat. Warst du es auch, die ihnen geraten hat, dass sie die Insel verlassen sollen?«

Die alte Frau schüttelt den Kopf. »Nein, das haben deine Eltern selbst entschieden.«

»Wie konntest du sie decken und so viele Jahre für sie lügen. Warum hast du das getan?«

»Ich habe deine Mutter geliebt«, antwortet sie schlicht. »Euch alle habe ich geliebt. Was passiert ist, war schlimm, nicht zuletzt für Maria...« Annie zieht sich einen Korbhocker unter dem Waschbecken hervor und setzt sich schwerfällig darauf. »Ich bin überzeugt, dass sie es nicht absichtlich getan hat. Es war ein dummer Unfall. Deine Mutter geriet total in Panik.«

»Ja, zu Recht«, sage ich und unterdrücke ein Schluchzen. »Nach dem, was durch ihre Schuld passiert ist.«

Annie sieht mir schweigend in die Augen, ich kann ihren Gesichtsausdruck nicht deuten.

»Weißt du von Bonnie?«

»Ja«, antwortet sie.

»Wer weiß es noch?« Als Annie sich herausreden will und »Keiner sonst« behauptet, korrigiere ich sie: »Außer Bob und Ruth.«

»Ja, außer ihnen.«

»O Gott! Ich glaube nicht, was alle getan haben, worin alle verwickelt sind. Hast du Mum und Dad vielleicht sogar geholfen, das Festland zu verlassen und herzukommen? Dad hat gesagt, sie hätten dich vorher gekannt. Warst du es, die das alles heimlich organisiert hat?«

»Ja«, gibt sie vollkommen gelassen zu.

»Warum?«, frage ich konsterniert. »Ich meine, warum hast du das gemacht?«

»Ich habe deine Großmutter sehr lange gekannt. Sie war eine gute Freundin von mir, und einmal hat sie etwas für mich getan, das ich nie vergessen werde und das mir praktisch das Leben rettete. Deshalb war ich bereit, alles für sie zu tun, als sie mich um Hilfe bat.«

»Der Babyhandel war Grandmas Idee?«

»Nun ja, sie hatte gesehen, in welcher Armut die Familien in diesem Viertel lebten. Zustände, die du dir nicht vorstellen kannst. Tapeten, die von feuchten Wänden abblätterten, Löcher in nackten Bodendielen. Sie arbeitete dort als Sozialarbeiterin und erzählte mir immer, es sei, als würden die armen Leute mitten in einem Kriegsgebiet leben, manche von ihnen mit sechs Kindern, die in demselben dreckigen Zimmer schliefen, in dem sie aßen und sich wuschen. Einmal kam sie zu einem Haus und fand dort eine Mutter mit ihrem Baby im Arm vor, die einen Bulldozer aufhalten wollte, der ihr Haus abreißen sollte. Die Armut war entsetzlich und machte die Menschen krank, zumindest lag den meisten der Mütter an ihren Kindern, außer sie waren ständig high oder selbst noch Kinder. Deine Großmutter lernte sie alle kennen, einschließlich derjenigen, die nicht für ihre Babys sorgen konnten.«

»Trotzdem war es wohl kaum legal, sie zu überreden, dass sie ihre Kinder verkauften?«

»Sie hatte gehofft, das Geld würde ihnen helfen«, verteidigte Annie meine Großmutter, »und bei Bonnies Mutter funktionierte es. Wie gesagt, ich habe ihr geholfen, weil ich ihr mein Leben verdankte, und deine Mutter habe ich geliebt wie ein eigenes Kind.«

»Warum hast du Bob und Ruth geholfen?«, setze ich nach, als Annie von dem Hocker aufsteht und das Badezimmer verlassen will.

»Nimm dein Bad zu Ende und wärm dich auf. Ich mache uns in der Zwischenzeit etwas zu trinken, dann können wir später unten reden.«

Ein lauter Knall lässt uns beide zusammenfahren. Ich setze mich in der Wanne auf, und Annie stützt sich mit einer Hand an der Wand ab.

»Das war kein Donner«, sage ich. Erst jetzt fällt mir auf,

dass das Gewitter abgezogen ist, und lediglich der Regen noch gegen das kleine Badezimmerfenster schlägt.

»Ich sehe nach.«

»Sei vorsichtig, Annie«, sage ich, als sie zur Tür geht. »Mir fällt Bob ein, dem traue ich nicht. Ich glaube, er war es, der mir Drohungen geschickt hat. Außerdem hat er heute Abend gesagt, ich könne nicht von der Insel.«

Sie bleibt an der Tür stehen. »Kannst du auch nicht«, sagt sie schlicht.

»Ich muss. Bob will nicht, dass ich zur Polizei gehe, aber ich kann Danny nicht für etwas verurteilen lassen, das er nicht getan hat. Sie werden ihn morgen früh wegen Mordes anklagen, wenn ich ihnen nicht die Wahrheit präsentiere.«

»Denk an deine Familie, deine Mutter – es würde alles rauskommen, wenn du aussagst. Das darf nicht sein, Stella.«

»Erwartest du von mir, dass ich nichts sage?«, frage ich und starre sie entgeistert an. Sie weiß seit Tagen, dass Danny gestanden hat. »Du würdest ihn wirklich für ein Verbrechen ins Gefängnis gehen lassen, das er nicht begangen hat?«

»Ach, meine Liebe...« Annies Augen werden feucht.

»Ich weiß, was du für meine Mum getan hast, doch um sie vor jeder Schuld zu bewahren, kannst du nicht alles auf Danny schieben. Das darfst du ihm nicht antun.«

»Nur...« Mit einer Hand hält sie die Tür auf.

»Was?«

»Der Abend, an dem es geschah – ich habe allein das Wort deiner Mutter.«

»Ich verstehe nicht, was du damit sagen willst.«

»Sie hat mir erzählt, dass sie Iona gestoßen hat, allerdings...«

»Worauf willst du hinaus, Annie?«

»Ganz ehrlich?«, fragt sie ernst. »Ich habe immer gedacht, dass sie ihn decken würde. Er hatte sich mit Iona oben auf der Klippe gestritten, bevor es passierte.«

»Nein«, begehre ich auf.

»Und falls dem wirklich so ist...«

»Ist es nicht«, falle ich ihr unwirsch ins Wort. »Und selbst wenn, Mum wollte nicht, dass es jemand erfährt und erst recht nicht, dass ihr Sohn wegen eines Mordes beschuldigt wird. Du hast eben gesagt, dass Mum es war, das kannst du nicht wieder verdrehen. Das ist alles zu viel!«, rufe ich. Als Annie nicht reagiert, füge ich leiser hinzu: »Ich muss mit der Polizei sprechen, es bleibt mir nichts anderes übrig.«

Annie atmet tief ein. »Ich mache uns was zu trinken«, sagt sie, ehe sie die Tür hinter sich schließt. »Versuch dir keine Sorgen zu machen«, ruft sie. Mir kommen Zweifel, denn ich möchte schwören, dass sie die Tür abschließt und mich einsperrt.

Kapitel dreiunddreißig

Erschöpft lasse ich das heiße Wasser auf meine kalten, schmerzenden Muskeln wirken, entspannen kann ich mich nicht. Nach einer Weile steige ich aus der Wanne, nehme mir das Handtuch und wickle es mir um, bevor ich den Türknauf drehe.

Die Tür öffnet sich wie befürchtet nicht. Ich probiere es noch einmal, es bringt nichts. Ich rufe nach Annie, und wenig später höre ich sie kommen. Sie schließt auf und entschuldigt sich; angeblich hat sie gar nicht bemerkt, dass sie abgeschlossen hat.

Ziemlich ungläubig folge ich ihr nach unten und weiß nicht, was ich von dieser Ausrede halten soll. Versöhnt werde ich dadurch, dass Annie mir eine alte Jogginghose und einen Fleecepullover hingelegt hat, beides viel zu klein für mich, aber ich ziehe die Sachen an.

»Bist du sicher, dass du die Badezimmertür nicht abschließen wolltest?«, frage ich und gehe hinter ihr her in die Küche, wo sie mit einem Feuerzeug hantiert. Ihre Hand zittert bei dem Versuch, eine weitere Kerze anzuzünden. Eine Antwort erhalte ich nicht.

»Ich dachte, wir verdienen etwas Stärkeres«, sagt sie. »Ich habe uns beiden einen Sherry eingeschenkt.« Endlich bekommt sie den Docht zum Brennen und wirft das Feuerzeug in eine Schublade, die sie schnell schließt und einen Moment zu lange zuhält, was mich verdächtig stimmt.

»Hast du herausgefunden, woher der Lärm kam?«, frage ich und nehme folgsam einen kleinen Schluck von dem eklig süßen Getränk, das ich nicht gerade schätze.

Annie verneint. »Es muss jedenfalls draußen gewesen sein.«

Sie wirkt nervös und weicht meinen Fragen aus. Vermutlich ist da noch mehr, was sie mir nicht erzählt, also beschließe ich, irgendwann heute Nacht loszuziehen und es herauszufinden. Was immer herauskommt, ich will das Geheimnis der Insel lüften.

Wider Erwarten kommt Annie mit einem Mal auf das Thema zurück. »Ich habe mich immer gefragt, wie deine Mutter sie so kräftig schubsen konnte«, sagt sie. »Sie war solch eine zierliche Frau. Und so, wie Iona auf dem Felsen aufgeschlagen ist...«

Unwillkürlich verkrampfe ich mich. Mir gefällt ihre Anspielung nicht, und etwas an der Art, wie sie es sagt, stimmt nicht, nur weiß ich nicht, was. »Annie, selbst wenn ich nachvollziehen kann, warum du nicht willst, dass ich mit der Polizei spreche, kannst du eigentlich nicht einverstanden sein, dass Danny die Schuld auf sich nimmt.«

»Könnte ich dir bloß erzählen, was genau geschehen war«, sagt sie seufzend.

»Das ist es ja gerade! Du tust es nicht. Während du oben noch sagtest, meine Mum sei es gewesen, denkt Danny jetzt, dass er es war...« Mehr sage ich nicht. Zwei Möglichkeiten, die gleichermaßen unerträglich sind, stehen zur Auswahl, und ich habe keinen Schimmer, welche ich als Wahrheit vorziehen würde.

Ich trinke noch einen Schluck Sherry, setze mich auf das Sofa und schließe die Augen, versuche, mich als Klientin in meiner Praxis vorzustellen.

Welche würdest du vorziehen?, frage ich. *Dass deine Mum gemordet hat oder dein Bruder?*

Es ist eine Fangfrage, auf die es keine gute Antwort gibt. Sie ist wie die Geschichte von der Mutter, die wir in meiner Ausbildung durchgenommen haben: Sie hatte zwei Söhne, von denen der eine den anderen ermordete.

Was hat sie noch mal getan?, frage ich.

Am Ende stand sie dem Sohn bei, der den anderen getötet hat, weil er alles war, was ihr noch blieb.

»Wahre Geschichte«, sage ich laut.

»Wie bitte?«, fragt Annie. »Stella, geht es dir gut?«

Wie aus einem Traum erwacht, öffne ich die Augen. »Selbst wenn du dich zu allem anderen sorgst, was aus dir wird, Annie, wir müssen zur Polizei gehen.«

»Ach, mein liebes Kind, ich bin zu alt, um mir meinetwegen Sorgen zu machen.«

So weit wie möglich beuge ich mich zu ihr vor und suche ihren Blick. »Ich muss von der Insel kommen, Annie. Sofort.« Dass der Gedanke, hier festzusitzen, mir die Luft abschnürt, sage ich ihr nicht. Beinahe sehe ich eine imaginäre Uhr vor mir, die alle Zeit wegsaugt und mit ihr den Sauerstoff um mich herum.

»Ich wüsste nicht, wie das gehen soll. Wer weiß, dass du hier bist?« Sie nimmt einen Schluck von ihrem Sherry, ohne mich aus den Augen zu lassen.

»Keiner, selbst Bonnie nicht«, sage ich und schlage mir eine Hand vor die Stirn. »O Gott, Bonnie«, stöhne ich. Fast hätte ich meine Schwester vergessen.

Alles, was sie befürchtet hat, ist mehr oder weniger eingetreten. Und vor allem wird sie die Bestätigung bekommen, dass ihr Gefühl sie nie getäuscht hat und sie nie richtig dazugehörte.

Bonnie wurde ihrer leiblichen Mutter zu früh genommen. Ich weiß, welche Auswirkungen das haben kann. Unter meinen Klienten sind einige mit adoptierten Kindern, die ernste Bindungsstörungen haben. Die Auslöser hierfür werden weit früher festgelegt, als wir uns gemeinhin vorstellen.

Meine Schwester war besessen von dem Gedanken, dass Mum sie mit der Therapie damals »reparieren« wollte, ihre wahren Beweggründe kannte sie nicht. Wahrscheinlich versuchte unsere Mutter dadurch zu verhindern, dass es überhaupt zu Problemen kam.

»Stella?« Annies Stimme dringt von ferne zu mir durch, es ist inzwischen anstrengend, meinen Kopf zu heben. »Du brauchst offensichtlich Schlaf«, sagt Annie und breitet eine Decke über meinen Beinen aus. »Leg dich hin.«

»Nein.« Ich zwinge mich, aufrecht zu sitzen. »Ich muss irgendwie zurück.«

Annie stößt ein Seufzen aus. »Ich muss dir etwas zeigen.« Ihre Hausschuhe schlurfen über den Boden in der Diele.

Mein Schädel beginnt zu pochen, meine Haut glüht, und mein Mund ist wie ausgedörrt. Ich brauche Wasser. Als ich aufstehe, um es mir zu holen, muss ich ein bisschen warten, bis der Raum um mich herum zu schwanken aufhört.

An der Küchenspüle beuge ich den Kopf unter den Wasserhahn und trinke gierig. Danach ziehe ich die Schubladen auf, suche nach Paracetamol. Meine Finger streifen Gummibänder, alte Postkarten und verharren, als ich ein weißes Stück dickes Papier ertaste.

Darauf stehen vier Worte aus einem unvollständigen Satz, geschrieben in schwarzen Großbuchstaben:

ICH HABE DIR GESAGT...

Halb benommen hebe ich das Blatt heraus, starre die Schrift an, nehme das Papier und gehe in die Diele.

Annie ist in der Kammer. Die Tür steht weit offen, und der Schlüssel steckt im Schloss. Ich bleibe stehen und halte mit wild klopfendem Herzen das Blatt in die Höhe. »*Du* hast mir die Nachrichten geschickt.«

Sie dreht sich um, und ihr fallen diverse Fotos aus den Händen. Der Karton mit den Aufnahmen steht neben ihr auf dem Schreibtisch. Sie sagt nichts.

»Du warst es«, wiederhole ich. »Du hast mir die Drohbriefe geschickt. Warum hast du das getan?«

»Ich wollte dich nicht hierhaben«, antwortet sie kurz und bündig.

»Und da hast du versucht, mir Angst zu machen?«

»Ja, weil du uns alle in Gefahr gebracht hast.«

»Ich dachte, du bist auf meiner Seite«, fahre ich sie mit kippender Stimme an.

»Ich *bin* auf deiner Seite!«

»Nein«, widerspreche ich. »Nein. Wärst du es, hättest du mir keine Drohbriefe geschickt und mich nicht aufgefordert, dass ich aufhören soll nachzuforschen und dass mir nicht gefallen werde, was ich finde.«

Als ich in den Karton mit den Fotos schaue, sehe ich ganz unten etwas, das nicht dorthin gehört. Ich will danach greifen, doch sie zieht den Karton weg.

»Was ist das?«, frage ich.

»Was?«

»Das unten in dem Karton. Wenn ich das richtig sehe, ist das Dannys Skizzenheft. Woher hast du das?«

Mir schwirrt der Kopf, und ich muss mich an dem Schreibtisch festhalten. »Da sind keine Felsen«, sage ich.

»Was meinst du?« Annie runzelt die Stirn.

Ich versuche, die Puzzleteile, die in meinem Kopf herumwirbeln, zu sortieren und zu einem Bild zusammenzufügen. »Du hast vorhin gesagt, Ionas Kopf sei auf dem Felsen aufgeschlagen. An dem Teil des Strandes gibt es keine Felsen. Sie kann also auf keinen aufgeschlagen sein.«

Mir fallen die Gesprächsfetzen wieder ein, die ich auf der Polizeiwache aufgeschnappt habe. Was war da gesagt worden? Die Verletzungen sähen aus, als könnte sie ein Sturz getötet haben, oder als wäre sie mit einem stumpfen Gegenstand erschlagen worden.

Falls Annie geantwortet hat, habe ich es nicht gehört. Mir ist ganz wirr im Kopf, und meine Gedanken vermischen sich zu einem einzigen Brei. »Ich fühle mich nicht so gut«, sage ich und schwanke vorwärts. »Annie? Mir ist schlecht.«

Vergeblich warte ich, dass sie mir hilft – sie tut es nicht, sondern geht weiter auf Abstand.

»Was hast du getan?« Meine Worte sind eher ein unverständliches Lallen. Sogar ich erkenne, wie sie aus meinem Mund blubbern und sich in der Luft verlieren. Und ich habe keine Ahnung, was sie mit mir gemacht hat.

Annies Augen haben sich verdunkelt, was vielleicht an dem flackernden Licht liegt. So oder so bemühe ich mich, konzentriert zu bleiben und ihre Reaktionen zu beobachten, weil es oft Kleinigkeiten sind, die Leute verraten.

Sie krallt sich an der Schreibtischkante fest, atmet tief ein und fixiert mich mit ihrem Blick, als würde sie bei mir nach der Antwort suchen, die sie geben konnte.

Ihre Hände zittern, als sie zu reden beginnt. »Ich wollte nie, dass es so weit kommt, Stella. Dummerweise warst du nicht bereit, Ruhe zu geben.« Aus ihrem Mund klingt es, als wäre all dies meine Schuld. »Du hast einfach immer weitergemacht«, sagt sie, als hätte sie die Nase voll von mir. »Wie deine Mum früher. Die biss sich genauso in allem fest und ließ nicht mehr los. Wegen Iona hat sie sich völlig verrückt gemacht, jeden in Panik versetzt. Ich hätte das regeln können, wäre sie nicht losgezogen und hätte dem Mädchen alles gestanden, was wir getan hatten.«

»Annie, ich fühle mich wirklich nicht gut.« Ich sacke auf einen grünen Ledersessel neben dem Schreibtisch. Entweder merkt sie es nicht, oder es ist ihr gleich, jedenfalls ignoriert sie mich.

»Iona hätte uns alle ins Gefängnis gebracht, weil deine Mutter den Mund nicht gehalten hat. Am Ende blieb mir keine Wahl mehr. Sie war von der Klippe gestürzt, Maria konnte Schuld haben oder dein Bruder, das weiß ich nicht. Irgendjemanden hatte ich Zeter und Mordio schreien hören. Ich musste das Chaos aufräumen, das deine Mutter angerichtet hatte.« Zwar ist alles vernebelt, aber diese Worte dringen noch in mein Bewusstsein. »Von jeher habe ich nichts anderes getan, als hinter deiner Familie herzuräumen«, höre ich als Letztes, dann umhüllt mich ein dichter Nebel, und ich versinke in Finsternis.

EVERGREEN ISLAND

8. September 1993

Maria musste unerträglich lange warten, bis Annie etwas sagte. »Wer außer euch weiß, dass sie noch auf der Insel ist?«, fragte sie endlich.

»Keiner.« Annie sah sie an. »Außer David«, gab Maria zu. »Er weiß, dass sie nicht auf der Fähre war.«

»Dann sollten wir die Leiche loswerden.«

»Was? Wir können nicht... was sollen wir denn mit ihr machen?« Maria sah hinaus aufs Meer, wo sich die Wellen im Sturm noch mehr aufzutürmen begannen. So war es immer bei einem Unwetter.

»Geh nach Hause«, sagte Annie zu ihr, »bevor deine Familie nach dir sucht. Überlass mir das hier.«

»Nicht Bob«, hauchte Maria. Sie wollte nicht, dass er mit reingezogen wurde.

»Überlass das mir, habe ich gesagt«, wiederholte Annie barsch.

Maria lief zurück. Ihr war schwindlig, weil sie dem eben zugestimmt hatte. Damit konnten sie unmöglich davonkommen, das glaubte sie nicht. Und was würde dann mit ihnen geschehen? Eine Ermittlung käme vielleicht zu dem

Ergebnis, dass sie oder schlimmer noch Danny schuldig war. Die Polizei einzuschalten, würde zudem bedeuten, dass all ihre anderen Geheimnisse ans Licht gezerrt würden, und darauf war sie nicht vorbereitet.

Im Haus schlich sie sich nach oben zu Dannys Zimmer und öffnete leise seine Tür. Er setzte sich gleich auf und sah sie panisch an.

»Ihr geht es gut«, flüsterte Maria, wobei ihre Stimme zwischendurch kippte. »Du musst dir keine Sorgen machen.«

»Wirklich nicht?«

»Nein, ganz sicher nicht.« Sie versuchte zu lächeln, doch er nahm die Ermunterung nicht an. Seine Schultern sackten nach unten, und seine Miene war ängstlich.

»Hast du mein Zeichenheft?«, fragte er.

Sie schüttelte den Kopf. An die verfluchte Kladde hatte sie überhaupt nicht gedacht. »Ich suche morgen danach.«

Bedrückt verließ sie sein Zimmer und schloss die Tür hinter sich. Den Tränen nahe, lehnte sie sich von außen dagegen. Jetzt musste sie David alles erzählen. Und anschließend hieß es, die Sachen packen. Auf keinen Fall konnten sie nach dem, was gerade geschehen war, auf der Insel bleiben.

Maria wünschte, ihr Mann würde sie in die Arme nehmen, aber er hielt ihren zitternden Körper auf Armeslänge von sich. Sie hatte ihm erzählt, dass es ein Unfall war, dass Iona und David sich gestritten hätten und sie versucht habe, Davids Zeichenheft zurückzubekommen, dabei sei Iona gestolpert und von der Klippe gestürzt.

Sie spürte, dass er ihr nicht glaubte, es war ihr egal. Obgleich es nicht zu spät war zu gestehen, was wirklich vorgefallen war, tat sie es nicht. Lieber sollte er sie eines Mordes im Affekt für fähig halten als ihren Sohn. Sie würde es nicht ertragen, dass David immer daran dachte, wenn er Danny ansah. Sie bat ihn sogar, den Jungen niemals wissen zu lassen, dass Iona tot war. Er sollte glauben, dass es ihr auf dem Festland gut ging.

Am einfachsten wäre es, wenn alle auf der Insel es als Unfall betrachten würden, was leider nicht zu erwarten war. Zumindest darin waren sie sich einig. Sobald die Polizei ins Spiel kam, würde sie alle möglichen interessanten Überlegungen anstellen wie beispielsweise die, was Iona überhaupt auf der Insel gewollt hatte.

Dann würde das Geheimnis, das sie seit siebzehn Jahren auf Evergreen hüteten, wahrscheinlich gelüftet.

Maria konnte nicht aufhören zu schluchzen. »Wir müssen weg«, sagte sie zu David. »So schnell wie möglich.« Sie würde die Kinder aus ihren Betten zerren, um noch diese Nacht zu fliehen.

Am Ende kamen sie überein, dass es zu auffällig wäre. Sie würden den nächsten Abend nehmen. Bis dahin wollten sie jedem erzählen, dass David einen anderen Job gesucht habe, weil die Fähre Verluste machte, und auf die Schnelle einen gefunden hatte. Maria würde Susan belügen, was das Ausmaß ihrer finanziellen Probleme betraf, und gleichzeitig wollten beide betonen, dass man auf dem Festland bereits auf sie wartete.

David war einverstanden, abgesehen davon, dass es ihm nicht recht war, die Polizei nicht zu verständigen. Maria redete weiter mit Engelszungen auf ihn ein, dass Danny auf keinen Fall von Ionas Tod erfahren dürfe, und irgendwann knickte er ein.

Als die Entscheidung gefallen war, fragte sie sich, ob er erriet, dass sie ihren Sohn deckte. Sie erfuhr es nicht, weil er nicht danach fragte. Vielleicht wollte er lieber glauben, dass Maria selbst dazu fähig gewesen wäre.

Zwar schmiedeten sie in der Hektik sofort gemeinsam Pläne für die nächsten Tage und Wochen, dennoch baute sich zwischen ihnen eine unsichtbare Wand auf. Irgendwann rief David vorwurfsvoll: »Wir hätten niemals tun dürfen, was wir getan haben!«

Maria war das Herz stehen geblieben vor lauter Empörung. Wie abscheulich, so etwas zu sagen und nicht daran zu denken, dass sie andernfalls niemals ihre Tochter gehabt hätten. In dem Augenblick sah Maria ihre Zukunft deutlich vor sich und wusste genau, dass sie irgendwann nicht mehr zusammen wären.

Monate später saß Maria eines Abends allein zu Hause und dachte über die Antwort nach, die sie ihrer Freundin hätte geben sollen, als Susan sie fragte, ob sie jemals jemandem trauen könne. Tatsächlich gab es nur eine Person, von der Maria dachte, sie dürfe ihr das Leben ihrer Familie anvertrauen. Und für den Rest ihrer Tage war sie überzeugt, das sei Annie.

HEUTE

Kapitel vierunddreißig

Der Regen hat aufgehört. Das ist das Erste, was ich wahrnehme. Das Nächste ist, dass es stockdunkel ist und ich bäuchlings auf dem Boden in der Kammer liege.

Mühsam versuche ich, meinen Kopf zu bewegen, um mich auf die goldene Kutschenuhr zu konzentrieren, die oben auf einem Bücherregal steht. Alles ist zu schwer, und meine Sicht verschwimmt, sodass sich die Zeiger in Wellenlinien bewegen. Ich komme mir vor, als stünde ich unter einem Narkosemittel. Bonnie hat mir ihr Gefühl bei einer Epiduralanästhesie einmal so beschrieben, es sei gewesen, als hätte sie Elefantenbeine gehabt. Damals habe ich gelacht.

Bonnie. Eine ungeheure Welle von Trauer überkommt mich bei dem Gedanken an meine Schwester. Ich wünschte, ich hätte ihr erzählt, dass ich auf die Insel wollte. Und vielleicht hätte ich ihr zuliebe nie herkommen dürfen.

Flatternd öffne ich meine Augenlider. Da sind Stimmen hinter der Tür. Annie. Ich höre, dass sie mit jemandem redet und ihm sagt, dass sie keine Wahl haben.

Sie spricht mit Bob, der etwas Unverständliches antwortet.

»Du musst«, sagt Annie.

Sie hat ihn hergeholt. Er weiß, dass ich hinter der Tür in der Kammer liege. Warum hat sie das getan?

Ich gebe ein kaum hörbares Stöhnen von mir, als ich mich vorsichtig nach vorn robbe, das Gesicht noch auf dem Boden und Tränen des Frustes in meinen Augen.

Bonnie wird merken, dass ich verschwunden bin. Bestimmt werde ich hier nicht fünfundzwanzig Jahre liegen, aber es könnte zu spät sein, bis sie zu suchen anfängt.

Es tut weh, den Kopf zu heben und wieder zur Kutschenuhr zu schauen, deren Ziffern nach wie vor verschwimmen. Der süße Sherrygeschmack liegt noch auf meiner Zunge, und mein Mund ist schrecklich ausgetrocknet. Annie muss mir irgendwas gegeben haben. Ich bin nicht sicher, ob meine Kopfschmerzen bedeuten, dass sie mir einen Schlag versetzt hat, dass ich vom Sessel gefallen bin oder dass das Betäubungsmittel mich handlungsunfähig macht. Als ich mühsam meinen tonnenschweren Arm hebe, ertaste ich einen klebrigen Blutfleck an meiner Schläfe, was auf einen Hieb hinweist.

Immer noch sind von draußen Stimmen zu vernehmen. Ich muss hier raus, bevor sie zurückkommen, und da die Tür verriegelt ist, bleibt mir nichts als das winzige Fenster hinter dem Schreibtisch zur Flucht. Ich raffe all meine Kraft zusammen, hole einige Male tief Luft und stemme mich mit den Händen auf die Knie hoch.

Kämpfen oder fliehen? Ich werde versuchen, beides zu tun.

Allerdings fällt mir beides schwer, denn nach wie vor ist mir schwindlig. Langsam ziehe ich mich an der Schreibtischkante hoch. So nah das Fenster sein mag, mir kommt es unerreichbar vor.

Vor der Tür höre ich Bobs Stimme: »Bist du so weit?«, fragt er Annie, bloß habe ich keine Ahnung, was er meint. Alle Gegenstände drehen sich um mich, meine Ellbogen knicken ein bei dem Versuch, mich hochzustemmen, und ich sacke wieder nach unten, wo mein Kopf hart aufschlägt.

»Wo ist sie?«, erklingt draußen Bobs dröhnende Stimme, und meine Lider zucken.

»Ich habe sie auf dem Fußboden liegen gelassen«, antwortet Annie.

Er kommt rein und sieht anscheinend meine Füße. Ich höre seinen keuchenden Atem und spüre, wie eine Hand meinen Arm umfasst und an mir herumtastet. »Die ist wohl ausgeknipst«, stellt er in seinem vulgären Jargon fest.

Flucht ist keine Option mehr, also muss ich wohl oder übel kämpfen, auch wenn ich keinen Schimmer habe, wie ich das anstellen soll, wenn man sich kaum bewegen kann.

»Atmet sie?«, fragt Annie, die hinter ihm zu stehen scheint.

Bob ächzt. Seine dicken Finger umfassen mein Handgelenk. »Ja, aber ihr Puls ist ziemlich langsam.« Er lässt mich los und dreht sich um. »Was soll ich überhaupt mit ihr machen?«

»Weiß ich nicht«, sagt Annie leise. »Ich weiß nicht, schätzungsweise kann ich nicht…« Ihre Worte hängen in der Luft, bis sie sagt: »Sie weiß leider zu viel.«

Er seufzt resigniert. »Wenn du willst, dass ich sie vergrabe, brauche ich Werkzeug.«

»Das können wir nicht machen. Nicht mit der Polizei, die überall auf der Insel herumschnüffelt.«

»Und was dann?«, fragt er ungnädig. »Ich glaube sowieso nicht, dass ich das schon wieder mache. Erst für ihre Mutter, jetzt für ...«

»... für mich? Wolltest du das sagen? Nach allem, was ich für dich getan habe, Bob?«

Es tritt eine Pause ein, bevor er antwortet: »Ja, ich weiß.«

»Wir haben immer zusammen dringesteckt, wenn ich dich erinnern darf. Du und ich. Ich bin deine Patentante ...«

Das hängt erst mal im Raum, bevor ich es begreife. Wie konnte ich übersehen, dass sie sich so nahestehen und alles füreinander tun?

»Ich weiß«, wiederholt er resigniert. »Ja, weiß ich, und die Polizei sucht ja nicht nach einer zweiten Leiche.«

»Werden sie jedoch, wenn sie hören, dass Stella vermisst wird. Sie hat Leute, denen es auffällt.«

»Ich sorge dafür, dass sie nicht gefunden wird.«

»Wie bei Iona«, flüstert Annie.

»Diesmal ...«

»Hoffentlich begräbst du sie diesmal nicht direkt bei *meinem* Garten!«

»Du weißt genau, warum ich das gemacht habe«, sagt er gekränkt wie ein gescholtenes Kind.

Mir wird die Kehle eng, als ich begreife, was das heißt. Bob hatte Iona nicht wahllos vergraben, sondern den Platz so ausgewählt, dass alles auf meine Familie hinweisen würde, sollte sie irgendwann gefunden werden.

»Das war eine boshafte Rache von dir«, wirft Annie ihm vor. »Und du siehst ja, wohin sie uns gebracht hat.«

»Ich habe es gemacht, weil Maria mich beschuldigt hat, meine Tochter zu schlagen«, wehrt er sich, und sein Körper verspannt sich so sehr, dass ich fürchte, jeden Moment unter dem Druck aufzuschreien, den er mit seiner Pranke noch auf mich ausübt. Ich bin erleichtert, als er aufsteht und sagt: »Ich hole meine Sachen.«

»Okay«, antwortet Annie nach einer Pause in einer Weise, die verrät, dass sie wünscht, es wäre nicht so weit gekommen. Nachdem Bob die Kammer verlassen hat, flüstert sie so leise, dass ich es kaum höre: »Ach, was habe ich getan, Stella?«

Ich muss zu dem Fenster, ehe sie wiederkommen. Die Kammer schwankt um mich herum, und ich lasse den Kopf hängen. Objekte werden sichtbar und verschwimmen wieder. Wenn ich aufstehe, werde ich mich bestimmt übergeben.

Vor der Tür bewegen sich Annies Schritte vor und zurück, ehe sie verstummen. Dafür dreht sich langsam der Schlüssel in der Tür, und ich lasse mich wieder zu Boden sinken. Licht und kalte Luft fallen herein.

Annie schleicht sich näher an mich heran und bückt sich. Ihre Hand berührt sanft meinen Kopf, ihre Finger streicheln mir übers Haar. Es ist solch eine liebevolle Geste, dass ich nicht anders kann, als die Augen zu öffnen und sie direkt anzusehen.

Erschrocken weicht sie zurück. Sie hat Tränen in den Augen, und ich frage mich, ob ich sie von dem abbringen kann, was sie scheinbar vorhat. Darin bin ich gut. Mein Job ist es schließlich, mit Leuten zu reden, zu argumentieren und sogar Lösungen zu finden, wenn es so aussieht, als gäbe es keine.

Leider weiß ich, dass es hier wirklich keine gibt, also bleibt es ein unrealistischer Gedanke. Zu klar habe ich erkannt, dass Annie bereit ist, alles zu tun, um eine Bedrohung zu beseitigen – und die bin jetzt ich für sie. Eine winzige Chance bietet sich mir dadurch, dass sie verunsichert ist. Weil sie nicht erwartet hat, dass ich, einer ihrer Lieblinge, ihr in die Quere komme und sie mit meinem vorwurfsvollen Blick irritiere. Sie körperlich aus dem Gleichgewicht zu bringen, dazu reichen meine Kräfte nicht aus. Hilflos muss ich zusehen, wie Annie nach der schweren Kutschenuhr greift und sie in meine Richtung schwingt. In diesem Moment fliegt die Haustür auf, Annie hält inne und blickt zur Diele statt zu mir. Mit dem Rest der mir verbliebenen Energie stemme ich mich hoch, stütze mich mit einer Hand auf den Schreibtisch und entreiße ihr mit der anderen die Uhr.

Ängstlich sieht sie mich an, tief im Innern will ich ihr sagen, dass wir das hier gemeinsam regeln sollten, doch gleichzeitig hole ich aus. Mein Überlebensinstinkt übernimmt die Regie, als ich mit der Uhr zuschlage. Annie schreit auf und fällt gegen das Regal. Aus einer kleinen Wunde an ihrem Kopf sickert ein winziges Rinnsal Blut.

Um Himmels willen, was habe ich getan?

Der Kampf scheint vorbei zu sein, aus der Diele dringt Lärm. Für mich ist offenbar Hilfe gekommen.

»Hallo?«, ruft jemand, und ich blicke in Richtung Diele, bin indes nicht in der Lage, einen Ton herauszubringen.

»Annie? O mein Gott. Stella, was ist passiert? Bist du verletzt?«

Jemand ist im Raum, hockt sich vor uns hin. Bei näherem Hinsehen erkenne ich, dass es Meg ist.

»Hilfe«, bringe ich mühsam heraus.

»Ja, ich hole Hilfe«, sagt sie, ohne aufzustehen, sondern blickt fragend von mir zu Annie.

»Wer hat dir das angetan?«, will sie wissen, nimmt meine

Hand und drückt sie, als erneut Geräusche aus der Diele zu hören sind. Ich befürchte, dass es Bob ist, sehe es an der Art, wie Annie vor Erleichterung erst die Augen schließt und dann über Meg hinweg in Richtung Haustür blickt.

Nein, es soll bitte nicht Bob sein, bete ich stumm. Meg, die mit ihren fünfzehn Jahren vollkommen unschuldig und aus unerklärlichen Gründen zu Annie gekommen ist, soll nicht in die gefährliche Situation hineingezogen werden. Nicht Meg, die mich weiter besorgt ansieht und wartet, dass ich ihr sage, wer mir das angetan hat.

Sie war es, versuche ich ihr stumm zu vermitteln. *Die alte Frau, die neben mir liegt. Jetzt aber sind wir alle in Gefahr.*

Ich erwidere Megs Händedruck. Sie soll sich von Bob nicht sehen lassen, und entsprechend muss ich sie auf das vorbereiten, was kommt.

Während ich mir noch den Kopf zerbreche, tut Annie etwas, womit ich am wenigsten gerechnet habe: Indem sie kaum merklich den Kopf schüttelt, pfeift sie Bob zurück. Es ist nicht mehr als ein kleines Zucken, das genügt, um Bob zu signalisieren, nur ja keinen Schritt näher zu kommen.

Ich halte den Atem an, bis ich ein Dielenbrett knarren höre, gefolgt von Stille. Ich habe keine Ahnung, warum Annie das Ganze eben veranstaltet hat.

»Okay, ich hole jetzt Hilfe«, sagt Meg.

»Geh nicht weg«, sage ich und beobachte, wie sie daraufhin ein Walkie-Talkie aus ihrer Tasche hervorholt.

»Blödes Ding«, murmelt sie. »Meine Mum zwingt mich, es immer bei mir zu haben, weil auf der Insel kein Handyempfang ist.«

Als es knackst und Meg in kurzen, frostigen Sätzen mit Emma spricht, möchte ich lachen vor Erleichterung. Allerdings werden meine Lider schwer, und ich falle in einen Dämmerzustand. Viel später nehme ich wahr, wie mir ein Kissen unter den Kopf geschoben und eine Decke übergelegt wird. Hände streicheln über meine Stirn, und jemand sagt, dass Hilfe unterwegs ist.

Jedes Mal, wenn ich die Augen öffne, ist Annie neben mir. Sie hat sich weder bewegt noch gesprochen. Ihr Blick schweift ruhelos durch den Raum und verharrt gelegentlich auf mir. Ich überlege, was sie der Polizei erzählen will, falls sie kommt. Wie sie verdrehen wird, was passiert ist. Ich dämmere wieder weg, und als ich das nächste Mal wach werde, stehen mehr Menschen um mich herum und reden auf mich ein.

»Stella, können Sie mich hören? Ich bin Sanitäter. Wir bringen Sie aufs Festland und lassen Sie im Krankenhaus untersuchen, haben Sie das verstanden?«

Ich nicke.

»Okay. Wir heben Sie jetzt auf eine Trage...«

»Annie«, flüstere ich.

»Um Ihre Freundin wird sich gekümmert, keine Sorge.«

Mühsam schüttle ich den Kopf. »Sie hat das mit mir gemacht.«

Kapitel fünfunddreißig

Grelles Licht bohrt sich durch meine Augenlider. Mein Mund ist noch immer zu trocken, und es pocht in meinem Kopf. »Wo bin ich?«, frage ich krächzend eine Gestalt in der Zimmerecke.

Die Krankenschwester kommt näher. »Im Poole Hospital. Schön, dass Sie wach sind. Wie fühlen Sie sich?«

»Müde. Und mir ist übel«, antworte ich. »Welcher Tag ist heute?«

»Montag, und es ist Morgen.«

Ich versuche, aus dem Fenster zu sehen, wo Licht zwischen den Jalousien hereinfällt. Stück für Stück kehrt die Erinnerung an die letzte Nacht zurück. »Annie«, sage ich. »Die Frau, bei der ich war.«

»Ihr geht es gut, meine Liebe. Sorgen Sie sich im Moment ausschließlich um sich selbst.«

»Nein.« Mein Kopf schmerzt, als ich ihn schütteln will. »Sie war es, die mich unter Drogen gesetzt hat.«

»Oh.« Die Schwester wirkt verwundert. »Ein Detective wartet darauf, mit Ihnen zu sprechen, das passt ja. Es sei denn, ich soll ihn noch hinhalten…«

»Nein«, wiederhole ich. »Ich möchte mit ihm reden.«

»Vorausgesetzt, dass Sie dem wirklich gewachsen sind.« Sie zögert. »Ihre Erinnerung wird noch Lücken haben, Sie müssen es also langsam angehen.«

»Es geht schon.«

»Und ich habe ein Auge auf Sie«, sagt sie streng, bevor sie das Zimmer verlässt.

Kurz darauf erscheint Detective Harwood. »Miss Harvey.« Er lächelt unsicher, als er auf mein Bett zukommt und sich einen Plastikstuhl heranzieht. »Wie ich höre, hatten Sie eine recht bewegte Nacht.« Der Detective wirkt besorgt, das verrät eine tiefe Furche zwischen seinen Augenbrauen. »Ist es in Ordnung für Sie zu reden?«

»Ja. Was passiert mit Annie?«, frage ich.

»Sie ist ebenfalls hier im Krankenhaus.«

»Warum? Aus einem anderen Grund hoffentlich. Sie hat mich unter Drogen gesetzt, lassen Sie sie nicht gehen.«

Harwood nickt. Er betrachtet mich und sieht zu einem Schlauch in meinem Arm, den ich selbst erst jetzt bemerke. »Wir brauchen eine Aussage von Ihnen. Fühlen Sie sich dazu in der Lage?«

Ich spüre seine Ungeduld, aber es gibt so vieles, was mein Kopf noch ordnen muss. Nicht zuletzt bedrückt mich die Tatsache, dass ich, sobald ich anfange zu reden, enthüllen muss, was meine Eltern getan haben. Das möchte ich nach Möglichkeit unbedingt vorher mit Bonnie besprechen.

»Ich bin mir nicht sicher.«

Sein Nicken ist nicht gerade zustimmend. Ich sehe ihm an, dass er abwägt, wie aggressiv er mich befragen kann. Prompt denke ich an Danny. Wenn ich jetzt nicht rede, wird er vielleicht wegen Mordes angeklagt.

»O Gott«, stöhne ich und schließe die Augen.

»Soll ich die Schwester holen?«

»Nein. Ich dachte gerade an meinen Bruder, er hat Iona nicht ermordet.« Als ich die Augen wieder öffne, starrt Harwood mich erstaunt an. »Ich mache meine Aussage jetzt, wenn es sein muss«, sage ich.

Die Züge des Detectives entspannen sich. Während er alles für die Befragung bereit macht, einschließlich Aufnahmegerät und Mikrofon, sehe ich im Geiste vor mir, wie mein Vater verhaftet wird, wie Bonnie angesichts der Wahrheit zusammenbricht und meine Beziehung zu meiner Schwester unwiderruflich zerstört wird.

Ich denke an die Frau aus der Geschichte mit ihren zwei Söhnen. In der Ausbildung haben wir darüber gestritten. Ich fand, sie hätte ehrlich sein und ihrem ermordeten Sohn beistehen müssen, jetzt begreife ich, dass es keine Option war, solange der andere lebte.

Meine Situation ist mir weniger klar. Das Zusammenleben von drei Menschen aus meiner Familie hängt an einem seidenen Faden, und es liegt an mir, ob er hält.

Sobald Harwood fertig ist mit seinen Vorbereitungen, bittet er mich, von Anfang an zu erzählen. Gegen seinen Willen fange ich lieber in der Mitte an bei dem, was gerade passiert ist. »Annie Webb hat mich unter Drogen gesetzt.«

»In Ihrem Blut wurde eine hohe Menge Midazolam gefunden und Spuren davon in einem der Gläser. Es wird als Sedativum benutzt«, ergänzt er. »Ziemlich unnett von der alten Dame. Bestimmt hängt es mit der ganzen Geschichte zusammen, und insofern wäre es sehr hilfreich, wenn Sie mir erzählen könnten, was vorher war.«

»Von Annie weiß ich, dass meine Mum anscheinend schuld war an Ionas Tod. Und ich habe eine zerrissene Nachricht in ihrer Küchenschublade gefunden. Sie hatte mir wohl die Drohungen geschickt.«

»Wir haben eine angefangene Nachricht in ihrer Kammer gefunden«, sagt er.

»Für mich war Annie immer eine Tante.« Tränen brennen in meinen Augen. »Ich habe gedacht, dass ich ihr vertrauen kann. Hat sie gestanden? Danny war es nämlich nicht.«

»Miss Harvey, ich muss Sie wirklich bitten, von Anfang an zu erzählen«, bemüht er sich, geduldig zu sein.

»Aber Danny...«

»Ihr Bruder wurde bereits freigelassen«, sagt Harwood. »Wir hatten nicht genug Beweise für eine Anklage, und es gab zu viele Unstimmigkeiten in seiner Version der Ereignisse.«

»Oh! Er ist frei?«

Harwood bejaht. »Wir behalten ihn im Auge, doch frei ist er jedenfalls.« Er rückt auf die Kante seines Stuhls. »Ich weiß, dass es kein grandioses Timing ist, trotzdem müssen Sie uns erzählen, was geschehen ist. Annie Webb redet nicht. Im Moment bestätigt oder leugnet sie gar nichts.«

»Sie hat nichts zugegeben?«

»Nein, sie hat nicht mal geredet. Deshalb müssen Sie uns erzählen, woran Sie sich erinnern. Warum sie Ihnen den Mord an Iona gestanden hat.«

»Sie...« Ich breche ab und kneife die Augen zu.

Harwood denkt, dass ich unterbreche, weil meine Erinnerung zu lückenhaft ist. Tatsächlich ist alles glasklar. Ich erinnere mich genau an mein Gespräch mit Annie, als sie mir erzählte, dass Mum Iona von der Klippe gestoßen habe und sie das Chaos beseitigen musste, das meine Mutter angerichtet hatte. Was das bedeutete, erklärte sie nicht.

»Sie hat Ihnen nichts gesagt?«, frage ich.

Er schüttelt den Kopf, schürzt die Lippen und rückt näher. Natürlich will er alles hören, und ich könnte ihm genau das erzählen, was er sich erhofft. Damit würde ich nicht allein Bob belasten, was mich nicht stört, sondern das Leben meiner Familie aus den Fugen heben.

Ich denke an die Warnung der Schwester. »Tut mir leid,

in meiner Erinnerung sind zu viele Löcher. Falls sie es mir erzählt hat, weiß ich es nicht mehr. Falls mir noch was einfällt, melde ich mich.«

»Miss Harvey, wir werden auf jeden Fall noch mal reden müssen.« Harwood gibt mir zu verstehen, dass dies hier noch lange nicht vorbei ist. Mich bestätigt es in der Überzeugung, dass ich vorher noch zwei Gespräche führen muss, und zwar mit Bonnie und Dad.

Als Harwood von der Schwester aus dem Zimmer gescheucht wird, klingelt mein Handy auf dem Nachtkästchen neben meinem Bett. Es ist Freya. Laut Display hat sie schon mehrfach versucht, mich zu erreichen, weil ich ihr nichts über die Entwicklung meiner Suche nach Ange erzählt habe.

»O nein!«, kreischt sie, als ich abnehme. »Ich wusste, dass etwas passiert sein musste, als du mich gestern nicht angerufen hast. Das allerdings...« Sie legt eine dramatische Pause ein. »Geht es dir gut?«

»Wird langsam wieder.«

»Ich habe gehört, dass sie mit Annie Webb reden, kaum zu glauben.« Sie senkt die Stimme. »Hast du Ange gestern gefunden?«

»Ja.«

»Und? Hat sie mehr über die Schwester gesagt?«

»Nein«, lüge ich. »Sie wollte mir nichts erzählen.«

»Hab ich mir gleich gedacht.« Sie seufzt. »Ach, vielleicht ist da nicht mehr dran...« Freya verstummt, dafür sehe ich Meg an der Tür stehen, der ich zulächle.

»Ich möchte dir danken, Freya«, sage ich. »Ohne deine Hilfe wäre mein Bruder vielleicht nicht frei.«

»Jederzeit«, sagt sie, und als Meg zögerlich ins Zimmer tritt, winke ich ihr, zu mir zu kommen.

Dann sage ich Freya, dass ich Schluss machen muss, und verspreche ihr, dass wir in Kontakt bleiben. Es gibt immerhin noch jemanden, bei dem ich mich bedanken muss.

Sobald ich aufgelegt habe, wirft Meg sich fast auf mich. »Ich habe mir solche Sorgen um dich gemacht! Wie fühlst du dich?«

»Als wäre ich überfahren worden«, antworte ich mit einem angestrengten Lächeln. »Ich kann dir gar nicht genug danken.«

»Ich will mir nicht mal ausmalen, was passiert wäre, wenn ich nicht hereingeschaut hätte«, sagt sie. »Daran denke ich lieber nicht.«

»Ja, ich weiß.« Ich möchte genauso wenig darüber nachdenken. »Warum warst du überhaupt da?«

»Weil ich mit dir reden wollte«, sagt sie. »Es war das dritte Mal, dass ich bei Annie war. Ist eine lange Geschichte, Susan Carlton war bei uns, und gleich danach ist Graham gekommen.« Sie rümpft die Nase. »Es gab einen fürchterlichen Streit, und ich bin einfach weggelaufen. Zuerst bin ich zu Rachel, und als ich dort erfuhr, dass du nicht bei ihr wohnst, fiel mir einzig Annies Haus als Alternative ein. Das erste Mal muss ich so gegen kurz nach zehn da gewesen sein, da habe ich sie aus dem Bett geholt.«

»Dann muss ich dich knapp verpasst haben. Um die Zeit bin ich rausgeschlichen und zu Bob und Ruth gegangen. Und als ich zurückkam, wartete Annie bereits auf mich.«

»Mir gegenüber hat sie abgestritten, dass du bei ihr warst, doch ich habe das Bettzeug auf dem Sofa gesehen. Sonst bittet sie mich immer rein, diesmal konnte sie mich nicht schnell genug loswerden, obwohl es draußen wie aus Eimern geschüttet hat. Ich bin jedenfalls wieder nach Hause, wo Mum völlig aufgelöst war und mir von Graham berichtete, der gesagt habe, dass nur deinetwegen die Polizei hinter ihm her sei und dass Susan andernfalls nichts herausgefunden hätte und nicht zu uns gekommen wäre. Und dann hätte Graham nicht mit ihr Schluss gemacht. Meine Mum hat völlig verrücktgespielt.«

»Im Ernst?«

»Und wie! Vor allem war sie wütend auf dich, dabei war ich mir so sicher, dass Annie gelogen hat, als sie behauptete, du seist wieder da und würdest gerade ein Bad nehmen. Damit wimmelte sie mich ab.« Meg schnaubt verächtlich.

»Das stimmte.« Ich lächle matt. »Ganz davon abgesehen, hattest du Grund zur Sorge.«

»Annie sah völlig angefressen aus, als ich bei ihr aufkreuzte, und Graham war so wütend und meine Mum so verrückt...« Meg holt tief Luft. »Und ich war auf der Suche nach dir, weil ich jemanden zum Reden brauche.«

»Schon gut, ich bin heilfroh, dass du dort warst«, sage ich. »Danke.«

»Und ich kann gar nicht glauben, was passiert ist und dass du unter Drogen gesetzt wurdest und...«

Die Schwester, die gerade hereingekommen ist, räuspert sich laut. »Die Besuchszeit ist vorbei. Stella braucht Ruhe, wenn sie heute noch entlassen werden will.«

»Ich bin froh, dass ich dich kennengelernt habe, Stella.« Meg beugt sich vor und küsst mich auf die Stirn. »Versprichst du mir, dass du mal wieder nach Evergreen kommst?«

»Oh, das denke ich eher nicht«, antworte ich. »Stattdessen wäre es schön, wenn du mich mal besuchen würdest.«

Acht Stunden später wickle ich mich in die kalte Bettdecke in meinem eigenen Bett, kuschle mich ins Kissen, und Tränen benetzen die Baumwolle unter meinem Kopf. Überall um mich herum strahlen mich unsere jungen Gesichter aus den Rahmen an, die ich in diesem Moment am liebsten herunterreißen würde.

Ich habe den Detective belogen. Nach wie vor spiele ich Gott und versuche, meine Familie zu schützen. Ich weiß nicht, wie Mum es all die Jahre ausgehalten hat. Ob sie beinahe daran zerbrochen ist oder ob es ihr leichtfiel, weil alles andere keine Option war.

Diese Wahl habe ich nicht. Früher oder später wird Annie reden oder Bob sich stellen. Selbst wenn sie es nicht tun, ich bin nicht wie sie und kann die Wahrheit nicht dauerhaft verschweigen.

Ich denke an die beiden Menschen, die am meisten leiden werden. Seine gesundheitliche Verfassung könnte verhindern, dass mein Vater angeklagt wird, dennoch wird es ihn brechen. Aber die Frage, die mich quält, ist das Problem, ob er es nicht verdienen würde, bezahlen zu müssen.

Bonnie tut mir ganz besonders leid. Meine Schwester ist ohnehin so dünnhäutig, und nun wird sie die Fakten in Schwarz und Weiß aufteilen und für sich entscheiden, dass sie nie Teil unserer Familie war und zu Recht das Gefühl hatte, nicht dazuzugehören.

Kapitel sechsunddreißig

Ich habe die Anrufe von Bonnie und Dad nicht angenommen, und auf meiner Mailbox sammeln sich inzwischen Nachrichten, die ich mir nicht anhören wollte. Den beiden habe ich eine kurze Nachricht geschickt, dass es mir gut geht, dass ich Schlaf brauche und wir morgen reden würden.

Jetzt ist morgen, und mein Magen grummelt vor Unbehagen. Von Harwood habe ich nichts gehört, weiß nicht, was Annie der Polizei erzählt hat, und muss mich meiner Familie ohne großes Wissen stellen.

Meine Grübeleien werden durch das Klingeln des Handys unterbrochen, Dads Nummer leuchtet auf. Mein Herz schlägt zu schnell, und mein Mut hat sich in Luft aufgelöst, als ich abnehme.

»Hallo, Stella«, erklingt Olivias Stimme. »Wie geht es dir?«

»Ganz okay, danke.«

»Das ist gut... Dein Vater ist außer sich vor Sorge. Hoffentlich kann er das künftig hinter sich lassen.«

»Das hoffe ich auch. Ist er da?«, frage ich, denn ich möchte keine Unterhaltung mit seiner Frau führen.

»Ja.« Für einen Moment höre ich noch Olivias Atem und rechne mit einer Ausrede, warum er nicht ans Telefon kommen kann, als ich plötzlich zu meiner Überraschung Dads Stimme höre.

»Stella, mein Schatz, ich habe mich so gesorgt.«

»Musst du nicht, Dad. Mir geht es gut.«

»Was ist passiert? Was haben sie dir angetan?«

»Das ist eine lange Geschichte, mit der ich noch einen

Tag warten möchte, bis ich sie dir und Bonnie erzähle. Wichtig ist, dass ich zu Hause bin und Danny freigelassen wurde. Das sind sehr gute Nachrichten, findest du nicht?«

»Ja«, sagt er betreten, und ich höre seine Stimme kippen.

»Danny war es nicht, das sieht die Polizei inzwischen genauso.«

»Nein«, sagt er leise. »Danny war es nicht.«

»Ist alles in Ordnung?« Warum freut er sich nicht darüber?, wundere ich mich. »Eigentlich dachte ich, du bist froh.«

»Ich weiß, Schatz, ich weiß ...« Er zögert, bevor er flüsternd sagt: »Ich habe immer gedacht, er hat ...« Ich höre den Schmerz in seinen Worten. »Deine Mum hingegen hat geschworen, sie sei es gewesen, aber ich habe immer geglaubt, dass sie ihn schützt.«

»Hast du Danny wirklich für fähig gehalten, das zu tun?«

»Nein, so war das nicht. Ich wusste, dass es ein Unfall war und er ihr nichts antun wollte. Du kennst Danny ja, er kann keiner Fliege etwas zuleide tun.«

»Dann hast du nie mit Mum darüber geredet, was wirklich passiert ist? Offenbar wusstest du es nie genau?«

»Möglich, ich dachte tatsächlich, dass sie ihn schützen wollte, da habe ich mich offensichtlich geirrt«, sagt er kleinlaut. »Und die Polizei geht ebenfalls davon aus, dass es deine Mutter war?«

»Nein, Mum war es nicht«, antworte ich fest. »Es war Annie.«

»Annie?«, schreit er ins Telefon, sodass ich das Handy auf Abstand halte. »Annie?«

Im Hintergrund ist Olivia zu hören. Sie fragt ihn, was los ist, und verlangt das Telefon zurück. Er ist außer sich, macht sie auf eine Weise nieder, die mich erstarren lässt: »Lass mich in Ruhe. Verpiss dich!« Es ist das erste Mal, dass ich erlebe, wie mein Vater ordinär wird und flucht.

Anschließend räuspert er sich, und als er nichts sagt, frage ich ihn, ob alles in Ordnung ist.

»Ja, mir geht es gut. Allerdings das mit Annie Webb...« Er schüttelt den Kopf. »Sie soll Iona ermordet haben und uns alle glauben lassen haben, es sei Danny gewesen?«

»Das Ganze ist schwer zu begreifen, doch da ist noch mehr, über das ich mit dir reden muss. Kannst du irgendwo hingehen, wo du nicht gehört wirst?«

»Olivia ist in der Küche.«

»Okay.« Ich halte die Luft an und atme langsam und geräuschvoll aus, damit er hört, dass ich nervös bin. »Es geht um Bonnie«, sage ich, und sogleich wird meine Kehle eng. »Ich weiß, was ihr, Mum und du, getan habt.«

Tausend Fragen jagen mir durch den Kopf: Was zur Hölle habt ihr euch dabei gedacht? Was hat euch das Recht gegeben, uns unser ganzes Leben lang zu belügen? Habt ihr nie bedacht, dass das, was ihr getan habt, falsch war, auch gesetzlich?

Am Ende sage ich: »Annie hat gewusst, dass Mum Iona das Ganze erzählt hat. Ich denke, deshalb war sie wütend genug, sie glauben zu lassen, es sei ihre Schuld.«

»O nein, Stella«, stöhnt Dad. »Gütiger Gott, nein.« Er fängt an zu weinen, und ich stelle ihn mir vor, wie er zusammengebeugt am Tisch sitzt und das Telefon fest an sein Ohr drückt. Eine mitleiderregende Vorstellung, bloß ist es nicht zu spät, jetzt zusammenzubrechen, Dad?, möchte ich ihn fragen. Nach vierzig Jahren? Mir entgeht nicht, wie klar er im Kopf ist. Als hätte ihn die Erwähnung jenes bedeutsamen Moments wieder so fest in der Realität verankert wie schon lange nichts mehr.

»Wir hätten das nie tun dürfen«, räumt er weinerlich ein. »Wir hätten nie tun dürfen, was wir getan haben.«

»Was?«, protestiere ich laut. »Das darfst du nicht sagen. Das klingt ja, als würdest du Bonnie bereuen.« Jeder Muskel in meinem Körper verkrampft sich. »Du kannst mir nicht erzählen, dass du dir wünschst, ihr hättet sie nicht gehabt.«

»Nein, das meine ich gar nicht! Aber es war falsch, schrecklich falsch, was deine Mum nie eingesehen hat.«

»Ihr müsst das doch gemeinsam entschieden haben«, erwidere ich fassungslos. »Du kannst es nicht Mum allein anlasten.«

Ich will, dass er verteidigt, was sie getan haben, dass sie Bonnie liebten und ihr ein schöneres Leben bieten wollten. Und ganz bestimmt will ich nicht hören, sie hätten sie niemals aufnehmen dürfen.

»Natürlich haben wir das gemeinsam gemacht«, wiederholt er leise.

»Und warum habt ihr es getan? Verrate mir, warum, Dad.«

»Wir waren jung und wollten unbedingt Kinder. Und deine Mutter hatte bereits zwei Babys während der Schwangerschaft verloren, und mittlerweile dachten wir, dass wir nie eigene Kinder bekämen. Ich liebe Bonnie, das weißt du.« Er stockt. »Das ändert nichts daran, dass es ethisch gesehen falsch war. Weiß Bonnie es?«

»Noch nicht«, sage ich bitter und frage mich, warum keiner von beiden es je getan hat. Es wäre ihre Aufgabe gewesen, zu der sie leider nicht fähig waren.

Meine Finger kribbeln, weil ich das Telefon so fest umklammere. Blut rauscht durch meine Adern, erhitzt meine

Haut. Ich sehe bei ihm dasselbe wie bei Ruth: eine blanke Weigerung einzusehen, dass sie irgendwas falsch gemacht haben. Und diese Überzeugung hätte ich genauso bei meiner Mum gesehen.

»Es war nicht deine Mutter«, sagt Dad mit kaum unterdrücktem Schluchzen. »Ich habe dem Mädchen alles erzählt.«

»O Gott«, stoße ich hervor und breche ab, weil Olivias Stimme erklingt. »Ich weiß nicht, was hier los ist«, sagt sie.

»Nichts ist los«, fauche ich und lege auf.

Jetzt betrachte ich die Beziehung meiner Eltern mit anderen Augen. Ich kann sie vor mir sehen, als ich ein Porträt ihrer Ehe entwerfe und erkenne, dass diese das Geschehene nie überleben konnte.

Sie hatten etwas getan, in dem sie sich im Grunde nicht einig waren. Die Schuldgefühle hatten Dad zerrissen, was dazu führte, dass er Iona alles gestand, während Mum zäh ihr Bestes gab, uns zusammenzuhalten. Am Ende hatten sie keine Chance mehr.

Zehn Minuten später läutet es an meiner Tür. Ich rechne mit Bonnie und ziehe mir schnell einen Pulli über, ehe ich öffne. Draußen steht Detective Harwood.

»Tut mir leid, falls ich Sie geweckt habe«, sagt er und wirft einen kurzen Blick auf meine Pyjamahose. »Ich wollte Ihnen etwas bringen und fragen, wie es Ihnen geht«, sagt er und sieht ein bisschen schuldbewusst aus, weil er vorher nicht angerufen hat.

Genau genommen fühle ich mich körperlich schon viel besser, bin jedoch nicht bereit für weitere Fragen. »Ich fühle mich, als müsste ich einfach noch schlafen«, antworte ich deshalb. »Und mir ist häufig übel«, ergänze ich sicherheitshalber.

Harwood, der extra aus Dorset nach Winchester gekommen ist, macht ein enttäuschtes Gesicht. »Schade, ich hatte gehofft, dass wir unser Gespräch beenden könnten, Miss Harvey. Annie Webb hat angefangen zu reden. Erinnern Sie sich inzwischen an mehr?«

Als ich verneine, gibt er erneut seinem Bedauern Ausdruck und reicht mir eine Plastiktüte. »Was ist das?«, frage ich.

»Ihr Bruder hat mich gebeten, Ihnen das zu geben. Wir haben es in Miss Webbs Haus gefunden. Er sagt, er will es nicht.«

In der Tüte entdecke ich Dannys Zeichenheft. Vorsichtig ziehe ich es heraus und streiche mit den Fingern über das Deckblatt. »Er wollte wirklich, dass ich es bekomme?«, sage ich und sehe den Detective fragend an. »Danke. Vielen Dank!« Er hat keine Ahnung, wie viel es mir bedeutet.

»Miss Harvey.« Harwood tritt einen Schritt zurück, als handele es sich um eine wichtige Aussage vor Gericht. »Annie Webb sagt, es sei ein Unfall gewesen und sie habe nie die Absicht gehabt, Iona Byrnes zu verletzen.« Er wartet einen Moment, damit ich es verarbeiten kann. »Falls Ihnen von Ihrem Gespräch mit ihr vorletzte Nacht etwas Gegenteiliges einfällt, müssen Sie mir das sagen.« Offensichtlich geht er davon aus, so klingt es zumindest.

Meine Gedanken überschlagen sich. Annie behauptet, es sei ein Unfall gewesen, und deutet an, dass sie kein Motiv hatte, weil praktisch keine Verbindung zu Iona bestanden habe. Nichts, was Harwood helfen würde, die Vergangenheit aufzuwühlen.

»Miss Harvey?« Harwood sieht mich fragend an, während in meinem Kopf alles durcheinandergeht, da ich nicht weiß, was ich tun soll.

Ich muss ihm die Wahrheit sagen, auch das, was Annie verschweigt. Das muss ich. Allerdings erst, wenn ich mit Bonnie gesprochen habe.

»Es tut mir ehrlich leid, ich habe immer noch Aussetzer.« Ich schwenke eine Hand durch die Luft. »Nach ein bisschen mehr Schlaf wird es hoffentlich besser...«

Seufzend schüttelt er den Kopf und wendet sich endlich zum Gehen. »Ich wäre Ihnen dankbar, wenn Sie später noch mal auf unsere Wache in Dorset kommen könnten.«

Ich schlage die Tür hinter Harwood zu und drücke Dannys Malheft an meine Brust. Viel länger halte ich das nicht mehr durch, denke ich und kehre zurück ins Schlafzimmer.

Dort lege ich das Heft auf meinen Schoß und betrachte das Deckblatt. Es erinnert mich an die Vorfreude, die ich hatte, wenn ich früher Türchen auf meinem Adventskalender öffnete. Schließlich schlage ich das erste Blatt auf. Ein Umschlag klemmt in der Bindung oben. Ich ziehe ihn heraus und öffne ihn.

Liebe Stella,
ich möchte, dass du dieses Heft bekommst. Mach damit, was du willst, verbrenne es meinetwegen, aber vielleicht möchte ein Teil von dir hineinsehen. Als wir Kinder waren, hast du immer gebettelt, die Zeichnungen betrachten zu dürfen!

Es gab eine Zeit, da wollte ich das Malbuch dringender zurück als alles andere, nur war der Preis zu hoch. Ich kann nicht mehr hineinsehen, weil ich weiß, dass ich dann Erinnerungen an einen Sommer anschaue, den ich zu vergessen versuche.

Als Mum in mein Zimmer kam und mir sagte, Iona

gehe es gut, wusste ich, dass sie mir etwas verheimlicht. Ich sah es an ihren Augen – du hast immer gesagt, ich sei gut darin, Menschen zu interpretieren. Am nächsten Tag erzählten sie uns, dass wir wegziehen mussten – dass Iona tot sein könnte, hätte ich nie gedacht. Mein fünfzehnjähriger Verstand glaubte, sie habe uns gedroht, unserer Mutter Panik zu machen.

Mum wiederum gab alles auf, um mich zu schützen, und das war eine zu große Bürde für mich. Nach sieben Jahren hielt ich es nicht mehr aus und musste weg, neu anfangen. Ich habe es gehasst, wie du Mum angefleht hast, mit uns zurück auf die Insel zu gehen, denn ich wusste ja, dass sie es nie tun würde, und ich gab mir die Schuld für alles, nicht zuletzt dafür, dass Dad uns verlassen hat.

Vor jenem Sommer dagegen waren wir glücklich, nicht wahr, Stella? Wir hatten ein wunderbares Leben auf Evergreen, und was geschehen ist, wird das nicht ändern. Jetzt bin ich in Schottland glücklich. Dort möchte ich sein. Wenn ich mir gelegentlich eingestehe, dass mir irgendwas fehlt, bist du es. Ich vermisse dich, Stella. Ich vermisse das Gefühl, dich im Baumhaus bei mir zu haben.

Es wäre schön, wenn wir uns schreiben könnten. Und vielleicht magst du mich ja eines Tages besuchen kommen.

Danny

Tränen laufen mir über die Wangen, als ich den Brief meines Bruders an meine Brust drücke. Egal, wie weit wir voneinander entfernt sein mögen, wir werden immer verbunden sein. »Ja, Danny«, sage ich. »Das fände ich auch sehr schön.«

Kapitel siebenunddreißig

»Es ist schön, dich zu sehen«, sage ich lächelnd, als Bonnie auf der Matte steht. »Du hast mir gefehlt.«

»Wenn du kreuz und quer durchs Land gondelst wie eine verrückt gewordene Miss Marple, was hast du erwartet?« Sie kommt rein, bevor sie mich genauer ansieht. »Du hättest ermordet werden können, das ist dir klar, oder?«

»Ja, ist es. Vor allem freue ich mich, dich zu sehen, Bon.«

»Ich mache mir Sorgen um dich«, sagt sie leise, als sie ihre Jacke auszieht und einen Moment in der Hand behält, ehe ich sie ihr abnehme und über einen Sessel lege. Eine gewaltige Parfumwolke wabert heraus. »Warum siehst du mich so komisch an?«

»Sorry, mir war nicht bewusst, dass ich das tue.«

»Du starrst mich an, als hätte ich was im Gesicht.«

»Nein. Ich habe dich ganz normal angesehen«, sage ich und blicke ihr nach, als sie in die Küche geht.

Es ist seltsam, sie wiederzusehen. Ich kenne sie mein ganzes Leben lang, und erst jetzt habe ich erfahren, dass wir nicht verwandt sind. Die Ähnlichkeiten, die ich mir einst eingeredet habe, müssen meiner Fantasie entsprungen sein.

»Dem Himmel sei Dank, dass du deine Suche nicht mehr fortsetzen musst.« Sie bleibt an der Tür stehen und dreht sich um. »Ich nehme wenigstens an, dass du es nicht musst.«

Ich verneine stumm. »Kaffee?«

»Ja.« Sie tritt zur Seite, stellt sich an den kleinen Frühstückstresen und kratzt mit den Fingernägeln auf der Platte.

»Ich biete dir nichts Stärkeres an«, sage ich, als ich den Wasserkocher fülle.

Bonnie antwortet nicht, sie setzt sich auf einen Hocker und zieht ihn an den Tisch. »Also ist Annie die Mörderin«, sagt sie scheinbar gleichgültig, doch als ich sie ansehe, erkenne ich, dass sie schockiert ist. »Warum hat sie es getan?«

»Sie sagt, dass es ein Unfall war. Mum hingegen verließ die Insel in dem Glauben, Danny sei der Schuldige.«

Bonnie nickt bedächtig. »Und dann hat Annie dich unter Drogen gesetzt. Wollte sie dich etwa umbringen?«

»Weiß ich nicht«, antworte ich, wenngleich ich sicher bin, dass sie es vorhatte. »Ganz bestimmt hatte sie Angst, ich würde zur Polizei gehen und sie in die Sache reinziehen.« Dass sie ganz gezielt mit Bob plante, mich loszuwerden, oder mir ihre Kutschenuhr über den Kopf schlagen wollte, das verschwieg ich erst mal.

Bonnie hört auf, an der Platte des Tresens zu kratzen, und malt nun Kreise darauf. »Übrigens will Luke uns einen Urlaub buchen, nach Jamaika«, sagt sie plötzlich. »Warum sollte ich nach Jamaika wollen?«

»Warum nicht?« Ich lache. »Das wird bestimmt toll.« Ich weiß, dass sie aus Angst das Thema gewechselt hat. Bonnie hat nämlich jede Menge Fragen, die sie nicht stellen will, weil sie sich vor der Antwort fürchtet.

»Da ist es zu heiß«, sagt sie.

»Na und, das ist sicher super.«

»Ja, kann sein.« Ich sehe den Anflug eines Lächelns, das gleich wieder verschwindet. »Du guckst mich schon wieder so komisch an. Kannst du mir bitte verraten, warum, allmählich wird das unheimlich.«

»Entschuldige.« Ich hebe beide Hände. »Es ist unheimlich viel passiert, sodass ich froh bin, wieder hier zu sein.«

Bonnie hat noch weitere Fragen: »Ich nehme an, du warst

am Sonntag wieder in Birmingham und hast Ionas Mutter getroffen? Als du mir erzählt hast, du würdest nach Hause fahren?«

»Ja.«

»Klar.« Sie hebt und senkt die Schultern, kämpft merklich mit dem Wunsch, es zu wissen, und der Furcht vor dem, was sie hören könnte.

»Iona war definitiv nicht deine Schwester. Ehrlich, ist sie nicht gewesen«, füge ich hinzu, als sie mich zweifelnd ansieht.

»Woher weißt du das?«, fragt sie und atmet leise aus.

Da ich nicht sagen will, dass Jill es war, greife ich zu einer weiteren Lüge. »Sie hat mir ein Foto von dem Baby gezeigt. Das sah ganz anders aus als du und hatte zudem rote Haare.«

Bonnie wendet den Blick ab, und ich sehe Tränen in ihren Augen schwimmen. »O Gott«, sagt sie nach einer Weile. »O mein Gott.« Sie lacht, als ich mich auf den Hocker ihr gegenüber setze. »Ich war so sicher, dass Mum gelogen hat. Das hat sie nicht, oder?« Sie sieht mich an. »Du sagst die Wahrheit.«

»Tu ich, Bon«, antworte ich und ergreife ihre Hand. »Aber ...«, beginne ich, doch sie fällt mir ins Wort. Schrecklich für mich, weil ich ihr immer noch erzählen muss, was sie am meisten fürchtet.

Stattdessen spricht sie wieder von den Spielsitzungen, zu denen Mum sie geschleppt hat. »Vielleicht war es meine Eifersucht auf Danny«, beruhigt sie sich selbst, »und aus diesem Grund haben sie mich dahin gebracht. Ich meine, ich habe ihn schließlich vom Moment seiner Geburt an gehasst.«

»Bist du deswegen nie mit ihm ausgekommen?«
»Ja, ich denke, das war es.«
»Und was ist mit mir?«
»Ach, du warst anders. Dich konnte ich nicht abschütteln. Ich habe es versucht, dann bist du einfach weiter hinter mir hergetrottet, und am Ende habe ich dich lieb gewonnen.« Sie hat den sorglosen Ton von jemandem, der eine gute Neuigkeit erfahren hat.

»Ich habe neulich diesen Artikel über älteste Geschwister gelesen...«, fängt sie an, und ihre Mundwinkel verziehen sich zu einem Lächeln.

»Aha?«

»Da stand, das Schönste daran, die oder der Älteste zu sein, sei die Tatsache, dass man die Kleineren mit großzieht. Möglicherweise hat es ja meine Fähigkeit gestärkt, sensibel für die Bedürfnisse anderer zu sein. Ich denke, das hat bei mir funktioniert, oder?«

Ich drücke ihre Hand, könnte sie länger in glückseliger Ahnungslosigkeit leben lassen, doch was würde das bringen? Unsere Familie hat über vierzig Jahre eine Lüge gelebt, und Bonnie verdient die Wahrheit.

»Ich weiß nicht, was ich all die Jahre ohne dich gemacht hätte«, sagt sie. »Das ist dir klar, oder? Ich sage es dir nicht oft genug...«

»Ja, ich weiß«, antworte ich, als sie den Satz nicht beendet.

Sie neigt den Kopf und betrachtet mich prüfend. Mir wird bewusst, dass ich sie wieder unheilvoll anstarren muss. »Was ist?«, fragt sie. »Was verheimlichst du mir?« Sie zieht ihre Hand weg und faltet ihre Hände auf dem Schoß.

Ich schließe die Augen, und als ich sie wieder öffne, beobachtet sie mich argwöhnisch, während ich mir noch einmal den Text ins Gedächtnis rufe, den ich mir für meine Schwester ausgedacht habe.

Bonnie, du hast recht gehabt. Du warst nicht Ionas Schwester, unsere Eltern haben dennoch etwas Entsetzliches getan. Sie haben dich einem jungen Mädchen aus ärmlichen Verhältnissen abgekauft, als du ein Baby warst. Sie haben dich wie ihr eigenes Kind großgezogen, und das warst du auch. Du warst genauso sehr Teil der Familie wie Danny und ich.

Dann sehe ich sie im Geiste entsetzt vor mir. *Blut ist dicker als Wasser.* Beinahe höre ich sie es sagen.

Ich werde sie verlieren. Daran besteht kein Zweifel. Wenn es keine Blutsbande zwischen uns gibt, werde ich meine Schwester für immer verlieren.

Und das kann ich nicht. Ich würde es nicht überleben. Sie beugt sich vor, und ich sehe ihr an, wie verwirrt sie ist. Und panisch. »Kannst du es mir bitte erzählen«, sagt sie und knallt mit der Faust auf den Tresen.

»Ich weiß, dass du wieder getrunken hast«, sage ich, um vom Thema abzulenken. »Und ich will das nicht noch mal durchmachen.« Es ist ein riskanter Schritt, und ich kann lediglich aus Kleinigkeiten schließen, dass es so sein muss – der starke Parfumgeruch und die Tatsache, dass sie nicht reagiert hat, als ich sagte, dass ich nichts Stärkeres zu trinken habe.

Bonnie zuckt zusammen, weicht zurück und verschränkt die Arme vor der Brust. Jetzt weiß ich, dass ich recht habe.

»Das ist es?«, fragt sie schroff.

»Ja, das ist es.«

Kann ich mit einer Lüge leben? Bin ich so stark wie Mum?

»Das ist es«, wiederhole ich. »Tut mir leid, du musst das hören. Wenn du nicht aufpasst, wirst du Luke und die Jungs verlieren, und …«

»Okay.« Sie hält beide Hände in die Höhe. »Okay«, sagt sie abermals, ein wenig leiser. Mein Herz klopft so sehr, dass es in meinen Ohren hallt. »Ich weiß das alles, schon klar. Ich verspreche, dass ich mir Hilfe hole. Mal wieder. Bei allem, was los war …«

»Das ist keine Entschuldigung«, unterbreche ich sie streng und komme mir unentschuldbar grausam vor, wenngleich ich dasselbe auch gesagt hätte, würde ich diese Unterhaltung geplant haben.

Zu gern möchte ich sie in die Arme nehmen. Bonnie beißt auf ihre Unterlippe und wendet den Blick ab. Ich hoffe, wenn ihr Trinken das Schwierigste ist, womit wir umgehen müssen, kommen wir klar.

Ja, beschließe ich, ich kann mit einer Lüge leben, denn die Alternative ist unerträglich. Ich werde für den Rest meines Lebens auf Bob und Annie vertrauen müssen, so wie Mum es tat. Und ich werde es tun, weil ich meine Schwester nicht verlieren will. Schließlich habe ich bereits zu viel verloren.

Ich werde es lernen, damit zu leben, dass ständig etwas über mir schwebt, mal bedrohlich, mal wohltuend, das ist das Problem bei Geheimnissen. Sie verschwinden nie.

Sie war in deiner Obhut – und jetzt wird sie vermisst. Wie weit würdest du gehen, um deine Schuld wiedergutzumachen?

384 Seiten. ISBN 978-3-7341-0710-8

Während Charlotte auf Alice, die Tochter ihrer Freundin Harriet, aufpasst, verschwindet das Mädchen spurlos. Charlotte ist am Boden zerstört – sie schwört, Alice nur eine Sekunde aus den Augen gelassen zu haben. Diese Sekunde reichte aus. Harriet, völlig verzweifelt, weigert sich, ihre einzige Freundin zu sehen oder mit ihr zu sprechen.
Doch warum werden, zwei Wochen nach dem verhängnisvollen Tag, Harriet und Charlotte getrennt voneinander von der Polizei verhört? Und warum haben beide Freundinnen so große Angst davor, was die andere den Beamten sagen könnte? Beide scheinen Geheimnisse zu haben – gefährliche Geheimnisse, die schon bald ans Licht kommen werden …

Lesen Sie mehr unter: **www.blanvalet.de**